# 莎士比亚全集

## The COMPLETE WORKS of WILLIAM SHAKESPEARE

I

· 第一卷 ·

[英] 威廉·莎士比亚 ✦ 著

梁实秋 ✦ 译

湖南文艺出版社
HUNAN LITERATURE AND ART PUBLISHING HOUSE

博集天卷
CS-BOOKY

· 长沙 ·

著作权合同登记号：字18-2024-251

**图书在版编目（CIP）数据**

莎士比亚全集 /（英）威廉·莎士比亚著；梁实秋译 . -- 长沙：湖南文艺出版社，2025. 3. -- ISBN 978-7-5726-2149-9

Ⅰ . I561.13

中国国家版本馆 CIP 数据核字第 20242QC489 号

上架建议：畅销·文学

SHASHIBIYA QUANJI
莎士比亚全集

著　　者：〔英〕威廉·莎士比亚
译　　者：梁实秋
出 版 人：陈新文
责任编辑：张子霏
监　　制：秦 青　毛闽峰
图书策划：史义伟　王心悦
特约编辑：孙 鹤　赵志华　高晓菲　朱东冬　云 爽
文字校对：刘佳琦　钮 凡
营销编辑：罗 洋　刘 珣　大 焦　柯慧萍
版权支持：王媛媛　辛 艳
装帧设计：别境 Lab
出　　版：湖南文艺出版社
　　　　　（长沙市雨花区东二环一段 508 号　邮编：410014）
网　　址：www.hnwy.net
印　　刷：北京盛通印刷股份有限公司
经　　销：新华书店
开　　本：875 mm × 1230 mm　1/32
字　　数：3978 千字
印　　张：159
版　　次：2025 年 3 月第 1 版
印　　次：2025 年 3 月第 1 次印刷
书　　号：ISBN 978-7-5726-2149-9
定　　价：538.00 元（全十卷）

若有质量问题，请致电质量监督电话：010-59096394
团购电话：010-59320018

# 例 言

一　译文根据莎士比亚原文大部分是"无韵诗",小部分是散文,更小部分是"押韵的排偶体"。译文一以白话散文为主,但原文中之押韵处以及插曲等则悉译为韵语,以示区别。

二　原文常有版本困难之处,晦涩难懂之处亦所在多有,译者酌采一家之说,必要时加以注释。

三　原文多"双关语",以及各种典故,无法移译时则加注说明。

四　原文多猥亵语,悉照译,以存其真。

## 出 版 说 明

鉴于梁实秋文本语言的风格性和独特性,本次出版仅对原文中的标点、不再推荐使用的字词进行了校改,文内所涉及的外国人名和地名皆保留原貌,特此说明。

Contents　　　　　　　全集　总目录

# 喜剧

第 一 卷　　错中错

　　　　　　驯悍妇

　　　　　　维洛那二绅士

　　　　　　空爱一场


第 二 卷　　仲夏夜梦

　　　　　　威尼斯商人

　　　　　　温莎的风流妇人

　　　　　　无事自扰


第 三 卷　　如愿

　　　　　　第十二夜

　　　　　　皆大欢喜

　　　　　　恶有恶报

第四卷　　　波里克利斯

辛伯林

冬天的故事

暴风雨

# 悲　剧

第五卷　　　泰特斯·安庄尼克斯

罗密欧与朱丽叶

朱利阿斯·西撒

哈姆雷特

第六卷　　　脱爱勒斯与克莱西达

奥赛罗

李尔王

第七卷　　　马克白

安东尼与克利欧佩特拉

考利欧雷诺斯

雅典的泰蒙

# 历史剧

第八卷　　亨利六世（上）

亨利六世（中）

亨利六世（下）

利查三世

约翰王

第九卷　　利查二世

亨利四世（上）

亨利四世（下）

亨利五世

亨利八世

# 诗 歌

第十卷　　维诺斯与阿都尼斯

露克利斯

十四行诗

# 目 录

## 错中错
| 001 |

## 驯悍妇
| 085 |

## 维洛那二绅士
| 203 |

## 空爱一场
| 303 |

# 错 中 错

## The Comedy of Errors

# 序

　　这是莎士比亚的最短的一出戏，只有一千七百七十八行，还不及《哈姆雷特》（三千九百三十一行）的一半，比《暴风雨》（二千零六十五行）、《马克白》（二千一百零八行）、《仲夏夜梦》（二千一百八十行）都要短些。剧中情节滑稽突兀，在舞台上演令人发噱，尤宜于年终娱乐集会时演出，故篇幅不宜太长。

## 一　版本及著作年代

　　《错中错》只有一个本子，那就是刊于一六二三年的第一对折本排列在卷首喜剧项下，位列第五。排印的情形与以前的四出戏稍有不同，此剧在人名及"剧词标名"（speech-heading）方面相当混乱，尤其是在前二幕里，据学者指陈这可以证明《错中错》排印时所根据的是莎士比亚的手稿，即所谓 foul papers，如果是"提词本"似不可能有此混乱情形。

　　密尔斯（Francis Meres，1565-1647）的《智慧的宝藏》（*Wit's Treasury*，1598）里记载着：普劳特斯与塞内卡（Plautus and Seneca）

是公认的拉丁文喜剧与悲剧的两位最佳作者，莎士比亚乃是英文的这两种戏剧的最杰出者，在喜剧方面，例如他的《维洛那二绅士》，他的 *Errors*，他的《空爱一场》……

所谓 *Errors* 即是 *The Comedy of Errors*（《错中错》）。是此剧作于一五九八年以前毫无疑义。

伦敦的四个法学院之一 Gray's Inn 于一五九四年盛大举行圣诞节欢乐会，有一小册子记录其事，标题为：

Gesta Grayorum:or the History of the High and mighty Prince,Henry,Prince of Purpoole.···who Reigned and Dies,A.D.1594.

里面明明记载着是年十二月二十八日作为欢乐的最后节目演出了《错中错》—— A "*The Comedy of Errors*"（like to Plautus his Menechmus）was played by the players. 是此剧之作在一五九四年以前。

此剧第三幕第二景第一二二行提到法国王位继承的事。按法王亨利三世是在一五八九年八月指定 Henry of Navarre 为继承人，亨利为新教徒，激起天主教联盟的反对，内战爆发，直到一五九三年开始恢复和平，英国伊利沙白女王曾派军助战。再此剧亦同时提到西班牙的船队之被摧毁，如果所指的是无畏舰队，那是一五八八年的事。以上两件事对于莎士比亚的观众而言，一定是记忆犹新的大事。是此剧之作当在一五八八或一五八九年以后不太久的时候。各家的推测如下：

Furnivall：1589

Collier：1590 以前

Chalmers，Drake，Delius，Stokes：1591

Malone：1592

Fleay：1594（据 1590 年本改编）

Baldwin：1589

Quiller-Couch，Wilson：1591-1592

Chambers，Greg：1589-1593

Sidney Thomas：1594

Foakes：1590-1593

从戏剧的文字来看，《错中错》是莎士比亚的早年之作。词藻比较生硬，剧词也不甚生动，像第五幕第一景三十八至八十六行义米利亚之谴责妒妇的那一段实为例外。第三幕第一景有许多押韵的十四音节的诗行（rhymed "fourteener"），这是十六世纪早期所谓"学院体喜剧"（academic comedy）流行的体裁。还有古典戏剧中所常用的"单行对口"（stychomythia），在本剧里也常使用，例如第二幕第一景十至十五及二十六至三十二行。第三幕第二景又多隔行押韵的抒情的十音节诗行。凡此特殊之处皆足以说明莎氏当时尚未摆脱模拟的习气与早年的绚烂的意味。

## 二 故事来源

《错中错》无疑的是脱胎于拉丁喜剧作家普劳特斯（Titus Maccius Plautus，c.254-184 B.C.）的名剧《两个麦奈克模斯》（*Menaechmi/The Two Menaechmuses*）。问题是，莎士比亚没有受过充分的学校教育，懂得"很少的拉丁文，更少的希腊文"，他有没有机会研读普劳特斯的作品？这一问题我们无法作确切的答复，他可能读过，可能读得懂，因为当时的文法学校的教材可能包括普劳特斯在内。

普劳特斯的《两个麦奈克模斯》有一个英文散文译本，登记于一五九四年，出版于一五九五年，其标题如下：

Menaechmi, A pleasant and fine conceited Comaedie, taken out of the most excellent wittie Poet Plautus. Chosen purposely from all the rest, as least harmful, yet most delightfull. Written in English by W. W. 译者 W. W.，即 William Warner。如果莎士比亚的《错中错》是根据此译本而编的，他所读的一定是这译本的稿本。一本书在印行之前，先有稿本流传，也是常有的事。这个译本是献给亨斯顿（Lord Hunsdon）的，他正是莎士比亚的剧团的保护人，莎士比亚有机会先读译稿似乎更是可能的事。

一说莎士比亚的《错中错》是一本已佚的旧剧 The Historie of Error 的改编，这一旧剧于一五七六年至一五七七年新年夜在汉普顿宫上演过，一五八三年又在温莎宫上演过。这一说之唯一似是有力的证据是诗体的变化不匀，尤其是第三幕第一景，其中有较为明显的改编的痕迹。

无论如何，《错中错》与普劳特斯的关系是太明显的，不仅剧情纲要大致相同，细节亦有多处相同，甚至人名也有数处偶然相同。普劳特斯剧中有九个角色，莎士比亚保留了六个：

the Menaechmi（=the Antipholi）[1]

Messenio（=Dromio of Syracuse）

Mulier（=Adriana）

Erotium（=Courtesan）

Medicus（=Dr.Pinch）

---

[1] 此处指代安提孚勒斯兄弟二人，故角色中莎士比亚保留了六人。——编者注

此外戏台上常见的固定角色（stock characters）如"厨师""食客"均予芟除，市民麦奈克模斯之岳父则换为露西安娜，增添的角色则有哀非索斯的德娄米欧、苏赖诺斯、伊济安、义米利亚、露斯及商人等。但是最重要的变动是于原有的一对孪生子之外，莎士比亚又添加了一对孪生的德娄米欧，这不仅是使剧情加倍的复杂，实在是加多倍的复杂。普劳特斯的一对孪生的角色是比较容易扮演的，因为演员戴着面具，面具相同即可解决问题。莎士比亚的这出剧大概是不用面具的，两对完全面貌相似的演员似乎是不可能找到的，所以剧情尽管复杂，细心的观众仍然可以辨认不误。


## 三　舞台历史

上面提到一五九四年十二月二十八日此剧在 Gray's Inn 上演，但是据宫内大臣的会计室账簿记载，是日此剧在 Greenwich 宫亦曾上演。同一日何以能在两处上演，似是一件难解的事。上面也提到过密尔斯的记载，一五九八年他看过这出戏。于一六〇四年十二月二十八日，据《宫中娱乐记录》所载，英王哲姆斯曾在 Whitehall 宫中观赏此剧（*The Plaie of Errors*, by Shaxberd）。此后一百余年中，我们没有此剧上演的记录。

一七三四年十月九日，*A Comedy in two Acts taken from Plautus and Shakespeare, called See if you like it, or Tis all a Mistake* 在 Covent Garden 上演，这是改编的本子。此后在 Covent Garden 及 Drury Lane 两处剧院常有演出，但所使用的本子都是不同的改编本，对原本大事删裁，伊利沙白时代观众所欣赏的俏皮话已非乔治时代

观众之所好，其中以 Thomas Hull 及 Kemble 的改编本为最受欢迎。

一八一九年 Frederic Reynolds 改编此剧为歌剧，于十二月十一日在 Covent Garden 上演，标榜着 "in five acts with Alterations, Additions, and with Songs, Duets, Glees, and Chorusses, Selected entirely from the Plays, Poems, and Sonnets of Shakespeare"，真的把莎士比亚的《如愿》《奥赛罗》与《李尔王》里的几首歌，以及两首十四行诗，都囊括在内，形成了一个大杂烩。但是这个歌剧在一季之内连演了二十七次！这一次的成功鼓励了 Reynolds 改编《第十二夜》《暴风雨》《维洛那二绅士》《温莎的风流妇人》为歌剧。

恢复莎士比亚原本《错中错》上演的是 Samuel Phelps，他在一八五五年十一月八日（及翌年一月）在 Sadler's Wells 上演此剧。一八六四年莎士比亚诞辰三百周年纪念，此剧又在 Princess' Theatre 及各大城市上演，演员 Charles and Harry Webb 兄弟二人面貌及举止酷似，扮演德娄米欧二兄弟获得极大成功，而且全剧演出一气呵成不使用落幕的方法，亦是一大特色。

一九〇五年 Benson 剧团在伦敦演出此剧。

一九一〇年在德国柏林的 Max Reinhardt 的导演之下此剧上演于慕尼黑之 Künstler-theater，有新的艺术的手法。

# 剧 中 人 物

苏赖诺斯（Solinus），哀非索斯公爵。

伊济安（Aegeon），西拉鸠斯商人。

哀非索斯之安提孚勒斯（Antipholus of Ephesus） ⎤ 孪生兄弟，伊济安
西拉鸠斯之安提孚勒斯（Antipholus of Syracuse） ⎦ 与义米利亚的儿子。

哀非索斯之德娄米欧（Dromio of Ephesus） ⎤ 孪生兄弟，二安提孚
西拉鸠斯之德娄米欧（Dromio of Syracuse） ⎦ 勒斯之仆。

巴尔萨泽（Balthazar），一商人。

安哲娄（Angelo），一金匠。

一商人，西拉鸠斯之安提孚勒斯的朋友。

又一商人，安哲娄的债主。

品施（Pinch），教师兼术士。

义米利亚（Aemilia），伊济安之妻，哀非索斯女修道院院长。

阿德利爱娜（Adriana），哀非索斯之安提孚勒斯的妻。

露西安娜（Luciana），其妹。

鲁斯（Luce），阿德利爱娜之女仆。

一娼妓。

狱卒、警官及其他仆役等。


# 地 点

哀非索斯。

# 第 一 幕

## 第一景：公爵宫中大厅

公爵、伊济安、狱卒、官吏等及其他侍从等上。

伊济安　　苏赖诺斯，尽管判我死刑，
　　　　　一死倒可以结束一切苦痛。

公爵　　　西拉鸠斯[1]的商人，不必再请求。我不会对你偏袒
　　　　　以至于破坏我们的法律。最近你们的公爵对于我们
　　　　　的老实的商民横施摧残，只因他们缴不出赎命的钱，
　　　　　便用他们的血来维护他的残酷的法律，这种敌对的
　　　　　不友好的态度使得我的怒容之中不能带有一点点恻
　　　　　隐之情。自从你们的好乱成性的人民和我们发生严
　　　　　重争执之后，西拉鸠斯的人们和我们自己都曾开会
　　　　　集议颁布法令，我们两个敌对的城市之间不准有任

何交往，任何在哀非索斯[2]出生的人若是出现在西拉鸠斯的商场市集之中，或是在西拉鸠斯出生的人来到哀非索斯港湾之中，他要处死，货物充公听由公爵处分，除非缴纳一千马克[3]可以免刑赎身。你的财物，按最高估计，也到不了一百马克，所以，依法你被宣判死刑。

伊济安　　我可这样自慰，等你实行你的话，

　　　　　我的苦恼亦将随着夕阳一起西下。

公爵　　　好，西拉鸠斯人，你简单地说一说，你为什么离开你的家乡，为什么来到哀非索斯？

伊济安　　要我讲出我的不可言说的苦痛，实在是一件沉重的无以复加的工作；不过，为了让世人知道我的一死乃是由于骨肉至情，不是由于犯下什么严重的罪过，我要勉抑哀伤尽量地陈述一下。我出生在西拉鸠斯，娶了一个妻子，若不是为了我的缘故她会很幸福的，若不是我们的运气太坏她会还在我的身边。我和她很快乐地过活：我常航海到爱皮达嫩[4]，生意兴隆，因而家财激增。后来我的代理人死了，货物无人照料，我放心不下，于是离开我的妻子的温柔怀抱。我离开她还不满六个月，她当时已经怀孕很久步履维艰，竟摒挡行装追我而来，不久即平安到达。随后她就做了两个可爱的孩子的母亲。说来奇怪，这两个孩子长得完全一样，除了使用不同的姓氏之外无法分辨。在那同一时辰，同一旅舍里，一个贫苦的妇人也生了一对面貌相同的男性孪生子，因为他

们十分清寒，我就把那两个婴儿买了下来，抚养成人用以伺候我的两个儿子。我的妻十分宠爱这两个孩子，天天催我动身还乡，我无可奈何地答应了。哎呀！我们登船太快了！我们从爱皮达嫩出航三里之遥，一向平静的大海没有发现任何危险的迹象；但是以后我们就没有很多的希望了，天上露出的一些暗暗的微光，只是在我们的惊慌心理中造成即将死亡的恐惧。我自己固然可以欣然就死，可是我的妻不停地哭泣，为了她预料不可避免的惨剧而哭泣，两个可爱的孩子并不懂得有什么可怕，也学着别人的样子而放声哀号，迫使我不得不为他们和我自己寻求活命的方法。只有这样一个方法，别无他法：水手们已经占用我们的小艇逃命去了，抛下我们在这只即将沉没的船上，我的妻偏爱她后生的那一个[5]，把他捆在航海人员为预防风暴而准备的一根小小的额外的桅杆上面，另外一对孪生子中的一个也和他捆在一起，同时我也照样地处理了其他的两个孩子。孩子这样安置好了，我的妻和我，把我们自己分别捆在桅杆的两端，照顾着我们的孩子，然后随波漂流。我们想大概是向科林兹那个方向去了。终于太阳照射大地，扫除了困扰我们的阴霾，由于阳光照耀海面也变平静了，我们发现两只船从远处向我们急驶而来：一只从科林兹来的，一只从爱皮道鲁斯[6]来的；但是在它们尚未驶到之前——啊！我不要再说下去了吧，根据前面所说的可以想到后来的结果。

| 公爵 | 不，说下去，老人！不要这样中断。因为我虽然不能赦你，我可以怜悯你。 |
|---|---|
| 伊济安 | 啊！当时天神们若是肯怜悯我，我现在也就不怨恨他们不仁慈了！船还有三十里的距离，我们遇到一块庞大的礁石，猛撞之下，我们的那救命的破船从中断成两截，于是我们夫妇被拆散。命运之神给了我们同样的遭遇，留有一个孩子看着开心，失去了一个孩子想起来伤心。她的那一部分破碎的桅杆，分量好像是较轻，可是苦恼并不较小，被风吹去比较快些，眼看着她们是被那大概来自科林兹的渔夫们救起来了。终于另外一只船把我们也救了起来，问明所拯救的是谁之后，他们对于触礁的客人热烈欢迎。如果不是因为他们的船走得太慢，会去把渔夫们所救起的人也接了过来，于是他们改道回航。这便是我失去幸福的经过，苟延残喘，来叙说我自己遭遇的不幸的故事。 |
| 公爵 | 为了你所哀伤的那些人的缘故，请你把他们和你直到今天的经过详细说给我听。 |
| 伊济安 | 我的最小的孩子，也是我最长久照料的对象，到十八岁的时候就打听他的哥哥；求我准他由他的童仆陪着前去寻找他，因为那童仆的情形也正好一样，失去了兄弟而只保留了相同的名字。我渴想看到我那个儿子，我便冒险放我所钟爱的儿子前去。我在遥远的希腊消磨了五个年头，游遍了亚细亚的边疆，乘船沿岸回乡，来到哀非索斯，一路上明知无望， |

但不愿漏过任何一处有人居住的地方。但是我的一生必须在此结束，如果我的长途跋涉能够向我保证他们尚在人间，我早一点死去亦无遗憾了。

公爵　不幸的伊济安，命运之神选定了你，要你忍受极端的折磨！现在，相信我，只是因为于法不合，而且于我的地位与誓约亦有抵触，身为王公纵然一心情愿亦不得稍有逾越，否则我会衷心愿意为你申辩。不过虽然你已被判处死，而且成命不可收回，但是我不顾名誉上的重大损失，我愿尽我所能地帮助你。所以，商人，我限你在今天之内设法找人援助挽救你的性命。试一试你在哀非索斯的所有的朋友们，你去乞讨，或是借贷，凑足那个数目，你便可以活命；如果凑不足数，那么你就不免一死了。狱卒，把他押解下去。

公爵　遵命，大人。

伊济安　伊济安无依无靠地走去，
　　　　只是展缓生命的终局。〔众下〕

# 第二景：市场

西拉鸠斯之安提孚勒斯（简称西安）、西拉鸠斯之德娄米欧（简称西德）及一商人上。

| | |
|---|---|
| 商人 | 那么，声明你们是来自爱皮达嫩，否则你们的货物很快地就要被没收。就是在今天，一个西拉鸠斯的商人因擅自入境而被捕。他未能缴纳赎金，按照本市法律，在夕阳西下之前就要处死。这就是我为你保管的钱。 |
| 西安 | 把钱送到我们落脚的人马旅馆去，德娄米欧，你留在那里，等着我来。不出一小时便是吃饭的时候了，在饭前我要观赏这城市的风光，看看此地的商家，瞻仰这里的建筑，然后回到我的旅馆去睡觉，因为长途旅行之后我疲惫不堪了。你走吧。 |
| 西德 | 有这么多的钱好拿，谁都愿意听从你的话拔腿便走。〔下〕 |
| 西安 | 是个很可靠的小厮，先生，他在我郁郁寡欢的时候时常说些笑话逗我一乐。怎样，你愿否陪我到街上走走，然后到我旅馆和我一起吃饭？ |
| 商人 | 我已经有一些商家邀宴，先生，我希望还能做成一笔生意，请你原谅了。如果你觉得合适，五点钟左右，我到市场来会你，随后奉陪一直到睡觉的时候。我目前有事少陪了。 |
| 西安 | 回头再见，我要去随便走走，看看市面。 |
| 商人 | 先生，我愿你称心惬意。〔下〕 |
| 西安 | 愿我称心惬意，实际上即是愿我得到我所不能得到的东西。在这世界里我好比是一滴水，于茫茫大海之中寻觅另外的一滴，想把那一滴找出来，看也看不到，问也问不出，自己反倒迷失了。我便是如此， |

寻找母亲哥哥，不幸而自己流落了。

哀非索斯之德娄米欧（简称哀德）上。

能指示我的确切年龄的历书来了[7]。怎么？为什么你回来得这样快？

哀德　回来得这样快！应该说来得太迟了：阉鹅烧焦了，猪从烤叉上掉下来了，钟已经敲了十二下[8]，我的女主人在我的脸上也敲了一击。她大发脾气，因为肉冷了；肉冷了，因为你不回家；你不回家，因为你没有胃口；你没有胃口，因为你吃过了东西；但是我们是晓得空着肚子祈祷是什么滋味的，今天为了你的缺席而吃了苦头。

西安　少说废话！我请你告诉我，我交给你的钱你放在哪里了？

哀德　啊！六便士，我上星期三拿去付给马具商，为了我的女主人的马尾鞯，已经交给马具商了，我没有扣留。

西安　我现在不想开玩笑。告诉我，别胡扯，钱在哪里？我们在此做客，你怎敢把这巨款交给别人而不自己看管？

哀德　我请你，先生，把笑话留在吃饭的时候再说吧。我的女主人派我火速前来找你，如果我回去，我可真要像是酒店的柱子[9]，因为你犯了过错她要把那笔账记在我的脑壳上。我想你的肚子，像我的一样，应该是你的一座时钟，到时候就会敲钟催你回家，不必等人来请。

西安　好啦，德娄米欧，好啦，这些笑话说得不是时候，等到高兴的时候再说。我交给你看管的金子在哪里？

哀德　交给我，先生？噫，你没有交给我金子。

西安　好啦，坏东西，不要再胡缠，告诉我你看管的东西是怎样处置的？

哀德　我的任务是接你从市场回家，先生，到凤凰商店，去吃饭。我的女主人和她的妹妹在等着你。

西安　我是个基督徒，你老实回答我，我的钱你放在什么安全的地方？否则我就把你那在我不高兴时还坚持要捣乱的脑袋敲碎。你取去的一千马克在哪里？

哀德　我的头上有你敲打的几处痕迹，我的背上有我女主人鞭打的几处痕迹，但是你们二位合起来没有给过我一千马克。如果我照数奉还，恐怕你未必受得住吧。

西安　你的女主人的马克！你有什么女主人呀，奴才？

哀德　你的妻子，在凤凰商店的我的女主人，她在你回家吃饭之前饿着肚子，她祈祷你快点回去吃饭。

西安　什么！我不准你胡言乱语，你还敢当面对我如此放肆？你挨揍吧，奴才。〔打他〕

哀德　你是什么意思，先生？看上帝的面子，请你住手！不，你如果不住手，先生，我要拔腿了。〔下〕

西安　我拿我的性命打赌，这坏蛋一定是把我所有的钱都让人家设法骗走了。据说这城市到处是骗局，有骗人眼睛的灵巧的变戏法者，移人心智的行使妖术的魔师，使人身体变为畸形的害人的巫婆，化装的骗子，能说善道的江湖郎中，以及许多类此的不法之徒。果真如此，我还是早走为妙。我要找这奴才，我回人马旅馆，我深恐我的钱是不大安全。〔下〕

## 注 释

[1] 西拉鸠斯（Syracuse）在西西里的东海岸。

[2] 哀非索斯（Ephesus）在小亚细亚的西海岸。

[3] 一马克（mark），等于十三先令四便士，约合美金三元三角五分。

[4] 爱皮达嫩（Epidamnum），正确的写法应是 Epidamium，后来罗马人称为 Dyrrhachium，在 Adriatic 海的东岸，亦即现在的阿尔巴尼亚之 Durazzo。

[5] 据下面第一二四行所述，随同父亲获救的是小儿子。前后不符。

[6] 爱皮道鲁斯（Epidaurus），古希腊滨海城市，在 Argolis 东岸，临 Saronic Gulf。但 Foakes 指陈，莎士比亚可能说的是 Adriatic 海岸上的爱皮道鲁斯，后称 Ragusa，现称 Dubrovnik，而不是指希腊海岸上的那个爱皮道鲁斯。

[7] 因主仆二人生于同一时辰之故。

[8] 伊利沙白时代午饭时间通常在十一点半。

[9] post 双关语:（一）火速，in haste；（二）酒店中的柱子 door-post，酒账常用粉笔记在上面。

# 第 二 幕

## 第一景：哀非索斯之安提孚勒斯（简称哀安）家中

阿德利爱娜与露西安娜上。

阿德利爱娜　我的丈夫不回来，急忙派去找他的那个奴才也不回来！露西安娜，现在一定有两点了。

露西安娜　也许有什么商人邀请他，由市场到什么地方吃饭去了。好姐姐，我们吃饭吧，不必着恼了。一个男人是要有充分自由的，他们随意支配时间，到了适当时间，他们就会去或是回来。如果是这样的，不用着急了，姐姐。

阿德利爱娜　为什么他们的自由比我们的多？

露西安娜　因为男人办事总是在外面奔波。

阿德利爱娜　我若这样对他，他一定要气愤。

露西安娜　　啊！要知道男人应该控制女人。

阿德利爱娜　除了驴谁也不愿这样受人控制。

露西安娜　　倔强任性一定要受悲哀的打击。

　　　　　　地上、海里、空中，没有一样事物

　　　　　　能够不有其范围的约束。

　　　　　　走兽、鱼类，还有飞禽，雌性都是向雄性称臣。

　　　　　　男人们比较聪明，为万物之雄长，

　　　　　　主宰着广阔的世界，浩瀚的海洋，

　　　　　　生来就有理性和灵魂，

　　　　　　远超过所有的走兽飞禽，

　　　　　　是女人们的主人，是她们的丈夫，

　　　　　　你就该乖乖地受他们的摆布。

阿德利爱娜　你怕为奴，所以你不敢结婚。

露西安娜　　不，我是怕婚后的麻烦惹上身。

阿德利爱娜　不过你若结婚，你会御夫有术。

露西安娜　　于学习恋爱之前我先练习服从丈夫。

阿德利爱娜　如果你的丈夫移情别恋？

露西安娜　　我耐心等着他心回意转。

阿德利爱娜　真有耐心！她这样并不稀奇，

　　　　　　没吃过苦的人当然有好脾气。

　　　　　　一颗可怜的心灵受到了创伤，

　　　　　　我们听它哭喊就令它不要张狂。

　　　　　　可是我们一旦遭受同样的痛苦，

　　　　　　我们也会同样地、更甚地，发出怨诉。

所以你，没有薄情的丈夫虐待，

就劝我一味地消极地忍耐。

如果你的权利也同样地被人夺去，

你劝我忍耐，你自己怕也沉不住气。

露西安娜　　好，我有一天要结婚，试试看。

你的仆人来了，你的丈夫必在后边。

哀非索斯之德娄米欧上。

阿德利爱娜　喂，你的迟迟不归的主人现在就在附近了吧[1]？

哀德　　　　可不是嘛，他用两只手对我左右开弓，我的两只耳
　　　　　　朵可以作证。

阿德利爱娜　唉，你和他说话了没有？你知道他是什么意思？

哀德　　　　是的，是的，他把他的意思都用手敲在我的耳朵上
　　　　　　了。他的手好可恶，我不懂他的意思。

露西安娜　　他说话那样模糊，你不能感觉出他的意思吗？

哀德　　　　不，他打得清清楚楚，他一击一击的我都感觉到了，
　　　　　　而且打得那么厉害[2]，我几乎吃不消[3]。

阿德利爱娜　但是我问你，他是不是回家来了？看样子他是很想
　　　　　　讨他的妻子的欢心的。

哀德　　　　唉，娘子，我的主人一定是疯狂了。

阿德利爱娜　疯狂？你这坏东西！

哀德　　　　我不是说他疑心戴绿头巾而发狂；不过，的确，他是
　　　　　　全然疯狂了。我请他回家吃饭，他问我要一千马克
　　　　　　金子。"现在到吃饭时候了。"我说。"我的金子呢！"
　　　　　　他说。"您的肉都烧焦了。"我说。"我的金子呢！"

他说。"您回家去吧？"我说。"我的金子呢！"他说，"我给你的一千马克在哪里，坏人？""猪都烤焦了。"我说。"我的金子呢！"他说。"我的女主人，先生。"我说。"滚你的女主人！我不认识你的女主人！滚你的女主人！"

露西安娜　这是谁说的？

哀德　我的主人说的。他说，"我不晓得什么家，什么妻，什么女主人。"我所得到的回话，本该是由我口述的，他硬放在我的肩头上教我担着回来了，总之，他在我肩上打了几拳。

阿德利爱娜　再去，你这奴才，接他回来。

哀德　再去，再挨揍回来？看上帝的面上，派别人去吧！

阿德利爱娜　去，奴才！否则我要打破你的脑壳。

哀德　他还要在那十字裂口上再打一击哩。你们两个左打右打，我的脑袋可就好看了。

阿德利爱娜　走开，多话的蠢材！接你的主人回家。

哀德　是不是我对您说话太直，就像您对我说话太直一般，以至于把我像一只足球似的踢？
你把我踢走，他把我踢回去，
若要禁得住踢，得给我包上一层皮。〔下〕

露西安娜　呸！看你那满脸怒气冲冲的模样！

阿德利爱娜　他整天地就知道陪着他的野姑娘，
而我在家里一张笑脸也看不到。
是不是年龄夺走了我的美貌？
我的青春是他荒废掉了的。

我的语言无味？头脑空虚？

如果我的口才机智受了磨损，

那是因为他的心肠比顽石更狠。

她们花枝招展，钓上了他的好感？

那怪不得我，我是任由他来打扮。

我的憔悴哪一项不是由于他的蹂躏？

他乃是我的朱颜顿改的原因。

他只消热情地看我一眼，

我就会恢复我的姣好的脸。

但是他是奔放不驯的野鹿，

可怜的我不值得他一顾。

露西安娜　无益的嫉妒！不要这样自苦。

阿德利爱娜　没感情的蠢材才能不顾这样的侮辱。

我知道他在外面惹草拈花，

否则有什么事让他不回家？

你知道他答应给我一条项链，

就是不给我，我也不抱怨，

只要他保持对他妻子的情爱。

色泽最好的宝石是会失掉光彩，

可是真金不怕别人试验，永久发光，

虽然常常试验也会把真金磨伤。

一个确有名誉的男人，

不会因行为失检而把他的名誉伤损。

我的容颜既然不能取悦于他，

我只好自伤色衰，哭着死了吧。

露西安娜　　多少蠢人被疯狂的嫉妒心所支配！〔众下〕


## 第二景：广场


西拉鸠斯之安提孚勒斯上。

西安　　　我交给德娄米欧的金子在人马旅馆里安然无恙，那小心的奴才踱了出来，在寻找我。这样计算起来，再参照店主人的报告，我从市场上派德娄米欧前来之后，我就不可能再和他在那里会面谈话了。看，他来了。

西拉鸠斯的德娄米欧上。

怎样了，你！你不想再开玩笑了吧？如果你喜欢挨揍，就再和我讲笑话。你不知道人马旅馆？你没收到金子？你的女主人派你请我回家吃饭？我的家在凤凰商店？你这样地对我胡说乱道，你不是疯了吗？

西德　　　什么话，先生？我什么时候说过这样的话？

西安　　　就是方才，就是在此地，不到半小时。

西德　　　自从你派我拿着你给我的金子回到人马旅馆之后，我还没有见过你哩。

| | |
|---|---|
| 西安 | 坏人，你方才不承认我交给你钱，还对我说什么女主人和吃饭的话，为了这个缘故，你当时该已觉得我是不高兴了。 |
| 西德 | 我很高兴您的兴致是这么好，您说这笑话是什么意思呢？我请您明白告诉我。 |
| 西安 | 对，你就讥笑吧，当面侮辱我？你以为我在开玩笑？别动，你挨我一拳，再来一拳。〔打他〕 |
| 西德 | 住手，先生，看上帝的面上！现在您的笑话可认真起来了。要买什么东西您付给我这笔定钱[4]？ |
| 西安 | 因为有时候我对你不分上下，和你闲聊，于是你就放肆忘形，对我开起玩笑，在我有正经事的时候也随便乱扯。太阳照耀的时候，蚊蚋可以乱舞，阳光收起的时候，便要躲进缝隙里去。如果你和我说笑话，要看我的脸色行事，否则我就把这种看脸色行事的方法打进你的脑壳。 |
| 西德 | 您唤它作脑壳[5]？如果您愿停止攻击，我愿唤它作脑袋。如果您长久地打下去，我的脑袋需要有个外壳，好把脑袋躲到里面去，否则我的脑筋只好放到肩膀上去了。但是，请问，先生，您为什么打我？ |
| 西安 | 你不知道吗？ |
| 西德 | 不知道，先生，只知道我被打了。 |
| 西安 | 要我告诉你为什么吗？ |
| 西德 | 是的，先生，并且告诉我那个缘故；因为据说"每一个为什么都含有一个缘故[6]"。 |
| 西安 | 噢，首先，为了侮弄我；随后，那缘故便是，再度地 |

侮弄我。

西德　可有任何人毫无理由地在不该被打的时候竟被人打吗？好，先生，我谢谢您。

西安　谢谢我？先生！为什么？

西德　噫，先生，为了无缘无故的您给了我这么一顿。

西安　我以后会补偿你，等到有缘有故的时候我什么也不给你便是。不过你说现在可到了吃饭的时候？

西德　还没有到，先生。我想肉还欠缺我所受到的那层手续[7]。

西安　真的吗，先生，那是什么手续？

西德　抹脂肪。

西安　噢，那么肉会很干。

西德　如果太干，请您别吃。

西安　什么理由？

西德　怕的是烤干了的肉使得您火气更大，又要重重地揍我一顿。

西安　好了，说笑话要选择一个适当的时间，一切事情都要求其时间适当。

西德　在您火气不这样大的时候，我敢拒绝承认。

西安　根据什么法则？

西德　噫，先生，我所根据的法则就像"时间老人"他老人家的那个秃头一般地显明。

西安　说给我听听。

西德　一个人头秃了的时候便没有再生头发的时候。

西安　他不能用转让产权的手续再生头发吗？

| | |
|---|---|
| 西德 | 可以，付一笔假发的钱，取得别人所剪掉的头发。 |
| 西安 | 毛发可以生得那么密密丛丛的，为什么"时间老人"对于毛发又那么吝啬呢？ |
| 西德 | 因为毛发是施给畜牲的恩物，给人类的毛发少一些，可是给人类的脑筋多一些。 |
| 西安 | 噫，可是有很多人，他们的头发比头脑多。 |
| 西德 | 那些人没有一个不是糊里糊涂地把头发掉光了的[8]。 |
| 西安 | 那么你是说毛发多的人都是没有头脑的人。 |
| 西德 | 越没有头脑，头发脱得越快，不过他是在纵情欢乐之中脱掉的。 |
| 西安 | 为什么？ |
| 西德 | 有两个理由，而且是健全的理由。 |
| 西安 | 不，不能说是健全。 |
| 西德 | 那么就算是确实的理由吧。 |
| 西安 | 不，在骗人的勾当里，不能说是确实。 |
| 西德 | 那么就说是某种理由吧。 |
| 西安 | 你举出来。 |
| 西德 | 一个是，省得花理发的钱；另一个是，在吃饭的时候不至于头发掉在粥里。 |
| 西安 | 你说这些废话来证明要做一切事情不需要什么适当的时间。 |
| 西德 | 噫，我的确证明了，先生，那便是，头发脱了没有再长出来的时候。 |
| 西安 | 但是你的理由不充分，没有说明为什么不能再长出来。 |

| | |
|---|---|
| 西德 | 我可以这样改进一下。"时间老人"本身是秃头的，所以他要普天之下的人都跟着他秃头。 |
| 西安 | 我就知道你结果是胡扯。但是且慢！谁在向我们招手？ |

阿德利爱娜与露西安娜上。

| | |
|---|---|
| 阿德利爱娜 | 对，对，安提孚勒斯，作出不认识我的样子，皱着眉头吧，另外有情妇享受你的和颜悦色，我不是阿德利爱娜，我也不是你的妻。当初曾经有过一个时候，你自动地向我发誓说，除非是我在说话，语言永远不会像音乐一般在你的耳边响；除非是我和你相对，没有什么东西能令你的眼睛欢喜；除非是我和你握手，你的手不会感到温柔；除非是我亲手为你切肉，你永远不会尝出肉的美味。如今怎样了，我的丈夫，啊，怎样了，你竟这样地判若两人，离弃你自己了？你对我冷淡，所以我说你是离弃你自己，因为夫妻原是一体，不可分离，我是比你自己的灵魂还要重要的一部分。啊！你不要离我而去，因为你要知道，我的爱人，你要是想从我身边离去而不把我也连带拿走，其难有如把一滴水放进漩涡，又想把那一滴水保持原样不增不减地取了出来。如果你听说我行为不检，我这奉献给你的身体受了淫欲的玷污，你会多么悲愤痛心！你会不唾我，踢我，把丈夫的名义当着我的面一摔，撕下我额上烫有妓娼烙印的一块皮，从我不贞洁的手上取下结婚指环， |

于狠狠的发誓离婚声中把它敲碎？我知道你会这样做，所以，请你务必这样做。我已经有了淫乱的污点，我的血已经混有奸淫的罪恶，因为如果我们两个原是一体，而你不贞，我被你传染，我也会吸收你的体内的毒素。

那么要忠诚无欺地对待你的妻。

我可保持清白，你也不损失名誉。

西安　你是对我请求吗，美丽的夫人？我不认识你。我来到哀非索斯只有两小时，对于这个城市和对于你所说的话同样地生疏。

我悉心研讨你说的每一个字，

但是听不懂你说的是什么意思。

露西安娜　呸，姐夫，你怎么判若两人啦！你几曾这样对待过我的姐姐？她派德娄米欧请你回家吃饭。

西德　派我？

阿德利爱娜　派你，你回来就说，他打了你，并且在打的时候否认这是他的家，否认我是他的妻。

西安　你可和这位太太谈过话吗？你们勾结起来有什么用意？

西德　我，先生？我以前没有见过她。

西安　奴才，你说谎，她所说的这几句话正是你在市场对我所讲的。

西德　我一生中没有和她说过话。

西安　那么她怎能唤出我们的名字，难道是靠了什么神奇的灵感？

| | |
|---|---|
| 阿德利爱娜 | 你是多么有失身份，和你的仆人这样公然地装呆作 |
| | 傻，唆使他在我生气的时候和我顶撞！ |
| | 尽管让我忍受你的遗弃之苦， |
| | 你不可在那苦痛之上再加侮辱。 |
| | 来，让我来把你的袖子抓住， |
| | 我是藤萝，丈夫，你是榆树。 |
| | 我枝条柔弱，靠在你的干上， |
| | 让我来分享你的倔强的力量。 |
| | 若有谁把你从我身边夺去， |
| | 那必是野蔓荆棘青苔，无聊的东西。 |
| | 它们因为没有人加以修剪， |
| | 硬把你的汁浆吮吸得精干。 |
| 西安 | 她对我说话，她要打动我！ |
| | 怎么！我在梦里和她结婚过？ |
| | 我是否仍在睡中听她说话？ |
| | 什么错误使我的眼耳发生偏差？ |
| | 目前这确属错误的真相未明， |
| | 我权且把这段梦幻当作真情。 |
| 露西安娜 | 德娄米欧，教仆人准备开饭。 |
| 西德 | 快拿念珠来！我画十字在我胸前。[9] |
| | 这是小仙出没的地方，啊，好可怕， |
| | 我们是和妖精枭鸟鬼怪们在说话， |
| | 如果我们不服从，这样的事就要发生， |
| | 他们会要我们的命，掐我们一块黑一块青。 |
| 露西安娜 | 你为什么自言自语，问你话你不回答？ |

德娄米欧，你这懒汉、蜗牛、蛞蝓、傻瓜！

西德　　　　我被妖魔变了形，主人，我是不是？

西安　　　　我想你是，在心理上，而我也是。

西德　　　　不，在心理上形体上都有了改变。

西安　　　　你还有你的原形。

西德　　　　不，我是一只猿。

露西安娜　　你要变，只好变成为一头驴。

西德　　　　不错，她骑着我，我想不让她骑。

　　　　　　是这样，我是驴，否则怎么

　　　　　　我不认识她而她却认识我。

阿德利爱娜　好啦；好啦，主仆二人看我伤心反而讪笑，我也不
　　　　　　要像傻瓜似的用手指揉着眼睛哭了。来，先生，吃
　　　　　　饭去。德娄米欧，你看门。丈夫，我今天要在楼上
　　　　　　和你进餐，听你忏悔那种种荒唐的行为。喂，若有
　　　　　　人要见你的主人，就说他出外吃饭去了，不许任何
　　　　　　人进来。

　　　　　　来，妹妹。德娄米欧，做个好门房。

西安　　　　〔旁白〕我是在人间，在地狱，还是在天堂？

　　　　　　是睡着还是醒着？是疯还是神志清楚？

　　　　　　她们认识我，我对自己却有些模糊！

　　　　　　她们怎么说我就怎么说，就这么做，

　　　　　　准备在这场迷雾之中接受任何后果。

西德　　　　你要不要我把大门看好？

阿德利爱娜　对，不许人进来，否则把你的头打破了。

露西安娜　　来吃饭吧，安提孚勒斯，时间可真不早。〔众下〕

## 注 释

[1] 双关语:（一）at hand，在附近;（二）at hands = fighting at close quarters 打交手战。

[2] doubtfully 双关语:（一）模糊的;（二）可怕的 dreadfully。

[3] understand 双关语:（ ·）懂;（二）忍受 stand under,endure。

[4] earnest 双关语:（一）认真 serious ;（二）定金。

[5] sconce 双关语:（一）头;（二）小型防御工事。

[6] 谚语: Every why has a wherefore。

[7] 指 basting，此字有双关义:（一）烤肉上润以脂油;（二）殴打。

[8] 指梅毒可以使人毛发脱落。

[9] 德娄米欧疑遇妖魔，故呼快拿念珠，念珠为神圣之物，可以辟邪。

# 第三幕

## 第一景：哀非索斯之安提孚勒斯家门前

哀非索斯之安提孚勒斯、哀非索斯之德娄米欧、安哲娄
与巴尔萨泽上。

哀安　　好安哲娄先生，你必须原谅我们，我回家晚了，我
　　　　的太太就发脾气。要说我是和你在你的店里耽搁，
　　　　看他们给她打项链，并且说你明天就可以给她送到
　　　　家里来。可是这里有个奴才，他会当面给我戳穿说
　　　　在市场见到了我，我打了他，我交给他一千马克的
　　　　金子，并且我否认我有家和妻子。你这醉鬼，你这
　　　　些话是何用意？

哀德　　随便你说，先生，我心里总是明白的，
　　　　你在市场打了我，我身上有你的手迹。

如果皮肤是纸，你的殴打是墨色斑斓，

你的亲笔应能告诉你我有什么样的观感。

哀安　　　　我想你是蠢驴。

哀德　　　　唉，我的确是像驴，

挨了打，又受了这些冤枉气。

被人踢，我要还踢，最好躲开我，

离开我的蹄子，当心驴性发作。

哀安　　　　你好像是不高兴，巴尔萨泽先生，

我们的饭菜可表示我们衷心地欢迎。

巴尔萨泽　　美味倒在其次，我最心感的是盛情。

哀安　　　　啊，巴尔萨泽先生，不管是吃鱼吃肉，

一桌子的欢迎算不得是一盘子珍馐。

巴尔萨泽　　好菜是常有的，每个农夫都办得起。

哀安　　　　欢迎更常有，因为那不过是句言语。

巴尔萨泽　　几样小菜与盛大欢迎便是成功的宴乐。

哀安　　　　是的，对于吝啬的主人和更俭约的客。

菜饭虽然不佳，还请多多地包涵。

你可有更好的筵席，不见得更能尽欢。

且慢！门锁着呢。去叫她们开门。

哀德　　　　毛德，布里吉，玛丽安，西斯利，吉林，珍！

西德　　　　〔在内〕笨货，蠢材，阉鸡，小丑，白痴，傻瓜！

或是从门口滚开，或是坐在半截门下。

你是想大声一喊，姑娘们就会出现，

一个不够还喊那么多？去，离开我的门前。

哀德　　　　看门的是个傻瓜？主人在街上等得不耐烦。

错中错

| | |
|---|---|
| 西德 | 他从哪里来，教他回哪里去，否则他的脚会受寒。 |
| 哀安 | 谁在里面说话？喂！把门开开。 |
| 西德 | 〔在内〕好啦，先生，你先说你为什么来？ |
| 哀安 | 为什么？来吃饭，我今天还没吃饭哪。 |
| 西德 | 你今天不能来此吃饭，能来的时候再来吧。 |
| 哀安 | 你是什么人，把我关在自己家门外头？ |
| 西德 | 〔在内〕暂且是看门的，我名叫德娄米欧。 |
| 哀德 | 啊，奴才！你把我的职务和姓名都偷去了，<br>前者对我没好处，后者给我麻烦不少。<br>如果你今天代替我做德娄米欧，<br>你最好换一张脸，否则改名为驴让人揍[1]。 |
| 鲁斯 | 〔在内〕吵什么，德娄米欧！谁在大门前面？ |
| 哀德 | 让我主人进去，鲁斯。 |
| 鲁斯 | 〔在内〕不行，他来得太晚，<br>就这样告诉你的主人。 |
| 哀德 | 天哪！我真忍俊不禁。<br>说句俗话儿："可否让我进去舒服舒服？" |
| 鲁斯 | 〔在内〕我也说句俗话儿："你可办得到？" |
| 西德 | 〔在内〕如果你名叫鲁斯，鲁斯，你回敬得好[2]。 |
| 哀安 | 听见了吗，贱人？让我们进去？ |
| 鲁斯 | 〔在内〕我请过你们了。 |
| 西德 | 〔在内〕而你说不可以。 |
| 哀德 | 来，一起敲，敲得好！打击对打击。 |
| 哀安 | 贱女人，让我进来。 |
| 鲁斯 | 〔在内〕你进来有什么用？ |

| | |
|---|---|
| 哀德 | 主人，用力敲门。 |
| 鲁斯 | 〔在内〕把它敲得痛。 |
| 哀安 | 你会后悔地哭，贱人，我若是把门打破。 |
| 鲁斯 | 这一切，再加上戴枷游街，能吓得住我？ |
| 阿德利爱娜 | 〔在内〕是什么人在门前这样吵闹？ |
| 西德 | 〔在内〕你们城里流氓可是太多了。 |
| 哀安 | 是你吗，妻？你早该走出来。 |
| 阿德利爱娜 | 〔在内〕你的妻？奴才！你给我滚开。 |
| 哀德 | 如果你真滚，主人，可苦了我这"奴才"。[3] |
| 安哲卷 | 此地既无酒食又无欢迎，我们能有一样就好。 |
| 巴尔萨泽 | 方才讨论哪一样好，现在一样也得不到。 |
| 哀德 | 他们站在门前，就在这里欢迎他们好了。 |
| 哀安 | 她们不让我们进去，其中必有蹊跷。 |
| 哀德 | 你当然要这么说，如果你穿的是薄衣[4]。 |
| | 家里糕饼滚热，你站在这里受寒， |
| | 这样受骗会把人气疯得像雄鹿一般。 |
| 哀安 | 去给我找个家伙，我要把门打破。 |
| 西德 | 〔在内〕若想打进来，我要打破你的脑壳。 |
| 哀德 | 说句话总不要紧，话只是耳旁风， |
| | 而且不是在背后嘀咕，是当面讲明。 |
| 西德 | 〔在内〕你大概是想挨揍，滚，你这混虫！ |
| 哀德 | 你说了太多的"滚"，请你把我放进。 |
| 西德 | 〔在内〕好，等到鸟没有羽毛，鱼没有鳞。 |
| 哀安 | 我要打进去，给我借一根铁撬来吧。 |
| 哀德 | 您是说找一只不生羽毛的乌鸦[5]？ |

错中错

|  | 若有没鳞的鱼，就有没羽毛的鸟， |
| --- | --- |

若有没鳞的鱼，就有没羽毛的鸟，
乌鸦若能帮我们进去，我们将有一番争吵。

巴尔萨泽　别动火，先生。啊，不可这样胡搞，这样一来，你是和你自己的名誉作对，而且使你夫人的贞节涉了犹疑。简单说吧，多少年来你该知道她的智慧、她的贤德、她的老成、她的拘谨，在在皆足以为她辩护，其中必有你所不知的缘故。不要猜疑，先生，她必能说明这一回为什么对你闭门不纳。听我的话，放心走开，我们全都到老虎饭店去吃饭，傍晚时候你独自来问明这件怪事的根由。如果大白昼的在行人众多的路上用暴力打了进去，就要引起大家的批评，一般人对你一向清白的名誉怀有猜疑，你将至死洗刷不清：
因为谣言是一个一个地接连而起，
找到一个地方便要永久地定居。

哀安　你说得对，我一声不响地走，虽然没有欢乐的心情，我还是要去寻欢作乐。我认识一个极善应酬的女人，美貌健谈，又风骚又温柔。我们到那里去吃饭，我所说的这个女人，正是我的妻常常错怪我因而责骂我的女人，我们就到她那里去吃饭。〔向安哲娄〕你回家去，取那条项链，我想这时候该做好了，请你把项链带到豪猪酒家，那便是她的淫窟。不为别的缘故，只为了羞辱我的妻，我要把那条项链送给那酒家的主妇。好朋友，快一点。

哀安　你就去吧，给我拿一根铁撬。

自己的家门拒绝接待我，

我到别处试试是否也慢待我。

安哲娄　　过一小时就到那里和你相会。

哀安　　　好的。这场玩笑恐怕要我破费。〔众下〕


# 第二景：同上


露西安娜与西拉鸠斯之安提孚勒斯上。


露西安娜　你难道忘了做丈夫的职务？

安提孚勒斯，爱情正在过春天。

难道你的爱情的萌芽已经干枯？

爱情方在建立难道就会坍塌？

你娶我的姐姐若是为贪她的钱，

为了钱的缘故也要对她温存。

如果移情别恋，也要偷偷地干，

也要虚情遮掩，假意殷勤，

别让她在你眼里看出你的真相，

别让你的舌头吐露你的隐衷。

要甜言蜜语，变心也要变得漂亮，

要把罪恶打扮成为美德的先锋，

摆出清白的外表，尽管内心污暗，

教罪恶大摇大摆像个圣人模样。

何必让她知道？偷偷地去干，

哪个笨贼会夸耀他的罪状？

对妻不忠，还要让她从你脸上看出来，

那是给人以双倍的侮辱。

做坏事仍可博虚名，若善于安排，

做恶事再出恶声，那是加倍地可恶。

啊，可怜的女性！我们容易受骗，

只消让我们知道你们的心没有变，

让别人牵着你的胳膊，把袖子给我们看看。

你们就可以把我们耍得团团转。

那么好姐夫，你进去吧，

安慰我的姐姐，喊她一声妻。

装一点假也无伤大雅，

如果几句好话就可平她的气。

西安　小姐，我不知你的尊姓大名，

更不知道我的姓名何以被你知晓。

你表现出来的风度和你的才情，

都不比当今天上人间的尤物 [6] 为少。

教导我，好人儿，该怎样想怎样说。

打开我的茅塞一般的心窍，

里面充满了浅薄虚弱的过错，

难以领略你言谈中的奥妙。

我的心已有所衷，你为什么要

让它到陌生的地方去游历？

你是神吗？你要把我重新创造？

那么改造我吧，我服从你。

但如果我还是我，那么我知道

你的啼哭的姐姐不是我的妻，

我也无需为她守什么贞操。

我一心一意想追求的是你。

不要用你的歌声诱我，亲爱的鲛人，

诱我溺死在你姐姐的眼泪里面。

为你自己唱，妖妇，我会一往情深，

把你的金发披撒在银波上边，

我会当作床似的睡在那上头。

我还要得意扬扬地自夸，

一个人能这样死也算是风流，

爱情是飘轻的，若能沉就淹死它！

露西安娜　怎么！你这样说话，可是疯了？

西安　　　没疯，只是迷糊，我也莫名其妙。

露西安娜　那是从你的眼睛里生出的毛病。

西安　　　那是太阳太近，你照昏了我的眼睛。

露西安娜　看应该看的东西，你就会看得清。

西安　　　看着黑暗，爱人，无异于闭起眼睛。

露西安娜　何以喊我作爱人？喊我的姐姐去吧。

西安　　　你的姐姐的妹妹。

露西安娜　是我的姐姐。

西安　　　不是呀，

　　　　　是你，你是我本身之较好的一半，

你是我眼中的眼，心肝里的心肝，

我的食粮，我的命运，我的希望之所寄，

我唯一的人间天堂，我升天以后的福利。

露西安娜　你说的全是我姐姐，至少应该是她。

西安　　　你就算是你姐姐吧，我就是爱你呀。

我爱的是你，我要和你一起过活。

你还没有丈夫，我也没有老婆。

你嫁给我吧。

露西安娜　啊！先生，且慢，

我找我的姐姐来，听听她的意见。〔下〕

西拉鸠斯之德娄米欧匆匆上。

西安　　　喂，怎么啦，德娄米欧！这样匆忙地往哪里跑？

西德　　　你认识我吗，先生？我是德娄米欧吗？我是你的仆
人吗？我是我自己吗？

西安　　　你是德娄米欧，你是我的仆人，你是你自己。

西德　　　我是一头驴，我是一个女人的人，我不只是我自己。

西安　　　什么女人的人？怎么会不只是你自己？

西德　　　真是的，先生，不只是我自己，我属于一个女人了，
她主张说我是她的，她缠着我，她要我。

西安　　　她对你提出什么主张？

西德　　　真是的，先生，就像你声称你的马是你的一样，她
对我提出同样主张，她要把我当作畜牲用。并非因
为我是畜牲，她想要我；而是因为她是十分下流的畜
牲，而她想要我。

| | |
|---|---|
| 西安 | 她是干什么的? |
| 西德 | 一位很可敬的人,谁要是提起她来,需要先说一声"罪过罪过"。在这门亲事当中我得不到什么好处,不过她倒是一份很肥的"妆奁"。 |
| 西安 | 为什么说她是很肥的"妆奁"呢? |
| 西德 | 真是的,先生,她是一个厨娘,浑身是油。我不知道拿她做什么用,除非把她做成一盏油灯,借她的光亮照着我逃跑。我担保她的破烂衣裳和那肥油若是燃烧起来,足够在波兰烧一整个冬天。如果她能活到世界末日,她会在全世界都烧光了之后再多燃烧一星期。 |
| 西安 | 她的肤色怎样? |
| 西德 | 乌黑,像我的鞋一般,但是她的脸不像我的鞋保持得那么干净,因为她出汗。一个人踩上去,那汗垢可以没过他的鞋帮。 |
| 西安 | 这毛病用水一洗就好了。 |
| 西德 | 不行,先生,浸到皮肤里面去了,诺亚时代的洪水也洗不干净。 |
| 西安 | 她名叫什么? |
| 西德 | 奈耳[7],先生。可是她的名字再加上四分之三,那便是一厄耳又四分之三,还不够量她的臀部一周哩。 |
| 西安 | 那么她是很宽了? |
| 西德 | 从头到脚不比她臀围更长,她圆得像地球仪,我在她身上可以找出好多国家。 |
| 西安 | 爱尔兰在她身上哪一部分? |

| | |
|---|---|
| 西德 | 真是的，先生，在她的屁股上，我在一片沼泽旁边找到的。 |
| 西安 | 苏格兰在哪里？ |
| 西德 | 我在一片荒原旁边找到的，就在她的手里。 |
| 西安 | 法兰西在哪里？ |
| 西德 | 在她的前额上，一片疮痍，毛发脱落，在和王位继承人作战。[8] |
| 西安 | 英格兰在哪里？ |
| 西德 | 我寻找白垩岩石，可是找不到一颗白净的牙齿，我猜想是在她的下巴颏上，因为和法国是隔着一道鼻涕眼泪的。 |
| 西安 | 西班牙在哪里？ |
| 西德 | 老实说，我没看见；不过我觉得它在热辣辣地呼吸着[9]。 |
| 西安 | 美洲和印度群岛在哪里呢？ |
| 西德 | 啊，先生！在她的鼻子上，上面装饰了红宝石、红玉、青玉，光芒往下面照射着西班牙的热气，因为西班牙派了大批舰艇到她的鼻子那里上货。 |
| 西安 | 比利时与荷兰在哪里？ |
| 西德 | 啊，先生！我没有往那么低的地方看。总而言之，这丫头，这巫婆，硬是要我，叫我德娄米欧，发誓说和我订过婚，告诉我我身上有什么暗记，例如我肩膀上的疤痕，颈子上的痣，左臂上的大瘤，使我大吃一惊，心想她必是妖婆，吓得我跑着离开她了。若不是我有虔诚的信仰，心似铁石坚， |

她会把我变成短尾巴狗，踏着烤叉转。[10]

西安　立刻赶到港口去，只要有风往海里吹，我今晚就不
　　　再停留在这城里。若是有船启碇，到市场来通知我，
　　　我在那里散步等着你。
　　　若是人人认识我们，我们一个不认识，
　　　我想我们就该卷起铺盖一走了之。

西德　人见了狗熊要拼命地跑。
　　　她要做我的妻，我也得逃。〔下〕

西安　住在这里的全是一些妖精，所以我该走了。喊我做
　　　丈夫的那个女人，要是做我的妻，我从心眼里不敢
　　　领教，可是她的漂亮的妹妹，却是那样温柔，有那
　　　样诱人的仪表谈吐，几乎使得我不能自持。
　　　我可能犯下对不起自己的过错，
　　　最好塞起耳朵别听这鲛人的歌。

　　　安哲娄上。

安哲娄　安提孚勒斯先生！

西安　对，那正是我的姓名。

安哲娄　这我当然知道，先生，看，链子拿来了。我本想在
　　　豪猪酒家会遇到你的，这链子没打好，让我等了这
　　　样久。

西安　你要我拿着这链子做什么？

安哲娄　随便你，先生，我已经给你制好了。

西安　给我制好了，先生！我根本没有定制。

安哲娄　不止一次，也不止两次，你定制过二十次了。拿回

家去，讨你的老婆高兴吧！吃晚饭时我来会你，到
那时你再把链子的钱给我。

西安　　　我请你，先生，现在就把钱拿去吧，因为我恐怕连
链子带钱你会永远也见不到了。

安哲娄　　你真会说笑话，先生，再会了。〔留下项链下〕

西安　　　这到底怎么回事，我莫名其妙，

不过，没有人会是那样傻，

这样好的项链送上门来还不肯拿。

我看一个人在此谋生无需行骗，

走在街上就有人送给你金链。

我到市场去，等候德娄米欧，

只要有船开，我立刻就开溜。〔下〕

## 注释

[1] 原文"If thou hadst been Dromio today in my place, /Thou wouldst have chang'd thy face for a name, or thy name for an ass." 费解，名家解释不一。G.B.Harrison 注云："You would have assumed my name（but not my face）or else taken my name, which would cause you to be beaten as an ass." 前半句似可通。新剑桥本改 a name 为 anaim，Foakes 改 face 为 office 似无必要。

[2] Rolfe 注云："luce 一字的意思是 pike（梭子鱼），而 pike 一字又有'矛枪'之义，此处或有双关，表示她已回敬一枪。"

[3] 原文"If you went in pain, master, this 'knave' would go sore."。Foakes 注云:"Dormio's point seems to be that if his master is 'sir knave' to Adriana, then he, who is properly a 'knave', i. e. servant, is worse off still; if his master goes in pain, then he will suffer indeed." 是也。G. B. Harrison 注云:"if you cared to take trouble(pain), she would be well beaten for calling you knave." 恐误。新剑桥本注云:"this 'knave' = 'the knave she is referring to'; and the whole 'line If … sore' is a roundabout way of saying 'you are the knave she means'." 亦不恰。

[4] 原文"There is something in the wind." 为俗语,"其中必有蹊跷"之意,德娄米欧以 wind 为"风",风中有寒意,衣裳单薄则不胜寒云云。

[5] crow 双关语:(一)crowbar 铁撬;(二)乌鸦。

[6] Douce 认为此处所谓 earth's wonder(人间的尤物)是指伊利沙白女王。

[7] 应该是鲁斯,莎士比亚在此处改作奈耳(Nell)。与下文的厄耳(ell)谐声。一厄耳等于四十五英寸(1 英寸为 2.54 厘米),此妇臀围应在八十英寸左右。

[8] "In her forehead; armed and reverted, making war against her heir." 此句意义复杂。首先 heir 与 hair 音相近。Wilson 注云:"armed and reverted, a reference to the 'French disease'(即花柳病),(a) in the body politic of France, i. e.the civil war between Henry IV, the 'heir', and the reverted League,(b) i.e., venereal disease, 'armed = with erruptions and 'reverted' = receding because of the loss of hair." 按一五八九年法国的信奉新教的 Henry of Navarre 被 Henry III 指定为法国王位继承人,当时天主教的 the Holy League 即武装抵抗,内战发生,但于一五九四年二月终于登上王位,是为亨利四世。奈尔的前额遍处

疮痍，表示战迹犹新，毛发脱落，表示击退叛军。英国对于法国内战亦感兴趣，并未袖手旁观，一五九一年伊利沙白女王曾派军援助亨利。

[9] 马龙说可能是指西班牙派出无畏舰队后对英国之恐吓，亦可能指西班牙之热的气候。

[10] 大厨房里常用小狗踏轮转动烤肉用的叉子。

# 第 四 幕

## 第一景：一广场

商人乙、安哲娄，及一警官上。

商人乙　　你知道从圣灵降临节那天起，这笔款就到期了，我
　　　　　并未十分催你。若不是我要到波斯去，途中需要用
　　　　　钱，我现在也不会开口，所以请你立刻付款，否则
　　　　　我只好请这位官人逮捕你了。

安哲娄　　我欠你的这笔款正相当于安提孚勒斯即将付还给我
　　　　　的数目，我遇到你的时候他刚拿走我一条金链。五
　　　　　点钟 [1] 我即可取得货款。请你和我一同到他家里去，
　　　　　我就可以偿清我的欠款，而且还要向你道谢。

哀非索斯之安提孚勒斯与哀非索斯之德娄米欧自妓馆走出上。

| | |
|---|---|
| 警官 | 你省得走一趟了，看他来了。 |
| 哀安 | 我现在到金匠家里去，这时候你去买一根绳子[2]，我要用以对付我的妻和她的同谋的人，她大清白昼地把我关我自己家门外边。且慢！我看见那金匠了。你去吧，你去买一根绳子，给我送到家里去。 |
| 哀德 | 我去买根绳子，那实在再好不过了[3]！〔下〕 |
| 哀安 | 人家这样信任你，你真是好可靠。你答应我你来，并且带着链子给我，可是既无链子又无金匠到我这里来。也许是你怕我们两个被链子锁起来，以至于我们的交情永久不得拆散，所以你不来。 |
| 安哲娄 | 你真是会说笑话，这就是一张清单，开明你的链子有多少卡拉重、金子的成色、制造的工资，总数比我欠这位先生的钱还多三块钱有余，请你立刻付款给他，因为他就要登船下海，急等钱用。 |
| 哀安 | 我身边没有现款，并且我在城里有事。请费心带这位客人到我的家里去，你带着链子，教我的太太收到东西付款，也许我可以和你们同时到达那里。 |
| 安哲娄 | 那么，你自己把链子带给你太太吧。 |
| 哀安 | 不，你带着，因为我也许不能及时赶到那里。 |
| 安哲娄 | 好吧，我带了去。那链子现在在你身边吗？ |
| 哀安 | 不在我身边，我希望是在你身边，否则你白去一趟拿不到钱。 |
| 安哲娄 | 不，不，我求你，先生，把链子给我吧。风顺潮涨，这位先生急于启碇，我已经很过意不去，耽搁他太久了。 |

| | |
|---|---|
| 哀安 | 天哪！你没有践约到豪猪酒家和我见面，反倒这样地胡说一气以为辩解。你没送链子来，我本该责备你，你倒像是凶神一般，先开始向我咆哮起来。 |
| 商人乙 | 时间费去不少了，我请你，先生，快一点。 |
| 安哲娄 | 你看他又在催我了，拿链子来。 |
| 哀安 | 噫，把它交给我太太，你就可以拿到钱。 |
| 安哲娄 | 好了，好了，你知道我是刚才交给你的。你或是把链子交我带去，或是交给我一点什么凭证。 |
| 哀安 | 呸！你现在开玩笑可太过分了。好了，链子在哪里？请你让我看看。 |
| 商人乙 | 我有正经事，受不了这样的胡缠。好先生，请明白告诉我你到底给不给钱，如果不，我就把他交给官人收押起来。 |
| 哀安 | 我给你钱！我给你什么钱？ |
| 安哲娄 | 你欠我的链子的钱。 |
| 哀安 | 我还没有收到你的链子，我不欠你的钱。 |
| 安哲娄 | 你知道我在半小时前交给你了。 |
| 哀安 | 你没有交给我，你这样说实在太冤枉我。 |
| 安哲娄 | 你不承认，先生，你实在更对不起我，要想一想这关系我的信用何等重大。 |
| 商人乙 | 好，警官，我提出控诉请求你拘捕他。 |
| 警官 | 我照办，我以公爵的名义命令你不得违抗。 |
| 安哲娄 | 这影响到了我的名誉。你要是不同意付钱给我，我就请这位警官拘捕你。 |
| 哀安 | 我没有拿你的东西还要同意付钱给你！拘捕我吧， |

|  | 糊涂人，如果你敢！ |
|---|---|
| 安哲娄 | 这是给你的酬金，拘捕他，警官。这样的公然侮辱，他纵然是我的亲兄弟，我也不饶他。 |
| 警官 | 我拘捕你，先生，你听到他的控诉了。 |
| 哀安 | 我服从你，等一下我缴纳保释金便是。但是，你这家伙，你开的这场玩笑要付出重大代价，你的店里的所有的金银都要赔进去。 |
| 安哲娄 | 先生，先生，我在哀菲索斯要有法律保障，你从此失掉脸面，那是毫无疑问的。 |

西拉鸠斯之德娄米欧上。

|  |  |
|---|---|
| 西德 | 主人，有一只爱皮达嫩的船，等着船主上船，就要启碇。我们的行李，先生，我已经搬上船了，我已经买了油、香胶和酒。船已准备好出航，风向也很顺，他们只等船主、船长和你了。 |
| 哀安 | 什么！是个疯子！噫，你这糊涂虫，有什么爱皮达嫩的船等着我呀？ |
| 西德 | 就是你派我去雇的一只船。 |
| 哀安 | 你这喝醉酒的奴才，我派你买根绳子，并且告诉了你是做什么用途。 |
| 西德 | 你还不如说是派我去上吊哩！事实上你是派我到港口，先生，去雇一只船。 |
| 哀安 | 等我有工夫的时候再和你分辩这件事实，教训你的耳朵以后听话要留心一些。立刻到阿德利爱娜那里去，奴才，把这钥匙给她，告诉她，在罩着土耳其毯的那 |

张书桌子里有一口袋钱，让她送过来。告诉她我在街上被拘捕了，这笔款子可以把我保释出来。赶快，奴才，去吧！走，警官，钱未到之前先到监狱去吧。

〔商人、安哲娄、警官、哀非索斯之安提孚勒斯下〕

西德　　到阿德利爱娜那里去！那就是我们方才吃饭的地方，道萨贝尔[4]硬是认我为她的丈夫，她太伟大，我不敢高攀。

我必须到那里去，虽然我不情愿，

主人的吩咐，仆人必须照办。〔下〕

## 第二景：哀非索斯之安提孚勒斯的家中一室

阿德利爱娜与露西安娜上。

阿德利爱娜　　啊！露西安娜，他竟这样勾引你？

从他的眼神当中你可曾冷静地看出

他是认真求爱？是还是不是呢？

他的脸涨红还是发白，轻佻还是严肃？

你可看到有什么迹象

是他的热情冲到了他的脸上？

露西安娜　　他先是否认你们夫妻的名义。

阿德利爱娜　　那是说他没尽夫道，这更令我生气。

| | |
|---|---|
| 露西安娜 | 又发誓说他在此地是陌生人。 |
| 阿德利爱娜 | 话说得不错，虽然是他负了心。 |
| 露西安娜 | 随后我替你申诉。 |
| 阿德利爱娜 | 他说了什么话？ |
| 露西安娜 | 我为你求爱，他求我爱他。 |
| 阿德利爱娜 | 他说些什么话来挑逗你的爱情？ |
| 露西安娜 | 若是诚心求爱，那些话倒是很动听。 |
| | 他先赞我相貌美，又说我谈吐好。 |
| 阿德利爱娜 | 你就表示好感。 |
| 露西安娜 | 请你少安毋躁。 |
| 阿德利爱娜 | 我不能忍耐，我不能闭口无言， |
| | 心里可以缄默，嘴巴要发作一番。 |
| | 他是畸形、驼背、又老又枯干， |
| | 相貌丑，身体更糟，无一处不难看。 |
| | 阴险、粗暴、愚暗、鲁莽、凶狠， |
| | 外形丑陋，心地更是残忍。 |
| 露西安娜 | 这样的一个男人谁还想要？ |
| | 坏东西丢掉最好，无需哀悼。 |
| 阿德利爱娜 | 啊！话虽如此，我内心观感要比较好， |
| | 我愿别人眼力差，看不出他的丑陋， |
| | 田凫大叫飞去，远离开她的巢，[5] |
| | 我心里为他祈祷，虽然嘴里在诅咒。 |

西拉鸠斯之德娄米欧上。

| | |
|---|---|
| 西德 | 去，书桌！钱袋！你要赶快。 |

露西安娜　　你喘不过气来了？

西德　　　　我是跑步而来。

阿德利爱娜　你的主人呢，德娄米欧？他可好吗？

西德　　　　不好，他下了监牢[6]，比地狱还难过。

　　　　　　一位穿皮大衣的魔鬼[7]把他抓起来了，其心肠硬如
　　　　　　铁石，

　　　　　　是个魔鬼、小妖，凶狠而粗鲁；

　　　　　　是一只狼，不，是个人而穿着皮衣服；

　　　　　　是个抓肩膀的朋友[8]，禁止人通行

　　　　　　某些街巷，弯曲的小路，窄的口埂；

　　　　　　是一只跑错方向犹能追踪的猎犬[9]；

　　　　　　未经裁判，他先把人送到监牢里面[10]。

阿德利爱娜　噫，到底是怎样一回事？

西德　　　　我不知道是怎么回事，他是因案而被捕了。

阿德利爱娜　什么，他被捕了？告诉我是谁控告的。

西德　　　　我不知道他的被捕是由于谁的控告，

　　　　　　不过是个穿皮服的人拘捕的，这我知道。

　　　　　　要不要给他送赎金，书桌里的那一袋钱？

阿德利爱娜　你去拿来，妹妹。〔露西安娜下〕我觉得此事甚怪，

　　　　　　他居然背着我而欠了人家的债，告诉我他是不是上
　　　　　　了镣铐？

西德　　　　不是镣铐，比镣铐还更坚强，

　　　　　　一条链子，一条链子。你没听见响？

阿德利爱娜　链子响？

西德　　　　不，不，钟响，现在我该走啦。

> 我离开他之前是两点，现在钟敲一下。

阿德利爱娜　　时光倒转！我没有听说过。

西德　　　　　时间遇到警吏，会吓得往后缩。

阿德利爱娜　　好像时间也会欠债！你说话好糊涂！

西德　　　　　时间破产了，机会是有，时间总是不足[11]。

　　　　　　　他还是贼呢，你不曾听人说吗，

　　　　　　　时间来临总是夜以继日地偷偷摸摸？

　　　　　　　如果又欠债又做贼，遇到一位警官，

　　　　　　　难道还不该倒退一小时的时间？

　　　　　露西安娜又上。

阿德利爱娜　　德娄米欧，钱在这里，快点拿去，

　　　　　　　立刻把你的主人接回家来。

　　　　　　　来，妹妹，我心里充满了猜疑，

　　　　　　　想着未来的安慰和过去的伤害。〔众下〕

# 第三景：一广场

　　　　　西拉鸠斯之安提孚勒斯上。

西安　　　　　我遇到的人没有一个不向我敬礼的，好像我是他们
　　　　　　　的熟朋友一般，而且每个人都喊着我的名字。有人

送我钱；有人邀请我；有人对我称谢；有人拿出货物要我买，方才有一个裁缝匠把我叫到他的店里，给我看他为我买的丝绸，当下就给我量了身材。当然这不可能是真实的事，这本是妖巫居住的地方。

西拉鸠斯之德娄米欧上。

西德　　主人，这就是你派我去取的金子。怎么！你摆脱了那个新披皮衣的老亚当[12]？

西安　　这金子是做什么的？你说的是什么亚当？

西德　　不是居住乐园的那个亚当，是看管监牢的那个亚当，就是为了浪子回家而宰杀肥牛[13]，后来捡了那张牛皮做衣服穿的那个人，就是从你身后过来，先生，像是恶煞一般，使你失去自由的那个人。

西安　　我不懂你的话。

西德　　不懂？噫，这是很明白的一件事，就是像一把低音小提琴似的装在一个皮壳里走路的那个人；就是等在老爷们疲倦了的时候给他们一个喘息的机会[14]，让他们进监牢休息一下的那个人；就是怜悯那些倒霉的人于是送给他们几套囚犯服装的那个人；就是下了决心要使用警棍而不使用矛枪去进行战斗的那个人。

西安　　怎么，你说的是警官吗？

西德　　是的，先生，正是巡捕队里的警官。任何人不服他的约束就要加以惩处的那个人；总以为别人是要睡觉于是就说"你到监牢里好好休息一番吧！"的那个人。

| | |
|---|---|
| 西安 | 好了，你的笑话可以结束了。今晚可有船开？我们可以起身吗？ |
| 西德 | 噫，先生，一小时前我已报告你今晚"快速号"船开行，随后你就被警官拦住等着改搭"延迟号"。这就是你派我取来保释你用的钱。 |
| 西安 | 这家伙发昏了，我也昏头了。我们是在梦幻之中徜徉，天神搭救我们离开此地吧！ |

一娼妇上。

| | |
|---|---|
| 娼妇 | 幸会，幸会，安提孚勒斯先生。你现在找到金匠了，那就是你今天答应给我的那条颈链吗？ |
| 西安 | 魔鬼，走开！你不要诱惑我！ |
| 西德 | 主人，这位是魔鬼夫人吗？ |
| 西安 | 就是恶魔。 |
| 西德 | 不，她比恶魔还厉害，她是恶魔的妈妈，以荡妇的姿态到这里来了，所以荡妇们口里常说"上帝诅咒我"，那也就是说，"上帝使我做荡妇"。据书上记载，她们是以光明天使的姿态在男人面前出现，光是火的产物，火是能伤人的，所以，荡妇能伤人，不要挨近她们。 |
| 娼妇 | 你的仆人和你都很会说笑话，先生。你们愿意跟我去吗？我们可以在这里再补充一点什么吃的。 |
| 西德 | 主人，你若是去，只能吃些稀烂的东西，所以要预备一把长柄匙。 |
| 西安 | 为什么，德娄米欧？ |

| | |
|---|---|
| 西德 | 真是的，一个人和魔鬼共餐必须具备一把长柄匙。 |
| 西安 | 走开，魔鬼！你对我说些什么吃饭的话？你是妖妇，你们全都是！我要你离开我，走开！ |
| 娼妇 | 把你在吃午饭时拿去的我的那个戒指还给我，否则用你答应给我的链子和我的钻戒交换，我就走，先生，决不再打搅你。 |
| 西德 | 有些魔鬼只要人的一块指甲、一根灯草、一根头发、一滴血、一根针、一颗干果、一个樱桃核，但是她太贪，要一条链子。主人，要小心，你如果给了她，她会摇晃着链子恐吓我们。 |
| 娼妇 | 我请你，先生，还给我戒指，再不就给我链子，我想你不至于这样骗我。 |
| 西安 | 滚，你这巫婆！来，德娄米欧，我们走。 |
| 西德 | 孔雀高呼"不要骄傲"，这话亏你说出口。[15] |
| | 〔西拉鸠斯之安提孚勒斯与西拉鸠斯之德娄米欧下〕 |
| 娼妇 | 毫无疑问，安提孚勒斯是疯了，否则他不会做出这样下流的事。他拿去的我的戒指值四十金币，他答应补偿我一条金链，现在他两个都不承认。我之所以认为他疯狂，除了他现在这场狂乱的表现之外，还有他今天午饭时所说的一段疯话，说起他自己的家门紧闭不肯放他进去。也许是他的妻看惯了他的病发的症状，故意关门不纳。我最好是赶到他家里，告诉他的妻，就说他疯病发作闯入了我的家中，把我的戒指强夺而去。 |
| | 我最好是采取这个办法， |

四十金币不能白白送他。〔下〕


# 第四景：一街道


哀非索斯之安提孚勒斯及警官上。

哀安　　不必为我担心，朋友，我不逃，我为了多少钱而被
　　　　捕，我在离开你以前必定如数交付给你，以为保证。
　　　　我的妻今天脾气很不好，不会轻易信任送信的人。
　　　　我居然在哀非索斯被拘捕，我告诉你说，这消息她
　　　　听来一定觉得惊讶。

哀非索斯之德娄米欧拿一条绳子上。

　　　　我的用人来了，我想他是送钱来了。怎样！我让你
　　　　取的东西拿来没有？

哀德　　这家伙一定可以把他们都收拾了。

哀安　　但是钱呢？

哀德　　噫，先生，我把钱用掉买绳子了。

哀安　　五百金币，奴才，买一根绳子？

哀德　　用那么多钱，先生，我可以给你买五百根。

哀安　　我要你回家去是做什么事的？

哀德　　买根绳子，先生，现在绳子买来了。

| | |
|---|---|
| 哀安 | 为了这个，我要欢迎你一番。〔打他〕 |
| 警官 | 好先生，你别着急。 |
| 哀德 | 你应该教我别着急，我在吃苦头。 |
| 警官 | 好了，你少开口。 |
| 哀德 | 你应该教他别动手。 |
| 哀安 | 你这婊子养的，没有知觉的奴才！ |
| 哀德 | 但愿我没有知觉，先生，你打上来我就不痛了。 |
| 哀安 | 除了挨打的时候之外你没有知觉，一头蠢驴就是这样。 |
| 哀德 | 我的确是一头蠢驴，你看我这一对被他拉长了的耳朵就可以证实。自从出生以来，直到目前为止，我一直伺候着他，从他手上所能得到的只是殴打。我冷的时候，他打得我发热；我热的时候，他打得我发冷；我睡的时候，他把我打醒；我坐着的时候，他把我打得站起来；我从家里出去的时候，他把我打出门外；我回来的时候，他打我一顿表示欢迎。唉，我这两肩随时挨打，好像乞丐肩上总是驮着他的孩子一般。我想，他把我的腿打瘸了的时候，还得要一面挨着打一面沿门求乞哩。 |
| 哀安 | 好，你去吧，我的妻从那边来了。 |

阿德利爱娜、露西安娜、娼妇及品施上。

| | |
|---|---|
| 哀德 | 太太，respice finem，注意你的结局，也许最好是像鹦鹉一般地发出警告，"注意绞绳"[16]。 |
| 哀安 | 你还要多嘴？〔打他〕 |

| 娼妇 | 你看如何？你的丈夫不是疯了吗？ |
|---|---|
| 阿德利爱娜 | 他的粗暴的确是疯的现象。好品施老师，你是一位能驱鬼的人，让他恢复本性，你要什么报酬都可以。 |
| 露西安娜 | 哎呀！他怒气冲冲的脸色好难看。 |
| 娼妇 | 看他疯狂发抖的样子！ |
| 品施 | 把你的手给我，让我摸摸你的脉搏。 |
| 哀安 | 这就是我的手，让它摸摸你的耳朵吧。〔打他耳光〕 |
| 品施 | 恶魔，你附在这人的体内，现在我念动真言，命令你不得再行缠扰，我是以天上所有的圣徒的名义来驱除你。 |
| 哀安 | 住声，糊涂的术士，住声！我没有疯。 |
| 阿德利爱娜 | 啊，但愿你是没有疯，可怜的人。 |
| 哀安 | 你这贱妇，这些都是你的顾客吗？是不是这个面黄肌瘦的家伙今天在我家里饮酒作乐，于是对我就大门紧闭不准我进入我自己的家？ |
| 阿德利爱娜 | 啊，丈夫，上帝知道你今天是在家里吃过饭的，我但愿你饭后到现在都是留在家里，就不至于受这样的公然侮辱了！ |
| 哀安 | 在家里吃的饭！你这奴才，你说呢？ |
| 哀德 | 先生，说老实话，你没有在家里吃饭。 |
| 哀安 | 是不是家门锁起把我关在外面了？ |
| 哀德 | 天哪，你是家门锁起被关在外面了。 |
| 哀安 | 她是不是亲口在那里骂了我？ |
| 哀德 | 不说假话，她是在那里亲口骂了你。 |
| 哀安 | 她的厨房里的丫头是不是也辱骂讥嘲了我？ |

| | |
|---|---|
| 哀德 | 诚然，她是，厨房里的蓬火娘讥嘲了你。 |
| 哀安 | 我是不是盛怒而去？ |
| 哀德 | 你的确是，我的骨头可以作证，因为它随后尝到了你的盛怒的滋味。 |
| 阿德利爱娜 | 由着他这样胡说乱道，好吗？ |
| 品施 | 不要紧的，这个家伙摸着了他的脾气，由着他发作可以使他的疯狂平静下去。 |
| 哀安 | 你教唆那个金匠来拘捕我。 |
| 阿德利爱娜 | 哎呀！我派人送钱去保释你，就是这个德娄米欧，他匆匆忙忙来取钱的。 |
| 哀德 | 派我送钱！你也许有这个意思，但是，主人，事实上是一分钱也没有给。 |
| 哀安 | 你没有到那里去取一袋金钱吗？ |
| 阿德利爱娜 | 他来到我处，我给他了。 |
| 露西安娜 | 我可作证她是给他了。 |
| 哀德 | 请上帝和卖绳子的人为我作证，我只是被派去买一根绳子！ |
| 品施 | 主仆二人都是有鬼魔附体，看他们的惨白的脸色，我就知道了。必须把他们捆绑起来，放在一间黑屋子里。 |
| 哀安 | 喂，你今天为什么把我关在门外？你又为什么不承认那一袋金钱？ |
| 阿德利爱娜 | 好丈夫，我没有把你关在门外。 |
| 哀德 | 好主人，我没有收到金子，但是我承认，先生，我们是被关在门外了。 |

| | |
|---|---|
| 阿德利爱娜 | 骗人的奴才！你说的两件事都是假的。 |
| 哀安 | 骗人的娼妇！你一切都是假的。你勾通一群该死的东西来捉弄我，你眼睁睁地看着我被人戏弄，我要亲手把你的眼珠子挖出来。 |
| 阿德利爱娜 | 啊！捆起他来，捆起他来，不要教他走近我。 |
| 品施 | 多来几个人！附在他身上的魔鬼是很凶的。 |
| 露西安娜 | 哎呀！可怜的人，他的脸色多么苍白！ |
| 哀安 | 怎么，你们要谋害我吗？你这位警官，你，我是你的囚犯，你容许他们把我劫走吗？ |
| 警官 | 诸位，放了他吧，他是我的囚犯，你们不可以处置他。 |
| 品施 | 把这个人捆绑起来，因为他也疯了。〔他们绑起哀非索斯之德娄米欧〕 |
| 阿德利爱娜 | 你要怎么办，你这不懂事的警官？你会很高兴地看着一个可怜的人伤害他自己吗？ |
| 警官 | 他是我的囚犯，如果我放了他，他欠的债要落在我的头上。 |
| 阿德利爱娜 | 我愿在和你分手之前解除你对债务的责任。带我去见他的债主，问明债是怎么欠的，我就偿付给他。好教师先生，把他平安送回我的家里去。好倒霉的一天！ |
| 哀安 | 好可恶的娼妇！ |
| 哀德 | 主人，我为了你而被捆绑起来了。 |
| 哀安 | 你混账，奴才！你为什么要使我狂怒？ |
| 哀德 | 你就这样一声不响地被人捆绑？发狂吧，主人！大 |

声喊"活见鬼啊"!

露西安娜　上帝帮助这两个可怜的人吧!他们说话是何等地语无伦次。

阿德利爱娜　把他送走。妹妹,你和我一同去。

〔品施与助手等带哀非索斯之安提孚勒斯与哀非索斯之德娄米欧下〕

你说,是谁提出控诉要拘捕他的?

警官　一个名叫安哲娄的,是个金匠。你认识他吗?

阿德利爱娜　我认识这个人。他欠了多少钱?

警官　二百块金币。

阿德利爱娜　你说,是怎么欠的?

警官　你的丈夫买了他一条链子而欠下的。

阿德利爱娜　他是为我定制了一条链子,但是并未拿到。

娼妇　你的丈夫今天盛怒之下跑到我的家里,取走了我的戒指,我方才看见他戴在他的手指上了,随后我就遇到了他,手里拿着那条链子。

阿德利爱娜　也许是这样的,可是我从未见到那链子。来,警官,带我到金匠那里去,我亟想知道全部的真相。

西拉鸠斯之安提孚勒斯与西拉鸠斯之德娄米欧持剑上。

露西安娜　上帝,慈悲吧!他们又出来了。

警官　快跑!他们要杀我们。〔阿德利爱娜、露西安娜,及警官下〕

西安　我看出来了,这几个妖精怕剑。

西德　想做你的妻的那个女人现在看见你就逃。

| | |
|---|---|
| 西安 | 到人马酒店去，把我们的行李取来，我希望早点平安上船。 |
| 西德 | 老实讲，在此地再过一夜，他们一定不会害我们的。你看他们待我们很客气，还给我们金子呢。我觉此地的人实在多礼，若不是那疯疯癫癫的胖婆娘硬是认我做丈夫，我倒情愿在此长久居住，也变成一个妖巫。 |
| 西安 | 把整个城池给了我，我今晚也不愿在此停留。走吧，把我们的行李送上船。〔同下〕 |

## 注释

[1] 当莎氏时，上级社会人士午饭在十一点，晚饭在五点。

[2] rope's end，据 Wilson 注：(a) a piece from the end of a rope, commonly used as an instrument of punishment. (b) a halter or hangman's noose. (IV, 1, 99) 此处指鞭挞用的绳子。

[3] 原文"I buy a thousand a pound a year: I buy a rope!"各家均认为不可解。

Harrison 注云：probably Dromio means: "I shall be as glad to buy a rope for my master to use on his wife as I would be to make a thousand a year." 姑按其大意译之。有人解 pound 为 blow 之意，莎氏似无此用法。

[4] 她的名字本来是 Nell，见第三幕第二景第一一五行。此处改称为 Dowsabel，即法文 douce et belle 之讹，意为 sweet and lovely，为对情人

或漂亮女郎之通称。

[5] 田凫（lapwing）见猎人至辄大叫飞去，为转移人之注意力，以保护其巢中之雏鸟。喻阿德利爱娜之诅咒并非由衷之言，仅系一种手段转移人之注意。

[6] 原文 in Tartar limbo，按 limbo 即 hell，但亦有 prison 之意。Tartar 为 Tartarus 之简写，亦为 hell 之意。此处二字联用，可能有 the hell of the Tartars（回教徒之地狱）之意，此种地狱比基督教之地狱尤为可怖。无论如何，此处所指是债务人被拘留之监牢。

[7] everlasting garment 即 leather coat，当时法警之制服。

[8] 法警拘捕人犯惯常从后面抓住肩膀。原文 back-friend 与 shoulder-clapper 应是同一意义。

[9] 原文 runs counter 是指猎犬嗅出猎物后开始追逐但其方向正与猎物逃去之方向相反。伦敦有一监狱，名 Counter，故亦可能有双关义。嗅足迹而追寻猎物谓之 draw dryfoot，简译为"追踪"。

[10] 一八六九年债务法（Debtors' Act）公布以前，民事案件在裁决以前亦可施行拘捕，即所谓"mesne process"。

[11] 原文 owes more than he's worth to season 费解。各家解释不同：

Herford："All that time produces in any season falls short of what is 'seasonable', i.e., would be convenient for us."

Schmidt："Time is seldom so convenient and opportune as one would wish."

French（Yale Sh.）："Time never furnishes so many opportunities as he ought."

Wilson："There is never time to do all that occasion offers."

Harrison："season : keep in good condition."

姑按威尔孙解释译之。

[12] 原文 "What ！ have you got the picture of old Adam new apparelled?"
费解。Hardin Craig 照 传 统 解 释 注 云："This is taken to mean, 'Have
you got rid of old Adam， namely， the sergeant dressed in buff， as Adam
was dressed in skins." 按所谓 got rid of 是 Theobald 的修订语，莎士比
亚从未用过这一短语。Harrison 的注提出另一说法："Dromio probably
means：'Have you got out of your "Paradise"， like Adam when he left the
Garden of Eden newly clad in the skins of animals.'" 看下文即知"老亚
当"是指警吏，不是德娄米欧的主人，后说似不可通。故从前说译之。
Foakes 注："i.e.， is the sergeant still with you?" 语气似与事实不符。

[13] 浪子回家杀牛设宴的故事见《圣经·路加福音》第十五章。

[14] 第一对折本作 sob，为"喘息时间"之义，牛津本改为 fob，为"手
段"trick 之意，似无此一改动之必要。

[15] 孔雀是禽中之最骄傲者，孔雀而高呼勿骄傲，其虚伪可知。娼妇
以骗财为业，今高呼别人不要骗她，故云。

[16] 虔诚的人家豢养鹦鹉，教以 respice finem 一语，意为 remember
your end（＝remember your eternal salvation），但 respice funem 之意则
为 remember the rope（i. e. the reward for crime）。二语乃一音之讹。rope ＝
hanging，或谓有人故意教鹦鹉以"注意绞杀"一类之凶语，以博
一粲。

# 第 五 幕

## 第一景：修道院前一街道

商人与安哲娄上。

安哲娄 　对不起，先生，我耽误了你；不过我要声明，是他拿
　　　　了我的链子，虽然他死不要脸地不承认。

商人　　此人在城里声望如何？

安哲娄　一向名誉很好，先生，有无限的信用，人缘极好，
　　　　在这城里不比任何一个人差；只凭他一句话，我可以
　　　　随时把我全部财产托付给他。

商人　　小声说话，我想他就在那边走着呢。

西拉鸠斯之安提孚勒斯与西拉鸠斯之德娄米欧上。

安哲娄　正是，他的颈子上正挂着那条他矢口否认拿去的链

子。好先生，你走近些，我要和他说话。安提孚勒
斯先生，我实在不懂你为什么要这样使我受辱，使我
为难。你说得清清楚楚，而且还发誓，不承认拿去这
条链子，现在公然佩戴起来，你自己也有一点难为情
吧！你除了使我吃官司，受辱，进监牢[1] 之外，还对
不起我这位好朋友，若不是因为我们的争执，他今
天早已扬帆下海了。这链子就是你从我那里拿去的，
你能否认？

西安　　　　我是拿了去的，我从来没有否认过。

商人　　　　你是否认了，先生，你还发誓否认的呢。

西安　　　　谁听到我否认了，或发誓否认了？

商人　　　　你要知道，我的耳朵亲自听到你否认的。你好不要
　　　　　　脸！善良的人们来往的地方，竟有你这样的人在这
　　　　　　里徘徊，实在可惜。

西安　　　　你这样辱骂我，你简直是混蛋！如果你敢，我要立
　　　　　　刻和你较量一下，来证明我的名誉与清白。

商人　　　　我敢，而且我不怕你这个混蛋。〔他们拔剑〕

阿德利爱娜、露西安娜、娼妇及其他上。

阿德利爱娜　住手！看上帝的面上，不要伤害他！他是疯了。你
　　　　　　们几个人冲到他的身边，夺下他的剑。把德娄米欧
　　　　　　也捆起来，把他们抬到我家里去。

西德　　　　快跑，主人，快跑，为了上帝的缘故，找个房子进
　　　　　　去躲躲！这是一座修道院，进去，否则我们就要遭
　　　　　　难了。〔西拉鸠斯之安提孚勒斯与西拉鸠斯之德娄米

欧入尼庵中〕

女修道院长上。

女修道院长　你们不要吵闹，你们为什么聚在这里？

阿德利爱娜　来接我的可怜的发疯的丈夫。让我们进去，把他牢牢地捆绑起来，送他回家去休养。

安哲娄　我知道他的精神确是不大健全。

商人　我现在后悔不该对他拔剑相向。

女修道院长　这人疯了多久？

阿德利爱娜　这一星期以来，他就是郁闷、褊急、严肃，与往常大不相同。不过是到了今天下午他才大大发作起来。

女修道院长　他可曾有船在海上失事损失不少财产？有什么好朋友去世？再不就是他的眸子不正，使得情感误入歧途？这也是年轻人的通病，喜欢到处眉来眼去。他是为了哪一桩事而烦恼呢？

阿德利爱娜　全都不是，除非是最后一桩，那便是，有了外遇，使得他常常离家外出。

女修道院长　为这个你就应该责备他。

阿德利爱娜　唉，我责备过了。

女修道院长　是的，但是不够严厉。

阿德利爱娜　凡是一个女人所能做得出的，我已经责备得够厉害的了。

女修道院长　也许，只是在私下里。

阿德利爱娜　也公开地责备过他。

女修道院长　是的，但是还不够。

阿德利爱娜　那已经成了我们谈话的主题，在床上，我不住地数说，他无法入睡；在饭桌上，我不住地数说，他食不下咽；没有别人在旁，那便是我的话题；有别人在一起，我也时常向他示意：

我随时在提醒他，这是恶劣的品行。

女修道院长　于是这个人就发了疯：

妒妇之毒恶的絮聒比疯犬的牙还要厉害。看样子，他是由于你的詈骂而不得安眠，于是他的头脑飘飘然。你说你用你的谴责为他佐餐，吃饭时心绪不宁会造成消化不良，于是造成热狂，发热不就是发狂吗？你说他的游戏也受你吵闹的阻碍，一个人不得舒适地消遣，其结果除了抑郁不乐，连带着意志消沉，紧接着百病丛生，还能有什么呢？在吃东西时、在游玩时、在休息养神时，若是受到干扰，无论是人或是兽都会发疯的：

其后果是，你这样的嫉妒成性，

吓得你的丈夫神志不清。

露西安娜　在他举止粗暴之际，

她只是温和地说他几句。

你为什么忍受这些责备而不回答？

阿德利爱娜　她骗得我自己谴责自己。诸位，进去，抓他。

女修道院长　不行，谁也不能进入我的房子。

阿德利爱娜　那么，让你的用人们把我的丈夫送出来。

女修道院长　也不行，他到这里寻求庇护[2]，在我使他神志恢复以前，我们要保护他不落到你的手里，否则我的努力是白费了。

阿德利爱娜　我要伺候我的丈夫，看护他，照料他的饮食，因为那是我的本分，我不愿别人代我做，所以请准我带他回家吧。

女修道院长　别着急，因为现在我不愿让他动弹，我要先使用我的验方，包括一些灵药和神圣的祈祷，让他成为一个正常清醒的人。这是我出家誓愿的一部分，也是我们教会规定的一种善施，所以你去吧，把他交给我好了。

阿德利爱娜　我不肯走开，把我的丈夫留在此地，拆散人家夫妻，是不合你们出家人的身份的。

女修道院长　不要吵，去吧，我决不把他交给你。〔下〕

露西安娜　这样蛮不讲理，我们到公爵那里去控告。

阿德利爱娜　好，走；我要匍匐在他脚下，向他哭诉，请他答应亲自到那里去，把我的丈夫从那修道院夺救出来，否则我不起身。

商乙　我看现在有五点了，公爵本人不久一定要路过此地到那悲惨的行刑之处，就在这修道院的壕沟后面。

露西安娜　为了什么？

商乙　为了监视一位可敬的西拉鸠斯商人行刑，因为他不幸地闯进本港，触犯了本地的法律，所以要斩首示众。

安哲娄　看他们来了，我们看他死。

露西安娜　在公爵走过修道院之前向他下跪。

公爵偕侍从等上，伊济安光着头，刽子手及其他官吏等上。

| | |
|---|---|
| 公爵 | 再度公开宣告，如有他的朋友愿意代他缴纳赎金，可以饶他一命，因为我很怜悯他。 |
| 阿德利爱娜 | 最高贵的公爵，我要求法办这修道院院长！ |
| 公爵 | 她是一位有道的出家人，她不可能做任何欺侮你的事。 |
| 阿德利爱娜 | 启禀公爵，安提孚勒斯，我的丈夫，我当初是奉了您的严命把他认作了我的夫君的，在这倒霉的今天突然大发精神病，在街上横冲直撞，带着他的仆人，也和他一样地疯，侵入人民住宅，搅得大众不安，抢走了指环珠宝以及他疯狂之中看中眼的任何东西。我一度把他捆绑送到家里，我到他闯祸的地方到处去赔偿损失。忽然不知怎样逃脱的，他挣脱开看管他的人，主仆二人疯疯癫癫的、怒气冲冲的，手持利剑又遇到了我们，疯狂地逼着我们走开，后来我们召来了更多的人手，想把他们再捆起来。他们逃进这个修道院，我们就追到此地，不料修道院长关起大门，不准我们接他出去，也不肯放他出来让我们带他回家，所以，公爵大人，请你下令放他出来，由我带他回家疗养。 |
| 公爵 | 很久以前你的丈夫曾在我的军中服役，你和他结婚的时候我曾对你许下诺言一定要尽力地照拂他。去几个人敲修道院的大门，唤那女修道院长前来见我。 |

在我动身之前要把此事解决。

一仆上。

仆 啊，女主人！女主人！快逃命吧！我的主人和他的
仆人挣脱了束缚，把侍女们一个个地都打了，把医
生捆起来了，用柴火烧了他的胡子，起了火之后，
他们把大桶的泥水兜头浇了上去。我的主人劝他忍
耐，这时候他的仆人就用剪刀剪他的头发，剪得乱
七八糟成为一个小丑的样子，除非您立刻派人援救，
他们一定会把那驱鬼的活活整治死。

阿德利爱娜 别说了，蠢材！你的主人和他的仆人都在这里，你
所报告的全是假的。

仆 女主人，以我的性命为誓，我说的是实情。我亲眼
看到之后几乎连气都没喘就跑来了。他大声呼喊
着寻找你，而且发誓说一旦抓到你就要砍你的脸，
毁你的容。〔内呼喊声〕

听，听！我听到他了，女主人，快点跑吧！

公爵 来，站在我身旁，不用怕，用戟来防御。

阿德利爱娜 哎呀，那是我的丈夫！你看到了，他们用隐身法把
他搬来搬去，我们方才把他追赶到这修道院里，现
在他又在这里了，简直是不可思议。

哀非索斯之安提孚勒斯与哀非索斯之德娄米欧上。

哀安 主持公道，最仁慈的公爵！啊！我过去追随你作战，
你倒下来的时候我回护你，为救你的性命我身负重

创，我为了你而淌了血，现在请你为我主持公道吧。

伊济安　除非是我怕死而精神恍惚，我是看见了我的儿子安提孚勒斯和德娄米欧！

哀安　好公爵，请依法惩治那个女人！你把她许配给我为妻，她居然以最狠毒的方法欺骗我、羞辱我！她今天不顾廉耻地虐待我，令人无法想象。

公爵　说出事实经过，我自会公平处理。

哀安　今天，公爵，她对我闭门不纳，带着一群下贱人在我家里宴乐。

公爵　这是严重的过错！你说，女人，你有没有这样的事？

阿德利爱娜　没有，大人。我自己，他，我的妹妹，今天是在一起吃饭的。他指控我的话全是假的，否则让我遭受天谴！

露西安娜　如果她说的不是实话，让我白天永不得见天日，夜里永不得安眠！

安哲娄　啊，发伪誓的女人！她们两个说的都是假话，这疯子控诉她们的话是真的！

哀安　公爵，我所说的话是经过考虑的，不是酒后狂言，也不是一时的气话，虽然我所受的冤屈足以使更冷静的人发狂。这个女人今天把我关在门外，不给我饭吃。那个金匠，若不是和她串通一气，可以为我作证，因为他那时是和我在一起的。他离开我去取一条链子，答应我带到豪猪酒家，我和巴尔萨泽是在那里吃饭的。我们饭吃完了，他没有去，我就去找他，在街上我遇到了他，还有那位先生和他在一起。这不讲信义的金匠就在那里对我赌咒，硬说我今天已经收到他的链子，其实天晓得，我根本没有看到；因此他会同警官把我拘捕。我服从了，派我的仆人返家取钱，他没有取到钱就回来了，于是我请求警官亲自陪我到我家去。半途中我们遇见了我的妻、她的妹妹和一群下流的同党，她们还带着一个名叫品施的，是个带着一脸饿相的瘦鬼，一副骨头架子、一个江湖庸医、一个褴褛的术士、一个占卜算命的、一个寒酸的、凹眼的、憔悴的倒霉蛋，一个活死人。这个邪恶的奴才，自命为能驱邪逐鬼，凝视着我的眼睛，摸着我的脉搏，小头小脸的好像是要吓倒我的样子，大声喊道，我是有鬼魔附身了。于是大家一齐下手，把我捆绑起来，把我抬走，把我和我的仆人系在一起丢在家里又湿又暗的一间地窖里，直等到我咬开了绳子，恢复了自由，便立即跑到这里来叩见公爵大人，求您为我所受的奇耻大辱寻求充分的补偿。

安哲娄　　大人，说实话，讲到他没有在家吃饭，被关在大门之外，这一点我是可以为他作证的。

公爵　　　但是他是不是从你手里拿到了那条链子呢？

安哲娄　　他拿到了，大人，他跑到这里的时候，这些人都看到链子在他的颈上。

商乙　　　而且我可以发誓，你在市场里先是否认，随后我又亲耳听到你承认拿到他的链子，于是我就拔剑对你，然后你就跑进这修道院里，我不知是靠了什么奇迹，你又从那里出来了。

|  |  |
|---|---|
| 哀安 | 我根本就没有走进这所修道院，你也从来没有对我拔过剑，我也从来没有看见过那条链子，老天为我作证！你控诉我的话全是假的。 |
| 公爵 | 噫，这真是好复杂的一宗控案！我想你们全是喝了妖婆的迷魂酒。如果你们把他赶进了这个地方，他就应该是在这里面。如果他是疯了，他就不会这样冷静地申辩，你说他是在家里吃饭的，这金匠否认这一说法。喂，你怎么说？ |
| 哀德 | 大人，他是和她一起吃饭的，在豪猪酒家。 |
| 娼妇 | 他是，还从我手指上夺去了那只戒指。 |
| 哀安 | 这是不错的，大人，这戒指是我从她手上拿来的。 |
| 公爵 | 你看见他走进这修道院了吗？ |
| 娼妇 | 我的的确确看见他进去，就像我现在看见大人一样。 |
| 公爵 | 噫，这就怪了。去教修道院院长来。〔一侍者下〕我看你们全都昏了，或是干脆疯了。 |
| 伊济安 | 公爵在上，请准我说一句话，也许我可以找到一位愿意救我一命的朋友，替我缴付赎金。 |
| 公爵 | 西拉鸠斯人，你有话尽管说吧。 |
| 伊济安 | 先生，你的名字是不是叫安提孚勒斯？你的仆人是不是叫德娄米欧？ |
| 哀德 | 在这一小时前我还是他的一个奴隶，多谢他，他把我的束缚打开了。我现在是德娄米欧，是他的仆人，被解放了。 |

| 伊济安 | 你们两个一定都还认识我。 |
|---|---|
| 袁德 | 先生，看着你，我们倒想起我们自己来了，因为我们最近也是被捆绑起来的，就像你现在这样。你不是品施治疗下的病人吧，是吗，先生？ |
| 伊济安 | 你为什么作出不认识我的样子？你认识我的呀。 |
| 袁安 | 我从来不曾看见过你。 |
| 伊济安 | 啊！自从分别以来，忧愁改变了我的外貌，苦难的生涯和时间之酷烈的手段，在我的脸上刻画出了老丑的痕迹，但是告诉我，你听不出我的声音吗？ |
| 袁安 | 听不出。 |
| 伊济安 | 德娄米欧，你也听不出？ |
| 袁德 | 不，先生，我实在听不出。 |
| 伊济安 | 我知道你一定听出来了。 |
| 袁德 | 是的，先生，不过我知道我是听不出来。一个人不论他是否认什么事，你必须相信他。 |
| 伊济安 | 不认识我的声音！啊，严酷的光阴，短短的七年之间你竟使得我的喉咙沙哑，我的唯一的儿子都听不出我的苦难折磨出来的微弱的声音？虽然我这张布满皱纹的脸上披了一层严冬的寒霜，周身血脉都已凝冻，我这垂暮之年尚有一些记忆的力量，我的将要失明的眼睛还有一些残余的光辉，我的迟钝的耳朵还有一点点听觉。我不会认错人的，这些衰老的见证都在告诉我你是我的儿子安提孚勒斯。 |
| 袁安 | 我生平就没有见过我的父亲。 |
| 伊济安 | 但是，孩子，你知道七年前我们是在西拉鸠斯分 |

别的，我的儿啊，也许你是看我这苦难的样子羞于认我。

哀安　公爵和城里一切认识我的人可以为我作证事实不是如此。我生平未曾到过西拉鸠斯。

公爵　我告诉你说，西拉鸠斯人，我照拂安提孚勒斯已有二十年，在此期间他从未到过西拉鸠斯。我看你是年迈又加上害怕，变糊涂了。

女修道院长又上，偕西拉鸠斯之安提孚勒斯与西拉鸠斯之德娄米欧。

女修道院长　伟大的公爵，请来看看一个受了大冤枉的人。〔众围视〕

阿德利爱娜　我看见了两个丈夫，也许是我眼花了吧！

公爵　其中一个是另外一个的守护神[3]，这两个人也是一样，哪一个是本人，哪一个是神灵？谁能分辨他们？

西德　大人，我是德娄米欧，叫他走吧。

哀德　大人，我是德娄米欧，让我留下吧。

西安　你不是伊济安吗？再不然就是他的鬼魂？

西德　啊！我的老主人，谁把你捆绑在这里？

女修道院长　不管是谁绑的，我要解开他，他恢复了自由，我也就获得了一个丈夫。你说，老伊济安，你是不是有妻名叫义米利亚为你生过一对漂亮的孪生子的那个人。啊！如果你即是那个伊济安，你说吧，并且对那个义米利亚说吧。

| | |
|---|---|
| 伊济安 | 如果不是我做梦，你便真是义米利亚，如果你真是她，告诉我当初和你一同在木筏上漂流而去的那个儿子在哪里呢？ |
| 女修道院长 | 他和我，还有那孪生的德娄米欧，都被爱皮达嫩的人给救起了，可是不久科林兹的一群凶恶的渔夫又用暴力把德娄米欧和我的儿子抢走了，把我留在爱皮达嫩人的手里。他们以后的情形如何，我不知道，我的命运如何，你现在一看也就明白了。 |
| 公爵 | 噫，这和他早晨所说的故事正相符合，这两个安提孚勒斯，生得如此相像，还有这两个德娄米欧，面貌完全一样，此外还有她所提起的海上失事的经过，这两个人就是这两个人的父母，偶然地团聚在一起了。安提孚勒斯，你最初是从科林兹来的吗？ |
| 西安 | 不是的，大人，我不是，我是从西拉鸠斯来的。 |
| 公爵 | 且慢，你们站开。我认不出哪一个是哪一个了。 |
| 哀安 | 启禀大人，我是从科林兹来的。 |
| 哀德 | 我和他一起来的。 |
| 哀安 | 是您的最显赫的叔父那位著名的武士曼那丰公爵把我带到这城里来的。 |
| 阿德利爱娜 | 你们两个是哪一个今天和我一起吃饭的？ |
| 西安 | 是我，好太太。 |
| 阿德利爱娜 | 你不是我的丈夫吗？ |
| 哀安 | 不是，我说不是。 |
| 西安 | 我也是这样说，可是她确是喊我为丈夫。这位漂亮的小姐，她的妹妹，确是喊我为姐夫，〔向露西安 |

娜〕我当时对你所说的话，我希望能有机会予以实现，如果我现在所见所闻不是一场幻梦。

安哲娄　先生，那就是你从我手里拿去的那条链子。

西安　我想是的，先生，我不否认。

哀安　而你，先生，却为了这条链子把我拘捕了。

安哲娄　我想我是拘捕了你，先生，我不否认。

阿德利爱娜　我派了德娄米欧送钱给你，作为保释你的钱，不过我想他没有把钱送到。

哀德　不，我没有送钱。

西安　你的这一袋金钱我收到了，是我的仆人德娄米欧给我送来的。我想我们是不断地遇到了彼此的仆人，我被当作了他，他被当作了我，于是闹出这些错误。

哀安　现在我拿这些钱赎我的父亲。

公爵　这是不需要的了，你的父亲已免一死。

娼妇　先生，你得把那钻戒还给我。

女修道院长　尊贵的公爵，如不嫌弃，请您劳步和我们到这修道院里，细听我们诉说经过，还有在这里聚集的各位，由于这一天发生的错误全受了许多委屈，也都请和我们一起进去，我们一定要尽量地予以补偿。我的儿子们，自从我生下了你们已经过了三十三年[4]，直到此刻为止，我的重负从未得释。公爵、我的丈夫、我的两个孩子，还有和他们同年生的你们二位，都请来参加一场洗礼宴会[5]，和我一同欢乐吧！这样多年受苦，该有这样一番庆祝！

公爵　我很高兴到宴会里去快乐一番。〔公爵、修道院院

长、伊济安、娼妇、商人、安哲娄与侍从等下〕

西德　　　主人，要不要我到船上取回你的行李?

哀安　　　德娄米欧，你把我的什么行李放到船上去了?

西德　　　就是您存放在人马旅馆的那些东西。

西安　　　他是在和我说话呢。我才是你的主人，德娄米欧，
　　　　　来，和我们一同去。行李以后再说，和你的兄弟拥
　　　　　抱，和他一起快乐一阵。〔西拉鸠斯之安提孚勒斯与
　　　　　哀非索斯之安提孚勒斯、阿德利爱娜与露西安娜下〕

西德　　　你的主人家里有一位胖娘儿们，今天吃饭的时候误
　　　　　把我当作你，留在厨房里招待了一番，现在她是我
　　　　　的嫂嫂，不是我的老婆了。

哀德　　　我以为你是我的镜子，不是我的弟弟，我一看到你，
　　　　　就觉得我是一个漂亮小伙子。你要不要进去看看他
　　　　　们的作乐?

西德　　　我不能先进去，先生，你是我的哥哥。

哀德　　　那倒是个问题哩，我们怎样解决?

西德　　　我们来抽签，看谁是哥哥，未抽签之前，你就先
　　　　　走吧。

哀德　　　不，你先走吧。
　　　　　我们是双生弟兄来到人世间;
　　　　　现在手携手，不必分后分先。〔同下〕

## 注 释

[1] 安哲娄已被拘捕（参看第四幕第一景六十九至七十一行），何以在此与商人自由行走，似有矛盾。

[2] 刑事案件之疑犯可逃入教堂或其神圣处所寻求庇护，免受法律制裁，此项办法至一六二五年始废；民事案件疑犯之寻求庇护至十七世纪末始废。

[3] genius 即 attendant spirit，希腊文之 daemon。古时认为人在诞生之际即被派定一"守护神"终身相随，专司命运。

[4] 据伊济安自述，与长子分别时，长子年十八岁（第一幕第一景第一二五行），以后又过了七年（第五幕第一景第三二二行），Theobald 改为"二十五年"，是也。

[5] a gossip's feast 即婴儿举行洗礼（命名礼）所设之宴会，此处是譬喻的说法，喻辨明错误开始新生。

# 驯 悍 妇

The Taming of the Shrew

# 序

## 一  几点事实

　　《驯悍妇》是莎士比亚的比较早年的著作，其故事来源、著作年代以及编写经过，均有复杂的问题，多年来批评家聚讼不休。G. B. Harrison 指出下列四点为不争之事实：

　　（一）剧院经理汉斯娄（Philip Henslowe, d. 1616）有一部日记，记载着一五九四年六月间 Lord Admiral's Men 与 Lord Chamberlain's Men 两个剧团联合演出了约五六天，有一出 *The Tamynge of A Shrowe* 是在六月十一日（或十三日）上演的。这一部戏我们简称之为 *A Shrew*，以别于莎士比亚的 *The Shrew*。我们还需注意，Lord Chamberlain's Men 即是莎士比亚的那个剧团。

　　（二）书业公会登记簿在一五九四年五月二日记载着一位名叫 Peter Short 的申请登记："a booke intituled A Pleasant Conceyted historie called the Taminge of a Shrowe."

　　（三）上述登记剧本旋即出版，其标题为：

　　A Pleasant Conceited Historie, called The Taming of a Shrew. As it was sundry times acted by the Right honorable the Earle of Pembrook his seruants. Printed at London by Peter Short and are to be sold by Cutbert Burbie, at his shop at the Royall Exchange.1594

这部戏很短，不到一千四百行。版本凌乱，种种迹象显示其为未经授权的出版物。这不是莎士比亚的作品，可是与莎士比亚的《驯悍妇》有密切关系。两剧情节有些地方相同，但人名除了喀特琳娜之外全不相同。对话除少数例外亦不相同。究竟是莎士比亚根据 A Shrew 加以改编而成为《驯悍妇》呢，还是 A Shrew 根本乃是《驯悍妇》的盗印本呢？二者皆有可能。改编旧戏原是莎士比亚的惯技，同时盗印本行世也是当时常有的现象。这是一个争辩很久的问题。据 Harrison 的论断，较旧的一派学说主张莎士比亚的 The Shrew 是 A Shrew 之改编，似较为合理，因为两戏情节人名之差异颇巨。盗印本的戏，人名通常不变，对话无论经过多少剪裁，必有甚多与原本相同之点。

（四）莎士比亚的《驯悍妇》初刊于一六二三年之第一对折本，列为喜剧中之第十一部戏，共二千六百四十九行。版本相当良好，大概是根据莎士比亚的手稿印的。全剧分幕（但第二幕未加标出），未分景。序幕亦未予标明。其第三、第四、第五各幕，近代本改分如下：

第一对折本：　　近代本：

第三幕——　　第三幕第一景至第四幕第二景

第四幕——　　第四幕第三景至第五幕第一景

第五幕——　　第五幕第二景

## 二　著作年代

根据上面四点事实，我们可以推定：假如 *A Shrew* 是盗印本，那么莎士比亚的《驯悍妇》便是作于一五九四年五月之前。假如莎士比亚的剧本在后，那么除了文体作风之外我们便没有任何内证或外证足以帮助我们认定其著作年代。就文体作风而论，诗句僵硬，双关语特多，均表示其为早年作品，大约与《维洛那二绅士》或《错中错》属于同一时期之产物。

《驯悍妇》一剧全部文笔并不匀称，有些对话非常精彩，有些又非常粗陋，因此有人疑心可能于莎士比亚之外另有作者共同写作。一八五七年 Grant White 力主此说，把精彩的部分划归莎士比亚，粗陋的部分划归另一作者。此一学说使问题益趋复杂，反对者颇不乏人，例如 Charlotte Porter、J. M. Robertson、Gollancz、Boas、Ernest P. Kuhl 等均表示异议。

## 三　故事来源

《驯悍妇》的故事可分为三个部分：

（一）补锅匠斯赖被人捉弄，被迫相信自己是一个贵族；

（二）泼妇被驯服成为一个忠顺的妻子；

（三）一对情人由于机智的仆人的帮助而成了眷属。

这三部分故事都有古老的来源。第一部分可以追溯到《天方夜谭》；第二部分也是一个古老的话题，莎士比亚当时有些民间歌谣就有同样的内容，例如 "A Merry Jest of a Shrewd and Curst Wife

Lapped in Morel's Skin for her Good Behavior"便是；第三部分可以经由意大利的 *Ariosto* 数到罗马的喜剧。

故事的性质虽然古远，但是莎士比亚实际着手利用的资料是什么呢？这问题就不简单。我们不能不回到 *A Shrew* 与 *The Shrew* 究竟有如何关系的老问题上去。单从汉斯娄的日记的记载来看，*A Shrew* 在前，*The Shrew* 在后，我们可以相信莎士比亚利用了 *A Shrew*（虽然 Peter Alexander 的看法正相反）。通常莎士比亚改编旧剧有点铁成金之妙，《驯悍妇》却有些地方比旧剧反有逊色，例如序幕，在结构上实际是主要的故事，驯悍妇的故事实际上是"戏中戏"，而序幕中的斯赖在莎士比亚的 *The Shrew* 里于第一幕第一景之后便不见踪影，在旧剧里斯赖则始终有出面评论的机会，尤其是在终局处首尾照应结构完整。其结尾是这样的：

> 二人抬斯赖着原装上，把他放在原来被发现的地方，然后退去。酒保上。

酒保　　现在黑夜已过，黎明已在晶莹的天空出现，我要赶快出去了。但是且慢，这是谁？啊，斯赖，好奇怪，他在这里躺了一夜？
　　　　我来叫醒他，我想若非肚里填满了酒，现在他一定饿得要死了。喂，斯赖，快醒来吧。

斯赖　　再给我一点酒，演员们都哪里去了？我不是一个贵族吗？

酒保　　什么贵族！起来，你还在醉吗？

斯赖　　你是谁？酒保，啊，天哪，我今夜做了一场你从没

|      |                                                                  |
|------|------------------------------------------------------------------|
|      | 有听说过的最美妙的梦。                                           |
| 酒保 | 是吗，但是你最好回家去，因为你的老婆要骂你在这里做梦。          |
| 斯赖 | 她会吗？我现在知道怎样驯悍妇了。我整夜地梦着这件事，你却把我从这向来没有过的美梦中唤醒了，不过我现在就回家去驯服我的老婆，如果她激怒我。 |
| 酒保 | 慢一点，斯赖，我陪你回家去，我要听你再讲讲你今夜所做的梦。〔同下〕 |

不知道为什么莎士比亚的戏里没有保留这样的一个结尾。

关于毕安卡的那个次要的故事，不管是莎士比亚的亲笔，还是另外一个作者的写作，其来源当是 George Gascoigne 的一部戏，其标题是：

Supposes：A Comedie written in the Italian tongue by Ariosto, and Englished by George Gascoyne of Grayes Inne Esquire, and there presented.

其演出日期是一五六六年，印行日期是一五七三年。也许莎士比亚读过意大利文原本（作于一五〇九年），但是更可能的是利用了这个英文的改编本。有一些细节见于这个剧本而不见于 A Shrew，例如特拉尼欧那个角色，较年长的情敌格来米欧，学究与化装的仆人之关系，劝服学究冒充人父之诡计，真假父亲之对质，皮图秋与李希欧这两个名字（虽然在 Gascoigne 作品里是配角的名字）。这至少可以说明莎士比亚或另一作者在编写《驯悍妇》之际并不以 A Shrew 作蓝本而满足，还参考了 Gascoigne 的 The Supposes。

Ten Brink 另有一个学说（见 Shakespeare - Jahrbuch，12，1877，

94），他说 A Shrew 与 The Shrew 二剧有一个共同的来源，最近支持此说者为 Hardian Craig，假设有"一个已佚的原始的泼妇剧"。根据此一学说，二剧中之相同处与相异处均不需辞费迎刃而解。但这只是假设，无法证明。

## 四　舞台历史

《驯悍妇》的上演，Meres 的 Palladis Tamia（1598）未有记载，Sir E.K.Chambers 等人认为其中所谓之 Loue Labours Wonne 即是《驯悍妇》。此说极有可能，但无确证。

宫中娱乐大臣 Sir Henry Herbert 记载《驯悍妇》于一六三三年十一月二十六日在圣哲姆斯宫于国王、王后御前上演。

复辟（一六六〇年）以后莎士比亚的剧本多遭割裂，但其情形之惨莫过于《驯悍妇》。一六六七年四月九日 Samuel Pepys 所看到的 The Tameing of a Shrew 实即 Sauny the Scot ,or, The Taming of the Shrew，系由王家剧团的一位演员 John Lacy 改编莎氏剧而成。Sauny 即 A Shrew 中之 Sander，相当于莎氏剧中之葛鲁米欧，被改成为一个苏格兰仆人，说苏格兰语，全剧用散文写成，序幕全删，加强了这个苏格兰人的分量，插入了寝室一景（使 Margaret 被 Sander 剥下了衣服），皮图秋迫悍妇吸烟斗，迫她承认牙痛而延请理发匠拔牙，宣称她已死亡而准备殡葬。此剧当时颇受欢迎，J. Worsdale 所作之两幕歌唱闹剧 A Cure for a Scold 即系大部分根据此剧而编。

Charles Johnson 的闹剧 Cobler of Preston 于一七一六年在 Drury Lane 上演，同时 Christopher Bullock 亦抢先数日于 LincoIn's Inn

Fields 上演，唱对台戏。所演都是《驯悍妇》的序幕而加以扩充。

　　*Sauny the Scot* 继续在舞台上上演，直到一七五四年 Garrick 的 *Catharine and Petruchio* 上演始取而代之。加立克删去了序幕，全剧缩编为三幕，全部用诗体。但是他保存的莎士比亚的本来面目比以前的改编本为多。此剧大受欢迎，一直维持上演到十九世纪后半，Beerbohm Tree 在一八九七年还演出了此剧。

　　莎士比亚的《驯悍妇》原本之在舞台上重现，比他的其他名剧为晚。Benjamin Webster 掌管了 Haymarket Theatre 之后委托 J.R.Planche 筹划莎氏《驯悍妇》的演出事宜，终于一八四四年三月上演，按照伊利沙白时代的方法演出，包括序幕在内。后来 Samuel Phelps 于一八五六年在 Sadler's Wells 又演出了此剧，自扮斯赖。莎氏原剧虽然恢复了舞台上的地位，但其受到近代大众欢迎实始自一八八七年一月十八日 Augustin Daly 在纽约 Daly Theatre 的演出。一八九三年三月十二日伦敦的 Daly Theatre 开幕时亦演出了此剧。英国的 Benson Company 亦常演出此剧。一九〇七年九月 Old Vic 剧团在 Lyric Theatre、Hammersmith 演剧时首先演出的便是此剧，同时又以伊利沙白时代演剧方法在 Maddermarket Theatre、Norwich 演出。

## 剧 中 人 物

一贵族。

克利斯陶佛·斯赖（Christopher Sly），补锅匠。

女店主、小童、众演员、众猎人、众仆从。 ⎤ 序幕中人物。

巴波蒂斯塔（Baptista），帕度亚一富绅。

文禅希欧（Vincentio），皮萨一老绅。

鲁禅希欧（Lucentio），文禅希欧之子，与毕安卡相恋。

皮图秋（Petruchio），维洛那一绅士，喀特琳娜之求婚者。

格来米欧（Gremio）
郝谭修（Hortensio）⎦ 毕安卡之求婚者。

特拉尼欧（Tranio）
比昂戴洛（Biondello）⎦ 鲁禅希欧之仆。

葛鲁米欧（Grumio）
科提斯（Curtis）⎦ 皮图秋之仆。

一教师，假扮文禅希欧者。

喀特琳娜，悍妇（Katharina，the Shrew）
毕安卡（Bianca）⎦ 巴波蒂斯塔之女。

一寡妇。

裁缝匠、服饰杂货商及巴波蒂斯塔与皮图秋之仆从等。


## 地 点

时而在帕度亚；时而在皮图秋之乡间别墅。

# 序 幕

•••••───❦───•••••

## 第一景：荒原上一家酒店门前

女店主和斯赖上。

| | |
|---|---|
| 斯赖 | 我要揍你，老实说。 |
| 女店主 | 给你戴上两只脚枷，你这流氓！ |
| 斯赖 | 你是个娼妇！斯赖一家人却不是流氓，去查查历史，我们是跟着征服者利查 [1] 一同来的，所以，少说废话 [2]，凡事马马虎虎算了 [3]。别说啦！ |
| 女店主 | 你打破的杯子不赔了？ |
| 斯赖 | 不，一文钱也不赔。我不和你计较 [4]，你钻进你的冰冷的被窝取暖去吧。 |
| 女店主 | 我自有办法，我去喊警吏来。〔下〕 |
| 斯赖 | 警吏也好，警官也好，警长也好，我坚持我的合法 |

的权利。我一步也不动，混账东西，让他来吧，尽管来。〔卧在地上，入睡〕

号角鸣，一贵族偕猎人仆从等猎罢上。

贵族　　猎人，我命令你，好好照料我的猎犬，给梅立曼放一点血[5]，这可怜的狗在吐白沫，把克劳德和那吠声特大的母狗系在一起。你看到了没有，伙计，锡尔福在嗅味几乎失了踪迹的时候终于在篱笆角里寻到了那只兽？给我二十镑我也不愿放弃这条狗。

猎甲　　唉，老爷，白尔曼和它一样好，完全嗅不出踪迹的时候它就大叫，今天就有两次寻找到了极轻微的臭味，老实说，我认为还是它好一些。

贵族　　你是傻瓜！如果爱珂跑得一样快，我认为它抵得过这样的十二条狗。你要把它们都好好地喂一下，都要加以照料，我明天还要打猎。

猎甲　　遵命，老爷。

贵族　　〔看到斯赖〕这是什么？是个死人，还是醉汉？看，他还呼吸不？

猎乙　　他还喘气呢，老爷。若不是有酒气暖着身体，在这冰冷的床上睡不了这样熟。

贵族　　好难看的畜牲！他睡得多像一只猪！狰狞的死啊，你的现相是何等地丑陋可厌！诸位，我要戏弄一下这个醉汉。如果把他抬到床上去，给他穿上熏香了的服装，在他的手指上戴上指环，床边摆上一席顶精美的佳肴，他醒来时身边有一群服装整洁的侍者伺候着，你们想想看，这个乞丐会不会大喜若狂？

猎甲　　　老爷，我想他是非乐疯了不可。

猎乙　　　他醒来的时候一定会觉得惊奇。

贵族　　　就像是一场美梦或虚无的幻想。那么就把他抬起来吧，好好地开一场玩笑。把他轻轻地搬到一间顶漂亮的寝室里去，四围挂起我的所有的淫秽的画图，用温暖的蒸馏过的香水洗涤他的臭头，焚起杜松把屋里熏香。在他醒时预备好乐队，奏出美妙神圣的声音，他若是开口说话，立刻就要上前伺候，低声下气地说："大人有何吩咐？" 一个人给他捧着银盆，里面装满蔷薇水，上面撒着花，另外一个人提着水罐，第三个人拿着手巾，齐声说："大人可要洗手？" 要有人准备好一身华贵的衣服，请示他要穿什么样的衣服，再一个人禀告他的猎犬和马匹的状况，以及他的夫人如何关切他的病情。让他相信他是发了疯病。他若是说他实在只是——，就说他是在做梦，因为他是地地道道的一位大官人。这样地去做，要做得很自然，诸位，这会是一场绝妙的消遣，如果做得不太过分。

猎甲　　　老爷，我担保我们一定尽力扮演，让他觉得他是真如我们所说的一个了不起的人。

贵族　　　轻轻地抬起他来，送到床上去，等到他醒时你们各自奉行职守。〔斯赖被抬下，喇叭鸣〕去看看外面吹喇叭是什么人来了？〔一仆下〕大概是有什么贵族路过此地，要在这里休息一下。

一仆又上。

怎样！是什么人？

| 仆 | 启禀老爷，是一群演员要来伺候您。 |
| 贵族 | 让他们进来。 |

演员等上。

弟兄们，欢迎你们来。

| 演员等 | 多谢大人。 |
| 贵族 | 你们打算今天和我共度一个夜晚吗？ |
| 一演员 | 如果您肯赏脸让我们伺候。 |
| 贵族 | 我很高兴。这一位我还记得，他曾经扮演过一个农人的长子，向一个女人求婚，演得挺好。我忘记你的名字了，可是你扮演那个角色实在是恰如其分，毫不夸张。 |
| 一演员 | 我想您说的是索托 [6]。 |
| 贵族 | 一点也不错，你的确演得好。好，你来得正是时候，因为我现下有个娱乐节目，你们的演技可以给我很大的帮助。今晚有一位贵人要听你们的戏，不过他老人家从来没有看过戏，你们若是看到他那一副古怪的样子，忍不住笑出声来，我实在担心你们会惹他发怒，因为我要向诸位说明，你们只消微微一笑，他就要发脾气。 |
| 一演员 | 不必担心，大人，他纵然是世上最可笑的小丑，我们也能控制住我们自己。 |

贵族　　　带他们到酒吧间去，好好招待他们每一位，凡是我们家里有的，尽量供应他们。〔一仆领演员等下〕喂，你去找我的侍童巴索缪，让他浑身上下打扮成贵妇模样，完了之后引他到那醉汉房间里去，称他为"夫人"，对他要表示恭谨。把我的话告诉他，如果他想得到我的欢心，他必须举止大方，要像他所看见过的那些贵妇人对待她们的丈夫那样。要让他低声下气地卑躬屈膝地伺候那个醉汉，并且要说："老爷有何吩咐，让您的妻室尽她的本分，表示她的情爱？"随后亲热地拥抱，热情地接吻，把头偎到他的怀里去，要教他淌着眼泪，像是看到丈夫七年来自以为是个可怜的讨嫌的乞丐，如今看到他神志恢复，喜极而泣的样子。如果这孩子没有女人随时洒泪的本领，手绢里藏一头葱，往眼睛上一抹也能弄得眼泪汪汪。把这事办妥，愈快愈好，不久我还有事要你做。〔仆下〕我知道这孩子会把贵族的举止动作仪态声音模仿得很好，我真想听听他喊那醉汉作丈夫，并且看我仆人们向这乡巴佬致敬时如何地忍住笑声。我要进去照料他们一下，也许我一露面可以压低他们的过于放纵的情绪，否则可能做得太过分。〔众下〕

## 第二景：贵族家中寝室

> 斯赖着富丽的便袍，众仆环侍，有持衣服者，有捧盆罐
> 及其他用具者。一贵族作仆人装束。

斯赖　看在上帝的面上！来一大杯淡啤酒。

仆甲　大人想喝一杯甜葡萄酒吗？

仆乙　老爷要不要尝尝这些蜜饯？

仆丙　老爷今天要穿什么衣服？

斯赖　我是克利斯陶佛·斯赖，不要喊我老爷，也不要喊
　　　我大人。我一辈子没喝过甜葡萄酒，你要给我蜜饯，
　　　还不如给我腌牛肉。永远不要问我穿什么服装，因
　　　为我的上衣不比脊梁多，长袜不比小腿多，鞋子不
　　　比脚多，哼，有时候脚比鞋多，有时候脚趾露出鞋
　　　面外。

贵族　愿上天解除老爷的这种颠倒妄想！啊，一位伟大的
　　　人物，有这样的出身，有这样的财产，有这样的声
　　　望，竟变得这样疯疯癫癫！

斯赖　什么！你要使我发疯？我不是勃顿村的老斯赖的儿
　　　子克斯陶佛·斯赖吗？出身是个小贩，学的是制造
　　　梳子的手艺，一变而为耍狗熊的，如今是以补锅为
　　　业？去问玛利安·哈开特，温考特的卖啤酒的胖娘
　　　儿们，问她认不认识我，她若是说我单是啤酒一项
　　　没有欠下十四便士，你可以把我当作世上最会说谎
　　　的坏蛋。什么话！我并没有疯，这是——

| | |
|---|---|
| 仆甲 | 啊！夫人就是为了您的这种样子而心里难过。 |
| 仆乙 | 啊！您的仆人们就是为您的这种样子而垂头丧气。 |
| 贵族 | 因此您的亲友都不肯上门，好像是被您这场奇怪的疯病给赶跑了。啊，高贵的大人，想想您的出身，把您从前的理性召唤回来，把这些卑鄙的梦想驱赶出去。看看您的仆人们都在伺候着您，每个人都准备着听您的差遣，您要音乐吗？听！阿波罗[7]在奏乐，〔音乐声〕二十只笼中的夜莺在歌唱。也许您想要睡吧？我们要扶您上床，比西弥拉密斯[8]特制的那张床还要柔软香艳。您若是要散步，我们就给您在路上撒花。也许您要骑马？我们就给您的马装潢起来，鞍辔上嵌满了金珠。您想放鹰猎鸟吗？您有的是比晨间云雀飞得还高的大鹰。您想出去狩猎？您的猎犬会吠得震天响，使山谷发出尖锐的回声。 |
| 仆甲 | 也许您要去追兔，您的灵缇和被追逐的鹿跑得一样快，不，比鹿还要跑得快些。 |
| 仆乙 | 您喜欢欣赏图画吗？我们立刻给您拿来一幅阿都尼斯[9]的画，他站在一溪流水的旁边，维诺斯整个地隐身在芦苇里，芦苇好像是被她的喘息所吹动，有如在风中款摆一般。 |
| 贵族 | 我们给您看一幅处女时代的爱欧[10]的画，以及她如何地被骗失身，画得像真事一般生动。 |
| 仆丙 | 或是一幅达芙妮[11]在荆棘丛中逃跑的画，她腿上必定会受刺伤，敢说一定是在淌血，阿波罗看了一定会伤心落泪，那血和泪都画得十分逼真。 |

贵族　　　　您是地地道道的一位贵族，您有一位夫人比这年头的世上任何一位女人都要美得多。

仆甲　　　　在她为了您而泪流满面之前，她是世上最美的人儿，现在也不比任何一个差。

斯赖　　　　我是一个贵族吗？我有这样的一位夫人吗？还是我在做梦？是不是一直做梦到现在？我现在没有睡觉呀。我看得见，听得见，说得出话；我闻得出香味，摸得出软的东西，我以性命为誓，我的确是一位贵族。我不是一个补锅匠，不是克利斯陶佛·斯赖。好，把我的夫人带到这里让我看看，再说一遍，来一杯顶淡的啤酒。

仆乙　　　　大人请洗手吧？〔仆等奉上水罐、盆及手巾〕啊！看到您清醒过来我们好高兴啊！啊！你又明白您是什么人了！这十五年来您一直在做梦，就是醒来的时候也跟睡着了一样。

斯赖　　　　这十五年！老实说，好长的一觉。在这整个期间我没有说过话吗？

仆甲　　　　啊！说过的，大人，不过都是些疯疯癫癫的话，您明明卧在这一间富丽的房间里，您却说您被打出门外，破口大骂酒店的女店主，并且说要把她交法庭究办[12]，因为她使用陶瓷杯子而不使用法定的标准夸杯。有时候您又喊叫西塞莱哈开特。

斯赖　　　　是的，那是酒店的女侍者。

仆丙　　　　唉，老爷，您根本不知道有那么一个酒店，也不认识这么一个女侍者，像你所说的人如斯蒂芬斯赖、希腊的老约翰纳普斯、彼得特尔夫、亨利品帕奈尔以及许许多多这一类的名字[13]，其实根本不存在，谁也没有看见过。

斯赖　现在，感谢上帝，我恢复过来了。

众　阿门！

斯赖　我谢谢你，你会得到好处的。

　侍童做贵妇状偕侍从等上。

侍童　我的老爷好吗？

斯赖　啊，我很好，因为这里有的是吃喝玩乐。我的妻在哪里？

侍童　在这里，老爷，你叫她做什么？

斯赖　你是我的妻吗，何以不喊我丈夫？我的仆人们才称我为老爷，我是你的汉子。

侍童　是我的丈夫兼我的主人，也是我的主人兼我的丈夫，我是你的百依百从的妻子。

斯赖　这个我深知。我应该怎样称她？

贵族　夫人。

斯赖　阿丽斯夫人，还是钟恩夫人[14]？

贵族　干脆称夫人便是，老爷们都是这样称呼他们的太太。

斯赖　老婆夫人，他们说我在做梦，睡了十五年以上。

侍童　是的，对于我好像有三十年，因为我一直没有能和你同床共枕。

斯赖　这真是太难为你了。你们都走开，让我和她在一起。夫人，脱衣服，上床来吧。

侍童　我的高贵的丈夫，我请你原谅我，再等一两夜，如果等不了，那么就等太阳落下之后再说，因为你的医师曾有明白指示，要我暂不和你同床，否则你有旧病复发的危险:我希望这个理由可以获得你的谅解。

斯赖　唉，是有相当的道理，可是我等不得那样久，不过我也不愿再度陷入梦幻之境，所以虽然欲火中烧，我还是要等着。

一仆上。

仆　您的演员们，听说您已痊愈，要来给您演一出轻松的喜剧，您的医师们说这是很相宜的，因为您忧愁过度以致血液凝滞，心情抑郁可以酿成疯狂，所以他们认为你看看戏是很好的事，开心作乐，即可祛除百病延年益寿。

斯赖　对的，我要看，让他们来演吧。你所说的喜剧不就是圣诞节的舞蹈或是翻筋斗吗?

侍童　不是的，老爷，比那个要有趣的一些东西。

斯赖　什么！演些家常琐碎的东西?

侍童　是一种故事。

斯赖　好，我们来看吧。来，老婆夫人，坐在我身边，一切得过且过，我们及时行乐。〔吹喇叭〕

## 注 释

[1] 斯赖所谓"征服者利查"实乃"征服者威廉"之误。William the Conqueror 在位期间（1066-1087），本是诺曼底公爵，于 1066 年入侵英国，称王，是为威廉一世。

[2] paucas pallabris 为西班牙文 pocas palabras（= few words）之讹。

[3] "Let the world slide"是谚语，斯赖的人生哲学。

[4] Go by, Jeronimy 显系模拟当时名剧《西班牙之悲剧》中之一行"Hieronimo beware ; go by, go by"（12, 31）。"斯赖此语，和《西班牙之悲剧》中的英雄一样，是对自己说的：他看见女店主目露凶光，故提醒自己小心。"（威尔孙注）

[5] 对折本 Brach Meriman, the poore Curre is imbost 实不可解。有主张改 Brach 为 tash 者，tash 之义为用皮带单独系起，与下行之 couple（用一皮带系两狗）成对照；亦有主张改为 bath（或 bathe）者；亦有主张改为 leech, trash, brace 者。牛津本照原文未改。威尔孙及 Kittredge 均改为 broach，义为放血，今译从之。

[6] 索托（Soto）是 Fletcher 的 *Woman Pleased* 剧中配角之一，此剧作于一六二〇年，故此语可能是后来插入的。但另一可能是 *Woman Pleased* 一剧乃根据另一较早剧本而改编者，此另一较早剧本属于莎氏剧团，故有此语之引用。

[7] 阿波罗（Apollo）音乐之神。

[8] Semiramis，古时 Queen of Assyria，以淫佚豪华著称。

[9] 阿都尼斯（Adonis）为希腊神话中之美少年，为维诺斯（Venus）女神所热恋。

[10] 爱欧（Io）是希腊神话中 Argos 的国王之女，貌美，为朱匹特所

热爱。

[11] 达芙妮（Daphne）是希腊神话中一美女，为阿波罗所追求。

[12] leet = manorial court，从前贵族有权开庭审办轻微案件，每半年或一年举行一次。卖酒而分量不足为经常被控的一种案件。

[13] 以上所举人名可能实有其人。莎氏时斯特拉佛确有一斯蒂芬斯赖，希腊（Greece）可能是 Greet 之讹，是 Gloucestershire 的一个村庄，距莎氏家乡不远。（Sidney Lee《莎士比亚传》一六七页）。

[14] Alice 与 Joan 在当时都不是上层社会的女性的名字。（Harrison）

# 第 一 幕

·····—————·····

## 第一景：帕度亚。一广场

鲁禅希欧与特拉尼欧上。

鲁禅希欧　特拉尼欧，我早就有一宏愿想到人文荟萃的帕度亚观光一番，如今我来到了朗巴第[1]，这伟大的意大利之灿烂的花园，我承蒙我父亲的恩爱与准许，又有你这样干练的忠仆相陪，我们不妨在此地休息一下，开始就学进修。皮萨是人才辈出的地方，我和我父亲都生在那个地方，我的父亲文禅希欧经营贸易远达全世界，乃是班提孚利望族[2]之后裔。文禅希欧的儿子，又是在翡冷翠长大的，他应该不负众望，努力进修，为他的身世增光，所以，特拉尼欧，我在求学的时候要特别致力于品德的砥砺，以及讲到如何借美德而获致幸福的那一部门的哲学[3]。告诉我你的想法，因为我已经离开皮萨，来到了帕度亚，就像是一个离开浅沼跃入深渊的人一般，想要痛饮解渴。

特拉尼欧 请原谅我（Mi perdonate），我的好主人，我和您颇有同感，我很高兴您这样坚决地去撷取哲学的菁华。只是好主人，我们在敦品励学之际，不可变成苦修一派，或如木石一般，也不要专心服膺亚里士多德之克己复礼，而把奥维德[4]完全弃绝。和你的熟识的朋友们搬弄逻辑，在你日常谈话中练习修辞；用音乐和诗歌陶冶你的性情；数学与玄学，在你有兴致的时候亦不妨钻研；不感觉兴趣便得不到益处；简言之，先生，拣你最喜欢的去学。

鲁禅希欧 多谢，特拉尼欧，你劝告很好。比昂戴洛，如果你也来上岸了[5]，我们立刻可以着手准备，找一个适当的住所，招待在帕度亚可能结识的友人。但是且慢，这是什么人来了？

特拉尼欧 主人，大概是一场什么表演，表示欢迎我们来到这个城市。

巴波蒂斯塔、喀特琳娜、毕安卡、格来米欧与郝谭修上。鲁禅希欧与特拉尼欧站到一边。

巴波蒂斯塔 二位先生，不要再逼我，你们知道我是如何地坚决，在我给我的大女儿找到丈夫之前，我决不把我的小女儿嫁出去。如果你们二位之中有一位爱喀特琳娜，

　　　　　　因为你们是我所深知的，也是我所敬爱的，我准许
　　　　　　你们随意向她求婚。

格来米欧　　还不如把她系在车上游街呢[6]，她太粗野，我不敢
　　　　　　领教。喂，喂，郝谭修，你要不要娶她？

喀特琳娜　　〔向巴波蒂斯塔〕我问您，父亲，您是有意在这两个
　　　　　　贱人面前羞辱我吗？

郝谭修　　　贱人，姑娘！你这话是什么意思？除非你变得温柔
　　　　　　一些，我们实在是匹配不上你。

喀特琳娜　　老实说，先生，你大可不必担心，这门子亲事她是
　　　　　　一点也不愿意；如果她愿意的话，无疑地她是打算用
　　　　　　一只三脚凳来梳你的脑壳，给你抓个满脸花，把你
　　　　　　当作一个给人出气的奴才来待遇。

郝谭修　　　愿上帝拯救我们不要落在这样的恶魔手里！

格来米欧　　也拯救我吧，上帝！

特拉尼欧　　您别出声！这里就要上演好戏：
　　　　　　这姑娘是疯了，否则是泼辣得出奇。

鲁禅希欧　　可是另一位姑娘一声不响，我觉得倒很贤惠端庄。
　　　　　　别作声，特拉尼欧。

特拉尼欧　　您说得对，主人，闭上嘴，你可以看个够。

巴波蒂斯塔　二位先生，为了实现我方才所说的话，毕安卡，你
　　　　　　进去，你不要不高兴，我还是很疼爱你的，我的
　　　　　　女儿。

喀特琳娜　　小宝贝！你若是伤心就用手指揉着眼睛哭吧。

毕安卡　　　姐姐，你幸灾乐祸吧。父亲，我听从您的意思，我
　　　　　　的书籍和乐器会和我做伴，我独自去翻阅拨弄一番

便是。

鲁禅希欧　听，特拉尼欧！闵娜瓦 [7] 说话也不过如是。

郝谭修　巴波蒂斯塔先生，您怎么这样严厉？我很抱歉，我们一番好意使得毕安卡懊恼。

格来米欧　巴波蒂斯塔先生，您为什么为了这个魔鬼而把她幽禁起来，为了姐姐的伶牙俐齿而令妹妹受过？

巴波蒂斯塔　二位先生，尽管放心，我已经决定了。进去，毕安卡。〔毕安卡下〕我知道她顶喜欢音乐、乐器以及诗歌之类，所以我想聘请几位适当的教师到家里来教导她。如果郝谭修先生，或是格来米欧先生，有什么适当人选，请推荐给我。对于有才学的人我是很优待的，对于我自己的孩子们之良好的教养我是很肯花钱的。那么，再会了。喀特琳娜，你可以留在这里，我还有话和毕安卡谈谈。〔下〕

喀特琳娜　噫，我觉得我也可以走了，难道不可以吗？什么！好像是我自己不知道何去何从，要人家为我派定时间钟点？哈！〔下〕

格来米欧　你到魔鬼的妈妈那里去吧，你的资质太好了，此地没有人愿意挽留你。女人的爱并不是怎样紧要的事，郝谭修，我们可以勉强忍耐 [8]，把它完全戒绝，我们两个的情形都糟糕透了 [9]。再见，不过，为了我对我的亲爱的毕安卡的一番情意，如果我能遇到适当的人选教导她所喜欢的功课，我要推荐给她的父亲。

郝谭修　我也愿这样做，格来米欧先生，不过我还要和你说句话。虽然我们两个一向是无法和解的情敌，但是

现在你要放明白些，为了还能和我们的美丽的情人
见面并且继续成为争夺毕安卡的情敌起见，我们通
力合作共赴一个目标，乃是于我们两个都有益的。

格来米欧　请问，这话怎讲？

郝谭修　　噫，先生，给她姐姐找一个丈夫。

格来米欧　一个丈夫！还不如说一个魔鬼。

郝谭修　　我是说，一个丈夫。

格来米欧　我是说，一个魔鬼。郝谭修，虽然她的父亲很有钱，
你以为谁那样傻会娶一个女魔头？

郝谭修　　嘘，格来米欧！虽然你我都受不了她的高声咆哮，
唉，世上尽有些人，只消我们能找到他们，情愿连
同她的一切缺点和相当多的金钱把她娶了过去。

格来米欧　我倒不敢说，不过我宁愿在另外一个条件之下来取
得她那份妆奁，那便是，每天早晨在大十字架[10]上
挨一顿鞭子抽打。

郝谭修　　真是的，你说得对，一堆烂苹果是没有什么好挑拣
的。不过，这且不提，这一项禁令既然使得我们成
了朋友，我们就要维持友谊，直到我们帮助巴波蒂
斯塔的大女儿找到了丈夫，小女儿可以谈到婚嫁问
题，然后我们再重新敌对起来。可爱的毕安卡！看
谁有那一份福气！谁跑得最快谁就抢到那只指环。
你以为如何，格来米欧先生？

格来米欧　我同意，我愿把帕度亚最好的一匹马送给他，让他
开始来求婚，让他全力去追求她、娶她和她上床
睡觉，把她从家里弄走。来吧。〔格来米欧与郝谭

修下〕

特拉尼欧　先生，请你告诉我，爱情可能突然地把人这样抓住吗？

鲁禅希欧　啊，特拉尼欧！在我没发现其确是这样之前，我从不认为这是可能的，但是看，我站在这里悠闲地旁听，也于无意中受到了爱情的影响[11]。特拉尼欧，你是我的心腹，犹如安娜[12]之对于迦泰基的女王，我现在向你坦白供认了吧，如果我得不到这位年轻的贤淑的女子，特拉尼欧，我要心焦，我要憔悴，我要悒郁以终。给我出个主意，特拉尼欧，因为我知道你愿意帮助我。

特拉尼欧　主人，现在不是责备你的时候，靠了责骂是不能把爱情从心中赶出去的，如果爱情已经沾染上了你，那就无法可想，只好"尽可能地付出最小的代价赎回你的自由"[13]。

鲁禅希欧　多谢，孩子，说下去，我听得很入耳，再说下去可以使我获益不浅，因为你的看法很健全。

特拉尼欧　主人，您对这位小姐看了这样久，可能没有观察到其中最重要的一点。

鲁禅希欧　啊，我都看到了，我看到了她的美貌，就像是阿季诺的女儿一般[14]，

　　　　　伟大的周甫都不惜纡贵屈尊，

　　　　　跪吻着克利特的沙滩向她求婚。

特拉尼欧　没有看到别的吗？您没有注意到她的姐姐如何地骂人，如何地大肆咆哮，使得人耳震欲聋？

| 鲁禅希欧 | 特拉尼欧，我看到了她的朱唇微绽， |
|---|---|
| | 用她的呼气熏香了空气； |
| | 我看她一切都是神圣可爱的。 |
| 特拉尼欧 | 那么，现在到了唤醒他的迷梦的时候了。我请您醒起，先生，如果您爱这位姑娘，就要用尽心思去得到她。情形是这样的，她的姐姐是非常地凶悍而且泼辣，在她的父亲没有把她嫁出去之前，您的爱人只好在家里做处女，所以他把她严禁起来，不让她受到求婚的干扰。 |
| 鲁禅希欧 | 啊，特拉尼欧，他是一位多么残酷的父亲！不过你知道不知道他是在很费心地访求良师去教导她？ |
| 特拉尼欧 | 我当然知道了，先生，我现在有了主意了。 |
| 鲁禅希欧 | 我也有了主意了，特拉尼欧。 |
| 特拉尼欧 | 主人，我敢发誓，我们的想法是不谋而合。 |
| 鲁禅希欧 | 先把你的主意告诉我。 |
| 特拉尼欧 | 你去做教师，负责教导那位小姐，这也就是你的主意。 |
| 鲁禅希欧 | 是的，不过办得到吗？ |
| 特拉尼欧 | 不可能，因为谁来代替你在帕度亚这里做文禅希欧的儿子？谁来主持家务、读书求学、招待朋友、访问邻人并且宴请他们呢？ |
| 鲁禅希欧 | 够了，你放心，因为我已经有了通盘的筹划。我们还不曾到任何人家去过，没人能辨视我们谁是主人谁是仆人，那么，就这样办：你来代替我做主人，特拉尼欧，主持家务、摆出排场、使唤仆人，像我那 |

　　　　　　　　样去做，我要摇身一变，作为是一个翡冷翠人，那
　　　　　　　　普利斯人或是皮萨的一个穷苦的人。计划已定，就
　　　　　　　　这样做！特拉尼欧，立刻脱下你的衣服，穿戴上我
　　　　　　　　的色彩鲜艳的衣裳帽子，比昂戴洛来的时候，他伺
　　　　　　　　候你，但是我要先让他少开口。〔他们交换服装〕

特拉尼欧　　　您真有办法[15]。简单说吧，先生，您既然愿意这样，
　　　　　　　　我只好服从，因为我们在启程的时候，您的父亲曾
　　　　　　　　这样吩咐过我，"要听我的儿子的使唤"，他是这样
　　　　　　　　说的，虽然我想他的意思是另有所指，我愿意变成
　　　　　　　　为鲁禅希欧，因为我敬爱鲁禅希欧。

鲁禅希欧　　　特拉尼欧，这样才好，因为鲁禅希欧现在恋爱中，
　　　　　　　　那位小姐突然一现，我的眼睛如受创伤而情不自禁，
　　　　　　　　就让我变成为一个奴仆吧。那小子来了。


　　　　　　　　比昂戴洛上。


　　　　　　　　小子，你到哪里去了？

比昂戴洛　　　我到哪里去了！噫，奇怪！您在哪里？主人，是我
　　　　　　　　的伙伴特拉尼欧偷了您的衣服，还是您偷了他的？
　　　　　　　　还是两个人都偷了？请问这是怎么一回事？

鲁禅希欧　　　小子，过来，这不是开玩笑的时候，所以你要放规
　　　　　　　　矩些。你的伙伴特拉尼欧，为了救我的命，在这里
　　　　　　　　穿上我的衣服扮饰我的样子，我为了逃脱而穿上了
　　　　　　　　他的，因为我上岸之后在一场争吵之中杀死了一个
　　　　　　　　人，生怕被人发现。我要逃命离开此地，我要你好
　　　　　　　　好地伺候他，听懂了吗？

比昂戴洛　　　我，先生！一点也不懂。

鲁禅希欧　　　你嘴里不许说一声特拉尼欧，特拉尼欧已经变成鲁禅希欧了。

比昂戴洛　　　他倒讨了便宜，我愿也能这样变一变才好！

特拉尼欧　　　老实讲，我还有更进一步的愿望，愿鲁禅希欧真能得到巴波蒂斯塔的小女儿。但是，伙计，不是为了我的缘故，而是为了你的主人的缘故，我劝你在各色人等面前都要规规矩矩，私下里，我是特拉尼欧，但在一切别的地方我是你的主人鲁禅希欧。

鲁禅希欧　　　特拉尼欧，我们走吧。还有一件事，你必须要做，作为那些求婚的人之一，如果你问我为什么，我只能告诉你理由是正大而充分的。〔下〕

演员等在舞台楼上讲话。

仆甲　　　　　大人，您打瞌睡，您没有注意听戏。

斯赖　　　　　我在听，我指着圣玛利的母亲为誓，我是在听。戏的故事不错，的确，还没有演完吧？

侍童　　　　　老爷，戏才开始。

斯赖　　　　　真是一出好戏，夫人太太，我希望这就算是演完了吧！〔他们坐下听戏〕

## 第二景：同上。郝谭修家门前

皮图秋与葛鲁米欧上。

皮图秋　　维洛那，我暂且告别了，去拜访我的在帕度亚的朋友们，但是，在我的所有的亲爱的朋友们中间，主要的是郝谭修，我想这就是他的家。这里，葛鲁米欧，你敲吧。

葛鲁米欧　敲？先生！我该敲谁？可有什么人冒犯了您？

皮图秋　　奴才，在这里给我用力气敲。

葛鲁米欧　在这里用力敲您，先生！噫，我是何等人，怎敢在这里敲您，先生？

皮图秋　　奴才，我是说就在这门前给我敲，好好地敲，否则我要敲破你的头。

葛鲁米欧　我的主人变得很会吵架。如果我先来动手敲您，我知道随后是谁要吃大苦头。

皮图秋　　不听话？好吧，如果你不敲，我就来拧，看看你怎样地骚、发、歌唱。〔他拧葛鲁米欧的耳朵〕

葛鲁米欧　救命啊，诸位，救命！我的主人疯了。

皮图秋　　现在，按照我的吩咐敲，奴才！

郝谭修上。

郝谭修　　怎么了！什么事？我的老朋友葛鲁米欧！我的好朋友皮图秋！你们在维洛那可都好？

皮图秋　　郝谭修先生，你是来劝架的吧？"今得相会，三生有幸"[17]，我可以说。

| | |
|---|---|
| 郝谭修 | "欢迎光临敝舍，我最尊贵之皮图秋先生。"[18]站起来，葛鲁米欧，站起来，我们要解决这个争端。 |
| 葛鲁米欧 | 不，先生，他用拉丁文控诉我的话全都不是实在的。您说这算不算是我的一个正当理由对他辞职，先生，他要我敲他，要我着着实实地揍他，先生，唉，一个仆人应该这样对待他的主人吗？据我看，这是不是太过分了一点？[19]<br>早知如此不如先动手揍他一场，<br>葛鲁米欧就不至于这样吃亏上当。 |
| 皮图秋 | 真是个不通情理的奴才！郝谭修，我令这个家伙去敲你的门，无论如何他也不肯敲。 |
| 葛鲁米欧 | 敲门！天哪！您不是清清楚楚这样说的吗，"小子，到这里给我敲，在这里给我打，好好地给我敲，着着实实地给我敲"？而您现在又说"敲门"了？ |
| 皮图秋 | 小子，滚你的，否则就少说话。 |
| 郝谭修 | 皮图秋，别生气，我是葛鲁米欧的保证人。唉，这实在是太不幸了，你和你的忠实可靠的老用人葛鲁米欧竟发生了争执。好朋友，你现在告诉我，哪一阵风把你从维洛那吹到帕度亚这里来了？ |
| 皮图秋 | 就是吹得年轻人不甘枯守家园远走天涯闯荡的那阵风把我吹来的。但是简单说吧，郝谭修先生，我的情形是这样的：我的父亲安图尼欧去世了，我出来闯荡，也许可以设法婆妻成家立业。我口袋里有钱，家里有产，所以出来见见世面。 |

| | |
|---|---|
| 郝谭修 | 皮图秋，我可否对你直说，给你介绍一位泼辣而丑陋的老婆？我出这个主意，你不会感激我的，但是我可以向你保证她有钱，很有钱，不过我们交情太厚，我不愿意做这个媒。 |
| 皮图秋 | 郝谭修先生，我们这样的朋友，几句话就够了，所以，如果你真认识一位富家女子可以做我的老婆，那么我求婚本来就为的是图财，尽管她丑如佛劳伦舍斯[20]的爱人，老得像西比尔[21]，凶悍得和苏格拉底的赞提庇一般[22]，甚至更坏一些，她也不能使我难过，至少不能消除我心里的情感，纵然粗暴得像汹涌的阿德利亚海也没有关系，我到帕度亚来娶一房富足的妻室，只要富足，即可在帕度亚享福。 |
| 葛鲁米欧 | 你要注意，先生，他是把心事和盘托出了。给他足够的钱，让他娶一个傀儡或是针绣缬上的小像，或是娶一位牙都掉光了的老太婆，浑身有五十二匹马那么多的病。噫，没有关系，只要有钱。 |
| 郝谭修 | 皮图秋，我们既然谈到了这个地步，我得要告诉你我只是和你开玩笑。我可以，皮图秋，帮你娶个妻子，有相当多的财富，年轻貌美，受过大家闺秀的教育。她的唯一缺点——那缺点可不算小——便是，她是非常地泼辣凶悍，我纵然境况再差一些，给我一座金矿我也不敢娶她。 |
| 皮图秋 | 郝谭修，别说了！你不知道金钱的力量，告诉我她的父亲的名姓，那就够了。我要向她进攻，纵然她骂起人来像是秋云乍裂时雷鸣一般地震耳。 |

莎士比亚全集

| 郝谭修 | 她的父亲是巴波蒂斯塔·闵诺拉，是一位和蔼可亲的绅士，她的名字是喀特琳娜·闵诺拉，在帕度亚以善于骂人而闻名。 |
| 皮图秋 | 我认识她父亲，虽然我不认识她，他和我先父很熟。郝谭修，我在未见到她之前，寝食难安，所以请你恕我，我们刚刚见面，我就要和你绝交，除非你肯陪我到那里去。 |
| 葛鲁米欧 | 我求您，先生，让他乘兴而去吧。我敢说，如果她像我一样地深知他的为人，她就会知道骂他是没有什么用处的。她也许骂他一二十声混蛋之类，噫，那算什么。如果他开始破口骂人，他会骂出一连串的脏话[23]。我告诉您吧，先生，只要她稍微和他对抗一下，他就会把一些难听的话没头没脸地向她抛去，使得她臊不搭地无脸见人。您可不知道他的厉害，先生。 |
| 郝谭修 | 等一下，皮图秋，我一定要陪你去，因为我的宝贝是在巴波蒂斯塔的手里，他掌握着我的生命中的珍宝，那便是他的小女儿美丽的毕安卡，不准我和其他的求婚的人接近她。他以为喀特琳娜有我方才说过的那些缺点一定是嫁不出去的，所以他采取了这样的措施，在悍妇喀特琳娜未找到丈夫之前，谁也不用打毕安卡的主意。 |
| 葛鲁米欧 | 悍妇喀特琳娜！对于一位小姐，这真是最恶劣的名称。 |
| 郝谭修 | 现在我的朋友皮图秋得要帮我一个忙，我换上一身 |

　　　　　　　庄重的服装，你把我推荐给巴波蒂斯塔那个老头子，
　　　　　　　就说我精通音乐，可以教毕安卡。我是可以教她，
　　　　　　　至少可以借机会向她谈情说爱，当面求婚，而不致
　　　　　　　启人疑窦。

葛鲁米欧　　　这不算是狡狯行为吧！看，为了欺骗老年人，年轻
　　　　　　　人如何地勾结在一起！

　　　　　　　格来米欧、鲁禅希欧化装挟书上。

　　　　　　　主人，主人，回头看看，那是谁，啊？

郝谭修　　　　别作声，葛鲁米欧！那是我的情敌。皮图秋，你且
　　　　　　　躲开一下。

葛鲁米欧　　　一位漂亮小伙子，一位情郎！

格来米欧　　　啊！很好，书单子我已经看过了。你听我说，我要
　　　　　　　把这些书精装起来，全都是有关恋爱的书，无论如
　　　　　　　何，不要对她讲别的东西。你懂我的意思。于巴波
　　　　　　　蒂斯塔的丰盛的束脩之外，我还要额外补贴你一份
　　　　　　　报酬。拿着你的书单子，让我把那些书好好地熏过，
　　　　　　　因为这些书要到她那里去，她是比香料还要香哩。
　　　　　　　你预备读什么给她听？

鲁禅希欧　　　不论我读什么，我总是把您当作我的恩人一般为您
　　　　　　　进言，您大可放心，就像您亲自诉说衷情一样，也
　　　　　　　许我的措辞比您还要好些，除非您是一个学者，
　　　　　　　先生。

格来米欧　　　啊！这门学问，是多么了不起的东西。

葛鲁米欧　　　啊！这个傻瓜，是多么蠢笨的一头驴。

| | |
|---|---|
| 皮图秋 | 别作声，小子！ |
| 郝谭修 | 葛鲁米欧，闭嘴！上帝保佑你，格来米欧先生。 |
| 格来米欧 | 幸得相会，郝谭修先生。你知道我是到哪里去吗？到巴波蒂斯塔·闵诺拉那里去。我曾答应他为那美丽的毕安卡细心访求一位教师，靠了运气，我物色到这一位年轻人，学问人品对她都适宜，他读过很多的诗，也读过不少别的书，都是好书。 |
| 郝谭修 | 这很好，我曾遇到一位先生，他答应给我访求另外一位教师，一位很好的音乐家，来教我们的那位小姐，所以对于我所钟爱的美丽的毕安卡，我尽心伺候，一点也没有落后。 |
| 格来米欧 | 是我所钟爱的，我的行为可以证明。 |
| 葛鲁米欧 | 〔旁白〕他的钱袋也可以证明。 |
| 郝谭修 | 格来米欧，现在不是诉说我们的爱情的时候，听我说，如果你对我客气，我告诉你一个消息，对于我们两个同样地有益。这位先生，是我偶然遇到的，如果我们的条件能合他的意，他便要向那悍妇喀特琳娜去求婚，而且只要妆奁丰盛，他就娶她为妻。 |
| 格来米欧 | 说得到，做得到，当然最好。郝谭修，你把她的短处都告诉他了吗？ |
| 皮图秋 | 我知道她是个讨人嫌的好吵闹的泼妇，如果没有别的毛病，我认为无伤大雅。 |
| 格来米欧 | 你真以为无伤大雅吗，朋友？请问你是什么地方的人？ |
| 皮图秋 | 生在维洛那，老安图尼欧的儿子。我的父亲去世了， |

我的财产尽可维持生活，我想过几天好日子，到外面见识见识。

格来米欧　啊，先生，有这样的生活，娶这样的太太，太奇怪了！不过如果你真有这样的胃口，尽可一试，我愿尽全力帮助你。但是你真心愿意向这只野猫求婚吗？

皮图秋　怎么不是真心愿意？

葛鲁米欧　他愿否向她求婚？当然了，否则我要绞死她。

皮图秋　我若没有这个意图，为什么到这里来？你以为小小的一点吵闹声音就可以唬倒我的耳朵吗？我当年难道没有听过狮子吼叫？没有听过狂飙中的骇浪像汗流气咻的野猪一般地怒吼？没有听过战场上的大炮，天空中的雷霆？在摆阵厮杀之中，我还没有听过喧哗的呐喊，战马的嘶鸣，喇叭的音响？你为什么却对我说起一个女人的口舌，她发出的声音还不及农夫火炉里的一枚栗子？嘘，嘘！拿妖精故事吓小孩子吧。

葛鲁米欧　〔旁白〕因为他不怕。

格来米欧　郝谭修，你听我说，据我想，这位先生乘兴而来，于他自己有利，于我们也有利。

郝谭修　我已经答应他我们做资助人，负担他的一切求婚的费用。

格来米欧　我们情愿，只消他能娶她到手。

葛鲁米欧　〔旁白〕我看不见得能像我吃一顿好饭那样有把握。

特拉尼欧盛装与比昂戴洛上。

| | |
|---|---|
| 特拉尼欧 | 诸位先生，上帝保佑你们！恕我冒昧，请问到巴波蒂斯塔·闵诺拉先生家该走哪一条路？ |
| 比昂戴洛 | 有两个漂亮女儿的那个人，你说的就是他吧？ |
| 特拉尼欧 | 就是他，比昂戴洛！ |
| 格来米欧 | 你听我说，先生，你的意思不是她—— |
| 特拉尼欧 | 也许是，他与她，先生，这与你何干？ |
| 皮图秋 | 我希望无论如何不是爱骂人的那一位吧，先生。 |
| 特拉尼欧 | 我不喜爱骂人的人，先生。比昂戴洛，我们走吧。 |
| 鲁禅希欧 | 〔旁白〕做得好，特拉尼欧。 |
| 郝谭修 | 先生，在你走前我要说句话。你是不是也要向你所说起的那位小姐去求婚的？ |
| 特拉尼欧 | 如果我是，先生，可有什么使你不高兴的地方吗？ |
| 格来米欧 | 没有，如果你一声不响地离开这里。 |
| 特拉尼欧 | 噫，先生，我要请问，官街官道不是你我都可以自由使用的吗？ |
| 格来米欧 | 但是她不可以。 |
| 特拉尼欧 | 什么理由，我倒要请教？ |
| 格来米欧 | 如果你一定要知道，理由是这样的，她是格来米欧先生所选中的情人。 |
| 郝谭修 | 她是郝谭修先生所选中的人。 |
| 特拉尼欧 | 且慢，二位先生！如果你们是彬彬君子，请耐心听我说。巴波蒂斯塔是一位高贵的绅士，家父对他并不完全陌生，如果他的女儿长得再美一些，还可以有更多的求婚者，我也可以算是其中之一。美丽的黎达的女儿[24]有一千个求婚的人，那么美丽的毕安 |

卡不妨再多有一个，而且她会多有一个的。鲁禅希欧决计要一试身手，虽然巴黎斯前来希望独自成功。

格来米欧　怎么！这位先生要把我们全都说倒了。

鲁禅希欧　先生，放松缰绳让他跑，我知道他会证实是一匹驽马。

皮图秋　郝谭修，你们说这些废话是何用意？

郝谭修　先生，恕我冒昧动问，你可曾见过巴波蒂斯塔的女儿？

特拉尼欧　没有，先生，但是我听说他有两个女儿，一个是出名地会骂人，一个是出名地美丽温柔。

皮图秋　先生，先生，我要那头一个，你们不必再说她了。

格来米欧　是的，这艰巨的事业交给伟大的赫鸠利斯吧，作为他的十二项艰巨事业以外的一项[25]。

皮图秋　先生，我把实情老实告诉你吧，你们想弄到手的那个小女儿，她的父亲严加看管，不准一切求婚的人和她接触，在她的姐姐出嫁以前不肯把她许配给任何人。姐姐嫁过，她才可以谈到婚姻，在那以前是不行的。

特拉尼欧　果真如此，先生，你乃是对我们大有助益之人，我也是叨光受惠者之一。如果你能打破僵局，大功告成，娶走了姐姐，使得妹妹这一条路为我们敞开，将来我们无论哪一个幸运入选，都会对你感激不尽的。

郝谭修　先生，你说得好，你也想得好。你既然自承是一个求婚者，对于这位先生我们都是同样地感激，你也该和我们一样对他有所报酬。

特拉尼欧　先生，我决不后人。为表示我们的诚意起见，我们可以消磨这一下午，开怀畅饮，祝我们的爱人健康，我们要像是两造的律师，尽管拼命争辩，还是像朋友一般在一起吃吃喝喝。

葛鲁米欧
　　　　　　啊，好主意！朋友们，我们就去吧。
比昂戴洛

郝谭修　主意是实在好，我们就去实行。
　　　　皮图秋，我做东对你表示欢迎。〔众卜〕

## 注释

[1] 帕度亚乃意大利东北部一城市，因大学而著名。朗巴第（Lumbardy）在此处系泛指意大利北部，包括帕度亚所在地之现代意大利人所谓之 Venetia 地区。

[2] 据史实 the Bentivolii 一族世居 Bologna，不是皮萨，在十五世纪曾数度得势。

[3] 指亚里士多德之"伦理学"。

[4] Ovid 罗马的恋爱诗人。

[5] 帕度亚作为是一个港口。十六世纪时意大利北部运河纵横，到处可通舟楫。

[6] 原文 To cart her rather，cart 与 court（求婚）音相近，按当时惩治犯

罪妓娼的方法是将犯者系于车后，以鞭笞之，敲盆作响，游街示众。

[7] Minerva 为司智慧与音乐之女神。

[8] blow our nails 指天寒无火，以口气嘘手指以取暖，喻无可奈何勉强忍耐之意。

[9] our cake's dough，谚语，直译为"我们的糕成了死面团"，喻完全失败之意，等于是说"Our goose is cooked"，与俗语"糟糕"意相近。on both sides 指你我双方。

[10] high-cross 亦称 market-cross，在市中心广场或市场里装设的大十字架。

[11] 原文"I found the effect of love in idleness"，其中之 love in idleness 或谓是"三色堇"（pansy）之别名。与此句似无关涉。威尔孙注云："显然是说，心在最舒适的时候，最无忧无虑的时候，最容易感受爱情之利箭的突袭。"哈利孙的解释更简单，"像别的闲来无事的人们一样，我陷入了爱情之中"。

[12] Anna 是迦泰基女王戴都之姐妹，参与她的爱情的机密。

[13] Redime te captum, quam queas minimo（= Ransom your captive self as cheaply as you can）莎士比亚引自 Lilly's Latin Grammar，原句见 Terence 的 Eunuchus（I,i,29）"Quid agas nisi ut te redimas captum quam queas/Minimo？"

[14] daughter of Agenor 即 Europa，为 Zeus 所爱，化身为牛负之赴 Crete 见 Ovid, Metamor phoses, Ⅱ ,858ff.

[15] 原文"So had you need"句短不够一行，意义亦不明。Schmidt 注为 = you do well。威尔孙疑有脱落。

[16] presenter 一般解作 actor。严格地讲，一个 presenter 是一出戏的演出者，他是在剧情之外的，他可以报告剧情批评剧情，在伊利沙白

时代舞台上是常有的，但在莎士比亚剧中不常有，《仲夏夜梦》中之 Quince 可以算是一个 presenter。

[17] Con tutto il cuore ben trovato 是意大利文，= with all my heart well met.

[18] Alla nostra casa ben venuto ; molto honorato signior mio Petruchio 意大利文 = Welcome to our house, my most honored Signior Petruchio.

[19] 原文 being, perhaps, for aught I see, two-and-thirty, a pip out？按当时有一种流行的牌戏名为 on-and-thirty，今云 two-and-thirty，即是 a bit too much 之意。pip= a spot on a card.

[20] 佛劳伦舍斯（Florentius），是 Gower 的 *Confessio Amantis* 诗中叙及的古神话里的一武士，因性命攸关，必须解一谜语:"女人最想要的是什么？"并求教一老丑妇人，丑妇允之，但附有条件，谜解后须娶之为妻。娶后，老妇变为妖娆少女。

[21] 西比尔（Sybil）是古女预言家，阿波罗给予长寿，年数可与其手中所能掌握的沙粒一般多云。

[22] 苏格拉底，希腊哲学家，其妻 Xanthippe 以凶悍闻名。

[23] 原文 rope-tricks 有几种解释:（一）为 rhetoric 一字之讹;（二）tricks worthy of the rope( = hanging )；（三）rope 可能是 tope( =tup）之误，有猥亵意，与下面两句意义正相吻合。

[24] 黎达（Leda）的女儿，即脱爱的海伦（helen of Troy），为脱爱的王子巴黎斯（Paris）所夺。

[25] 赫鸠利斯（Hercules）遵神谕为 Tiryus 的国王效力十二年，在此期间他做了十二项具有非常英武神力的事迹，通称为 "the twelve labors of Hercules"。

# 第 二 幕

## 第一景：帕度亚。巴波蒂斯塔家中一室

喀特琳娜与毕安卡上。

毕安卡　　　好姐姐，不要羞辱我，也不要羞辱你自己，把我当
　　　　　　作一个奴隶婢女，这是我所不屑的，不过若是为了
　　　　　　这些装饰品，解开我手上的捆绑，我自己会把它们
　　　　　　扯下来，是的，我的所有的服装，脱到衬裙为止，
　　　　　　你要我怎样做，我就怎样做，我知道我对我的姐姐
　　　　　　应该服从。

喀特琳娜　　我现在问你，在你所有的求婚人当中，你最爱哪一
　　　　　　个？不许说假话。

毕安卡　　　相信我，姐姐，在所有的男人里我还没有看到一个
　　　　　　我所特别喜欢的人。

| 喀特琳娜 | 丫头，你胡说。是不是郝谭修？ |
|---|---|
| 毕安卡 | 如果你喜欢他，姐姐，我现在发誓我愿为你去通款曲，但是你就要嫁给他。 |
| 喀特琳娜 | 啊！那么，你也许是想要一个更有钱的人，你要格来米欧供你养尊处优。 |
| 毕安卡 | 你是为了他而嫉妒我吗？不，你是在说笑话。我现在看出了你是一直在和我开玩笑。我求你，喀特姐姐，解开我的手吧。 |
| 喀特琳娜 | 如果那是开玩笑，那么这也全是开玩笑。〔打她〕 |

巴波蒂斯塔上。

| 巴波蒂斯塔 | 喂，怎么啦，小姐！何以发生这场打骂？毕安卡，站在一边去。可怜的孩子！她哭了。做你的针线去，别招惹她。真是可耻，你这母夜叉，她从不惹你，你为什么要欺侮她？她什么时候说过一句狠话顶撞你？ |
| 喀特琳娜 | 她闷不作声地侮辱我，我要报复。〔追毕安卡〕 |
| 巴波蒂斯塔 | 怎么！当着我的面放肆？毕安卡，你进去。〔毕安卡下〕 |
| 喀特琳娜 | 怎么！你不准我吗？哼，我现在明白了，她是你的宝贝，她一定要有个丈夫，我必须在她结婚那天光着脚跳舞[1]，而且为了你偏爱她的缘故，让我在地狱里牵领一群猴子[2]。不必对我说话，我要去坐下来哭，等着我找一个报复的机会。〔下〕 |
| 巴波蒂斯塔 | 世上可有像我这样痛苦的人吗？谁来了？ |

格来米欧带着作穷苦人装束的鲁禅希欧，皮图秋带着扮作音乐师的郝谭修，特拉尼欧带着携琴书的比昂戴洛上。

| | |
|---|---|
| 格来米欧 | 早安，巴波蒂斯塔先生。 |
| 巴波蒂斯塔 | 早安，格来米欧先生。上帝保佑你们。诸位！ |
| 皮图秋 | 也保佑你，好先生。请问您是否有一位女儿，名叫喀特琳娜，美丽而贤淑？ |
| 巴波蒂斯塔 | 我是有一个女儿，先生，名叫喀特琳娜。 |
| 格来米欧 | 你太鲁莽了，慢慢地进行。 |
| 皮图秋 | 你干扰我了，格来米欧先生，请莫多嘴。我是维洛那的一个绅士，先生，听说她美貌聪明、娇羞贤惠、多才多艺而又举止温柔，所以我大胆前来府上，做一名不速之客，要亲眼看看我所常常听到的传闻。而且，作为我的进身之阶，我特为给您推荐一位朋友，〔介绍郝谭修〕精于音乐与数学，做她的教师是可以胜任愉快的，我知道她对这门功课已颇有一点根底。请接受他吧，否则您辜负了我的一番好意。他的名字是李希欧，生于曼邱阿。 |
| 巴波蒂斯塔 | 欢迎你来，先生，为了你的缘故，也欢迎他。不过讲到我的女儿喀特琳娜，我晓得，她实在配不上你，我因此分外伤心。 |
| 皮图秋 | 我看您是舍不得把她嫁出去，再不然就是看不中我这个人。 |
| 巴波蒂斯塔 | 别误会我，我是有话直说。你是何方人士，先生？大名怎样称呼？ |

皮图秋　　　我名叫皮图秋，安图尼欧的儿子，他是名闻全意大
　　　　　　利的一个人。

巴波蒂斯塔　我和他很熟，为了他我也要欢迎你。

格来米欧　　我们已经敬闻高论了，皮图秋，请你也让我们这些
　　　　　　卑微的求婚者说句话吧。退后！你太性急了。

皮图秋　　　请原谅，格来米欧先生，我急想做成这门亲。

格来米欧　　我相信你，先生，但是你将悔恨不该来求婚。朋友，
　　　　　　这真是一份令人满意的见面礼。我自己，比任何人
　　　　　　都更该对你感激，为了表示同样的敬意，特地给您
　　　　　　带来了这一位年轻学者，〔介绍鲁禅希欧〕他在瑞姆
　　　　　　斯 [3] 留学多年了，精通希腊文、拉丁文及其他文字，
　　　　　　就像那一位之精通音乐数学一般。他名叫康必欧，
　　　　　　请留他为您效劳吧。

巴波蒂斯塔　多谢多谢，格来米欧先生，欢迎，好康必欧。〔向
　　　　　　特拉尼欧〕但是，先生，我觉得您好像是一位外来
　　　　　　的客人，我要冒昧请教您是为什么来的？

特拉尼欧　　请原谅，先生，是我自己冒昧，我初来人地生疏，
　　　　　　就来向您的美丽贤淑的女儿毕安卡求婚。我也不是
　　　　　　不知道您的坚定的决心，打算先完成大小姐的婚事。
　　　　　　我只有一个要求，您知道了我的身世之后，让我和
　　　　　　那两位求婚的人受同样的欢迎，能同样地自由活动。
　　　　　　为了您的两位女儿的教育，我奉献一具小小的乐器，
　　　　　　还有这一小包希腊拉丁文的书籍。如果您肯接受它
　　　　　　们，它们就身价百倍了。

巴波蒂斯塔　你名叫鲁禅希欧，请问哪里人士？

| | |
|---|---|
| 特拉尼欧 | 敝处皮萨，先生，我是文禅希欧的儿子。 |
| 巴波蒂斯塔 | 是皮萨的一位要人，我常听人提起，欢迎你来，先生。〔向郝谭修〕你拿着琴，〔向鲁禅希欧〕你拿着这一堆书，你们立刻就去见见你们的学生。喂，来人！ |

一仆上。

小子，领这两位先生去到我的两个女儿那里，告诉她们这是她们的教师，让她们好好地对待他们。〔仆与郝谭修、鲁禅希欧及比昂戴洛下〕我们到花园里去散步一番，然后再去吃饭。我非常欢迎你们，请你们也都不要客气。

| | |
|---|---|
| 皮图秋 | 巴波蒂斯塔先生。我的事情忙，不能每天前来求婚。您深知我的父亲，因此也可以推知我的为人，我是他的土地与家私的唯一继承人，而且在我手里家产只有增加并无减少，那么请告诉我，如果我得到你的女儿的爱情，我娶她可以得多少妆奁？ |
| 巴波蒂斯塔 | 在我死后我的土地的一半，嫁时还有两万金币的现款陪送。 |
| 皮图秋 | 您既然给她这么一份嫁妆，我也要把我所有的土地田产提供做她孀居期间的赡养，如果她死在我后。所以我们就立下字据吧，双方各执一纸为凭。 |
| 巴波蒂斯塔 | 唉，等到获得她的爱情以后再说吧，那才是最重要的事。 |
| 皮图秋 | 噫，那不算什么，因为我告诉您说，我的老丈人，她性情高傲，我也是同等地专横，两团烈火遇在一 |

起，使怒火狂烧的那一股傲气就会抵消了。小风吹
拂之下可以使小火变成大火，但是一阵大风便会把
火完全吹熄。我就要这样对待她，她会对我屈服的，
因为我是粗暴的，不是像婴儿一般地去求婚。

巴波蒂斯塔　你可以去求婚，愿你顺利成功！不过你要准备听些
不中听的话。

皮图秋　　　是的，我要全身披挂地去试试看；山岳是为风吹的，
尽管永久地吹，还是会屹立不动的。

　　　　　　郝谭修头被打破上。

巴波蒂斯塔　怎么了，我的朋友！你为什么这样地脸色苍白？

郝谭修　　　如果我脸色苍白，那是由于惊吓。

巴波蒂斯塔　怎么，我的女儿会成为一个好的音乐家吗？

郝谭修　　　我想她会更快地变成为一名军人，只有铁器在她手
里不至于弄碎[4]，琴是绝不中用的。

巴波蒂斯塔　啊，那么你不能用琴来驯服她吗？

郝谭修　　　唉，不能，因为她已经用琴来打在我的头上了。我
不过是告诉她按错了弦柱，我把着她的手教她指法，
她便暴躁大叫起来，喊道："弦柱！你说的是这些个
吗？我要对它们发泄我的怒气。"说完之后，她用琴
敲我的头，把琴敲了个窟窿，我的头便钻了出来，
我站在那里发愣，琴套在颈上好像是戴了枷一般，
她骂我为江湖琴师，拉琴的乞丐，她使用许多这样
的名词好像是存心要来侮辱我。

皮图秋　　　哼，这可真是一位泼辣的姑娘！我现在要更加十倍

地爱她。啊，我真想能和她谈谈！

巴波蒂斯塔 〔向郝谭修〕好，跟我去，不要这样懊丧，去教我的
小女儿。她肯虚心学习，领受教益。皮图秋先生，你
愿和我们一道去，还是由我喊我的女儿喀特来见你？

皮图秋 请你喊她来，我在这里等她，〔巴波蒂斯塔、格来米
欧、特拉尼欧与郝谭修下〕等她来了我就打起精神
来向她求婚。也许她会破口大骂，那么我就明白地
告诉她，她的声音有如夜莺一般地悦耳；也许她会怒
容满面，我就说她的面色有如带着朝露的玫瑰一般
地鲜艳；也许她一言不发，那么我就赞美她雅擅言词，
说她谈锋犀利；如果她赶我走，我就向她称谢，好
像是承蒙她留我陪她一星期一般；如果她拒绝出嫁，
我就请示她何日预告结婚，何日举行婚礼。她来了，
现在，皮图秋，你开口吧。

喀特琳娜上。

早安，喀特，这是你的名字，我听说。

喀特琳娜 你倒真会听，可惜你的耳朵有一点聋，提到我的人
都唤我为喀特琳娜。

皮图秋 老实讲，你是说假话，因为大家都唤你为喀特，漂
亮的喀特，有时候泼辣的喀特，但是，喀特，基督
教世界里最美丽的喀特，喀特大厦餐厅里的喀特[5]，
我的最可口的喀特，因为可口的东西全是美味，所
以，喀特，让我称呼你一声，我的称心如意的喀特；
我到处听人称赞你的温柔，说起你的美德，颂扬你

的美貌，实际上他们的推崇不够充分，我受了感动，
所以前来求婚，要你做我的妻子。

喀特琳娜　受了感动！真的吗？让把你感动得到这里来的那个
人，再把你感动回去吧。我一开始就知道你是一件
可以移动的家具。

皮图秋　噫，什么叫作可以移动的家具？

喀特琳娜　一只细工木凳。

皮图秋　你说得对极了，来坐在我身上吧。

喀特琳娜　驴是给人骑的，你也是。

皮图秋　女人是为人骑的，你也是。

喀特琳娜　如果你说的是我，我可不是供你骑的那种贱马。

皮图秋　哎呀，好喀特，我不会重重地压着你的，因为我知
道你年轻娇小。

喀特琳娜　太轻薄，不是你这样的笨蛋所能追得上的，不过分
量是够重的，像我的体重所该有的分量一般重。

皮图秋　该有的！该嗡嗡叫！ [6]

喀特琳娜　真懂话，像一只呆鸟。

皮图秋　啊，缓缓而飞的斑鸠！你会让一只呆鸟来娶你吗？

喀特琳娜　对了，斑鸠不肯匹配呆鸟，我也不会嫁给你 [7]。

皮图秋　好了，好了，你这只黄蜂，你实在是脾气太大了。

喀特琳娜　如果我像黄蜂，最好留神我的刺。

皮图秋　那么我的办法就是拔掉那根刺。

喀特琳娜　对，如果那傻瓜能找得到那刺在什么地方。

皮图秋　谁不知道黄蜂的刺长在什么地方？它的尾巴上。

喀特琳娜　在它的舌头上。

| | |
|---|---|
| 皮图秋 | 谁的舌头? |
| 喀特琳娜 | 你的,如果你说起尾巴[8],再会了。 |
| 皮图秋 | 什么!你说我的舌头是在你的尾巴上?不行,回来。好喀特,我是一个绅士。 |
| 喀特琳娜 | 我要试试看。 |
| 皮图秋 | 你如果再打,我可要用拳头揍你了。 |
| 喀特琳娜 | 那么你就要失掉你的纹章[9],如果你打我,你就不是绅士,不是绅士,自然没有纹章。 |
| 皮图秋 | 你是纹章局的官员,喀特?啊!请你为我登记吧。 |
| 喀特琳娜 | 你的纹章的冠饰是什么样子?一个鸡冠[10]? |
| 皮图秋 | 剪了冠子的公鸡,如果喀特愿意做我的母鸡。 |
| 喀特琳娜 | 你不配做我的公鸡,你啼叫起来太像是一只不敢斗的公鸡了。 |
| 皮图秋 | 好啦,喀特,好啦,你不可以这样酸溜溜的。 |
| 喀特琳娜 | 我一看见山楂子,就觉得嘴里发酸。 |
| 皮图秋 | 噫,这里没有山楂子,所以不必做出酸溜溜的样子。 |
| 喀特琳娜 | 有的,有的。 |
| 皮图秋 | 那么指给我看。 |
| 喀特琳娜 | 我若是有一面镜子,就可以指给你看。 |
| 皮图秋 | 什么,你是说我的脸吗? |
| 喀特琳娜 | 这样少不更事的人居然一猜便着。 |
| 皮图秋 | 岂有此理,我有一把子力气,揍你却绰绰有余。 |
| 喀特琳娜 | 但是你脸上的样子很憔悴。 |
| 皮图秋 | 那是忧伤所致。 |
| 喀特琳娜 | 我管不着。 |

皮图秋　　　你听我说，喀特，你不要这样地躲避。

喀特琳娜　　如果我停留下来，我会要激怒你，让我走吧。

皮图秋　　　不，一点也不会的，我觉得你非常温柔，我听说你粗暴、高傲、乖张，现在我发现传闻全是一派谎语，因为你是和蔼的、活泼的、非常有礼的，说话有一点慢吞吞的，但是有如春花一般地甜。你不会皱眉头，你不会斜眼瞪人，也不会像发脾气的女人们那样咬嘴唇，你也不好和人说话抬杠，你和蔼地招待向你求婚的人们，谈吐文雅，又温柔又殷勤。世人为什么要说喀特是跛脚的呢？啊，人言可畏！喀特，像是榛树枝一般，又直又细，颜色像榛子一样地棕黄，比榛子仁还要香甜。啊！让我看看你走路，你并不跛。

喀特琳娜　　去，傻瓜，我不受你的摆布。

皮图秋　　　森林里的戴安娜，可曾有过喀特琳娜在这厅堂里姗姗而行的姿态？啊！你做戴安娜，让她做喀特，然后让喀特成为冰清玉洁，让戴安娜成为风流潇洒！

喀特琳娜　　你从哪里学来的这一套好听的话？

皮图秋　　　是临时编造的，由于聪明的禀赋。

喀特琳娜　　要有个聪明的母亲！否则她的儿子必定笨。

皮图秋　　　我不是很聪明吗？

喀特琳娜　　是的，你倒是知道取暖[11]。

皮图秋　　　我就是这个意思，亲爱的喀特琳娜，我想在你的床上取暖，所以，这一切闲话撇开，坦白地这样说吧，你的父亲已经应允让你做我的妻子。你的妆奁也商

量好了，你愿意也好，不愿意也好，我是要和你结
婚。现在，喀特，我是正好和你匹配的一个丈夫，
因为，在这光天化日之下我看到了你的美貌，你的
美貌使得我一见倾心。我现在就指着天日为誓，你
必须嫁给我，不许嫁给别人，因为我是生来专为驯
服你的，喀特。我要一个野猫一般的喀特变成为一
个驯顺的喀特，像其他的家猫一般。你的父亲来了，
可是不能拒绝，我必须要娶喀特琳娜为妻。

*巴波蒂斯塔、格来米欧与特拉尼欧又上。*

| | |
|---|---|
| 巴波蒂斯塔 | 喂，皮图秋先生，你对我的女儿进行得如何了？ |
| 皮图秋 | 还能不顺利吗，先生？还能不顺利吗？我是绝不可能失败的。 |
| 巴波蒂斯塔 | 喂，怎么了，喀特琳娜我的女儿！又垂头丧气了？ |
| 喀特琳娜 | 你唤我作女儿吗？我可以说你真是有父亲的慈爱之心，要我嫁给一个半疯的人，一个疯狂的恶汉，一个顺口赌咒的粗人，想凭着胡乱发誓就蛮干到底。 |
| 皮图秋 | 老丈人，是这样的，您自己以及所有的世人，说起她来的时候，总是把她说得不堪。如果她是泼辣，那是故意做出来的，因为她并不乖张，而是像斑鸠一般地柔顺。她并不粗暴，而是像清晨一般地温和。讲到忍耐的功夫，她可以成为第二个格里塞 [12]，讲到她的贞操，她可以媲美罗马的露克利斯 [13]，总之，我们已经情投意合，决定星期日举行婚礼。 |
| 喀特琳娜 | 我愿在星期日先看到你受绞刑。 |

格来米欧 听见了吧，皮图秋，她说她愿看到你先受绞刑。

特拉尼欧 这就是你的顺利成功吗？ 我们也就不必再费事了！

皮图秋 二位不必灰心，我选中她为妻，如果她和我都愿意，
这与你们何干？我们两个私下里商定，当着大家的
面前她还是要撒泼的。我告诉你们吧，她爱我之深，
简直无法令人相信。啊！最温柔的喀特，她搂住我
的脖子，彼此热情地吻了又吻，一遍遍的海誓山盟，
一瞬间她就使我死心塌地地爱她了。啊！你们都是
没有经验的人，那真是值得一看哩，男女私下在一
起的时候，一个最怯懦的家伙也会把一个顶凶悍的
女人弄得服服帖帖。伸出你的手，来给我，喀特，
我要到威尼斯去备办结婚的服装。岳父，您预备酒
席，延请宾客，我一定要把我的喀特琳娜打扮得花
枝招展。

巴波蒂斯塔 我不知说什么好，把你的手给我。上帝赐给你快乐，
皮图秋！婚事一言为定了。

格来米欧

特拉尼欧 阿门！我们愿做证人。

皮图秋 岳父、妻、诸位，再见。我要到威尼斯去，星期日很
快就要到了，
我们要有戒指、首饰和漂亮的衣履。
吻我，喀特，我们星期日行结婚礼。〔皮图秋与喀特
琳娜分途下〕

格来米欧 婚姻有这样突然缔成的吗？

| | |
|---|---|
| 巴波蒂斯塔 | 老实说，二位，我现在成了商人，疯狂地做下了一宗冒险的生意。 |
| 特拉尼欧 | 这本是放在你身边要腐烂的一批货，可能给你带来利益，也可能在海上覆没。 |
| 巴波蒂斯塔 | 我唯一希求的利益便是婚后平静无事。 |
| 格来米欧 | 无疑地他已经安然地大有收获。现在，巴波蒂斯塔，我们要谈到你的二小姐了，今天是我们盼望已久的一天，我是你的邻人，而且是最先来求婚的。 |
| 特拉尼欧 | 我爱毕安卡非言语所能形容，也非你所能意料得到的。 |
| 格来米欧 | 年轻小伙子，你不能像我这样地真心相爱。 |
| 特拉尼欧 | 灰白胡子老头儿，你的爱情冻凝了。 |
| 格来米欧 | 但是你的爱情是在煎熬。僄薄的小孩子，往后退一步，年龄才能滋补人。 |
| 特拉尼欧 | 但是在女人眼里，年轻人才有光彩。 |
| 巴波蒂斯塔 | 二位且不要吵，我来调解这个争端。要看实际行为才能决定锦标谁属，谁能给我女儿最大的聘礼，谁就可以得到我的毕安卡的爱情。格来米欧先生，你能答应给她多少？ |
| 格来米欧 | 首先，你是知道的，我城里的那栋房屋，里面摆满了金银器皿，有盆有罐，供她洗濯她的玉手；我的墙上挂的全是泰尔[14]出产的绣帷；在象牙柜里我放满了我的金币；杉木箱里有我的织锦的床单，贵重的服装、帐幔、罩盖、精致的纱布，镶嵌珍珠的土耳其靠垫，威尼斯金线织成的床帷垂饰、锡器与铜器以 |

及一切家中用具：在我的农场里我有一百头乳牛，牛棚里有一百二十头公牛，以及其他类似这样规模的东西。我自己有了一把年纪，我必须承认，如果我明天死掉，这全是她的，如果她愿意在我活着的时候只做我的妻子。

特拉尼欧　这"只"字说得妙。先生，听我说，我是我父亲的独子，唯一的继承人，如果我能娶你的女儿为妻，我可以给她坐落在皮萨城内的三四栋房屋，和格来米欧老先生在帕度亚所有的任何一栋房子一般地好，此外还有每年两千金币收益的良田，全都是她的聘礼。怎么，我使你不舒服了吗，格来米欧先生？

格来米欧　每年两千金币收益的田地！我的土地全算起来也收不到那样多的钱，我全部都给了她，此外还有一条大商舰，现在正泊在马赛港里。怎么，我用一条大商舰把你的嘴堵塞住了？

特拉尼欧　格来米欧，大家都知道我父亲除了两艘商用快艇、十二艘长桨划船之外，还有大型商舰不下三艘之多，这些船我都送给她，你再有什么可送，我加倍地送。

格来米欧　不，我已经提供了全部，再没有可送的了。我已罄其所有，她不能再得到更多的东西了。如果您喜欢我，就让她接受我和我的财产吧。

特拉尼欧　噫，按照您的坚决的诺言，这位小姐是属于我的了。格来米欧出价较低没能得标。

巴波蒂斯塔　我当然承认你所提供的比他为多，令尊若能向她保证，她就是你的了，否则，你需要原谅我，如果你

|  | 比他先死，她的聘礼岂不是落空了吗？ |
| --- | --- |
| 特拉尼欧 | 您这是太挑剔了，他年老，我年轻。 |
| 格来米欧 | 年轻人不是和年老人同样地会死吗？ |
| 巴波蒂斯塔 | 好啦，二位，我就这样决定。你们知道，下星期日我的女儿喀特琳娜要出嫁了，如果你能提供保证，再下星期日毕安卡就是你的新娘子，否则，就是格来米欧先生的了。我就此告辞，多谢二位。 |
| 格来米欧 | 再会，好邻家。〔巴波蒂斯塔下〕现在我不怕你了，年轻的浪子，你的父亲若是把一切都给了你，在他衰老之年到你家里去吃闲饭，他简直是个大傻瓜。 |
|  | 嘘！你不要异想天开！ |
|  | 意大利的老狐狸不这样慷慨。〔下〕 |
| 特拉尼欧 | 好可恶的狡猾的干瘪老头子！不过我胡吹一阵确是把他唬倒了。我本想给我的主人效劳，现在冒牌的鲁禅希欧必须找一个父亲，冒牌的文禅希欧，这真是一件怪事，通常是，父亲生儿育女， |
|  | 而我这回前来求婚， |
|  | 却是儿子弄出了父亲。〔下〕 |

注 释

[1] 旧俗，妹妹出嫁之日，未婚的姐姐赤脚跳舞，可以获致丈夫。

[2] 老处女未能出嫁生子，故死后下地狱牵领猴子以为惩罚。

[3] 瑞姆斯（Rheims）是法国一城市，有著名的大学，为红衣主教
Charles of Lorraine 于一五四七年所建。

[4] 原文"Iron may hold with her"，威尔孙注："i.e.will not break in her hands."
耶鲁本注"hold with"为"resist"。

[5] Kate-Hall 据威尔孙注，是指 Katharine Hall 的餐厅，一五九一年八
月英国女王伊利沙白曾于出巡时驻跸其处。Kate 与 cate 二字同音，故
指喀特为御膳中之美味。

[6] 原文"Should be！should buzz！"。be 与 bee 同音，故转而为
buzz，"作嗡嗡声"。威尔孙注："皮图秋是在暗示流言对于喀特琳娜的
轻薄另有一番说法。"他认为 buzz 有两重意义：（a）the buzz of a bee；
（b）rumour,scandal。

[7] 原文"Ay,for a turtle,as he takes a buzzard."费解。按 buzzard 一字有
二义，一为呆人，一为劣等不堪行猎的鹰，今统译为"呆鸟"。Onions
与威尔孙又加上第三个意义：a buzzing insect；a cockchafer. 似无必要。
Harrison 注："i.e.I am as unlikely to choose you as a turtledove to mate with
a buzzard."比较简明。旧 Arden 本 Bond 注，认为 he 字不可解，径改
为 she，亦无此必要。

[8] 四开本及各对折本均作 if you talk of tales，自 Rowe 以后各家多改
tales 为 tails，牛津本亦如此，二字同音有双关义，talk of tales = talk
idly.

[9] lose your arms 双关语：（一）放松你的胳膊，当时皮图秋抓住了喀特
琳娜，故云；（二）失去你的纹章（coat of arms）。纹章是当时绅士所不
可或缺的一个标志，有纹章局（College of Heralds）专司其事。富有者
可出资申请购买纹章。莎士比亚之父即曾于一五九六年申请购买。于
一五九九年获得。

[10] 鸡冠（coxcomb）是宫廷中弄臣 fool 的标记。

[11] keep you warm 为谚语。He has wit enough to keep himself warm. 等于我们说 He has enough sense to come in out of the rain. 言其没有多少聪明也。

[12] 格里塞（Grissel）即 Griselda，薄伽丘的《十日谈》(*Decameron X*, 10) 中 Marquis of Saluzzo 之妻，盲目地服从她的丈夫，忍受一切侮辱与冤屈，成为典型的贤妻。巢塞的《坎特伯来故事集》中之 Clerk of Oxford 的故事讲到这个故事。

[13] 露克利斯（Lucrece）被罗马皇帝 Tarquin 之子 Sextus 所奸污，自杀而死，为妇女贞节的典型。

[14] 泰尔（Tyre），Phoenicia 一城市，所产绣帷为紫红色。

# 第 三 幕

## 第一景：帕度亚。巴波蒂斯塔家中一室

鲁禅希欧、郝谭修与毕安卡上。

鲁禅希欧　　拉琴的，不要这样子，你太鲁莽了，先生，你这样快地就忘记了她的姐姐喀特琳娜是怎样对待你的吗？

郝谭修　　　但是，好辩的学究，这一位是喜爱高尚音乐的，所以让我享有优先吧！我们在音乐上消磨一小时之后，你也有同样多的时间对她讲演。

鲁禅希欧　　不守次序的蠢驴，你孤陋寡闻，哪里懂得创造音乐的道理！那不是为了人在读书或是例行工作之后使他舒畅心灵的吗？所以让我先去研读哲学，等我休息的时候，你再奏起你的音乐。

驯悍妇

| | |
|---|---|
| 郝谭修 | 小子，我不受你这样的威吓。 |
| 毕安卡 | 唉，二位先生，应该由我选定的事而你们倒先争竞起来，未免对我不住。我不是学校里挨鞭子抽的小孩子，我不受指定的时间或钟点的约束，我只是随意地学习我的功课。为避免一切争执，我们且坐下来，你拿出你的乐器，立刻演奏起来，在你调整好音阶之前他的讲演也就完毕了。 |
| 郝谭修 | 我调好了音之后你就不听他的讲演了？〔退〕 |
| 鲁禅希欧 | 他永远调不好音，你调整你的乐器吧。 |
| 毕安卡 | 我们上次讲到哪里？ |
| 鲁禅希欧 | 这里，小姐: |

Hac ibat Simois；hic est Sigeia telius；

Hic steterat Priami regis celsa senis.[1]

| | |
|---|---|
| 毕安卡 | 讲给我听。 |
| 鲁禅希欧 | Hic ibat 我已经告诉过你了，Simois，我是鲁禅希欧，hic est，乃皮萨的文禅希欧之子，Sigeia telius，化装前来向你求爱; Hic steterat，前来求婚的那个鲁禅希欧，Priami，乃是我的仆人特拉尼欧，regis 冒充是我的样子，celsa senis，为的是我们可以蒙蔽那个老糊涂。 |
| 郝谭修 | 〔回来〕小姐，我的乐器已经调整好了。 |
| 毕安卡 | 让我们听听。〔郝谭修奏乐〕啊呸！那高音刺耳。 |
| 鲁禅希欧 | 在那个窟窿里吐一口唾液[2]，再去调整一下。 |
| 毕安卡 | 现在让我来讲讲看: Hac ibat Simois，我不认识你；hic est sigeia telius，我不信任你；Hic steterat Priami，留 |

心不要让他听到我们; regis, 不要太自恃; celsa senis,
不要灰心。

郝谭修　小姐, 现在音调整好了。

鲁禅希欧　只是低音还不对。

郝谭修　低音是对的, 是那个低贱的奴才有意作对。我们的
这位学究火气好大!〔旁白〕我以性命打赌, 这奴
才是在向我的爱人调情, 学究, 我要好好地监视你。

毕安卡　过些时候我也许会相信你, 目前我还不敢信。

鲁禅希欧　不要疑虑, 因为, 当然, 伊阿西地斯即是哀杰克斯,
是从他的祖父而得名的[3]。

毕安卡　我不能不相信老师说的话, 否则, 我告诉你说, 我
还要辩论这一疑点, 但是不必提了。
现在, 李希欧, 该你了。二位先生, 请莫见怪, 我
对你们不大客气。

郝谭修　〔向鲁禅希欧〕你可以去散散步暂且离开我一下, 我
的音乐课不是要练习三部合奏。

鲁禅希欧　你这样地讲究规矩, 先生?〔旁白〕好, 我必须等着,
并且监视着, 因为, 除非是我错怪了他, 我们的这位
大音乐家有一点动情的样子。

郝谭修　小姐, 在你触动这乐器之前, 我要从基础开始, 先
学习我的指法。我要用简明的方法教你全部音阶,
比我这一行任何人的教法都更有趣、更扎实、更有
效。我已经清清楚楚写在这里了。

毕安卡　噫, 我早已学过音阶了。

郝谭修　但是你读一读郝谭修的音阶。

| | |
|---|---|
| 毕安卡 | "都"，我是一切音调的基础，[4] |
| | "A 来"，来表达郝谭修的情意; |
| | "B 米"，毕安卡，接受他做你的丈夫, |
| | "C 发都"，他是以全部情感来爱你; |
| | "D 骚来"，一个谱号，我有两个音符。 |
| | "E 拉米"，怜悯我吧，否则我一命呜呼。 |
| | 这叫作音阶吗？呸，我不喜欢它，我觉得还是旧式 |
| | 的最好。我不是那样善变的人，把良好的规矩变成 |
| | 为翻新的花样。 |

一仆上。

| | |
|---|---|
| 仆 | 小姐，你父亲叫你离开书本，帮助收拾你姐姐的房 |
| | 间。你知道明天便是她的结婚吉期。 |
| 毕安卡 | 再会了，二位先生，我非去不可。〔毕安卡与仆下〕 |
| 鲁禅希欧 | 老实说，小姐，我也没有停留的必要。〔下〕 |
| 郝谭修 | 但是我有调查这位学究的必要，我觉得他好像是在 |
| | 恋爱中。毕安卡，如果你的眼光这样低，对每一个 |
| | 呆鸟都肯垂青，谁爱要你就让谁要你吧。 |
| | 如果有一天我发现你走了斜路, |
| | 郝谭修要另觅新欢，对你报复。〔下〕 |

# 第二景: 同上。巴波蒂斯塔家门前

巴波蒂斯塔、格来米欧、特拉尼欧、喀特琳娜、毕安卡、鲁禅希欧及随从等上。

巴波蒂斯塔 〔向特拉尼欧〕鲁禅希欧先生,今天是喀特琳娜和皮图秋约定结婚的日子,可是我们还没有我们的女婿的消息。这成什么话? 牧师等着主持婚礼,而新郎不见,这岂不是开玩笑! 对于我们的这一项耻辱,鲁禅希欧有何话说?

喀特琳娜 这只是我一个人的耻辱,老实说,我本来满心不愿被逼嫁给一个疯疯癫癫的不可捉摸的混人,他求婚时是急匆匆的,结婚时倒慢吞吞的了。我已经告诉过你们,他乃是一个无理取闹的人,在鲁莽行为之中藏着刻毒的取笑之意,为取得善于戏谑之名,他会向成千成百的女人去求婚,约定吉期,邀请宾客,宣告婚约,但是从不认真地施行结婚。现在世人要指着可怜的喀特琳娜说:"看! 那就是疯子皮图秋的妻子,如果他高兴来娶她。"

特拉尼欧 好喀特琳娜,还有巴波蒂斯塔,别着急。我以性命打赌,皮图秋绝无恶意,无论是什么缘故使他失约。他虽然鲁莽,我知道他是绝顶聪明;虽然他爱开玩笑,为人却是诚实的。

喀特琳娜 但愿喀特琳娜不曾认识他! 〔哭着下,毕安卡及其他随从下〕

巴波蒂斯塔　　　去吧，孩子，我不怪你哭泣，因为这样的侮辱就是
　　　　　　　　圣徒也受不了，何况像你这样暴躁脾气的泼妇。

　　　　　　　　比昂戴洛上。

比昂戴洛　　　　主人，主人！新闻！老新闻[5]，你从没听过的新闻！

巴波蒂斯塔　　　又新又老吗？那是怎么回事？

比昂戴洛　　　　噫，皮图秋来了，那还不是新闻吗？

巴波蒂斯塔　　　他来到了吗？

比昂戴洛　　　　不，还没有来到，先生。

巴波蒂斯塔　　　到底怎么回事？

比昂戴洛　　　　他正在途中。

巴波蒂斯塔　　　他什么时候到达这里？

比昂戴洛　　　　站在这里和你见面的时候。

特拉尼欧　　　　但是你所谓的老新闻是怎么回事？

比昂戴洛　　　　唉，皮图秋是来了，戴着一顶新帽子，穿着一件老
　　　　　　　　皮背心；一条翻过三次的老短裤；一双曾经作为装蜡
　　　　　　　　烛头用的老皮靴，一只扣扣子，一只系带子；一把从
　　　　　　　　武器库中取出来的老锈剑，柄是破的，鞘端没有包
　　　　　　　　铁；还有两条破袜带。他的马一瘸一拐，套着一副
　　　　　　　　老的虫蛀的鞍子和两只形状不同的镫子，此外，颈
　　　　　　　　下发肿，鼻孔里流黑水，上颚发肿，浑身生小疤，
　　　　　　　　腿距上长瘤，后腿闹关节炎，又害着黄疸病，无法
　　　　　　　　治疗的耳根肿，十分严重的晕倒症，肚里有寄生虫，
　　　　　　　　脊椎塌陷，肩膀脱白，前腿向内弯曲，衔铁松松地
　　　　　　　　吊着，还有那羊皮的络头，为了防他颠蹶的缘故而

时常拉断，现在已经打上了好多结子，一条肚带是六节接连起来的，还有女人用的包着绒呢的马尾鞧，上面嵌着她的名字里的两个字母，到处用粗麻线缝补过。

巴波蒂斯塔　谁和他一同来了？

比昂戴洛　啊，先生！他的侍童，装扮得和那匹马一样，一条腿上穿着麻线袜，另一条腿上穿着粗毛线的长筒罩袜[6]，用红蓝色的布边当作袜带；一顶老帽子，上面插着"情歌一束"[7]，代替一根羽饰，是个怪物，简直是穿衣服的怪物，不像一个信基督教的跟班或一个绅士的侍童。

特拉尼欧　大概是一时异想天开，使他装扮成这般模样，他时常出来是服装很朴素的。

巴波蒂斯塔　我很高兴他来了，不管他是怎样地来。

比昂戴洛　噫，先生，他并没有来。

巴波蒂斯塔　你不是说他来了吗？

比昂戴洛　谁？是说皮图秋来？

巴波蒂斯塔　是的，是说皮图秋来了。

比昂戴洛　不，先生，我说他的马来了，在它的背上驮着他。

巴波蒂斯塔　唉，那是一样的。

比昂戴洛　不，以圣哲米为誓[8]，

我和你赌一便士，

一匹马和一个人，

便不只是一个人，

不过也不算多便是。

驯悍妇

皮图秋与葛鲁米欧上。

皮图秋　来呀，那几位风流公子在哪里呢？谁在家里？

巴波蒂斯塔　欢迎你来，先生。

皮图秋　我来得可并不好。

巴波蒂斯塔　你并没有跛。

特拉尼欧　你的服装并不像我所想望的那么好。

皮图秋　即使是再好一点，我也会这样地冲进来。喀特在哪里？我的可爱的新娘子在哪里？我的丈人您可好？诸位先生，我觉得你们都愁眉不展的，这一群人为什么都瞪着眼睛，好像是看到了什么奇伟的纪念碑，什么彗星，什么非常可怖的现象？

巴波蒂斯塔　噫，先生，你知道今天是你结婚的吉期，起先我们很难过，怕你是不来了。现在更难过，你这样毫无准备地就来了。呸！脱下这身衣服，与你身份不合，在我们盛典之中也太难看。

特拉尼欧　告诉我们是什么重要的事情把你缠住这样久使你不来迎娶你的夫人，并且使你以这样的寒碜相匆匆赶来？

皮图秋　说来话长，而且也不中听，这样说就够了，我为信守诺言而来，虽然在某些部分被迫与诺言略有出入，等以后有工夫我会加以解释，必能使你们听了满意。但是喀特在哪里呢？我等她太久了，早晨快消磨掉了，我们该到教堂去了。

特拉尼欧　你不可以穿着这样寒碜的服装来见你的新娘子，到

|  | 我的房间里去，换上我的衣服。 |
| 皮图秋 | 我决不，我就这个样子见她。 |
| 巴波蒂斯塔 | 可是你这个样子，她不会嫁给你的。 |
| 皮图秋 | 老实说，就是这个样子她也得嫁给我，所以不必废话，她要嫁的是我，不是嫁给我的衣服。如果她将来所消耗我的精力财力，我能补充起来，就像换掉这身破衣服一般容易，那么对喀特有益，对我更为有益了。我现在应该去向新娘子道早安，用亲密的一吻来证实我们的名分，而我竟和你瞎聊天，我真是大傻瓜！〔皮图秋、葛鲁米欧与比昂戴洛下〕 |
| 特拉尼欧 | 他打扮得这样离奇，是有用意的。如果可能，我们还是劝劝他，在到教堂去之前，要穿得齐整一些。 |
| 巴波蒂斯塔 | 我跟他去，看看此事后果如何。〔巴波蒂斯塔、格来米欧及随从等下〕 |
| 特拉尼欧 | 但是除了她的爱情之外，我们还要取得她父亲的欢心，要做到这一步，我以前已经对您说过，我要去找一个人——他是什么样的人，那倒毫无关系，我们要把他利用一下，让他冒充是皮萨的文禅希欧，让他在帕度亚为我保证，保证我能付出比我所曾允诺的更大的一笔聘礼。你便可以安然如愿以偿，获得准许和亲爱的毕安卡缔结良缘。 |
| 鲁禅希欧 | 若不是那位和我一同当教师的，亦步亦趋地紧盯着毕安卡，我觉得我们秘密结婚倒也不错，一旦礼成，全世界的人来反对也没有用，我要享受艳福，不顾一切后果。 |

| | |
|---|---|
| 特拉尼欧 | 这件事我们要缓缓进行，相机行事。我们要骗倒那灰白胡子老头儿格来米欧，那紧盯不舍的父亲闵诺拉，那机灵的音乐家、多情的李希欧，这全都是为了我的主人鲁禅希欧。 |

格来米欧又上。

| | |
|---|---|
| | 格来米欧先生，你是从教堂来吗？ |
| 格来米欧 | 像从学校里放学出来一样高兴。 |
| 特拉尼欧 | 新娘新郎回家来了吗？ |
| 格来米欧 | 你说新郎？简直是个粗汉，一个满嘴怨言的粗汉，够那姑娘受的。 |
| 特拉尼欧 | 比她还泼？噫，那是不可能的。 |
| 格来米欧 | 噫，他是魔鬼，是魔鬼，简直是恶魔。 |
| 特拉尼欧 | 噫，她是魔鬼，是魔鬼，是魔鬼的妈。 |
| 格来米欧 | 嘘！比起他来，她是一头羔羊，一只鸽子，一个小可怜。我告诉你吧，鲁禅希欧先生，牧师问他愿否娶喀特琳娜为妻的时候，他说："愿意，他妈的！"而且声音很高，大家都大吃一惊，牧师手里的《圣经》都落到地上了。他弯腰把它拾起来的时候，那疯狂的新郎猛地给了他一拳，牧师连人带书就爬在地上了："谁要是高兴，谁就把他们拾起来吧。"他说。 |
| 特拉尼欧 | 他站起之后，那姑娘说了什么话？ |
| 格来米欧 | 浑身发抖，唉，他跺脚大骂，好像是牧师存心欺骗他。后来仪式完毕，他唤人拿酒。"敬大家一杯！" |

他说，好像他是在一只船上，于风浪过后与同船的旅伴痛饮。他把婚礼终了时的那杯甜酒独吞了下去[9]，把酒里浸过的糕饼都掷在教堂司事的脸上，不为别的缘故，只因他的胡子稀疏，带着一副饿相，在他喝酒的时候好像是要向他乞讨酒中的一块糕饼。随后他就搂起新娘的脖子，亲她的嘴唇，咂咂作响，亲完了之后整个教堂起了回声。我看了这种样子，好难为情，就走开了，我想大众也就跟着我走了。这样疯狂的婚礼是前所未有的。听，听！我听见乐队在奏乐。〔乐声〕

皮图秋、喀特琳娜、毕安卡、巴波蒂斯塔、郝谭修、葛鲁米欧及随从等又上。

皮图秋　　　诸位朋友，我多谢你们赏光。我知道你们今天打算参加我的婚宴，我已经预备了大量的酒食，不过我有急事不得不去，所以我现在就向大家告辞了。

巴波蒂斯塔　你能今晚就走吗？

皮图秋　　　我必须在今天夜晚以前就走。不必惊讶，如果你知道我有什么急事，你会劝我走，不会留我。诸位高宾，我多谢你们，你们已经看到我委身给这位最温柔贤淑的妻子了。和我的岳父一起用饭，为我干一杯，我得走了，多谢诸位。

特拉尼欧　　请你饭后再走吧。

皮图秋　　　那不可以。

格来米欧　　我请求你。

驯悍妇

| | |
|---|---|
| 皮图秋 | 那不行。 |
| 喀特琳娜 | 我请求你。 |
| 皮图秋 | 我很高兴。 |
| 喀特琳娜 | 你高兴留下了吗? |
| 皮图秋 | 我很高兴你肯求我留下,不过我还是不能留下,不管你是怎样地求。 |
| 喀特琳娜 | 如果你是爱我,你就留下。 |
| 皮图秋 | 葛鲁米欧,给我备马! |
| 葛鲁米欧 | 是,先生,已经预备好了,马已经喂足了燕麦。 |
| 喀特琳娜 | 不行,随便你怎办,我今天是不走,明天也不走,在我高兴走以前我是不走定了。大门开着呢,先生,你尽管走,趁靴子还是崭新的,早点动身为宜[10];至于我,不到我高兴的时候我是不走的。一开始你就这样粗暴无礼,看样子你是个傲慢的粗汉。 |
| 皮图秋 | 啊,喀特!别着急,请别生气。 |
| 喀特琳娜 | 我要生气,这与你何干?父亲,你不必多话,他非由着我不可。 |
| 格来米欧 | 唉,先生,现在开始发作了。 |
| 喀特琳娜 | 诸位,请大家入席,一个女人若是没有抵抗精神,会要终身被人玩弄的。 |
| 皮图秋 | 喀特,你发出了命令,他们就得入席。你们来向新娘道喜的人们,要服从新娘,去参加宴席,尽情欢乐,放量痛饮,祝贺她的处女之身,要放纵狂欢,否则你们就上吊去吧!至于我的美丽的喀特,她必须和我走。不,你们不要做出傲慢的样子,不要跺 |

· 155 ·

脚，不要瞪眼，不要冒火，我自己的东西，我有权
处理。她是我的货物，我的动产；她是我的房屋，
我的家庭用具，我的田地，我的谷仓，我的马，我
的牛，我的驴，我的任何东西。她站在这里，谁敢
动她一下，最有权势的人胆敢在帕度亚阻挡我走路，
我就要控告他。葛鲁米欧，拔出你的武器，我们被
强盗包围了。你若是好汉，救你的女主人。不要怕，
亲爱的，他们不得触动你，喀特，我要抵抗一百万
人来保护你。

〔皮图秋、喀特琳娜与葛鲁米欧下〕

巴波蒂斯塔　好，就让他们走吧，好安静的一对。

格来米欧　如果他们不快走，我会笑死。

特拉尼欧　以往所有的疯狂的婚配，从没有像这个样子的。

鲁禅希欧　小姐，你对于令姐有何看法？

毕安卡　她自己疯狂，配上了一个疯子。

格来米欧　我敢说皮图秋是染上了"喀特症"[11]。

巴波蒂斯塔　诸位高邻贵宾，虽然新娘新郎不能入座奉陪，席上
的酒食是不缺乏的。鲁禅希欧，你来坐新郎的位子，
让毕安卡补她姐姐的缺。

特拉尼欧　是让毕安卡学习做新娘吗？

巴波蒂斯塔　是的，鲁禅希欧。来，诸位，我们去吧。〔众下〕

## 注 释

[1] 这两行拉丁诗是取自 Ovid（*Heroides*，Ⅰ，33，34），英译为"Here ran the River Simois；here is the land of Sigeia；here stood the high palace of old Priam"，是 Penelope 对 Ulysses 所说的。

[2] Spit in the hole，威尔孙注："在一只琴的音洞里吐唾液并不能有助于调音，但吐唾液乃是做再度尝试以前普通常有的举动。"哈利孙注："此乃侮辱语，意为郝谭修奏的仅是一支管笛，不是较为高尚的弦琴。"Hardian Craig 注："i.e., to make the peg stick."不知孰是，但意在侮辱，则属显然。

[3] 哀杰克斯（Ajax）是脱爱战争中的英雄，他是 Aeacus 的孙子，所谓伊阿西地斯（Aeacides）是 Aeacus 的子孙们的通称（patronymic）。此语无意义，在此处大声说出，所以表示其仍在研读拉丁文也。

[4] gamut 一字有二义：（一）全部音阶，the musical scale；（二）全音阶中最低的音符之名，由希腊字母 gamma 加上 ut（现为 do）联合而成。郝谭修的音阶是从 G 起，而不是按照自然的音调从 C 起。

[5] old news 中之 old 一字，系一七〇九年 Rowe 所首先添加者。照下文看，似有添加此字之必要。old 系加强语气之字，并无意义，但下文则语涉双关，应作"陈旧、古老"解。

[6] boot-hose，据牛津大字典解："an over-stocking which covers the leg like a jack-boot."

[7] "the humour of forty fancies" 不 知 作 何 解。Warburton 注："Some ballad or drollery." Malone 注："some fantastical ornament comprising the humour of forty fancies." 耶鲁本注："parcel of ribbons tied together（instead of the conventional feather）."均为臆测。姑译为"情歌一束"。

[8] 圣哲米（Saint Jamy）即 Saint James。此 Skelton 体小诗不知采自何处。

[9]"婚礼终了时奉甜酒（muscadel）杯，内浸有糕饼或面包，由新娘新郎或同伴共饮之。"（《莎士比亚的英格兰》卷二页一四七。）皮图秋独饮之。

[10]"You may be jogging whiles your boots are green."是谚语。对于我们所欲驱除的人往往这样说。

[11] Kated 是杜撰的一种病症名，指喀特的疯狂。

# 第 四 幕

## 第一景：皮图秋乡间别墅大厅

葛鲁米欧上。

葛鲁米欧　　这些疲惫的马，这些疯狂的主人，这些泥泞的路，都该死，该死！有谁像我这样地挨过揍？有谁弄过这样的一身脏？有谁这样地疲乏过？我是奉派前来生火，他们随后来取暖。倘使我不是壶小热得快[1]，我的嘴唇会冻结在我的牙齿上，我的舌头会冻结在我的上颚上，我的心会冻结在我的肚子里，来不及到火边来融化，但是我要一面生火，一面取暖，因为像这样的天气，一个比我高大的人都会着凉的。喂，喂！科提斯。

科提斯上。

| | |
|---|---|
| 科提斯 | 是谁这样冷冷地喊我? |
| 葛鲁米欧 | 是一块冰,你如不信,你可以从我肩膀溜到我的脚后跟,那不比我的头和颈子长多少。生起火来,好科提斯。 |
| 科提斯 | 我的主人和他的太太要来吗,葛鲁米欧? |
| 葛鲁米欧 | 啊,是的!科提斯,是的!所以,生火,生火,别泼水[2]。 |
| 科提斯 | 她果然是像传说那样厉害的一个泼妇吗? |
| 葛鲁米欧 | 在这寒冷天气到来之前,她的确是很泼辣,好科提斯,不过,你知道,冬天能驯服男人、女人和畜牲,因为它已经驯服了我的老主人、我的新主妇和我自己,我的朋友科提斯。 |
| 科提斯 | 滚你的,你这三寸丁!我可不是畜牲。 |
| 葛鲁米欧 | 我只有三寸吗?哼,你的角有一尺长,我至少也有那样长。但是你到底生不生火,还是要我向我们的主妇打报告,她就要到达了,为了你的迟延不肯做取暖的工作而尝试她的冷酷的手段? |
| 科提斯 | 我请你告诉我,好葛鲁米欧,外面有什么新闻? |
| 葛鲁米欧 | 一个冷酷的世界,科提斯,只有你的工作是温暖的,所以,生火吧。尽你的职务,享受你的酬劳[3],因为你的主人主妇都几乎要冻死了。 |
| 科提斯 | 火已经弄好了,所以,好葛鲁米欧,有什么新闻? |
| 葛鲁米欧 | 唉。"杰克,伙计!喂,伙计!"[4]你要多少新闻有 |

多少新闻。

科提斯　　哎呀，你总是在推脱。

葛鲁米欧　　所以你要生火，因为我已经受寒很重。厨师傅在哪里？晚饭预备好没有？屋子收拾了没有？地上撒了灯芯草没有？蜘蛛网扫除了没有？侍者们都穿上新麻纱衣服白袜子没有？每一个仆人都穿上他的婚礼服没有？大杯小杯里里外外的 [5] 都揩干净没有？桌毯铺上没有？一切安排就绪没有？

科提斯　　全都准备好了，所以，请问有何新闻？

葛鲁米欧　　首先，你要知道，我的马乏了，我的主人主妇都落了下来。

科提斯　　怎么？

葛鲁米欧　　从他们的鞍子上落到泥泞里了，于是就出了事故。

科提斯　　说给我听，好葛鲁米欧。

葛鲁米欧　　把你的耳朵伸过来。

科提斯　　伸过来了。

葛鲁米欧　　〔打他〕给你一巴掌。

科提斯　　这是感觉故事，不是听取故事。

葛鲁米欧　　所以这个叫作感人的故事，这一击只是一个耳光，请你注意听。我现在开始了：第一件，我们走下一个泥泞的山坡，我的主人骑在我的主妇的后边。

科提斯　　两人共骑一马？

葛鲁米欧　　这于你何干？

科提斯　　啊，一匹马。

葛鲁米欧　　你来讲这个故事，你如果没打断我的话头，你就可以听到她的马怎样跌倒，她怎样被压在马底下；你也会听到她是跌在怎样泥泞的地方，她弄成怎样的一身污脏；他如何地就让马压在她身上；他如何地只因她的马跌跤而揍了我一顿；她如何地踩着烂泥把他拉开，他如何破口大骂；她如何地祈祷，她以前是从没有祈祷过的；我如何大哭；马如何跑掉；她的缰辔是如何迸断的；我如何地遗失了我的马尾鞧；以及许许多多值得回忆之事，今后怕要变得默默无闻，你到死也将没有机会知道了。

科提斯　　　这样看来，他比她更泼辣。

葛鲁米欧　　是的，这一点，你和你们当中最出色的几位等他回来的时候就知道了。不过我说这个做什么？唤奈赞尼尔、约瑟、尼古拉、菲利浦、瓦尔特、舒格沙普和其余的都出来，让他们把头梳得光光的，刷干净他们的蓝色上衣和他们的相当漂亮的袜带，让他们伸左腿请安，在吻过主人主妇的手之前不可贸然触动主人马尾上的一根毛。他们都准备好了吗？

科提斯　　　准备好了。

葛鲁米欧　　唤他们出来。

科提斯　　　你们听见了吗？喂！你们要迎接主人向新主妇致敬，给她一个面子。

葛鲁米欧　　噫，她有她自己的一张脸。

科提斯　　　谁还不知道？

葛鲁米欧　　你好像是要大家出来给她一个脸面[6]。

科提斯　　　我是唤他们出来向她致敬。

| | |
|---|---|
| 葛鲁米欧 | 噫，她来并不想向他们借钱[7]。 |

数仆上。

| | |
|---|---|
| 奈赞尼尔 | 欢迎你回家来，葛鲁米欧！ |
| 菲利浦 | 怎样好，葛鲁米欧？ |
| 约瑟 | 啊，葛鲁米欧！ |
| 尼古拉 | 葛鲁米欧朋友！ |
| 奈赞尼尔 | 怎样好，老朋友！ |
| 葛鲁米欧 | 欢迎，你。你好吗，你。啊，你。朋友，你。我们的寒暄到此为止。现在，我的打扮得整整齐齐的伙伴们，一切都准备好了一切都就绪了吗？ |
| 奈赞尼尔 | 一切都准备好了。我们的主人就要到了吗？ |
| 葛鲁米欧 | 马上就到。此刻已经下马了，所以不可，天哪，别作声！我听见主人的声音了。 |

皮图秋与喀特琳娜上。

| | |
|---|---|
| 皮图秋 | 奴才们都哪里去了？怎么！门口没有人给我扶马镫，也没有人给我拉马？奈赞尼尔、格来高利、菲利浦都在哪里？ |
| 众仆 | 这里，这里，先生，这里，先生。 |
| 皮图秋 | 这里，先生！这里，先生！这里，先生！这里，先生！你们这群呆头笨脑的不懂规矩的奴才！怎么，不小心伺候？没有敬意？不知道身份？我先打发回来的那个蠢材在哪里呢？ |
| 葛鲁米欧 | 这里，先生，我和从前一般地蠢。 |

| 皮图秋 | 你这个乡巴佬！你这婊子养的下贱货！我不是叫你带着这群混账东西到猎苑里来接我吗！ |
|---|---|
| 葛鲁米欧 | 奈赞尼尔的上衣，先生，还没有做好，加百列的鞋后跟都还没有刺上花纹，找不到烧焦的火炬给彼得涂黑帽子，瓦尔特的刀从鞘里拔不出来，除了亚当、拉甫、格来高利之外都不像样子，其余的都是破烂、陈旧、寒碜，可是，尽管如此，他们全来迎接你了。 |
| 皮图秋 | 去，混账东西，去，给我开晚饭来。〔数仆下〕 "我以前过的那种生活而今安在？"[8]那些人哪里去了？坐下来，喀特，欢迎。啊，啊，啊，啊！[9] |

仆人等送饭上。

怎么，才送来？不，亲爱的喀特，要打起精神来。给我脱靴子，你们这些混蛋！你们这些奴才！还不动手？

是灰衣僧派的一个和尚，

他出来在路上散逛散逛[10]：

该死的，你这个混蛋！你把我的脚扯歪了。〔打他〕我揍了你，另外一只你要好好地脱。放高兴些，喀特。拿一点水来。喂！我的猎狗脱爱勒斯呢？小子，你去喊我的表弟飞迭南到这里来。〔仆下〕他是你必须和他亲吻并且和他熟识的一个人。我的拖鞋在哪里呢？给不给我一点水？来，喀特，洗一洗手，我热诚地请你用饭。〔仆失手将水盆坠地。皮图秋打他〕你这婊子养的混蛋！你有意摔掉它？

| 喀特琳娜 | 请你别生气，这是无意中的过失。 |
|---|---|
| 皮图秋 | 这婊子养的，长着棒槌脑袋的，垂着大耳朵的混账东西！来，喀特，坐下来，我知道你有好胃口。你来祈祷，还是让我来祈祷？这是什么？羊肉？ |
| 仆甲 | 是的。 |
| 皮图秋 | 谁拿来的？ |
| 仆甲 | 我。 |
| 皮图秋 | 烧焦了，肉全焦了。一群狗东西！混账厨子在哪里？你们这些奴才，明知我不爱吃，怎么还敢从食物桌上取过来送给我？〔将肉等掷在众仆身上〕盘子，杯子，全都给你们拿了去。你们这些不小心的蠢货，没规矩的奴才！怎么，你们还有怨言？我要立刻和你们较量较量。 |
| 喀特琳娜 | 我求你，丈夫，别这样暴躁，如果你肯将就一点，这肉还不算坏。 |
| 皮图秋 | 我告诉你，喀特，肉焦了，干了，我遵医嘱绝对不能食用这种东西，它会产生胆汁，使人发怒，我们两个本来火气就大，宁可挨饿，也不可吃这烧过火的肉。不要着急，明天就可以改善，今天我们两个饿着肚子厮守一夜，来，我引你进入新房。〔皮图秋、喀特琳娜与科提斯下〕 |
| 奈赞尼尔 | 彼得，你可见过这样的场面？ |
| 彼得 | 他是用她自己的那套脾气来治她。 |

科提斯又上。

| | |
|---|---|
| 葛鲁米欧 | 他在哪里? |
| 科提斯 | 在她寝室里,对她大讲自制之道,他嘲骂、赌咒、叱责,使得她这个可怜的人儿不知道站在哪里好,望着哪里好,说些什么好,只得像是大梦初醒一般地坐在那里。走开,走开!他来了。〔众下〕 |

皮图秋又上。

| | |
|---|---|
| 皮图秋 | 我已经这样巧妙地开始了我的统治,希望结果可以成功。我的鹰现在空着肚子饿得很,未屈服之前不可让她吃饱,吃饱了就不肯再看那引诱她的假鸟了。我还有一个方法来驯服我的野鹰,让她认识她的主人的呼声,那便是,不准她睡觉,就像我们对付那些乱扑腾翅膀不肯服从的鹞子一般。她今天没吃饭,我将不准她吃;昨夜她没有睡,今夜我也不准她睡,就像我挑剔那盘子肉一样,我也要故意挑剔被褥铺得不对。我要把枕头抛到这边,垫子抛到那边,往这边掷被罩,往那边掷床单。是的,于信手乱丢之中,我要假装全是为了爱护她才这样做的,总之,她彻夜不得睡觉,如果她偶然打个瞌睡,我就大吵大闹,使她永远醒着。这就是用温柔体贴来害死妻子的一个方法,我这样就可以克制她的疯狂倔强的脾气了。<br>谁要是有更好的驯悍妇的妙方,<br>请他说出来,那真是功德无量。〔下〕 |

## 第二景：帕度亚。巴波蒂斯塔家门前

特拉尼欧与郝谭修上。

特拉尼欧 那可能吗，我的朋友李希欧，毕安卡小姐除了鲁禅希欧之外还会爱上别人吗？我告诉你吧，先生，她还在勾引我。

郝谭修 先生，为了使你相信我方才所说的话，请站在一旁，看他的那一套教学方法。〔他们站到一旁〕

毕安卡与鲁禅希欧上。

鲁禅希欧 小姐，你现在要不要我教你读书？

毕安卡 您要教我读哪一本书，老师？请您先回答我。

鲁禅希欧 我要教的是我所要弘扬的《爱的艺术》[11]。

毕安卡 我愿您能成为您的这种艺术的大师！

鲁禅希欧 同时我愿你，亲爱的，成为我的爱情的主宰。〔二人退〕

郝谭修 进展神速的学生！现在请你告诉我，你敢起誓说你的情人毕安卡不爱世上任何别人像爱鲁禅希欧那样。

特拉尼欧 啊，可恨的爱情！不忠实的女性！我告诉你，李希欧，这实在是出人意料。

郝谭修 别再认错人了，我不是李希欧，也不是如我所装扮的音乐师，我打扮成这个样子实在是有失身份，全为的是这样一个女人，她宁肯舍弃一位绅士而去崇拜这样的下贱货。先生，我名叫郝谭修。

| 特拉尼欧 | 郝谭修先生，我常听人说起你对毕安卡之纯洁的爱慕，我既然亲眼看到她的轻佻的行为，如果你愿意，我愿和你一同永久放弃毕安卡和对她的一段痴情。 |
|---|---|
| 郝谭修 | 看，他们如何地接吻，如何地情意缠绵！鲁禅希欧先生，我举起我的手，我坚决发誓永远不再追求她，我要弃绝她，她是不配接受我以前糊里糊涂地所献给她的一切殷勤的。 |
| 特拉尼欧 | 我也同样地诚心发誓，她即使求我，我也不娶她。她好不要脸！看她对他摆出的那副骚相。 |
| 郝谭修 | 真愿他能把她完全弃绝！至于我呢，为了确保我的誓言起见，在三天之内我要和一位有钱的寡妇结婚，她爱我已久，而我却一直地在爱着这个傲慢的野鹰。再会了，鲁禅希欧先生。女人靠了温柔，不是靠了姿色，才能赢得我的爱，我告辞了，决心一定不变。〔郝谭修下。鲁禅希欧与毕安卡走出〕 |
| 特拉尼欧 | 毕安卡小姐，愿上天降福给你，让有情人如愿以偿！我已经偷看到你们的行为，亲爱的人，而且我和郝谭修都已发誓不再追求你了。 |
| 毕安卡 | 特拉尼欧，你是说笑话。你们两个真不追求我了吗？ |
| 特拉尼欧 | 小姐，是的。 |
| 鲁禅希欧 | 那么我们没有李希欧来麻烦我们了。 |
| 特拉尼欧 | 真的，他现在要娶一位风流寡妇，一天之内就会完成求婚结婚的手续。 |
| 毕安卡 | 愿上帝给他快乐！ |

驯悍妇

| | |
|---|---|
| 特拉尼欧 | 是，他会驯服她。 |
| 毕安卡 | 他是这样说，特拉尼欧。 |
| 特拉尼欧 | 真的，他是到驯妇学校去了。 |
| 毕安卡 | 驯妇学校！怎么，有这样的地方吗？ |
| 特拉尼欧 | 是的，小姐，皮图秋便是校长，专授一些妙诀，能驯服悍妇，整治他的长舌。 |

比昂戴洛跑着上。

| | |
|---|---|
| 比昂戴洛 | 啊，主人，主人，我已经守望了很久，实在精疲力竭，最后看到了一位老人家从山上下来，正合我们的用。 |
| 特拉尼欧 | 他是做什么的，比昂戴洛？ |
| 比昂戴洛 | 主人，是个商人，还是个学究，我也搞不清，不过服装齐整，走路的样子和脸上的神气像是个老头子。 |
| 鲁禅希欧 | 要他做什么，特拉尼欧？ |
| 特拉尼欧 | 如果他肯轻易相信我所编造的故事，我可以使他情愿扮成文禅希欧的模样，向巴波蒂斯塔·闵诺拉提供保证，冒充他便是文禅希欧。带你的爱人进去，不用管我。 |

〔鲁禅希欧与毕安卡下〕

一学究上。

| | |
|---|---|
| 学究 | 上帝保佑你，先生！ |
| 特拉尼欧 | 也保佑你，先生！欢迎你来。你要到更远处旅行，还是到此为止？ |
| 学究 | 先生，到此停留一两个星期，不过还要再走，一直 |

|  | 到罗马。如果上帝给我寿命，我还要到特利波利。 |
|---|---|
| 特拉尼欧 | 请问是哪里人？ |
| 学究 | 是曼邱阿人。 |
| 特拉尼欧 | 曼邱阿人，先生！唉，上帝不准！到帕度亚来，你不要性命了吗？ |
| 学究 | 性命，先生！请问为什么？这太严重了。 |
| 特拉尼欧 | 任何曼邱阿人，到了帕度亚，就要处死。你不知道缘故吗？你们的船被扣留在威尼斯了，公爵为了和你们的公爵之间发生争执之故，业已公开宣布两地之间禁止来往。难怪你是新来，否则你就该听说到这个禁令。 |
| 学究 | 哎呀，先生！我的遭遇可是格外困难了，因为我有几张从翡冷翠带来的汇票，必须在此交付。 |
| 特拉尼欧 | 好，先生，我可以帮你的忙，给你出个主意，先告诉我，你可曾到过皮萨？ |
| 学究 | 是的，先生，我常到皮萨去，皮萨，那地方以出重要人物而闻名。 |
| 特拉尼欧 | 其中有一位文禅希欧你可认识？ |
| 学究 | 我不认识他，可是听说过他，是一位极富有的商人。 |
| 特拉尼欧 | 他是我的父亲，先生。老实讲，在相貌上他有一点像你。 |
| 比昂戴洛 | 〔旁白〕犹如一只苹果之像一只蛤蜊，一模一样。 |
| 特拉尼欧 | 为了在这危急之中挽救你的性命，看在家父的面上我愿帮你这一个忙；你长得像是文禅希欧先生，你的运气还算不坏哩。你要顶着他的姓名，安居在我的 |

家里，必须做出你应该有的一副神情！你懂我的意
思吧，先生；你就这样住下去，一直等到你办完你的
事情。如承不弃，先生，请接受我的好意。

学究　　　啊，先生，我接受；永远把你当作我的救命恩人。

特拉尼欧　那么就跟我去这么办。可是有一件事我要你知道，
我们这里正在天天盼望着我的父亲，因为我和这里
的一位巴波蒂斯塔先生的女儿要结婚，要他老人家
担保给付一份聘礼，一切细节我会关照你的。来跟
我去换一套适合你的身份的服装。〔众下〕

## 第三景：皮图秋家中一室

喀特琳娜与葛鲁米欧上。

葛鲁米欧　不，不，真是的，我不敢，要命也不敢。

喀特琳娜　我的委屈越大，他好像越是要欺侮我。怎么，他娶
我是为了要把我饿死吗？走到我父亲门前的乞丐，
立刻就能求到一些施舍，若是得不到，可以在别家
获得救济，但是我，从来不曾求过人，也从来不曾
有过求人的必要，居然饿得没有饭吃，困得头昏脑
涨。咒骂声使我不得入睡，吵闹声填满了肚皮。而
且使我最为恼恨的是，他这样做却说是完全对我爱

护之意,他好像是说,如果我又吃又睡,那便是不治之症,或是立即死亡之象。我请你给我拿一点吃的东西,不管是什么,能吃就行。

葛鲁米欧　你以为牛蹄如何?

喀特琳娜　那太好了,请你给我拿来。

葛鲁米欧　我恐怕那东西吃下去火气太大。你看烤得黄黄的一条肥肠如何?

喀特琳娜　我很喜欢,好葛鲁米欧,给我拿来。

葛鲁米欧　我不敢说一定,恐怕也是火气太大。你看一大片芥末牛肉如何?

喀特琳娜　这是我很爱吃的一样菜。

葛鲁米欧　是的,但是芥末太辣一些。

喀特琳娜　唉,光要牛肉,不要芥末好了。

葛鲁米欧　不,那我不肯,你必须要有芥末,否则你不能从葛鲁米欧手里得到牛肉。

喀特琳娜　那么两样都要,或是一样,或是随便你给我点什么。

葛鲁米欧　那么,芥末而不要牛肉。

喀特琳娜　去,滚你的,你这戏弄人的奴才,〔打他〕竟拿些食物的名字来给我充饥,你们这种人幸灾乐祸,得不到好处去! 去,滚你的。

皮图秋端一盘肉,偕郝谭修上。

皮图秋　我的喀特好吗? 怎么,亲爱的,不高兴了?

郝谭修　嫂夫人,您好?

喀特琳娜　老实说,冷得不得了。

驯悍妇

| | |
|---|---|
| 皮图秋 | 打起你的精神来，高高兴兴地望着我。过来，爱人，你看我多么殷勤，亲自给你预备了这一盘肉，给你送来。〔将盘放在桌上〕<br>亲爱的喀特，我准知道我的好意会得到你的欣赏。怎么！一言不发？那么，你是不喜欢吃它，我费了半天事毫无结果。来，把这盘子拿走。 |
| 喀特琳娜 | 我请你把它放在那里好了。 |
| 皮图秋 | 最不周到的问候也会赢得一声谢，你在没吃之前也该谢我一声。 |
| 喀特琳娜 | 我谢谢你，先生。 |
| 郝谭修 | 皮图秋先生，呸！这是你的不是。来，喀特夫人，我来陪你。 |
| 皮图秋 | 〔旁白〕郝谭修，你如果爱我，就把它全吃掉。愿它能使你心里觉得舒服！喀特，快一点吃，现在，我的爱人，我们要回到你父亲家里，和别人一样地去尽情欢乐。<br>穿绸袍戴缎帽，手上套着金指环，<br>皱领、袖口、大圆裙等等的装扮，<br>还有披巾，羽扇，两套漂亮的服装，<br>琥珀项链，既有圆珠又有动人的装潢。<br>怎么！吃完了？裁缝正在等着你，用鲜艳的新衣来打扮你的身体。<br><br>裁缝上。<br><br>来，裁缝，让我们看看这些装饰品，把袍子抖出来。 |

帽商上。

你来做什么，先生？

| | |
|---|---|
| 帽商 | 这是您所定制的帽子。 |
| 皮图秋 | 啊，这必是拿一只汤盆做模型制造出来的，一只呢绒盆子，呸，呸！这简直是下流而龌龊。噫，这是海扇壳或是胡桃壳，这是个小玩意儿、小把戏，婴儿戴的帽子，拿走！给我一顶大一点的。 |
| 喀特琳娜 | 我不要大的，这一顶正是时兴样子，现下贤淑的仕女都戴这样的帽子。 |
| 皮图秋 | 等你变得贤淑的时候，你也可以戴一顶，现在还不必。 |
| 郝谭修 | 〔旁白〕那倒是不忙。 |
| 喀特琳娜 | 我相信你会准我说话，而且我也一定要说，我不是孩子，不是婴儿。比你地位高的人都容忍我表示意见，如果你不要听，你最好塞起你的耳朵。我的舌头要宣泄我心中的怒气，如果隐忍不发，心要气破了。与其气破了心，我宁愿任意地大放厥词。 |
| 皮图秋 | 噫，你说得对，这是顶难看的帽子，像是一块蛋糊饼[12]，是个玩意儿，是块缎子做的饼。你不喜欢它，我听了格外地爱你。 |
| 喀特琳娜 | 爱我也好，不爱我也好，我喜欢这顶帽子，我要的就是这一顶，否则我就一顶也不要。〔帽商下〕 |
| 皮图秋 | 你的衣服呢？啊，是的，来，裁缝，让我们看看。啊哟，天哪！这是什么奇装异服？这是什么？一只 |

|  | 袖子？像是一尊大炮。什么！浑身上下，切开了裂缝像是一块苹果糕？这里又是剪又是捏又是切又是裁，像是理发店里的薰香炉。噫，请问，裁缝，你把这个叫作什么？ |
|---|---|
| 郝谭修 | 〔旁白〕我看帽子袍子她大概是都得不到了。 |
| 裁缝 | 您要我按照时髦样式精工细做的。 |
| 皮图秋 | 我是那样说的，可是如果你还记得，我并没有要你把它糟蹋成这个式样。去，跳着一条条的水沟 [13] 回家去吧，以后你休想再做我的生意，先生。我不要这样的东西。滚开！你自己想办法去吧。 |
| 喀特琳娜 | 我从未见过一件式样更好的衣服，更美丽，更动人，或是更好看。也许你有意把我变成为一个傀儡。 |
| 皮图秋 | 啊，不错，他是有意把你打扮成为一个傀儡。 |
| 裁缝 | 她是说你有意把她变成为一个傀儡。 |
| 皮图秋 | 啊，你太放肆了！你说谎，你是什么东西，你只知道麻线、顶针、码、四分之三码、半码、四分之一码、十六分之一码 [14]！你这跳蚤，你这跳蚤蛋，你这冬天的蟋蟀！在我自己家里竟被你这样的一团麻线所顶撞！滚开！你这烂布，你这碎布头，你这残剩货，否则我要用你的码尺好好地揍你一顿！让你在有生之年永不忘记你的乱说废话！我告诉你吧，你把她的衣服做坏了。 |
| 裁缝 | 先生错了，这件衣服是我的师傅按照您的吩咐做的。是葛鲁米欧带来您的指示应该如何缝制的。 |
| 葛鲁米欧 | 我没有给他指示，我只给了他衣料。 |

| | |
|---|---|
| 裁缝 | 但是您当初是要怎样做的呢？ |
| 葛鲁米欧 | 用针和线。 |
| 裁缝 | 但是你没有要求加以剪裁吗？ |
| 葛鲁米欧 | 你在衣料上缝过许多花样[15]。 |
| 裁缝 | 是的，我是缝过。 |
| 葛鲁米欧 | 不要对我玩花样，你打扮过好多人，不要打击我，我不怕你玩花样，我也不怕你打击。我对你说，我是教你的师傅剪裁衣服，但是我没有教他剪裁成碎块，所以，你是说谎。 |
| 裁缝 | 嚇，这里有一张订单为凭。 |
| 皮图秋 | 读一下。 |
| 葛鲁米欧 | 如果单子上说我是那样说的，那单子就完全是说谎。 |
| 裁缝 | "第一：宽松长袍一件。" |
| 葛鲁米欧 | 主人，如果我曾说过宽松长袍，你可以把我缝在那衣裾上面，用一轴棕色线把我打死。我说的是，一件长袍。 |
| 裁缝 | "要有一个小小的半圆形披肩。" |
| 葛鲁米欧 | 我承认披肩。 |
| 裁缝 | "要有一只宽松而窄口的袖子。" |
| 葛鲁米欧 | 我承认两只袖子。 |
| 裁缝 | "袖子要精工细裁。" |
| 皮图秋 | 对了，毛病就出在这里。 |
| 葛鲁米欧 | 诬告，先生，诬告。我交代你袖子要剪裁下来再缝接上去，我可以和你决斗来证实我所说的话，纵然你的小手指上套了顶针我也不怕。 |

| | |
|---|---|
| 裁缝 | 我所说的都是实情，如果在一个适当的地点，我就会教你知道。 |
| 葛鲁米欧 | 我立刻就可奉陪，你拿起你那张单子，把你的码尺给我，你尽管出手便是。 |
| 郝谭修 | 天可怜见，葛鲁米欧！那么他就讨不到什么便宜了[16]。 |
| 皮图秋 | 喂，先生，简单说吧，这件衣服我是不要的。 |
| 葛鲁米欧 | 您说得对，先生，这本是给我的女主人做的。 |
| 皮图秋 | 去，拿去给你的师傅用去吧。 |
| 葛鲁米欧 | 混账，你敢！掀起我的女主人的衣裳让你的师傅享用！ |
| 皮图秋 | 你这是什么意思？ |
| 葛鲁米欧 | 啊，先生，这意思比您所想的要更深一层。把我女主人的衣裳掀起来让他的师傅享用！啊，呸，呸，呸！ |
| 皮图秋 | 〔旁白〕郝谭修，你去付钱给这裁缝。〔向裁缝〕拿了走，走吧，不必废话。 |
| 郝谭修 | 〔向裁缝旁白〕裁缝，我明天把衣服钱付给你，他说的冒失话，你不必认真。去吧，替我问候你的师傅。〔裁缝下〕 |
| 皮图秋 | 好，过来，我的喀特，我们到你父亲家去，就穿着这些日常服装。我们的钱袋要饱满，衣裳要朴素，因为内心才能使身体充实，像太阳从最乌黑的云层中照透出来一般，高尚的人品也能从最寒酸的服装里透露出来。樫鸟凭了羽毛较美，能在哪一方面比云雀更为高贵呢？毒蛇凭了它的皮斑斓悦目，就比 |

鳝鱼好吗？啊，不见得，好喀特，你虽然打扮得朴
素，也不会降低身份。如果你认为这是耻辱，推在
我的身上好了，所以高兴起来吧！我们立刻动身，
到你父亲家去饮宴作乐。去，唤我的仆人，我们就
去见他，把我们的马带到"长巷"的巷口，我们在
那里上马，我们要徒步走到那地方。让我看看，现
在大约是七点钟，吃午饭时我们可以到达。

喀特琳娜　我可以告诉你，老爷，现在差不多两点了，你到达
的时候恐怕晚饭已过。

皮图秋　在我上马之前，非是七点钟不可。看，我所说的，
所做的，所想要做的，你总是和我顶撞。诸位，不
要再提了，我今天不去了。在我动身之前，必须我
说是几点钟便是几点钟。

郝谭修　噫，这位先生要对太阳发号施令哩。〔众下〕


# 第四景：帕度亚。巴波蒂斯塔家门前


特拉尼欧及学究扮作文禅希欧上。

特拉尼欧　先生，就是这一家，我来叫门好不好？

学究　当然好了，而且除非是我弄错，巴波蒂斯塔先生
可能还记得我，二十年前在热那亚我们曾在"飞马

旅店"一同住过。

特拉尼欧　　那不要紧，无论如何，你要像是做父亲的那样保持
　　　　　　一副威严的样子。

学究　　　　尽管放心。先生，你的小童来了，你要关照他一下
　　　　　　才好。

*比昂戴洛上。*

特拉尼欧　　你不必为他担心。比昂戴洛，你要小心伺候，我警
　　　　　　告你，假设他便是真的文禅希欧。

比昂戴洛　　嘘！不必为我担心。

特拉尼欧　　我要你带话给巴波蒂斯塔，你带到了没有？

比昂戴洛　　我已经告诉他，您的父亲是在威尼斯，今天您在等
　　　　　　着他到帕度亚来。

特拉尼欧　　你很好，你拿这个去喝盅酒吧。巴波蒂斯塔来了。
　　　　　　把你的脸色沉下来，先生。

*巴波蒂斯塔与鲁禅希欧上。*

巴波蒂斯塔先生，幸会幸会。〔向学究〕父亲，这就
是我向您说起的这位老先生，现在我求您，做个好
父亲，您就答应把毕安卡给了我吧。

学究　　　　且慢，吾儿！先生，请恕我冒昧说句话，我来到帕
　　　　　　度亚收取几笔债款，我的儿子鲁禅希欧对我言讲令
　　　　　　爱和他深相恋，我久仰先生的清望，而且他对您的
　　　　　　小姐十分倾慕，她对他亦肯垂青，我站在父亲的立
　　　　　　场，当然不愿把给他完婚之事拖延太久，如果您亦

有同感，我是极愿和您商订条件协力办成这门亲事。我对您仰慕已久，巴波蒂斯塔先生，我决不会和您斤斤计较的。

巴波蒂斯塔　先生，我有话要说，请多多包涵，您的坦白直爽真是使我好高兴。的确是，令郎鲁禅希欧爱我的小女，她也爱他，也可说是双方都深深地隐藏着爱慕之心，所以，您只要说一声您愿意像个父亲似的对待他并且给我的女儿一份充足的聘礼，那么这门亲事就算定规了，我答应令郎娶我的小女。

特拉尼欧　我谢谢您，先生。那么，您说最好在什么地方举行订婚典礼，并且立下保证使双方条款得以有效履行？

巴波蒂斯塔　不要在我家里，鲁禅希欧，因为，你知道的，隔墙有耳，我家里仆人太多。况且，老格来米欧一直在打听，我们可能受到他的干扰。

特拉尼欧　如果您愿意，那么就在我的住处举行，我的父亲住在那里，我们今晚就在那里悄悄地把事情办妥。派个仆人接您的女儿到这里来，我的小童立刻就去约请一位代书人。最遗憾的是，仓促之间备办筵席恐怕要菲薄一点。

巴波蒂斯塔　我很愿意。康必欧，赶快回家去，教毕安卡立刻装扮好，你也可以告诉她这里发生的事，鲁禅希欧的父亲来到了帕度亚，她大概就要成为鲁禅希欧的妻子。

鲁禅希欧　我衷心祈祷天神让她能嫁给他！

| | |
|---|---|
| 特拉尼欧 | 不要和天神啰唆，赶快去吧。巴波蒂斯塔先生，我来领路好吗？您请！您今天这顿饭恐怕只有一道菜。来吧，先生，到了皮萨我们再款待您。 |
| 巴波蒂斯塔 | 我跟在你后面。〔特拉尼欧、学究及巴波蒂斯塔下〕 |
| 比昂戴洛 | 康必欧！ |
| 鲁禅希欧 | 你说什么，比昂戴洛？ |
| 比昂戴洛 | 你看到我的主人对你挤眼一笑了吗？ |
| 鲁禅希欧 | 比昂戴洛，看到了又怎样？ |
| 比昂戴洛 | 没有什么，不过他把我留在后面为的是给您解释他的暗号的意义。 |
| 鲁禅希欧 | 请你解释一下。 |
| 比昂戴洛 | 是这样的。关于巴波蒂斯塔您不必担心，他正在和一位冒充的父亲谈论着一位行骗的儿子。 |
| 鲁禅希欧 | 他怎样？ |
| 比昂戴洛 | 他的女儿将由你带去吃晚饭。 |
| 鲁禅希欧 | 然后呢？ |
| 比昂戴洛 | 圣路加教堂的老牧师随时听候您的召唤。 |
| 鲁禅希欧 | 这一切是什么意思？ |
| 比昂戴洛 | 我也说不清，不过他们是忙着办理一场假的订婚，您赶快去和她订婚，cum privilegio ad imprimendum solum "版权所有"[17]。到教堂去！抓住牧师、执事和几个可靠的证人。<br><br>你盼的若不是这个，我便无话可说，<br>你和毕安卡的姻缘便将永久错过。〔欲行〕 |
| 鲁禅希欧 | 你听我说，好不好，比昂戴洛？ |

| 比昂戴洛 | 我不能耽搁，我知道有过一个姑娘在一天下午到菜圃去摘芜菁喂兔子，顺便就结婚了，您也可以这样做，先生，就此告辞了，先生。我的主人派我到圣路加教堂去教牧师准备迎接你和你的那一位新夫人。〔下〕 |
|---|---|
| 鲁禅希欧 | 如果她愿意，我当然肯，她会愿意的，那么我又有什么顾虑呢？<br>我不顾一切要对她用直截了当的办法，<br>我不相信康必欧会得不到她。〔下〕 |

## 第五景：公路

皮图秋、喀特琳娜、郝谭修与众仆上。

| 皮图秋 | 走啊，倒是走啊，再到我的丈人家去。主啊，月亮照耀得多么亮！ |
|---|---|
| 喀特琳娜 | 月亮！是太阳，现在不是月光照耀。 |
| 皮图秋 | 我说是月亮照得这样亮。 |
| 喀特琳娜 | 我知道是太阳照得这样亮。 |
| 皮图秋 | 现在我指着我母亲的儿子发誓，也就是指着我自己发誓，若是要我到你父亲家里去，那就必须是月亮，是星，或是任何我所愿意的东西。去一个人，把前 |

面的马都带回来。总是受你的顶撞，顶撞，一味地顶撞！

郝谭修　由他说去，否则我们永远去不成。

喀特琳娜　我们已经走了这么远，我看还是向前进吧，就算是月亮，或是太阳，或是随便由你说好了。你若是愿意称它为灯草火把，我也这样承认便是。

皮图秋　我说是月亮。

喀特琳娜　我知道那是月亮。

皮图秋　不，你胡说，那是神圣的太阳。

喀特琳娜　那么赞美上帝，那是神圣的太阳，不过你说不是太阳的时候它就不是太阳了，月亮也随着你的心意而变。你愿给它一个什么名字，它就是什么，所以喀特琳娜也就承认它是什么。

郝谭修　皮图秋，你真了不起，你战胜了。

皮图秋　好吧，前进，前进！木球就该这样地滚，不可让它不幸地逆着重心的方向滚[18]。且慢！有什么人来了？

文禅希欧着旅行装上。

〔向文禅希欧〕早安，美丽的小姐，到哪里去？告诉我，亲爱的喀特，老实告诉我，你可曾看见过一位更漂亮的女士？她的颊上是这样美丽地红白相映！嵌在天空的繁星哪有这样美，像她天仙般面庞上生的那一对眼睛？美丽可爱的姑娘，再向你道声早安。亲爱的喀特，因为她美，你拥抱她一下。

| | |
|---|---|
| 郝谭修 | 他会使得这人狂怒，把他当作了女人。 |
| 喀特琳娜 | 年轻的豆蔻年华的少女，又美丽又娇艳又可爱，到哪里去，你家住哪里？做父母的，生有这样漂亮的孩子，真是有福气了。一个男人，能得到你做他的床头人，更是有福气了！ |
| 皮图秋 | 噫，怎么了，喀特！我希望你不是疯了，这是一个男人，老、皱、干、瘪，不是像你所说的一个小姑娘。 |
| 喀特琳娜 | 对不起，老公公，我的眼睛被阳光眩耀，看着什么都是清新娇艳的，现在我看出您是一位可敬的长者，请您原谅我的荒唐的错误。 |
| 皮图秋 | 务请老丈原谅，请问要到何处？如果顺路，我们很愿奉陪一程。 |
| 文禅希欧 | 漂亮的先生，还有这位风趣的娘子，你方才对我的招呼真使我十分惶惑，我的名字叫文禅希欧，敝处是皮萨，我到帕度亚去，去找我的一个许久不见的儿子。 |
| 皮图秋 | 他叫什么名字？ |
| 文禅希欧 | 鲁禅希欧，先生。 |
| 皮图秋 | 幸得相遇，为了您的儿子的关系，真是格外地幸运。按照姻亲的关系，以及年龄，我可以称您为姻丈，在这个时候您的儿子大概已经和这位太太的妹妹结婚了。不必惊讶，也不必难过，她是有名地贤惠，她的妆奁很丰盛，而且系出名门，此外还具备一切条件足以匹配任何高贵的男子。让我来和文禅希欧 |

　　　　　　　老先生拥抱吧，我们去看你的好儿子，他看见你的

　　　　　　　到来一定极为高兴的。

文禅希欧　　　这可是真的吗？还是像一般喜欢开玩笑的旅客一样，

　　　　　　　路上遇到什么人，你就随便开个玩笑？

郝谭修　　　　我告诉您说，老丈，这是真的。

皮图秋　　　　来，我们一起去，看看事实的真相，因为我们开始

　　　　　　　时是开玩笑，使得你疑心了。

　　　　　　　〔除郝谭修外，众下〕

郝谭修　　　　好啦，皮图秋，这使我也有了勇气。

　　　　　　　追求我的寡妇去！如果她不就范，

　　　　　　　郝谭修就模仿你的粗鲁的手段。〔下〕


# 注　释

[1] a little pot and soon hot，谚语，"壶小则水容易沸开"，喻人小而脾
气暴，葛鲁米欧身躯矮小，故引以自嘲。

[2] 原文"fire, fire ; cast on no water."系模仿下述之流行小调：

Scotland' s burning, Scotland' s burning,

See yonder !　See yonder !

Fire, fire !　Fire, fire !

Cast on more water.

[3] Do thy duty, and have thy duty（第二个 duty = due），显然也是谚语。

[4] Ravenscroft 的 Pammelia（一六〇九年）载有一篇分三章的古老小调，

其起首两行是:

Jacke boy, ho boy, Newes:

The cat is in the well.

[5] the Jacks fair within, the Jills fair without, 双关语, 所谓 Jack:(一)侍者们;(二)半品脱的杯子。Jill:(一)女侍者;(二)较小的四分之一品脱的杯子。

[6] countenance, 双关语:(一)致敬;(二)给……一个脸, to give a face to。

[7] credit, 双关语:(一)致敬;(二)借钱。

[8] "Where is the life that late I led?" 是一首歌谣中的第一句, 这歌谣描写的是新婚的或恋爱中的男人之心理状态, 现已佚。

[9] Saud, saud, saud, saud! 费解。或解作哼哼之声;或解作歌谣中之叠句;或解作 sweet 之变体, 对喀特琳娜之昵称。威尔孙认为是手民之误, 应为 food。

[10] 已佚的一首歌谣中的两行。

[11] 指拉丁诗人 Ovid 的 Ars Amandi。

[12] custard - coffin 即 custard pie, 但 Schmidt 注为 the upper crust covering a custard, 意稍不同。

[13] kennel(=channel)是"水沟"之意, 据威尔孙注:"裁缝据说是走起路来喜欢蹦蹦跳跳的一种人。"

[14] nail 是量布料长度的用语, 二又四分之一寸, 即一码的十六分之一。Harrison 注为 creature as small and thin as a nail, 与语意似不符。

[15] faced 有二义:(一)"made trimmings on stuff";(二)"affronted" or "outfaced"。今勉译为"缝花样"及"玩花样"。

[16] 威尔孙注:"我们想, 郝谭修大概是以双关语义暗指做衣裳剩下的

碎布而言，这些碎布通常是裁缝的外快。"

[17] 这几个拉丁字的原意是"with the privilege for printing only""仅供印行"，后来一变而为"with the privilege of sole printing"之意，印在书的标题页上，表示"版权所有，翻印必究"。

[18] 滚木球戏（lawn bowling）所使用之木球一面灌铅，滚时可成一弧线，借以绕过对方之球而击中目标，正常的滚法谓之 run with and not against the bias。

# 第 五 幕

## 第一景：帕度亚。鲁禅希欧家门前

比昂戴洛、鲁禅希欧及毕安卡自一边上，格来米欧在另一边踱着。

比昂戴洛　　放轻脚步快快走，先生，牧师已经准备好了。

鲁禅希欧　　我在飞呢，比昂戴洛，也许他们在家里需要你，所以你去吧。

比昂戴洛　　不，我要看着你平安进入教堂，然后尽快回到我的主人那里去。〔鲁禅希欧、毕安卡与比昂戴洛下〕

格来米欧　　我很惊异康必欧一直没有来。

皮图秋、喀特琳娜、文禅希欧及仆从等上。

驯悍妇

| 皮图秋 | 先生，就是这个门，这是鲁禅希欧的家，我岳父的家离市场还要近一些。我必须到那里去一遭，现在我告别了，先生。 |
|---|---|
| 文禅希欧 | 你一定要喝一杯酒再走。我想我可以在这里招待你一下。我猜想大概总有些现成的吃食。〔敲门〕 |
| 格来米欧 | 他们在里面忙着呢，最好是再敲响一点。 |

学究自上方窗口出现。

| 学究 | 把门都要打垮了的那个人是谁呀？ |
|---|---|
| 文禅希欧 | 鲁禅希欧先生在家吗，先生？ |
| 学究 | 他在家，先生，可是不能见你。 |
| 文禅希欧 | 要是有人送来一二百镑给他取乐呢？ |
| 学究 | 你留着那一百镑自己用吧！在我有生之日他是不缺钱用的。 |
| 皮图秋 | 我告诉过你了，你的儿子在帕度亚很善交游。听我说好不好，先生？废话少说，请你告诉鲁禅希欧先生他的父亲从皮萨来了，已经到了门口要和他说话。 |
| 学究 | 你说谎！他的父亲老早就到了帕度亚[1]，现在从窗口向外望呢。 |
| 文禅希欧 | 你是他的父亲吗？ |
| 学究 | 是的，先生，他的母亲是这样说的，如果我可以相信她。 |
| 皮图秋 | 〔向文禅希欧〕噫，这是怎么回事，先生！噫，这简直是欺骗，你冒充别人的名字。 |
| 学究 | 捉住这个坏蛋，我相信，他假扮是我，想在这城里 |

骗人。

比昂戴洛又上。

比昂戴洛 我已经看见他们两个一起在教堂里，愿上帝带给他们一帆风顺！但是这人是谁？我的老主人，文禅希欧！这回我们可完全失败了。

文禅希欧 〔见比昂戴洛〕过来，该死的东西。

比昂戴洛 请放我过去吧[2]，先生。

文禅希欧 过来，你这混蛋。怎么，你忘记我了？

比昂戴洛 忘记你！没有，先生，我不能忘记你，因为我从来就没有见过你。

文禅希欧 什么，你这混账东西！你的主人的父亲文禅希欧你没有见过吗？

比昂戴洛 什么，你说的是我的老主人吗？当然见过，先生，你看他正在窗口向外望呢。

文禅希欧 是吗，真的吗？〔打比昂戴洛〕

比昂戴洛 救命，救命，救命！这里有个疯子想谋杀我。

学究 救人，儿子！救人，巴波蒂斯塔先生！〔自窗口退〕

皮图秋 喀特，我们且站在一旁，看看这场争吵的结局。〔二人退〕

学究自下面又上。巴波蒂斯塔、特拉尼欧及众仆上。

特拉尼欧 先生，你是什么人，要打我的仆人？

文禅希欧 我是什么人，先生！噫，你是什么人，先生？哎呀天啊！啊，好漂亮的奴才！一件绸上身！一条绒裤

　　　　　　子！一件紫红的袍子！还有一顶锥形的高帽子！啊，
　　　　　　把我毁了！把我毁了！我在家里省吃俭用，我的儿
　　　　　　子和我的仆人在大学里挥霍精光。

特拉尼欧　　怎么！什么事情？

巴波蒂斯塔　什么，这人是疯子吧？

特拉尼欧　　先生，看你这外表倒像是一个明白事理的老者，但
　　　　　　是说话像个疯子。噫，先生，我佩戴珍珠黄金与你
　　　　　　何干？我感谢我的好父亲，我佩戴得起。

文禅希欧　　你的父亲！啊，奴才！他是在白噶摩制造船帆的。

巴波蒂斯塔　你搞错了，先生，你搞错了，先生。你知道他叫什
　　　　　　么名字？

文禅希欧　　他的名字！好像我不知道他的名字，他自从三岁起
　　　　　　就是我把他抚养长大的，他的名字是特拉尼欧。

学究　　　　滚开，滚开，疯驴！他的名字是鲁禅希欧，他是我
　　　　　　的独生子，我的田产继承人，我是文禅希欧先生。

文禅希欧　　鲁禅希欧！啊！他已经把他的主人谋害了。抓住他，
　　　　　　我以公爵的名义命令你们。啊，我的儿呀，我的儿
　　　　　　呀！告诉我，你这奴才，我的儿子鲁禅希欧在哪
　　　　　　里呢？

特拉尼欧　　唤一名警官来。

　　　　　　一仆偕一警官上。

　　　　　　把这疯汉带到监狱里去。巴波蒂斯塔丈人，我请您
　　　　　　负责让他去受审判。

文禅希欧　　带我到监狱去！

格来米欧　　　且慢，警官，不可把他送监牢。

巴波蒂斯塔　　你少说话，格来米欧，我说他得到监牢里去。

格来米欧　　　要小心些，巴波蒂斯塔先生，否则你要受骗。我可
　　　　　　　以发誓这一位是真的文禅希欧。

学究　　　　　发誓吧，如果你敢。

格来米欧　　　不，我不敢发誓。

特拉尼欧　　　那么你最好是说我不是鲁禅希欧吧。

格来米欧　　　是的，我知道你是鲁禅希欧先生。

巴波蒂斯塔　　带走这个老糊涂！送他到监狱去！

文禅希欧　　　外乡人就是这样地受人欺侮，啊，好可恶的奴才！

　　　　　　　比昂戴洛偕鲁禅希欧与毕安卡又上。

比昂戴洛　　　啊！我们是失败了！他就在那里，不要承认他，不
　　　　　　　要理会他，否则我们就全完了。

鲁禅希欧　　　〔下跪〕饶恕我，亲爱的父亲。

文禅希欧　　　我的最亲爱的儿子还活着吗？〔比昂戴洛、特拉尼
　　　　　　　欧及学究跑出〕

毕安卡　　　　〔下跪〕原谅我吧，亲爱的父亲。

巴波蒂斯塔　　你犯了什么过错了？鲁禅希欧在哪里？

鲁禅希欧　　　鲁禅希欧在这里，真的文禅希欧的真的儿子，我已
　　　　　　　经和您的女儿正式结婚，假冒的替人蒙混了您的
　　　　　　　眼睛。

格来米欧　　　这简直是串通一气，明目张胆地欺骗我们大家！

文禅希欧　　　胆敢这样欺侮我的那个该死的奴才特拉尼欧在
　　　　　　　哪里？

| | |
|---|---|
| 巴波蒂斯塔 | 噫，告诉我，这一位不就是我的康必欧吗？ |
| 毕安卡 | 康必欧现在变成了鲁禅希欧。 |
| 鲁禅希欧 | 是爱情制造出这些奇迹。为了追求毕安卡的爱，我和特拉尼欧交换了位置，他在城里冒充是我。我终于幸运地如愿以偿。特拉尼欧所做的事，都是我逼他做的。亲爱的父亲，为了我而原谅他吧。 |
| 文禅希欧 | 他想要把我送进监牢里去，我非割他的鼻子不可。 |
| 巴波蒂斯塔 | 〔向鲁禅希欧〕你听我说好不好，先生？你没得到我的同意就和我的女儿结婚了吗？ |
| 文禅希欧 | 不必担心，巴波蒂斯塔，我们会使你满意，算了吧，但是我要进去，我要报复他们这种荒谬的行为。〔下〕 |
| 巴波蒂斯塔 | 我也去彻查一下这项诡计。〔下〕 |
| 鲁禅希欧 | 不要吓得这个样子，毕安卡，你父亲不会真生气的。〔鲁禅希欧与毕安卡下〕 |
| 格来米欧 | 我失败了，我跟着大家走进，一切无望，筵席总有我一份。〔下〕 |

皮图秋与喀特琳娜走向前。

| | |
|---|---|
| 喀特琳娜 | 丈夫，我们也跟了去，看看这场纷扰的结局。 |
| 皮图秋 | 先吻我一下，喀特，我们就去。 |
| 喀特琳娜 | 什么！在这大街之上？ |
| 皮图秋 | 什么！有我这样的丈夫，你觉得羞吗？ |
| 喀特琳娜 | 不，上帝不准，我觉得接吻是怪害羞的。 |
| 皮图秋 | 那么我们就回家。来，回家去。 |

喀特琳娜　　　不，我给你一吻，请留在此地。

皮图秋　　　　这不是很好吗？来，我的爱人，

　　　　　　　有总比没有好，永不嫌其太晚。〔同下〕


# 第二景：鲁禅希欧家中一室


　　　　　　　点心摆在桌上[5]。巴波蒂斯塔、文禅希欧、格来米欧、
　　　　　　　学究、鲁禅希欧、毕安卡、皮图秋、喀特琳娜、郝谭修
　　　　　　　与寡妇上。特拉尼欧、比昂戴洛、葛鲁米欧及其他随侍。

鲁禅希欧　　　虽然我们的冲突拖延很久，现在终于得到了协调。
　　　　　　　如今战争结束，我们正该对于过去的惊险一笑置之。
　　　　　　　我的美丽的毕安卡，向我的父亲表示欢迎，我也以
　　　　　　　同样热忱欢迎你的父亲。皮图秋姻兄、喀特琳娜姐
　　　　　　　姐，还有你，郝谭修，连同你的可爱的小寡妇，请
　　　　　　　拣我们预备的最好的东西吃一点，欢迎光临舍下，
　　　　　　　我的这些点心只是我们方才的盛餐之后的余兴。请
　　　　　　　你们坐下来吧，我们一面吃一面谈。〔众入座〕

皮图秋　　　　坐下坐下，吃吃，还有什么！

巴波蒂斯塔　　这是帕度亚的一番真情，皮图秋。

皮图秋　　　　帕度亚这地方到处都是真情。

郝谭修　　　　为了我们两个，我愿这句话是真的。

| 皮图秋 | 现在，我敢说，郝谭修对他的寡妇有点害怕。 |
| 寡妇 | 如果害怕，就不要信任我。 |
| 皮图秋 | 您很敏感，可是您误会我的意思了，我的意思是说，郝谭修很怕您。 |
| 寡妇 | 头晕的人才觉得世界在旋转。 |
| 皮图秋 | 回答得真直爽。 |
| 喀特琳娜 | 夫人，您这话怎讲？ |
| 寡妇 | 关于他的处境，我倒有这样的印象[4]。 |
| 皮图秋 | 因我而怀了孕[5]！郝谭修会高兴有这种事吗？ |
| 郝谭修 | 我的寡妇的意思是说，她有这样的感想。 |
| 皮图秋 | 改正得很好。好寡妇，为了这个您得吻他一下。 |
| 喀特琳娜 | "头晕的人才觉得世界在旋转。"告诉我您这话怎讲。 |
| 寡妇 | 您的丈夫，饱受悍妇之苦，以己度人，以为我的丈夫也有同样的苦痛。您现在懂我的意思了。 |
| 喀特琳娜 | 好坏的意思。 |
| 寡妇 | 不错，我指的就是您。 |
| 喀特琳娜 | 我对于您的观感，老实讲，确是很坏。 |
| 皮图秋 | 向她进攻，喀特！ |
| 郝谭修 | 向她进攻，寡妇！ |
| 皮图秋 | 一百分，我的喀特把她弄倒了。 |
| 郝谭修 | 那乃是我的职责。 |
| 皮图秋 | 你说话像一个官儿。敬你一杯，朋友。〔举杯敬郝谭修〕 |
| 巴波蒂斯塔 | 格来米欧，你可喜欢这些说俏皮话的人？ |
| 格来米欧 | 先生，他们顶得好。 |

| | |
|---|---|
| 毕安卡 | 用头来顶！一个冒失的人会要说你们是用角来顶[6]。 |
| 文禅希欧 | 是的，新娘子，这一下子把你也惊醒了？ |
| 毕安卡 | 是的，但是没有吓倒我，所以我还要睡。 |
| 皮图秋 | 不，你不能再睡。事情是你惹起来的，我还得和你说一两句笑话。 |
| 毕安卡 | 难道我是让你射击的鸟？我想要换一栖枝。那么你拉满了你的弓跟着我来吧。我欢迎你们全都来。〔毕安卡、喀特琳娜与寡妇下〕 |
| 皮图秋 | 她躲开我先走了。过来，特拉尼欧先生，你曾经向这只鸟瞄准，虽然你没有射中她，所以向那些射而未中的人们干一杯吧。 |
| 特拉尼欧 | 啊，先生！鲁禅希欧把我当作了他的猎犬，放我出去奔走为主人追捕猎物。 |
| 皮图秋 | 比得很恰当，未免下贱了一些。 |
| 特拉尼欧 | 还是您好，先生，您自己打猎，可是听说你的那头鹿转身相扑吓得您汪汪叫不敢向前哩。 |
| 巴波蒂斯塔 | 啊嗬，皮图秋！特拉尼欧这回可击中你了。 |
| 鲁禅希欧 | 我谢谢你这一着反击，好特拉尼欧。 |
| 郝谭修 | 承认吧，承认吧，他击中你了没有？ |
| 皮图秋 | 他擦伤了我一点，我承认，不过从我身边擦过之后，这句笑话多半是立刻伤害了你们二位。 |
| 巴波蒂斯塔 | 现在，说正经话，皮图秋贤婿，我想你是娶到了一个真正的悍妇。 |
| 皮图秋 | 啊，我说不是。为了证实起见，每个人把他的妻子唤来，谁的妻最听话最先来到，谁就赢得我们所将 |

投下的赌注。

郝谭修　同意，赌多少？

鲁禅希欧　二十块金币。

皮图秋　二十块金币！拿我的猎鹰猎犬来打赌，我可以出这么多，但是拿我的妻来打赌要再加二十倍。

鲁禅希欧　那么一百块。

郝谭修　同意。

皮图秋　就此一言为定。

郝谭修　谁先开始？

鲁禅希欧　我先来。去，比昂戴洛，请太太来见我。

比昂戴洛　我去。〔下〕

巴波蒂斯塔　贤婿，你的赌注我负担一半，毕安卡会来的。

鲁禅希欧　我不要分担，我要完全自己负担。

比昂戴洛又上。

怎么样？她怎么说？

比昂戴洛　先生，太太要我对您说她有事不能来。

皮图秋　怎么！她有事不能来！这便是一句答话？

格来米欧　是的，还算是客气的呢。先生，你祷告上帝吧，让尊夫人不要给你一个更不客气的回答吧。

皮图秋　我希望，较好一些。

郝谭修　比昂戴洛，去请求我的妻立刻前来见我。〔比昂戴洛下〕

皮图秋　啊嗬！请求她！哼，那么她一定会来了。

郝谭修　我恐怕，先生，随便你用什么手段，尊夫人是请不到的。

比昂戴洛又上。

喂，我的妻在哪里？

| | |
|---|---|
| 比昂戴洛 | 她说你们在开玩笑，她不愿来，她要你去见她。 |
| 皮图秋 | 更糟更糟，她不愿来！啊，可恶，难堪，无法容忍！葛鲁米欧，去见太太，就说我命令她来见我。〔葛鲁米欧下〕 |
| 郝谭修 | 我晓得她的回答。 |
| 皮图秋 | 怎么回答？ |
| 郝谭修 | 她不肯来。 |
| 皮图秋 | 算是我的运气不好就完了。 |

喀特琳娜又上。

| | |
|---|---|
| 巴波蒂斯塔 | 啊，我的天，喀特琳娜来了！ |
| 喀特琳娜 | 丈夫，你唤我出来有何吩咐？ |
| 皮图秋 | 你的妹妹和郝谭修的妻在哪里？ |
| 喀特琳娜 | 她们在客厅炉边坐着谈话呢。 |
| 皮图秋 | 去，把她们叫来，如果她们拒绝前来，给我痛快地揍她们一顿，把她们揍到她们的丈夫跟前来。去，立刻把她们带来。〔喀特琳娜下〕 |
| 鲁禅希欧 | 你们若是说起奇迹，这便是一桩奇迹了。 |
| 郝谭修 | 的确是。我不知主何吉凶。 |
| 皮图秋 | 噫，这预兆和平、情爱与宁静的生活，令人悦服的统治与合理的霸权，总之，一切的美满与幸福。 |

驯悍妇

| | |
|---|---|
| 巴波蒂斯塔 | 祝你好运，皮图秋！你赢得了赌注。在他们输的钱之外我愿再加上两万块金币，算是给我另外一个女儿的另外一份妆奁，因为她变了，变得前所未有的另一副样子。 |
| 皮图秋 | 不，我还要更漂亮地赢取我这一笔赌注，我还要让你们再多看一些她的服从性的表现，那是她新养成的服从美德。看她来了，用她的贤惠的力量说服了你们的倔强的妻子，把她们带来了。 |

喀特琳娜偕毕安卡与寡妇上。

| | |
|---|---|
| | 喀特琳娜，你那顶帽子不好看，摘下那个玩意儿，丢在你的脚下。〔喀特琳娜脱下她的帽子，掷在脚下〕 |
| 寡妇 | 主啊！永远不要让我有做这样傻事的机会吧！ |
| 毕安卡 | 呸！你这是何等愚蠢的服从? |
| 鲁禅希欧 | 我愿你的服从也是同样地愚蠢，你的聪明处，美丽的毕安卡，在晚饭后已经使我损失了一百块金币。 |
| 毕安卡 | 拿我的服从来打赌，益发证明你是傻瓜。 |
| 皮图秋 | 喀特琳娜，我命令你，告诉这两位倔强的妇人，她们对她们的主人和丈夫应该尽什么样的责任。 |
| 寡妇 | 好啦，好啦，你是在开玩笑，我们不要人来教训。 |
| 皮图秋 | 倒是说呀，先从她开始。 |
| 寡妇 | 不要让她说。 |
| 皮图秋 | 我要让她说。先从她开始。 |
| 喀特琳娜 | 呸，呸！解开你那深锁的眉头，不要从你那眼里射 |

出轻蔑的光芒，伤害了你的丈夫，你的君主，你的
主宰。那会损伤你的美貌，像寒霜之侵蚀草地；那会
破坏你的名誉，像旋风之吹落蓓蕾，既不适宜，亦
不讨人欢喜。一个发怒的女人就像是一个搅动了的
泉头，混浊难看，失掉了美观。落到这般地步，一
个人无论怎样干渴也不肯去喝它一滴了。你的丈夫
即是你的主人，你的生命，你的监护人，你的头脑，
你的君王；他是维护你的人，为了扶养你而在海上陆
上辛苦奔波，在风暴中度夜，在寒冷中度日，而你
暖暖地躺在家里，高枕无忧。他要你献出的只是爱
情，和颜悦色，真心的服从。欠下的如此之多，偿
付的实在太少了。一个女人对于她丈夫之忠顺，有
如臣民之对于君王，一旦她任性发怒，愠形于色，
不顺从他的正当的愿望，她不是她的亲爱的夫君之
犯上作乱忘恩负义的叛徒是什么呢？我觉得惭愧，
女人们会这样地蠢，在该跪下求和的时候反倒挑战，
在该俯首伺候表示忠顺的时候反倒希求权势称霸逞
强。我们的躯体为什么柔弱光滑，不适于辛苦劳作，
还不是因为我们的温柔的特质和我们的情感需要和
我们的外表协调吗？好了，好了，你们这些倔强而
又柔弱的肉虫子！我的心曾经和你们的一样高，我
的脾气一样地大，我的理解力也许更强一些，和男
人针锋相对不肯服输，但是现在我看出我们的矛枪
只是草秆，我们的气力也是那样地弱，我们的弱简
直是无可比拟，好像是强大之至，其实是弱小之极。

　　　　　　　所以压下你们的傲气，那是无用的，

　　　　　　　把你们的手放在你们丈夫的脚底 [7]。

　　　　　　　为表示这种忠顺，如果他喜欢，

　　　　　　　我的手已准备好，让他享受一番。

皮图秋　　　这才是个好女人！过来吻我，小亲亲。

鲁禅希欧　　好，你真行，老朋友，你应受一吻。

文禅希欧　　孩子们肯听话就好。

鲁禅希欧　　女人们不听话可不得了。

皮图秋　　　来，喀特，我们去睡觉。

　　　　　　　我们三个结了婚，你们两个却输了。

　　　　　　　我赢得了赌注，〔向鲁禅希欧〕虽然你射中目标 [8]。

　　　　　　　我是赢家，要向大家道声晚安了！ [9] 〔皮图秋与喀特琳娜下〕

郝谭修　　　现在，你得意了，你驯服了一名悍妇。

鲁禅希欧　　这真是怪事，她居然变得这样驯服。〔众下〕

## 注 释

[1] his father is come from Padua 费解。旧 Arden 本 R. Warick Bond 注云："i. e. is here，and has been here a long time."

[2] "I hope I may choose, sir." 威 尔 孙 注："i. e. allow me, sir！——spoken to a disagreeable person who bars one's path in the street."

[3] banquet 在此处不是筵席，而是筵席之后的点心之类。婚宴是在巴

波蒂斯塔家举行的。

[4] Thus I conceive by him. = that is what I imagine his condition to be.（Bond 注）by = of 意谓：“我的印象是，他才有一点怕太太。”

[5] Conceives by me！ = Becomes impregnated by me！ conceive 一字为双关语。

[6] “角”，指绿头巾。意谓：“你们都是 cuckolds。”

[7] A Shrew（sc. xviii）有下列数行可供参考：

Laying our handes vnder theire feete to tread，

If that by that we might procure there ease.

And for a president Ile first begin，

And lay my hand vnder my husbands feete.

这是传统的表示忠顺的一种方式。

[8] white 是靶子的中心，但有双关义，因毕安卡 Biance 这名字亦有 white 之义。

[9] 赌场赢家皆愿在运气转坏之前早些离去。

# 维洛那二绅士

The Two Gentlemen of Verona

# 序

## 一 版本

《维洛那二绅士》无四开本行世，初刊于一六二三年之第一对折本，列于喜剧部分，占页二〇至三八，为全集中之第二部剧本。此剧在版本方面之最显著的特点，是完全没有"舞台指导"，上下场亦几全付阙如（除每景首尾之外）。任何剧团不可能根据这样的版本上演。

新剑桥本《维洛那二绅士》编者威尔孙教授有很好的说明。他说，在莎士比亚时代一出戏上演时需要有三种剧本方面的资料：一是所谓"提词本"（prompt copy），其中至少有最低限度的"舞台指导"，以及明确的上场（entry）指示，和一般的较为次要的下场（exit）指示。二是"单词"（players' parts），是从提词本抄下来的各个演员所应背诵的台词，附带着"尾语"（cues），这是分别交发演员们备用的。三是"演员出场表"（plot or plat），是一张大纸裱糊在一块木板上挂在后台，上面写明各幕各景剧中人物及演员之出场顺序。威尔孙教授相信，《维洛那二绅士》的剧本在排进第一对折本时所使用的版本，大概不是提词本，提词本可能已经遗失，所使用的大概是零碎的"单词"和"演员出场表",可能雇用了一名书记从这两种资料拼凑出来一个剧本,然后发排。这样的一个假设可以解释这版本中许多奇特之处,例如第二幕第四景的上场写的是:"瓦伦坦、西尔维亚、斯皮德、公爵、普洛蒂阿斯上",其实公爵至第四十六行始上,普洛蒂阿斯至第九十七行始上,这就是参照"演员出场表"而抄写的明证。还有一点,威尔孙教授很精辟地指出,此剧手民之误比较少,这不能证明此本是根据作者的手稿而排印,这正可证明此本是根据"单词"拼凑而成,因演员最注意词句的意义之明显与否,如果"提词本"有晦涩难解之处可能由演员加以删改润色,所以此剧不但手民之误较少而且词句也比较浅显。

伊利沙白时代的舞台剧通常约为三千行,但此剧只有二千三百八十行,很可能原剧本经过删削,约少了六百。威尔孙教授认为很可能改编者所以做此删削,是为了让出空间以便插入他自己安排的材料。此剧有两个丑角,朗斯是幽默的,是莎士比亚特有的类型,但另一丑角斯皮德就平庸无趣没说过一句俏皮话。斯皮德可能是改编者的创造,而第二幕第五景全无意义可能完全是改编者的手笔。

以上所述威尔孙教授的意见(一九二一年),据他自己于一九五五年附注说,是早已成为过时的学说。所谓拼凑剧本之说,现已不被大家所承认。不过,据我们看,一切学说基本皆是假设。此剧版本的困难问题,除假设法亦无确切可供解决的办法。

## 二　著作年代

此剧著作年代无法确定，不过我们深知此剧为莎士比亚的最早的几部作品之一。

Meres 于一五九八年刊的 *Palladis Tamia* 提起莎士比亚的若干戏剧，其中有六部喜剧，此剧居首。这是唯一的外证。各家研究推断，大致如下：

（一）Malone 最初主张此剧作于一五九五年，后改为一五九一年。

（二）Collier，White，Delius 提出更早的年代。

（三）Furnival 认定为一五九一至一五九二年，紧接《仲夏夜梦》之后。

（四）Dowden 表示可能是在《仲夏夜梦》之前。

（五）Fleay 以为前二幕作于一五九三年，其余部分作于一五九五年，后又表示全剧作于"一五九五年前后"。

（六）G. B. Harrison 主张一五九一年。

（七）G. L. Kittredge 主张一五九四年。

耶鲁本编著 Karl Young 的综合意见是："有资格的批评家们主张，是自一五九一年至一五九五年之间，大多数赞同一五九一至一五九二年的说法。目前所有的版本既表现出青年作家的作风以及修改的痕迹，我们可以猜想此剧作于一五九〇至一五九一年，作者或其他的人于一五九四至一五九五年又加以改动。我们可以确知的是，此剧有些不成熟的地方，也有一些因改动剧本而生出的不规律之状态。"这一见解是可以认定的。

## 三 故事来源

此剧主要的故事来源是初刊于一五四二年的葡萄牙人 Jorge de Montemayor 所作西班牙文的一部田园传奇 *Diana Enamorada* 中关于 Felix and Felismena 的故事。这部传奇于一五九八年始有英译本刊行，为 Bartholomew Yonge 所译。但是这英译本在刊行前十六年（一五八三年）即已完成，而且在一五九八年前在英国还有两个不完全的部分的英译本，惟均未刊行。可能莎士比亚看过这些译本的稿本。这传奇主要部分之法文译本刊于一五七八与一五八七年。此外尚有一部业已遗失的戏剧 *History of Felix and Felismena*，曾于一五八四年在格林尼治上演，其内容也是表演这一故事。

在若干细微情节及词句上，莎士比亚可能受了一五八一年译成英文的意大利人 Bandello 的小说 *Apollonius and Sylla* 之影响。同样地 Sidney 的 *Arcadia* 也可能影响了他。

## 四 几点批评

如新剑桥本编者 Sir Arttur Quiller-Couch 所说，此剧是"一部轻松愉快的意大利式喜剧"，所谓"意大利式"（Italianate）这一形容词是有丰富含义的。意大利是伊利沙白戏剧的传统的背景，一方面是罪恶、凶杀、堕落，一方面是音乐、歌舞、爱情故事。维洛那是朱丽亚与朱丽叶的背景；威尼斯是夏洛克与奥赛罗的背景；朗斯与朗西洛特这一对宝贝可以放在二者任何一处。后来班章孙写喜剧把背景放在英国的伦敦，是一大革新。以爱情与友谊穿插起来的错综故事，在意大利喜剧中是颇为常见的。女主角化装为男童，情人在楼窗对话，长篇大论的有关爱情的讨论，这都是意大利的传统戏剧形式，莎士比亚在戏剧结构上接受此一传统，因为伊利沙白时代的一般人的品味欢迎此一文艺复兴的作风。《维洛那二绅士》是定型的意大利式喜剧，如果莎士比亚在其中表现了他的独创性，那独创性不在布局结构，而在其中几个人物的个性之刻画。莎士比亚还在年轻时期，手法尚未纯熟，但是他的艺术手段和心理观察之细微深刻则已见端倪。一般人都会感觉到，朱丽亚是后来的 Viola 与 Imogen 的雏形，西尔维亚是 Portia 与 Rosalind 的前驱。所以在研究莎士比亚的艺术的过程，这一出戏是很重要的，虽然它本身不是最成功的作品。

第五幕第四景瓦伦坦有这样的一句话：

And, that my love may appear plain and free.

All that was mine in Sylvia I give thee.

这两行引起了很多批评，这过于突兀的慷慨是嫌粗率，但如 Hanmer 所云"此剧主要部分非出于莎士比亚之手，是为一大明证"，则亦未免过于臆断。中古及文艺复兴作家喜欢重视"友谊"，有时推崇过分，对"爱情""孝道"不成比例。中古时之传奇 Amis and Amiloun 即其一例。莎士比亚自己的《威尼斯商人》也是一例。这两行本身并无可议，惟莎士比亚没有能充分把握剧情，没有能做更深刻的剖析，没有写出更充实更动听的戏词而已。

## 剧 中 人 物

米兰公爵（Duke of Milan），西尔维亚之父。

瓦伦坦（Valentine）
普洛蒂阿斯（Proteus） ⎤ 二绅士。

安图尼欧（Antonio），普洛蒂阿斯之父。

图利欧（Thurio），瓦伦坦之愚蠢的情敌。

哀格勒慕（Eglamour），助西尔维亚逃脱者。

斯皮德（Speed），瓦伦坦的蠢仆。

朗斯（Launce），普洛蒂阿斯的蠢仆。

潘济诺（Panthino），安图尼欧之仆。

店东，朱丽亚在米兰寄宿之店主。

和瓦伦坦在一起的若干亡命徒。

朱丽亚（Julia），普洛蒂阿斯的爱人。

西尔维亚（Silvia），瓦伦坦的爱人。

露赛特（Lucetta），朱丽亚之女仆。

众仆人，众乐师。


## 地 点

维洛那、米兰及曼邱阿边境。

# 第 一 幕

## 第一景：维洛那。一广场

瓦伦坦与普洛蒂阿斯上。

瓦伦坦　　　别再劝我了，亲爱的普洛蒂阿斯，年轻人闷在家里，
　　　　　　总是要头脑简单的。若不是恋爱把你的青春时光锁
　　　　　　在你的爱人的秋波上面，我颇想请你和我结伴去看
　　　　　　看外面世界的形形色色，总比懒洋洋地厮守在家里，
　　　　　　做些无聊的事消磨掉你的青春，要好得多。
　　　　　　不过你既恋爱，就恋爱下去，争取胜利，
　　　　　　我若是开始恋爱，我也会这样做的。

普洛蒂阿斯　你一定要去吗？亲爱的瓦伦坦，再会！你在旅途中
　　　　　　偶然看到一些值得注意的稀罕事物，可要想着你的
　　　　　　普洛蒂阿斯；你若是遇到什么得意的事，要盼着我能

分享你的幸福；若是遭遇危险，如果真有危险环伺着你的话，把你的忧虑交给我的祈祷，因为我会为你而祈祷的，瓦伦坦。

瓦伦坦　捧着一本讲爱情的书为我的成功而祈祷？

普洛蒂阿斯　我要捧着一本我爱的书为你祈祷。

瓦伦坦　那一定是讲一段深刻爱情之浅薄的故事，例如年轻的利安得如何游过海来斯庞海峡[1]。

普洛蒂阿斯　那是深刻的故事，讲的是更深刻的爱情，因为他深陷爱情不只是漫过了鞋子。

瓦伦坦　那是真的，因为你也深陷爱情之中，可以说是漫过了靴子，但是你却不曾泳过海来斯庞。

普洛蒂阿斯　漫过了靴子？不，别和我开玩笑[2]。

瓦伦坦　不，我不和你开玩笑，因为那实在对你没有益处。

普洛蒂阿斯　**什么事？**

瓦伦坦　陷入恋爱，以呻吟换取轻蔑；以痛心的叹息换取娇羞的顾盼；以好多个困顿失眠的夜晚换取片刻的欢娱。纵然侥幸成功，也许是得不偿失，如果失败，那更是自讨苦吃。

无论如何，那是用聪明做荒唐事，
再不然，就是聪明被荒唐所控制。

普洛蒂阿斯　依你说来，你以为我是傻瓜。

瓦伦坦　照你的行为来说，我恐怕你会证实我的想法。

普洛蒂阿斯　你攻击的是爱情，我并不是爱情。

瓦伦坦　爱情是你的主人，因为它支配你。一个甘受痴情驱使的人，据我看，不能算是一个聪明人。

| 普洛蒂阿斯 | 可是作家们说，最香甜的花苞里才生蛀虫，最聪明的人，心里才有腐蚀心灵的爱情。 |
|---|---|
| 瓦伦坦 | 作家们也说，最早熟的花在尚未开放的时候就被蛀虫蚀光，同样地少不更事的聪明也会被爱情变为愚蠢，在蓓蕾时期就枯萎了，在青春时代就失了光泽以及未来的希望中的好景。不过你既是痴情的崇拜者，我又何必浪费时间来劝你？再说一回再会吧！我的父亲在港口等待着我呢，他要看我上船。 |
| 普洛蒂阿斯 | 我要陪你到那里去，瓦伦坦。 |
| 瓦伦坦 | 亲爱的普洛蒂阿斯，不可以。我们现在就辞别了吧。你写信到米兰向我报告你的恋爱的成功，以及你的朋友离开之后此地所发生的消息，同样地我也写信给你。 |
| 普洛蒂阿斯 | 愿你在米兰一切幸运！ |
| 瓦伦坦 | 愿你在家乡也是如此！那么，再会了。 |
| 普洛蒂阿斯 | 他追求荣誉，我追求爱情，他离开了朋友们，为的是使他的朋友们格外光荣。我为了爱情抛弃了我自己，我的朋友们，以及一切。你，朱丽亚，你把我改变了——你使得我荒废学业，虚掷光阴。<br>不听好言劝告，一切不足顾虑；<br>因幻想而理智虚弱，因苦恋而内心忧郁。 |

斯皮德上。

| 斯皮德 | 普洛蒂阿斯先生，上帝保佑您！您看见我的主人了吗？ |
|---|---|
| 普洛蒂阿斯 | 他刚从这里走开，搭船到米兰去了[3]。 |

| 斯皮德 | 那么他八成已经登上船了,我也变成一只迷途的羊,追不上他了[4]。 |
|---|---|
| 普洛蒂阿斯 | 是的,羊是时常会迷途的,如果牧羊人稍为走开一下。 |
| 斯皮德 | 你是说我的主人是一个牧羊人,而我是一只羊? |
| 普洛蒂阿斯 | 我是这样说。 |
| 斯皮德 | 那么我的角也就是他的角,不管我是醒着还是睡着[5]。 |
| 普洛蒂阿斯 | 好愚蠢的回答,正合于羊的身份。 |
| 斯皮德 | 这还是证明我是一只羊。 |
| 普洛蒂阿斯 | 是的,你的主人是一个牧羊人。 |
| 斯皮德 | 不,我可以提出证据来否认。 |
| 普洛蒂阿斯 | 我若不能提出另外证据来证明,那才是怪事哩。 |
| 斯皮德 | 牧羊人寻羊,不是羊寻牧羊人,但是我寻我的主人,不是我的主人寻我,所以我不是羊。 |
| 普洛蒂阿斯 | 羊为了草料而跟随着牧羊人,牧羊人并不为了吃食而跟随着羊,你为了工资而跟随着你的主人,你的主人并不为工资而跟随着你,所以你是一只羊。 |
| 斯皮德 | 再举这样的一个证据,我就要"咩"的一声叫起来了。 |
| 普洛蒂阿斯 | 我且问你,我的信你交给朱丽亚没有? |
| 斯皮德 | 是喽,先生。我,一只迷途的羊,把你的信交给她了,一只风骚的羊[6],而她,那一只风骚的羊,竟让我这只迷途的羊白白辛苦一趟,什么也没有给我。 |
| 普洛蒂阿斯 | 有这么多的羊,这牧场嫌太小了。 |
| 斯皮德 | 如果那地方太拥挤,你最好是把她戳死。 |
| 普洛蒂阿斯 | 不,你是迷途的羊,最好是把你禁闭起来。 |

| | |
|---|---|
| 斯皮德 | 用不着，先生，我给你送一封信，不需要一镑金币[7]。 |
| 普洛蒂阿斯 | 你弄错了，我的意思是栏——畜栏。 |
| 斯皮德 | 从金币一镑一变而为针一根[8]？加上几倍上去，也不够我给你的情人送信的报酬。 |
| 普洛蒂阿斯 | 她说什么？〔斯皮德点头〕她点头了吗？ |
| 斯皮德 | 对。 |
| 普洛蒂阿斯 | 点头，对？噫，那就是癫头癫脑的傻瓜[9]。 |
| 斯皮德 | 您误会了，先生，我是说她点头了。您问我她是否点头了，我就说，对。 |
| 普洛蒂阿斯 | 两个字加起来便是——癫头癫脑的傻瓜。 |
| 斯皮德 | 您既然费心把这两个字加在一起，您就留着自己受用吧。 |
| 普洛蒂阿斯 | 不，不，你既然给我送信，这就给了你吧。 |
| 斯皮德 | 唉，我看我只好对他忍耐一些。 |
| 普洛蒂阿斯 | 怎么，你怎样对我忍耐了？ |
| 斯皮德 | 唉，先生，把信规规矩矩地送去了，辛苦了一趟，除了被骂一声“傻瓜”之外什么也没有得到。 |
| 普洛蒂阿斯 | 真是的，你倒是才思敏捷。 |
| 斯皮德 | 可是还追不上您的迟缓的钱包。 |
| 普洛蒂阿斯 | 好了，好了。简捷地把内容打开来吧，她说了什么？ |
| 斯皮德 | 打开你的钱包，好让钱和内容同时交付出来。 |
| 普洛蒂阿斯 | 好吧，这是酬劳你的。〔给他钱〕她说了什么？ |
| 斯皮德 | 老实说，先生，我想您很难把她弄到手。 |
| 普洛蒂阿斯 | 为什么？你从她那里看出来了吗？ |
| 斯皮德 | 先生，我从她那里什么也看不出来。把您的信送了 |

过去，一块钱也没有看到。我给您送信，她尚且如此苛待，我恐怕您当面向她倾诉衷情的时候，她将一样地刻薄。就拿石头送给她做定情物吧，因为她是铁石心肠。

普洛蒂阿斯　怎么！她没有说话吗?

斯皮德　　　没有，连"给你这个，你辛苦了"都没有说。为了证明您的慷慨，我谢谢您，您给了我六便士；为了酬答您这一番好意，以后您自己送信吧。那么，先生，我要到我的主人面前去为您致意。

普洛蒂阿斯　去，去，去吧，去挽救你的船不至于沉没。有你在船上，船就不会沉没，因为你是命中注定要被绞杀的。〔斯皮德下〕我一定要派一个较好的送信的人，我恐怕我的朱丽亚不屑于看我的信，如果是由这样一个无用的人递送过去的话。〔下〕

# 第二景：同上。朱丽亚家中花园

朱丽亚与露赛特上。

朱丽亚　　　你说吧，露赛特，现在我们左右无人，你劝我去和人恋爱吗?

露赛特　　　是的，夫人，只消您不是冒冒失失地跌进去。

| 朱丽亚 | 每天前来和我会谈的那些彬彬有礼的绅士，你以为哪一个最值得爱？ |
|---|---|
| 露赛特 | 请您重说一遍他们的姓名，我就按照我的粗浅的见解表示我的想法。 |
| 朱丽亚 | 你以为漂亮的哀格勒慕爵士如何？ |
| 露赛特 | 是一位善词令的穿着考究的士绅。<br>如果我是你，他永远不能成为我的人。 |
| 朱丽亚 | 你看那富有的莫开希欧行不行？ |
| 露赛特 | 他的财产当然可爱。他本人，平平。 |
| 朱丽亚 | 你觉得那温柔的普洛蒂阿斯怎样？ |
| 露赛特 | 主啊，主啊！我们谈得多么荒唐？ |
| 朱丽亚 | 怎么！一提到他你就这样地感慨？ |
| 露赛特 | 原谅我，小姐，我实在大大不该，<br>像我这样卑贱的一个人，竟敢批评高贵的士绅。 |
| 朱丽亚 | 别人都批评了，何以普洛蒂阿斯又不批评了？ |
| 露赛特 | 原因是这样的——许多好人当中我觉得他最好。 |
| 朱丽亚 | 你的理由呢？ |
| 露赛特 | 我没有别的理由，我只有女人的理由，我以为他最好，因为我以为他最好。 |
| 朱丽亚 | 你愿我把我的爱情用在他的身上吗？ |
| 露赛特 | 是的，如果你觉得不算是虚掷你的爱情。 |
| 朱丽亚 | 可是他一直没有向我表示过爱意。 |
| 露赛特 | 我觉得在所有的人当中他最爱你。 |
| 朱丽亚 | 他不大说话，可见没有多少爱情。 |
| 露赛特 | 火关闭得最紧，燃烧得也最凶。 |

| | |
|---|---|
| 朱丽亚 | 不表示爱的人就是不爱。 |
| 露赛特 | 啊！到处声张他们的爱的人，他们根本没有多少爱。 |
| 朱丽亚 | 我很想知道他的心思。 |
| 露赛特 | 看看这封信吧，小姐。〔给她一封信〕 |
| 朱丽亚 | "致朱丽亚。"是谁写来的？ |
| 露赛特 | 看过就知道了。 |
| 朱丽亚 | 说，说，是谁交给你的？ |
| 露赛特 | 是瓦伦坦爵士的仆人，但是我想是普洛蒂阿斯派他来的。 |
| | 他本想面交给你，路上遇到了我， |
| | 我就冒名接受了下来，请宽恕我的过错。 |
| 朱丽亚 | 哼，我以贞洁为誓，你真是一个好媒婆！你居然胆敢接受情书？来共同略诱我的贞操？现在，你听我说吧，你真是干得好事，而你也是干这事的好手。喏，把这信拿了去，还给人家，否则你再也不要回来见我。 |
| 露赛特 | 为爱情而辩护，所得的报酬不该只是恨。 |
| 朱丽亚 | 你还不去？ |
| 露赛特 | 我去，你可以细细思忖。〔下〕 |
| 朱丽亚 | 可是我很想把这信读一下。把她唤回来，求她做一桩我刚责备过她的事，那未免太难为情。她多么傻，她明知我是一个处女，为什么不逼我读那封信呢！因为处女们怕羞，对于愿意别人认为她们是点头称"是"的事情，她们是偏要说"不"的。呸，呸！这痴爱真是难以捉摸，好像是一个暴躁的婴儿。抓 |

　　　　他的乳母，一下子被镇压之后又服服帖帖的了！我
　　　　好凶恶地把露赛特骂走了，那时节我正是愿意她留
　　　　在此地别去，我多么愤怒地双眉紧锁，那时节衷心
　　　　愉快正在逼着我的心头微笑。我应受的处罚便是，
　　　　唤露赛特回来，请她原谅我的错误。喂，喂！露
　　　　赛特！

　　　　露赛特上。

露赛特　　小姐有什么事？

朱丽亚　　快到吃饭的时候了吧？

露赛特　　我但愿是，你的胃火就可以发在肉上，而不发在女
　　　　用人身上啦[10]。

朱丽亚　　你小心翼翼地捡起来的是什么东西？

露赛特　　没有什么。

朱丽亚　　那么，你为什么蹲下去？

露赛特　　捡起我掉下的一纸信。

朱丽亚　　那封信不算是什么吗？

露赛特　　对我没有什么相干。

朱丽亚　　那么让它躺在那里，留给相干的人去捡好了。

露赛特　　小姐，对于有干系的人它是不说谎的，除非读者存
　　　　心误会。

朱丽亚　　是你的情人写给你的韵语的情书吧。

露赛特　　预备唱给你听的，小姐，给我指定一个音符，小姐
　　　　你是会制谱的。

朱丽亚　　我一点也不欢喜这种玩意儿[11]，就按照"薄情女"

的调子唱吧[12]。

露赛特　　内容太沉重了，不好使用这样轻薄的调子。

朱丽亚　　沉重！那么，也许是负担着太多的叠句？

露赛特　　是的。如果由您来唱，一定很好听呢。

朱丽亚　　为什么不由你来唱呢？

露赛特　　我可不敢高攀。

朱丽亚　　让我来看看你的这首情歌。〔取过那封信〕怎么，你这贱货！

露赛特　　如果你想唱完这支歌，你最好是别走了调子，不过我是不喜欢你这个调门的。

朱丽亚　　你不喜欢？

露赛特　　我不，小姐，它是太尖了。

朱丽亚　　贱货，你说话太野了。

露赛特　　不，你现在调门又太低了，用太强烈的和声破坏了音调的和谐，你需要一个中音来唱你的歌。

朱丽亚　　中音被你的放肆的低音给淹没了。

露赛特　　真是的，我是要营救被俘的普洛蒂阿斯[13]。

朱丽亚　　以后不要再对我说这废话。你真是废话连篇！〔撕信〕去，你走吧，碎纸片就丢在这里好了，你是想玩弄这些碎纸片，招我生气。

露赛特　　她假装出无动于衷的样子，其实再来这样一封信招她生气，她就最高兴了。〔下〕

朱丽亚　　不，我但愿能再有一封信使我这样地生一回气！啊，可恨的这一双手，竟把这可爱的字句撕碎了！简直是毒害的黄蜂一般，吮取甜蜜而螫死酿蜜的蜜蜂！

我要吻每一片碎纸以为补偿。看，这里写着"仁慈的朱丽亚"，忍心的朱丽亚！好像是为了报复你的薄幸，我把你的名字掷在碰伤人的石头上去，轻蔑地践踏你的傲慢。这里写着"为爱情而负伤的普洛蒂阿斯"。可怜的受伤的名字！让我的胸怀做你的床，等着你的创伤完全复原吧！我用神效的一吻来吮吸你的伤口。但是"普洛蒂阿斯"写下了两三次呢。好风啊，你停一下，别吹散了一个字，等我把每一个字都寻找到，除了我的名字之外。我的名字吗，让一阵旋风把它吹到嶙峋陡峭的乱石之上，然后卷到汹涌的大海里去！看！这里在一行之中写了两次他名字，"可怜的失恋的普洛蒂阿斯，痴情的普洛蒂阿斯，谨致书于亲爱的朱丽亚"。我要把这个名字撕下去；我还是不撕，因为他把我的名字和他的哀怨的名字这样巧妙地配在一起，我这样折一下把它们叠起来。现在亲嘴吧，拥抱吧，打斗吧，你们可以畅所欲为。

露赛特又上。

| | |
|---|---|
| 露赛特 | 小姐，饭好了，你的父亲在等候你。 |
| 朱丽亚 | 好，我们去吧。 |
| 露赛特 | 怎么！让这些碎纸片留在这里泄露秘密？ |
| 朱丽亚 | 如果你重视它，最好是把它捡起来。 |
| 露赛特 | 不，我刚才为了把它放在你的面前而挨了一顿大骂；不过它不可以躺在这里，它会受寒。 |

| 朱丽亚 | 我看你倒是蛮喜欢它的。 |
|---|---|
| 露赛特 | 是的，小姐，你看见了什么你会说的。我也看见了不少事情，虽然你以为我是瞎了眼。 |
| 朱丽亚 | 好了，好了，你还不走吗？〔同下〕 |

## 第三景：同上。安图尼欧家中一室

安图尼欧与潘济诺上。

| 安图尼欧 | 告诉我，潘济诺，我的兄弟拖住你在走廊里谈的是些什么严重的事？ |
|---|---|
| 潘济诺 | 是关于他的侄子普洛蒂阿斯，您的儿子。 |
| 安图尼欧 | 噢，他怎么了？ |
| 潘济诺 | 他很诧异，您为什么让他躲在家里虚度青春，其他默默无闻的人家却让他们的子弟出去寻觅前程：有的去从军，在那里试试他们的运气；有的到遥远的地方去发现海岛；有的到大学去读书。他说您的儿子普洛蒂阿斯对于这些事项全都适宜，要求您不可再让他在家里虚掷光阴，年轻时不外出游历，年老时便要成为一大缺憾。 |
| 安图尼欧 | 这件事也不需要你来求我，这一月来我正在为这事而苦思焦虑。我已经考虑到他的光阴虚度，若不在 |

世上磨炼一番，将来怕不能成为完美的人才。经验
要在劳苦中得来，于时间的磨炼之后才得圆满。那
么你告诉我，我最好把他送到哪里去？

潘济诺　　我想您一定知道，他的朋友年轻的瓦伦坦是在皇帝
的宫中任职[14]。

安图尼欧　我是知道的。

潘济诺　　我觉得您把他送到那里去就很好。他在那里可以练
习矛枪和马上比武，可以听到高尚的谈吐，可以和
贵族们谈话，可以观摩一切适于他的青春和身份的
种种的活动。

安图尼欧　我喜欢你的意见，你的劝告很对。我立刻就去实行，
你可以看出我是如何地赞赏你的主意。我要用最快
的方法把他送到皇宫里去。

潘济诺　　我听说明天阿尔丰梭先生和其他几位有身份的绅士
要朝见皇帝，向他表示忠诚。

安图尼欧　很好的伴侣，普洛蒂阿斯可以和他们一同去。他来
得正是时候——我们可以把消息告诉他。

　　　　　普洛蒂阿斯上。

普洛蒂阿斯　甜蜜的爱情！甜蜜的词句！甜蜜的人生！这是她的
亲笔、她的真心的流露；这是她的爱情的誓约，她的
忠诚的保证。啊！但愿我们的父亲赞成我们的恋爱，
允许我们成其好事！啊，天神般的朱丽亚！

安图尼欧　啊哈！你读的是什么信？

普洛蒂阿斯　启禀父亲，这是瓦伦坦写的一封问候信，他的一位

朋友带来的。

安图尼欧　　把信给我，我看看有什么消息。

普洛蒂阿斯　没有什么消息，父亲。他只是说他过得如何快乐，如何得到皇帝的宠爱，每天都受到皇帝的嘉奖，希望我去和他做伴，分享他的幸运。

安图尼欧　　你对于他的愿望有什么主张呢？

普洛蒂阿斯　我要听从父亲的吩咐，不能依照他的善意的愿望。

安图尼欧　　我的意见和他的愿望正好有些相符。我这样突然决定，你也不必惊慌，因为我所决定的，我就决定去做，再没有第二句话说。我已决定要你和瓦伦坦在皇宫里消磨一些时日。他从亲友们得到多少维持生活的费用，我也照数地拨付给你。明天就准备启程，不必推托，我已下了决心。

普洛蒂阿斯　父亲，这样快，我准备不及，请您延缓一两天吧。

安图尼欧　　注意，你所需要的东西，立刻就会给你送来，不要再拖延，明天你必须动身。来，潘济诺，我要你做点事，帮他快些启程。〔安图尼欧与潘济诺下〕

普洛蒂阿斯　我因为怕烧而躲避火，跳到海里去，反倒被淹死了。我不敢把朱丽亚的信给父亲看，怕他反对我的恋爱，不料他竟利用我的推托之词来阻碍我的恋爱，
啊！青春的恋爱是多么像
阴晴不定的四月天气，
现在是一片阳光灿烂，
一下子被乌云完全遮起！

潘济诺又上。

潘济诺　　　普洛蒂阿斯少爷，你的父亲喊你，他很急，所以，
　　　　　　我请你，快去。

普洛蒂阿斯　是这样的，我很愿意出去游历，但是要回答一千声
　　　　　　"不可以"。〔同下〕


## 注 释

[1] 利安得（Leander），一希腊青年，每夜渡游海来斯庞（即今之鞑靼
海峡）以会见他的爱人希罗（Hero），于一风暴之夜溺毙，希罗亦投海
以殉。诗人 Musaeus（约生于纪元五百年）为诗以纪其事。莎士比亚
是否直接取材于此诗，抑或是取材于玛娄的著作（登记于一五九三年，
延至一五九八年始出版），尚未得定论。

[2] boot 双关语。（一）靴子;（二）Give me not the boots = Don't fool
with me ;（三）在下一行 boot=profit。

[3] 在十六世纪时，由维洛那到米兰确有运河连贯。但是后来瓦伦坦却
是遵陆路而回到维洛那，并且朱丽亚显然是欲步行登程（二幕七景）。
莎士比亚并不注意这些地理上的细节。

[4]"羊"（sheep）与上句之"船"（ship），在英格兰某些中部地区，读
音相似，故云。

[5] 不可解。所谓"角"当然是指"妻不贞则夫生角"而言。

[6] 原文 a laced mutton 即"妓娼"之意。据新剑桥本的解释，所谓

laced 指女人敞胸露肉的胸衣而言，烹禽类时先在其胸部割划亦称 lace，故云。何以一个仆人在主人的朋友面前直称其情人为"妓娟"或"风骚的女人"？何以普洛蒂阿斯不用自己的仆人传书递简？均不可解。

[7] pound，双关语:（一）禁闭，关起来;（二）金币一镑。

[8] pinfold，"畜栏"之意，但拆开为两个字，pin 是"针"，又是"任何无价值的琐细之物"之意，fold 是"圈栏"，又是"加倍"之意。

[9] noddy 是 simpleton "傻瓜"之意，与"点头"nod 加 ay 二字联起来音相似。

[10] kill your stomach，双关语:（一）=wreak your anger 发泄你的怒火;（二）=satisfy your appetite 满足你的食欲。

[11] 这里原文有一连串的双关语。据新剑桥本，如下:

note：（1）i. e. of music,（2）a letter in reply to Proteus.

set：（1）set to music,（2）write.

Burden：（1）load,（2）refrain.

reach so high：（1）it is beyond the compass of my voice,（2）he is too high a rank for me.

tune：（1）correct pitch,（2）temper ; humour.

mean：（1）tenor（possibly Proteus is meant）,（2）Lucatta' s moan.

[12] "light o' love" "薄情女"是当时的流行歌舞曲。（见 *Much Ado*，Ⅲ，Ⅳ）= a fickle woman.

[13] 原文 bib the base 是指一种儿童游戏 prisoner's base 或 prisoners' base 或 prison base 或 prison bars 而言。其玩法据 Deighton 解释如下:

Two bases, in a line with each other, and a certain distance apart, are held, each by one of the two sides engaged in the game. From one of these bases a boy starts to run to a point equidistant from them, and is pursued by another boy from the opposite base. If the first starter cannot reach the point and return to his own base without being caught by the starter from the opposite base, he is sent to prison, a space marked out for the prupose at a certain distance from the bases. It is then the object of the side to which the prisoner belongs to rescue him by sending another boy, who has to reach the prisoner without being himself caught by one of the opposite side. The two sides, A and B, have each a prison; but as the prison belonging to the side A ( in which those of the side B are confined ) is opposite to the base of A and diagonal to the base of B, and vice versa, the would-be rescuer has a greater distance to run than his pursuer, and if he is caught in his endeavour, he too goes to prison. The game continues till all the boys on the one side or the other are caught and sent to prison.

在此处普洛蒂阿斯是 prisoner，露赛特是挑战者，让朱丽亚追她。

[14] 米兰的统治者是"公爵"，但莎士比亚在剧中屡次提到"皇帝"，此"皇帝"实即"公爵"之别称。查理士五世（在位期间 1519-1556）曾屡次驻跸米兰，米兰有皇帝同时亦有公爵，亦属可能。

# 第 二 幕

## 第一景：米兰。公爵宫内一室

瓦伦坦与斯皮德上。

斯皮德　　　少爷，你的手套。〔递过手套〕

瓦伦坦　　　不是我的，我的手套我戴着呢。

斯皮德　　　噫，那么这也许是您的了，因为这正好是一只[1]。

瓦伦坦　　　让我看看，是的，给我吧，是我的。

　　　　　　是给天仙做装饰的可爱的小东西！

　　　　　　啊，西尔维亚！西尔维亚！

斯皮德　　　〔喊叫〕西尔维亚小姐！西尔维亚小姐！

瓦伦坦　　　怎么啦，你这家伙？

斯皮德　　　她不在附近，少爷。

瓦伦坦　　　唉，谁让你喊她的？

斯皮德　　　　是您呀，少爷，否则是我误会了。

瓦伦坦　　　　唉，你总是太莽撞。

斯皮德　　　　可是上一回您又骂我太迟缓哩。

瓦伦坦　　　　好了，小子。告诉我，你认识西尔维亚小姐吗？

斯皮德　　　　您所爱恋的那一位吗？

瓦伦坦　　　　噫，你怎么知道我在恋爱？

斯皮德　　　　老实说，根据这些特殊的现象：第一，您像普洛蒂阿
　　　　　　　斯少爷一样，学会了两臂交叉，有如一个失意的人；
　　　　　　　爱唱情歌，像一只知更鸟似的；独自行走，好像是一
　　　　　　　个害瘟疫的人；唉声叹息的，像是一个学童遗失了他
　　　　　　　的教科书；哭哭啼啼的，像是一个小姑娘刚葬了她的
　　　　　　　老祖母；不思饮食，好像是一个节食的人；夜里睡不
　　　　　　　着觉，好像是怕盗贼；说起话来带着哭调，像是叫花
　　　　　　　子到了万圣节 [2]。您从前笑起来有如鸡啼；走起路来
　　　　　　　像那群狮子中间的一头 [3]；您不思饮食的时候，那
　　　　　　　是在刚刚吃过饭之后；您面带愁容的时候，那是因为
　　　　　　　缺乏钱财。现在您有了情人便完全变了，我看着您
　　　　　　　几乎不敢认您是我的主人了。

瓦伦坦　　　　你在我身上看出这一切了吗？

斯皮德　　　　这一切从您的外表上都可看得出来。

瓦伦坦　　　　看得我本身不在此地？那是绝对看不出来的 [4]。

斯皮德　　　　您本身不在此地？哼，那当然是看不出来的，因为，
　　　　　　　如果您不是这样痴癫，没有人能看得出来，但是您
　　　　　　　痴癫到外表上来了，这痴癫从您内心向外透露，好
　　　　　　　像是玻璃尿瓶里的尿，任何人一眼看到，便可像医

生一般判断出您的病症。

| | |
|---|---|
| 瓦伦坦 | 你告诉我，你可认识我的小姐西尔维亚？ |
| 斯皮德 | 她吃晚饭的时候您盯着看的那一位？ |
| 瓦伦坦 | 那你也看到了？我说的正是她。 |
| 斯皮德 | 啊，少爷，我不认识她。 |
| 瓦伦坦 | 你知道我盯着看的是她，而你不认识她？ |
| 斯皮德 | 她的相貌不是很丑吗，少爷？ |
| 瓦伦坦 | 她的颜色不算是怎样美。 |
| 斯皮德 | 少爷，这我是知道的。 |
| 瓦伦坦 | 你知道什么？ |
| 斯皮德 | 她的漂亮不值得受您的宠爱。 |
| 瓦伦坦 | 我的意思是说，她的相貌固然很美，她的娇媚尤为不可限量。 |
| 斯皮德 | 那是因为前者经过涂饰，后者是无法计算。 |
| 瓦伦坦 | 怎么涂饰过？怎么无法计算？ |
| 斯皮德 | 噫，少爷，她涂饰了太多的脂粉为的是显着漂亮，可是没有人注意到她的美了。 |
| 瓦伦坦 | 你以为我不算为一个人？我就觉得她美。 |
| 斯皮德 | 自从她化妆之后您不曾看见过她的真面目。 |
| 瓦伦坦 | 她化妆多久了？ |
| 斯皮德 | 自从您爱上她之后。 |
| 瓦伦坦 | 我自从看见她之后我就爱上了她，我现在还是觉得她美。 |
| 斯皮德 | 如果您爱上了她您就看不见她。 |
| 瓦伦坦 | 为什么？ |
| 斯皮德 | 因为爱情是盲目的。啊！愿您能有我的眼睛，或者您 |

自己的眼睛还能保有您从前责骂普洛蒂阿斯出门不系袜带时的那种眼力[5]。

瓦伦坦　那么要我看什么呢?

斯皮德　看看您自己的愚蠢和她的出奇的丑陋,因为他,为了恋爱,忘了系上袜带,而您呢,为了恋爱,连裤子都忘记穿上了。

瓦伦坦　孩子,可能你也是在闹恋爱,因为今天早晨你忘了揩我的鞋子。

斯皮德　不错,少爷,我是在和我的床闹恋爱。我感谢您,您为了我的恋爱而揍了我一顿,使得我格外有胆量来责备您的闹恋爱。

瓦伦坦　总而言之,我还是一直地爱她。

斯皮德　我希望您坐下来,爱情就会终止了。

瓦伦坦　昨天晚上她命令我写几行诗给她所爱的一个人。

斯皮德　您就写了。

瓦伦坦　我写了。

斯皮德　是不是写得很蹩脚?

瓦伦坦　不,孩子,我是尽量好好地写的。住声!她来了。

西尔维亚上。

斯皮德　〔旁白〕啊,好会装模作样!啊,好一个傀儡人!现在他要为她开口说话了。

瓦伦坦　小姐,女主人,一千个早安。

斯皮德　〔旁白〕愿上帝给你们晚安,这里有一百万个客套。

西尔维亚　瓦伦坦先生,仆人[6],我向你说两千个早安。

| | |
|---|---|
| 斯皮德 | 〔旁白〕他应该给她出利息，她反倒给他出了。 |
| 瓦伦坦 | 按照您的吩咐，我已给您那位隐名的朋友写好了一封信，若不是为了给小姐效劳，这件事我是很不情愿做的。〔交信〕 |
| 西尔维亚 | 我谢谢您，多礼的仆人。写得很漂亮。 |
| 瓦伦坦 | 您听我说，小姐，这封信很难写，因为不知道是写给谁的，只能随便写写，含含糊糊。 |
| 西尔维亚 | 费这么大力气，你也许觉得不值吧？ |
| 瓦伦坦 | 不，小姐，只消对您有用，我就愿意写，您尽管吩咐，一千封也无妨。不过—— |
| 西尔维亚 | 停顿得好！好，我猜猜下面的话，不过我不愿意说出来；不过我也不想说；不过你把这个拿回去吧；不过我还是谢谢你，我的意思是以后不再麻烦你。 |
| 斯皮德 | 〔旁白〕不过你还是会麻烦他的，不过你还是会一而再地麻烦他哩！ |
| 瓦伦坦 | 小姐你这是什么意思？你不喜欢它？ |
| 西尔维亚 | 喜欢，喜欢，这些句子写得很巧妙，不过你既不是情愿写的，你就拿回去吧。不，拿去吧。〔交还信〕 |
| 瓦伦坦 | 小姐，这是为你写的。 |
| 西尔维亚 | 是的，你是应我的请求而写的，但是我不想要它了，给了你吧。我愿这封信能写得再动人些。 |
| 瓦伦坦 | 如果您愿意，我再给您写过一封便是。 |
| 西尔维亚 | 你写好之后，为我读一遍，如果你觉得满意，便罢；如果不满意，也罢。 |
| 瓦伦坦 | 小姐，如果满意，怎么样？ |

| 西尔维亚 | 唉，如果你觉得满意，你便拿了去作为你的报酬。 |
| | 好了再会，仆人。〔下〕 |
| 斯皮德 | 啊，这玩笑开得好不容易看穿，好神秘， |
| | 犹如人脸上的鼻子，教堂顶上的风信旗！ |
| | 我的主人向她求爱，她却教他如何用情， |
| | 他本是她的学生，现在却教他做她的先生。 |
| | 真是妙计！谁听说过更好的妙计， |
| | 我的主人代人作书，竟写信给他自己？ |
| 瓦伦坦 | 怎么啦，伙计！你自言自语地讲些什么道理？ |
| 斯皮德 | 啊，我在作诗，您才算是善于讲理。 |
| 瓦伦坦 | 讲理做什么？ |
| 斯皮德 | 做西尔维亚小姐的代言人。 |
| 瓦伦坦 | 对谁发言？ |
| 斯皮德 | 对您自己。噫，她是用间接的方法向您表示爱情。 |
| 瓦伦坦 | 什么间接方法。 |
| 斯皮德 | 我认为就是靠了那封信。 |
| 瓦伦坦 | 噫，她并未给我写过信呀？ |
| 斯皮德 | 她何必给你写信，她已经使你写信给你自己了呀？ |
| | 怎么，您还没有看出这个玩笑的意义吗？ |
| 瓦伦坦 | 我没有看出，你可以相信我。 |
| 斯皮德 | 当然不能相信您的话。不过您没看出她付的定金吗[7]？ |
| 瓦伦坦 | 她什么也没有给我，除了一顿骂。 |
| 斯皮德 | 唉，她给了你一封信。 |
| 瓦伦坦 | 那是我代她写给她的朋友的信。 |
| 斯皮德 | 她已经把那封信交出去了，没有什么可说的了。 |

| | |
|---|---|
| 瓦伦坦 | 但愿情形如此。 |
| 斯皮德 | 我敢向您担保，就是这么一回事： |

"因为您常写信给她，而她因害羞之故，

或是没有闲暇，所以不能给你答复；

也许怕送信的人揭穿她内心的隐秘，

所以才教她的情人写信给他自己。"

我这一番话的确是一字不苟，因为我发现事实确是
如此。您还出神做什么，少爷？到吃饭的时候了。

瓦伦坦　我已经吃饱了。

斯皮德　是的，但是听我说，少爷，虽然爱情中人像变色蜥
蜴一般靠喝空气过活 [8]，我可是要吃粮食，并且还
喜欢吃肉。啊！不要像您的爱人那样。怜悯我吧，
怜悯我吧 [9]。〔同下〕


# 第二景：维洛那。朱丽亚家中一室


普洛蒂阿斯与朱丽亚上。

普洛蒂阿斯　耐心些，好朱丽亚。

朱丽亚　既然无法可想，我只好忍耐。

普洛蒂阿斯　一遇机缘，我就回来。

朱丽亚　如果你不变心，你会很快地回来，为了你的朱丽亚

　　　　　　　的缘故，收下这个纪念品吧。〔给他一个戒指〕

普洛蒂阿斯　　那么，我们交换一下吧，你拿这个去。〔给她另一
　　　　　　　戒指〕

朱丽亚　　　　我们用神圣的一吻来签订这一笔交易吧。

普洛蒂阿斯　　我举手证明我的忠诚不渝。如果一天当中溜过去一
　　　　　　　小时而我没有为你朱丽亚长吁短叹，紧接着下一个
　　　　　　　小时之内就让一些横灾大祸来惩罚我的薄情吧！我
　　　　　　　的父亲在等着我呢，不用回答我。现在正在涨潮，
　　　　　　　不，不是你的泪潮，那泪潮会使我在此停留过久。
　　　　　　　朱丽亚，再会。〔朱丽亚下〕怎么！一句话不说就走
　　　　　　　了？是的，真爱情是该这样的，它说不出话来，因
　　　　　　　为真情是用行为而不是用言语来表现的。

　　　　　　　潘济诺上。

潘济诺　　　　普洛蒂阿斯少爷，都在等着您哪。

普洛蒂阿斯　　去，我来啦，我来啦。
　　　　　　　唉！离别使得情人们变成了哑巴。〔同下〕

# 第三景：同上。一街道

　　　　　　　朗斯牵狗上。

朗斯　哼，至少有一个钟头了我没有停止哭泣，我们朗斯一家人都有这个毛病。我已经分得了我的一份财产，像浪子一般[10]，要跟着普洛蒂阿斯少爷到宫廷去。我想我的这条狗山查子是一条脾气最坏的狗。我的母亲在堕泪，我的父亲在号咷，我的妹妹在哭泣，我们的女仆在哀号，我们的猫在搓它的爪子，我们全家都乱成一团，而这条狠心的狗没有落一滴泪。他是石头，简直是鹅卵石，他的同情心不比一条狗多，就是一个犹太人看到我们的别离也要哭的。噫，我的祖母，你要注意她是没有眼睛的，可是看到我别离也哭瞎了眼。噢，我把那情形表演给你们看。这一只鞋是我的父亲，不，左边这一只是我的父亲，不，不，左边这一只是我的母亲，不，那也不对。——是的，是这样的，是这样的，这一只鞋底比较更坏些。这只鞋，已经破了一个窟窿，是我的母亲，这一只鞋是我的父亲。该死的！就算是这样吧。喏，先生，这一根棒子是我的妹妹，因为，您要注意，她是白得像一朵百合花，瘦得像一根棍子。这一顶帽子是我们的婢女南。我是狗，不，狗是他自己，我是狗——啊！狗是我，我是我自己。是了，就这样，就这样。现在我过来对我的父亲说："父亲，请你祝福我！"现在这只鞋就该哭得说不出一句话，现在我就该吻我的父亲，哼，他继续哭下去。现在我过来到母亲跟前——啊，但愿她能像是一个哀伤欲狂的女人一般地说几句好话[11]！好，我吻她。唉，

就是这样，这正是我的母亲的喘息声。现在我来到
我的妹妹跟前，听她的呻吟声。现在这条狗一直没
落一滴泪，没说一句话，但是看我洒了多少泪。

潘济诺上。

潘济诺　　朗斯，去吧，去吧，上船去！你的主人已经上了船，
　　　　　你需要驾一只小船追赶上去。怎么回事？你为什么
　　　　　哭，你这个人？去吧，蠢驴！你若是再耽搁，你要
　　　　　赶不上潮水。

朗斯　　　这拴着的东西，就是跑掉，也没有关系[12]。因为它
　　　　　是任何人所能拴住的一条最硬心肠的狗。

潘济诺　　什么叫作最硬心肠的潮水？

朗斯　　　噫，就是拴在这里的我的这条狗，山查子。

潘济诺　　嘘，你这人，我的意思是说你将赶不上潮水；如果赶
　　　　　不上潮水，就不得踏上你的航程；踏不上航程，就失
　　　　　掉你的主人；失掉你的主人，就要失掉你的差事；失
　　　　　掉你的差事，——你为什么堵起我的嘴？

朗斯　　　怕你失掉你的舌头。

潘济诺　　在什么地方我会失掉我的舌头？

朗斯　　　在你的故事里。

潘济诺　　在你的尾巴里[13]！

朗斯　　　失掉潮水、航程、主人、差事、狗！噫，你这人，
　　　　　如果河干了，我可以用眼泪把它灌满；如果风住了，
　　　　　我可以用我的叹气吹动我的船。

潘济诺　　走，走吧，你这人，我是奉派来叫你的。

朗斯　　　先生，你敢叫我什么就叫什么好了。

潘济诺　　　你走不走?

朗斯　　　好，我走。〔同下〕

# 第四景：米兰。公爵宫中一室

瓦伦坦、西尔维亚、图利欧与斯皮德上。

西尔维亚　　仆人!

瓦伦坦　　　女主人?

斯皮德　　　主人，图利欧先生对您怒目而视呢。

瓦伦坦　　　是的，孩子，那是为了爱。

斯皮德　　　不是爱您吧。

瓦伦坦　　　那么就是爱我的情人。

斯皮德　　　您可以揍他一顿。

西尔维亚　　仆人，你不高兴啦。

瓦伦坦　　　是的，小姐，我是不高兴的样子。

图利欧　　　你本来不是而装出是的样子?

瓦伦坦　　　也许我是装出这个样子。

图利欧　　　骗子们都是这样装假。

瓦伦坦　　　你就是这样。

图利欧　　　我假装什么了?

| 瓦伦坦 | 聪明。 |
|---|---|
| 图利欧 | 我有什么不聪明的地方？ |
| 瓦伦坦 | 你的愚蠢。 |
| 图利欧 | 你怎样看出我的愚蠢？ |
| 瓦伦坦 | 我在你上身服装看出来的。 |
| 图利欧 | 我的上身是一件内衣[14]。 |
| 瓦伦坦 | 好，那么，我给你的愚蠢加一倍。 |
| 图利欧 | 怎么？ |
| 西尔维亚 | 什么，生气了，图利欧先生！你的脸都变色了？ |
| 瓦伦坦 | 让他变吧，小姐，他是一种变色蜥蜴。 |
| 图利欧 | 这蜥蜴想喝你的血，并不想吃你的空气。 |
| 瓦伦坦 | 你说得好，先生。 |
| 图利欧 | 是的，先生，而且这一回还做得好。 |
| 瓦伦坦 | 我知道得很清楚，先生，你总是在开始之前就结束。 |
| 西尔维亚 | 先生们，你们的话像连珠炮，射得好快。 |
| 瓦伦坦 | 的确是，小姐，我们感谢指示发射的人[15]。 |
| 西尔维亚 | 那是谁，仆人？ |
| 瓦伦坦 | 你自己，亲爱的小姐，因为是你发令开火的。图利欧先生从你的美貌借得了他的口才，并且就在你面前把借来的东西卖弄一番。 |
| 图利欧 | 先生，如果你想和我卖弄一番口舌，我将使你的口才宣布破产。 |
| 瓦伦坦 | 我知道得很清楚，先生，您有一座收藏语言的宝库，给你的仆从们发饷的时候大概也没有别的东西好给，因为看他们服装褴褛的样子，就可以知道他们是靠 |

你的空话过活。

西尔维亚　别说了，先生们，别说了。我的父亲来了。

公爵上。

公爵　西尔维亚我的女儿，你是紧紧地被包围了。瓦伦坦先生，你的父亲身体很健康，你的朋友们给你来信有这么多好消息，你觉得怎么样？

瓦伦坦　殿下，对于从那里带好消息来的任何使者我都是很感激的。

公爵　你认识你的一位同乡安图尼欧先生吗？

瓦伦坦　是的，好殿下，我知道他是一位很有身份有名望的绅士，而且不是虚有其名。

公爵　他不是有一个儿子吗？

瓦伦坦　是的，好殿下，而且是一个值得他这样的父亲夸耀钟爱的儿子。

公爵　你和他熟吗？

瓦伦坦　我知道他就如同知道我自己一样，因为我们从小就有交往，是在一起长大的，虽然我自己偷懒逃学，没有能好好利用光阴把自己装点成为一个完美的人，可是普洛蒂阿斯先生——这是他的姓名——并没有荒废掉他的大好时光，他年纪虽小，经验却不少，他的头尚未白[16]，见解却很老成。总而言之，我现在所能说的赞美之词远不足以表彰他的美德，他的内心外表都是尽善尽美，一个绅士所应有的优点他无不具备。

公爵　　　　我敢说，先生，如果他是真的这样好，他可以做一位皇后的情人，也可以做一位皇帝的近臣了。先生，这位绅士正在由好几位有权势的人物推荐到我这里来，他打算在这里盘桓一阵，我想这不是你不欢喜听的消息吧。

瓦伦坦　　　如果我有所盼望，我盼望的就是他。

公爵　　　　那么准备着好好地欢迎他吧。西尔维亚，我有话对你说，还有你，图利欧先生，至于瓦伦坦，我是无需催促他的。我就去请他来见你。〔下〕

瓦伦坦　　　这就是我曾对你提起过的那位绅士，他本想和我一起来，无奈他的情人把他的眼睛锁在她的水晶一般眼光里面了[17]。

西尔维亚　　也许现在她已经释放了他的一对眼睛，因为接受了别种的效忠的担保品。

瓦伦坦　　　不见得，我认为她一定是还扣留着他的一对眼睛。

西尔维亚　　那么他就该是瞎子了，既然瞎，他又如何能看见路途来找你呢？

瓦伦坦　　　噫，小姐，爱情有好多对眼睛。

图利欧　　　据说爱情一只眼睛都没有。

瓦伦坦　　　没有眼睛来看你这样的情人，图利欧，面临一个其貌不扬的对象爱情是会闭上眼睛的。

西尔维亚　　别说了，别说了。这位先生来了。

普洛蒂阿斯上。

瓦伦坦　　　欢迎，亲爱的普洛蒂阿斯！主人，我求您，用一些特别的恩宠来表示对他的欢迎。

西尔维亚　如果这一位就是你时常盼望得到消息的人，他的本身的优点就是在此受欢迎的保证。

瓦伦坦　主人，就是他，亲爱的小姐，请雇用他来和我一同做您的仆人吧。

西尔维亚　这样寒酸的主人可雇不起这样高贵的仆人。

普洛蒂阿斯　不是这样的，亲爱的小姐，是太卑微的一个仆人，不值一位这样高贵的主人一顾。

瓦伦坦　不要说谦虚的话了。亲爱的小姐，收留他做你的仆人吧。

普洛蒂阿斯　能伺候您，是我唯一值得自傲的事。

西尔维亚　善尽职责是不会没有报酬的。仆人，欢迎你来投奔一个寒酸的主人。

普洛蒂阿斯　除您自己以外，谁说这样的话我就和谁拼命。

西尔维亚　说欢迎你?

普洛蒂阿斯　说你寒酸。

　　　　　一仆上。

仆　小姐，我的主上您的父亲要和您讲话。

西尔维亚　我就去伺候。〔仆下〕来，图利欧先生，和我一同去。再说一遍，新仆人，欢迎，我让你们在这里谈谈家乡事，等你们谈完之后，希望你们来见我们。

普洛蒂阿斯　我们都会前去伺候您。〔西尔维亚、图利欧、斯皮德下〕

瓦伦坦　现在告诉我，家乡大家都好吗?

普洛蒂阿斯　　你的亲友们都好，都要我好好地问候你。

瓦伦坦　　　　你的亲友们呢?

普洛蒂阿斯　　我动身时他们也都好。

瓦伦坦　　　　你的爱人好吗，你的恋爱发展得可顺利吗?

普洛蒂阿斯　　我的恋爱故事一向使你厌烦，我知道你不欢喜儿女
　　　　　　　私情的事。

瓦伦坦　　　　是的，普洛蒂阿斯，但是现在生活变了，我对于以
　　　　　　　前之轻蔑爱情，现已忏悔。爱情的威力无比的烦恼
　　　　　　　已经惩罚了我，使我苦不思食，悔恨呻吟，夜里落
　　　　　　　泪，白昼伤心叹气，因为，为了报复我以往之轻视
　　　　　　　爱情，爱情已经从我的被奴役的眼睛里赶走了睡眠，
　　　　　　　让我瞪着两眼望着我自己心里的悲哀。啊，亲爱的
　　　　　　　普洛蒂阿斯!爱情是一位强有力的君主，已经像我
　　　　　　　所承认的那样制服了我，受他的惩罚乃是最大的苦
　　　　　　　痛，为他服务乃是世间最大的快乐。现在什么话我
　　　　　　　都不喜欢听，除非是有关爱情的。现在只消一提起
　　　　　　　爱情，我便可以开怀吃饭，安然入睡。

普洛蒂阿斯　　够了，我从你的眼睛里可以看出你的命运。你如此
　　　　　　　崇拜的偶像就是这一位吗?

瓦伦坦　　　　就是她。她不是天上的神仙吗?

普洛蒂阿斯　　不，她是人间的尤物。

瓦伦坦　　　　说她是神圣也不为过。

普洛蒂阿斯　　我不要奉承她。

瓦伦坦　　　　啊，奉承我，因为情人是爱听赞美的话。

普洛蒂阿斯　　我生病的时候你给我苦药吃，我也要同样地对待你。

| | |
|---|---|
| 瓦伦坦 | 那么就按她实在情形来说吧，纵然不算神圣，总要承认她是一位高级的天使[18]，君临世间一切生灵。 |
| 普洛蒂阿斯 | 除了我的爱人以外。 |
| 瓦伦坦 | 朋友，谁也不能除外，除非你是有意挑剔我的爱人。 |
| 普洛蒂阿斯 | 我格外推崇我的爱人难道没有道理吗？ |
| 瓦伦坦 | 我也愿意帮助你抬举她[19]。她可以得到这一项殊荣，让她给我的爱人牵长裙，免得卑贱的泥土偷吻她的裙裾，从此得意忘形，不肯再滋长夏日盛开的花朵，使得荒寒的冬季永无尽期。 |
| 普洛蒂阿斯 | 噫，瓦伦坦，这是什么夸张之辞？ |
| 瓦伦坦 | 对不起，普洛蒂阿斯，我所能做的事和她本身比起来是不足道的，而她的优点使得其他的优秀人儿又显得是不足道。她是独一无二的。 |
| 普洛蒂阿斯 | 那么就不要理她。 |
| 瓦伦坦 | 绝不可以，噫，你这个人，她是属于我的，我有这样的一个宝贝，可以说是富敌二十个大海，纵然沙全是珍珠，水是琼浆，岩石是纯金。请原谅我不曾在梦寐中想念你，因为你看得出来我是一心地眷念着我的爱人。我的愚蠢的情敌，她的父亲只为了他的财产雄厚而喜欢他，和她一同出去了，我必须去追，因为你是晓得的，爱情是充满了嫉妒的。 |
| 普洛蒂阿斯 | 但是她爱你吗？ |
| 瓦伦坦 | 是的，我们已经订婚了。不仅如此，我们结婚的时间，以及我们私奔的一切巧妙安排，都已经决定了，我将怎样用一个绳梯爬上她的窗户，以及一切为我 |

的幸福而设计的方法都已经商量妥当。好普洛蒂阿斯，和我到我的房间去，在这些事情上帮我出出主意。

普洛蒂阿斯 你先去吧，我会打听出你的住处。我一定要到港口去，从船上取下一些必需品，然后我就去找你。

瓦伦坦 你要赶快一些啊。

普洛蒂阿斯 我会的。〔瓦伦坦下〕恰似一团火可以排除另外一团火[20]，一颗钉可以挤出另外一颗钉，一个新的对象使我完全忘了我的以前的爱人。究竟是我的眼睛，还是瓦伦坦的赞美，是她的真正的十全十美，还是我见异思迁的罪过，使得我毫无道理的这样想法？她是美，我所爱的朱丽亚也美，不过那是我以前所爱过的，现在我的爱已经融化了，恰似蜡像烤火，原来的面目全非了。我觉得我对于瓦伦坦的热情冷了，不像从前那样喜欢他了。啊！我太爱他的这位小姐了，所以就不怎么喜欢他。现在糊里糊涂地就开始爱她，将来相知较深的时候又该怎样为她倾倒呢？我现在所见的只是她的形貌，我的理性的光芒已经为之眩惑，如果看到她的优美的性格，我一定会要成为盲目。

我要尽力克制这一段荒唐的爱，

否则我就要设法把她夺了过来。〔下〕

# 第五景：同上。一街道

斯皮德与朗斯上。

斯皮德　　朗斯！说真心话，我欢迎你到米兰来！

朗斯　　　你不要发伪誓，好孩子，我是不受欢迎的。我一向
　　　　　认为，一个人要在吊死之后才能算是毕命，同样的
　　　　　一个地方不算是受欢迎，除非有人付过酒账，老板
　　　　　娘说一声"欢迎"！

斯皮德　　好啦，你这疯子，我立刻就带你上酒店，到那里捐
　　　　　献五便士你就可以有五千声欢迎。但是，伙计，你
　　　　　的主人是怎样和朱丽亚小姐分别的？

朗斯　　　真是的，他们认真地谈判一番之后，说说笑笑地就
　　　　　分手了。

斯皮德　　但是她要嫁给他吗？

朗斯　　　不。

斯皮德　　那是怎么一回事？他要娶她吗？

朗斯　　　也不。

斯皮德　　怎么，他们破裂了？

朗斯　　　没有，他们都是完完整整的，像一条鱼似的。

斯皮德　　那么他们到底是怎么回事呢？

朗斯　　　唉，是这样的，他那一方面若是没有问题，她也就
　　　　　没有问题[21]。

斯皮德　　你真是一头蠢驴！我不了解你的意思。

朗斯　　　你真是一个笨货，你不能了解！我的这根棍子都能

了解我。

斯皮德　　了解你说的话?

朗斯　　　是的，还了解我做的事呢，你看，我只消这么一弯身，我的棍子就了解我啦。

斯皮德　　它确是在你下面挺立着。

朗斯　　　在下面挺立着和了解就是一回事呀。

斯皮德　　老实告诉我，这婚姻能不能成?

朗斯　　　问我的狗，如果它说是，那就能成；如果它说不，那就能成；如果它摇摇尾巴什么都不说，那就能成。

斯皮德　　那么结果是，婚姻能成。

朗斯　　　除了用寓言之外你不能从我门里得到这一项秘密。

斯皮德　　这样能得到也就罢了。但是，朗斯，我的主人也变成了一个大情人，你觉得怎样?

朗斯　　　我从来不知道除了那个之外还能成为什么。

斯皮德　　除了什么之外?

朗斯　　　大笨蛋，你刚才说的他是大笨蛋。

斯皮德　　噫，你这婊子养的蠢驴，你误会我的意思了。

朗斯　　　唉，傻瓜，我说的不是你，我是说你的主人。

斯皮德　　我告诉你，我的主人变成了一个热烈的情人。

朗斯　　　唉，我告诉你，他就是在爱情里烧死，我也不管。如果你肯陪我到酒店去，最好，否则，你是一个希伯来人，一个犹太人，不配称为基督徒。

斯皮德　　为什么?

朗斯　　　因为你没有诚意陪一个基督徒去吃一杯酒[22]。你去不去?

斯皮德　　　奉陪就是。〔同下〕


# 第六景：同上。公爵宫中一室


普洛蒂阿斯上。

普洛蒂阿斯　抛弃我的朱丽亚，我就要背誓，爱美貌的西尔维亚，我就要背誓，欺骗我的朋友，我就要大大地背誓，可是当初使我发誓的那股力量却在鼓动我去做这三重背誓的行为，爱情使我发誓，爱情又使我背誓。啊，美妙而又富于诱惑力的爱情！如果你已经犯下了诱惑的罪，我是你的被诱惑的属下，请你教我如何为自己辩解吧。当初我是爱慕一颗灿烂的星，现在我是膜拜天上的太阳。漫不经心的誓约可以小心谨慎地打破，一个人没有决心指点他的理性去把坏的换个好的，他就是缺乏理性。呸，呸，不敬的舌头！你说她坏，而你曾经发过千千万万遍的出自内心的誓言甘愿拜倒在她的权威之下。我不能停止爱，而我确是停止爱了，不过我是在真正该爱的场合而停止爱的。我失去朱丽亚，我失去瓦伦坦。如果我保留他们，我一定要失去我自己；如果我失去他们，我便可由于失去瓦伦坦而找到我自己，由于失去朱丽亚而找到西尔维亚。我对于我自己总比对一个朋友要亲近些，因为爱情总是要由本人来体验才最可宝贵。西尔维亚，上天可以作证，因为她是丽质天生！使得朱丽亚像是一个非洲的黑女人了。我愿忘记朱丽亚还活在人间，只记着我对她的爱已经死去，我要把瓦伦坦认作敌人，认定西尔维亚是一个更可爱的友人。我现在若不对瓦伦坦施展阴谋，便无以表明我是忠于我自己。今天夜晚他打算用绳梯爬上天仙般的西尔维亚的闺房的窗口，他把我当作心腹，让我参与机密。现在我就把他们化装私奔的计划通知她的父亲，他一怒之下必定要把瓦伦坦驱逐出境，因为他本打算让图利欧娶他的女儿，但是等到瓦伦坦一走，我很快地就要利用狡计来妨碍那迟钝的图利欧之蠢笨的进行。

爱神，你既给我聪明定下这条妙计。

再借给我翅膀让我迅速地达到目的！〔下〕

## 第七景： 维洛那。朱丽亚家中一室

朱丽亚与露赛特上。

朱丽亚　　　出个主意，露赛特，好姑娘，帮帮我。你是一块象

牙板，我的思想都清清楚楚地写在上面刻在上面，
因为你爱我，我请求你指点我，有什么方法我可以
不失体面地启程到我的亲爱的普洛蒂阿斯那里去。

露赛特　哎呀！这条路是又难走又长。

朱丽亚　一个真心诚意的香客迈着孱弱的脚步去长途跋涉是
不会疲倦的，何况她有爱神的翅膀可以飞翔，而且
是飞到像普洛蒂阿斯先生那样可爱那样完美的一个
人身边去，更不会疲倦了。

露赛特　最好是忍耐一下，等普洛蒂阿斯回来。

朱丽亚　啊！你不知道他的眉来眼去就是我的灵魂的食粮？
我期望这食粮这样久了，已经憔悴不堪，你怜悯我
这饥饿状态吧。只要你能了解恋爱在心里的滋味，
你就会明白用语言扑灭爱情之火，无异于用雪来
点火。

露赛特　我并不要扑灭你的爱情的烈火，只是要控制那烈火
的狂炽，否则它要燃烧得超过理性的界限。

朱丽亚　你越堵塞它，它燃烧得越厉害。你要晓得，那汩汩
而流的小河，一旦被堵塞住，就会激进横流，如果
畅流无阻，就会在圆滑的石子上面奏出美妙的乐声，
一路上遇到每一根芦苇都会轻吻一下，这样以愉快
的心情蜿蜒游荡，经过无数曲折，流入了大海。所
以就让我去吧，别阻拦我。我会像一条小河似的那
么安详，像游戏一般迈起每一疲乏的脚步，直到最
后一步把我送到我的爱人身边。我就在那里停住，
恰似一个幸运的灵魂于千辛万苦之后抵达了天堂。

| | |
|---|---|
| 露赛特 | 但是你在路上穿什么样的服装呢? |
| 朱丽亚 | 不能像是一个女人,因为我要避免遭受轻薄男性的调戏。好露赛特,给我准备一套服装,合于一个良家的小童的模样。 |
| 露赛特 | 那么,哎,您必须把头发剪掉。 |
| 朱丽亚 | 不,姑娘,我用丝线把它扎起来,结成许多许多奇妙的同心结。打扮得奇怪一些也许可以使得我显着年纪更大一些。 |
| 露赛特 | 你的裤子要什么样的呢,小姐? |
| 朱丽亚 | 你等于是说"请告诉我,老爷,您的裙子周围要多大?"噫,你爱做什么式样都可以,露赛特。 |
| 露赛特 | 你的裤子中间必须有凸起的大裤裆,小姐。 |
| 朱丽亚 | 胡说,胡说,露赛特!那太丑了。 |
| 露赛特 | 肥腿短裤,小姐,现在是一文不值。除非裤裆中间凸出的部分特别大,可以在上面插针。 |
| 朱丽亚 | 露赛特,你既爱我,你认为怎样合适怎么好看就怎样给我准备吧。但是告诉我,姑娘,我这样放肆地出去走动,人们将要怎样议论我呢?我恐怕要招人耻笑。 |
| 露赛特 | 如果你这样想,就留在家里,别去。 |
| 朱丽亚 | 不,那我不肯。 |
| 露赛特 | 那么就不要想到耻辱,就去。如果普洛蒂阿斯看到你来而欢喜,不必管谁看到你去而不欢喜。我怕的是,他也未必欢喜。 |
| 朱丽亚 | 这一点,露赛特,我最不担心,他的誓言成千,眼 |

泪如海，无限情爱的证明，都担保我会受普洛蒂阿斯欢迎的。

露赛特 这一切都是虚伪的男人们的手段。

朱丽亚 使用这种手段以达到这样卑鄙目的的男人们，是卑鄙的人。普洛蒂阿斯是生来就有较忠实的禀赋，他的话就是契约，他的誓就是神谕，他的爱情诚悬，他的思想纯洁，他的眼泪是从他心里派出来的真诚的使者，他的心和欺骗有如霄壤之别。

露赛特 但愿你到他那里的时候他是这样！

朱丽亚 好了，你是爱我的，你就不要冤枉他，怀疑他的真诚。你要爱他，才能得到我的爱，立刻陪我到我的房里去，注意一下我在踏上这段满怀热情的旅途时还需要一些什么东西。我所有的一切都交给你了，我的东西、我的土地、我的名誉。我要你做的就是，赶快打发我上路。来，不要答话，立刻就去做！我拖延得不耐烦了。〔同下〕

## 注 释

[1] 原文 my gloves are on 与 this is but one 两句中之 on 与 one 二字在十六世纪时读音相似，皆读若 own，故构成双关语，中文无法译出。

[2] 万圣节（Hallowmas）在十一月一日，翌日为万灵节，在此期间乞丐沿户乞讨，代为施者死去的亲友们祈祷以为报酬。

[3] 不说"一头狮子"（a lion），而说"那群狮子中间的一头"（one of the lions），可能莎士比亚心目中特有所指，可能是指关在伦敦塔堡里的狮子，也可能是指剧院中悬挂的皇家旗帜上的狮子。

[4] 原文 without ye 为双关语：（一）在你的外表上；（二）在我不在的时候。

[5] "出门不系袜带"是男人陷入情网时所表现的衣冠不整狼狈憔悴的现象之一。

[6] 向爱慕中的女人效劳者，是为"仆人"（servant）。

[7] earnest 双关语：（一）定金；（二）诚意的。

[8] chameleon，变色蜥蜴，又名石龙子，据说不吃东西，喝空气即能生存。

[9] 原文"O! be not like your mistress : be moved, be moved"，据 Malone 解释为"Have compassion on me, though your mistress has none on you"。

[10] 原文 prodigious 是 prodigal 一字的误用，proportion 是 portion 一字的误用。浪子的故事，见《路加福音》十五章十二至卅二节。

[11] 原文 a wood woman，按对折本原作 a would woman，是 Theobald 改为 wood，近代本多从之。（wood = mad）Pope 改作 ould，新剑桥本又提出意见，谓可能是 wold woman，= a country woman。同时亦可能有双关义，鞋是木制的，而鞋代表母亲，故云。

[12] "这拴着的东西"（the tied）指狗而言，tied 与 tide（潮水）同音，意双关。

[13] tale（故事）与 tail（尾巴）同音，双关语。

[14] 内衣（doublet）是宽松的上衣，jerkin 是穿在 doublet 之外的长夹克，亦可代替 doublet，但 doublet 不可代替 jerkin。

[15] 原文 giver 据新剑桥本注是 direction-giver, one who directs an

archer's aim（指示弓箭手瞄准者），是也。Deighton 解为"施舍者"，恐误。

[16] 原文 His head unmellowed 据耶鲁本注为 untinged with grey。

[17] 可能指一种迷信，以为人的灵魂可以被锁禁在水晶球内而听任摆布。（耶鲁本注。）

[18] 天使分九级，principality 是第七级。

[19] 原文 prefer 是双关语:（一）推崇，认为更好;（二）抬举，使获更高荣誉。

[20] 耶鲁本注: 显然是指以前一种习惯，用火灸身上被烧部分，以为外面的火可以排出灼伤处之内在的火。

[21] 原文"when it stands well with him"，其中 stand 可能是双关语，有猥亵之含义。

[22] 此处所指喝酒，可能暗指"Church-ale"，即乡村所常举行的一种酒会，卖酒以为教堂筹款。

# 第 三 幕

## 第一景：米兰。公爵府中接待室

公爵、图利欧与普洛蒂阿斯上。

公爵　　　图利欧先生，请回避一下，我们有一点私事要谈。
〔图利欧下〕告诉我吧，普洛蒂阿斯，你有什么话要
对我说？

普洛蒂阿斯　大人，我所要宣示的正是朋友之道所要我隐密的，
可是想起不才如我，多蒙大人恩典，我的责任心教
我不能不说，否则任何人间财富不能诱使我开口。
大人，您要知道，瓦伦坦先生，我的朋友，今晚预
备拐走您的女儿，我自己是参与机密的一个。我知
道您已决心把她嫁给图利欧，而您的女儿是厌恶他
的。如果她就这样地被拐走，对您这样年纪的人必

　　　　　是很大的烦恼。所以，为了我的责任，我宁可破坏
　　　　　我的朋友的计划，我也不肯为了隐瞒而把这悲苦的
　　　　　担子放在您的头上，您猝不及防，可能把您压倒，
　　　　　使您提前进了坟墓。

公爵　　　普洛蒂阿斯，我感谢你的忠心关照，为报答你起见，
　　　　　我有生之年任凭你吩咐便是。他们这一段相恋，我
　　　　　自己也常常发现，也许他们还以为我在熟睡，我也
　　　　　常想禁止瓦伦坦和她来往，不许他进宫来，但是又
　　　　　怕我的猜疑的错误，诬赖了好人，这种鲁莽的行为
　　　　　我一向是要避免的，我仍旧待之以礼，借此可以发
　　　　　现你方才对我所泄露的事情，你可以看出我对这件
　　　　　事是如何地焦虑，我知道青春是容易受诱惑的，我
　　　　　每晚令她睡在上面楼阁里，我自己拿着钥匙，她就
　　　　　无法被劫走了。

普洛蒂阿斯　大人，您要晓得，他们已经想出了法子，如何爬上
　　　　　她的寝室窗口，用绳梯把她接下来，这年轻的情人
　　　　　已经取绳梯去了，立刻就要来到。如果您愿意，您
　　　　　可以去拦住他。但是，大人，您要做得很巧妙，不
　　　　　要教他猜到是我所泄露，因为是我对您的爱，不是
　　　　　我对我的朋友的恨，促使我宣布这个阴谋。

公爵　　　我以名誉为誓，决不让他知道我从你得到任何消息。

普洛蒂阿斯　再会了，大人，瓦伦坦先生来了。〔下〕

　　　　　瓦伦坦上。

公爵　　　瓦伦坦先生，这样匆匆到哪里去?

瓦伦坦　　启禀大人，有一个信差等着把我的几封信送给我的几位朋友，我现在把信件去交给他。

公爵　　　是很重要的信吗？

瓦伦坦　　信里只是说我很健康，在您宫中我很愉快。

公爵　　　那么就没有什么重要，在我这里停留片刻。我要告诉你一件对我非常紧要的事，你可要守秘密。我想把我的女儿许配给我的朋友图利欧先生，这事你不是不知道的。

瓦伦坦　　我知道得很清楚，大人，当然，这场婚事一定是辉煌体面的了，何况，这位先生有的是德行、财产、才干，配得上您的美丽的女儿。您不能让您的女儿喜欢他吗？

公爵　　　不，我没有办法。她执拗，脾气坏，倔强，骄傲，不服从，顽梗，不孝顺，既不以我的孩子自居，又不把我当作她的父亲而表示敬畏。我可以这样对你说，我考虑一番之后，她的这种傲慢已经把我对她的爱夺走了，我本想我的余年可以由她承欢尽孝，现在我决定再行续娶，谁要她我就把她送给谁，让她的美貌作为她的妆奁，因为她不重视我和我的财产。

瓦伦坦　　大人要我在这件事上做些什么呢？

公爵　　　有一位维洛那的小姐，我很爱她，但是她很固执娇羞，不理会我这老年人的一套言词，所以我现在要请教于你，因为我久已忘记如何求婚了，并且现在时代也不同了，要你告诉我应该怎样进行才可以获得她的青睐。

瓦伦坦　　如果她不重视言词，用礼物来打动她，

不声不响的无言的珠宝，

对女人的心常有比语言更大更快的功效。

公爵　　　可是她看不起我送给她的一件东西。

瓦伦坦　　女人对最称心的东西常表示看不起。

再送一件给她，不要把她放弃，

因为最初的轻蔑会导致后来的爱意。

如果她皱眉，那不是对你生厌，

是要你心中生出更多的爱恋；

如果她骂，那不是教你离去，

因为傻子都会发狂，如果没有伴侣。

无论她说什么，你不可向后转；

因为她不是要你走，虽然她说"滚你的蛋！"。

恭维她们，称赞她们，颂扬她们的美；

说她们貌若天仙，虽然是丑得像鬼。

仅仅有一根舌头的男人算不得是男人，

如果他不能用他的舌头赢得女人的心。

公爵　　　但是我说的这位小姐，已被她的父母许配给一位很
有身份的青年绅士，已严加防范，任何男人在白昼
无法接近她。

瓦伦坦　　那么，我就在夜晚去接近她。

公爵　　　是的，但是门上了锁，钥匙藏了起来，没有男人能
在夜晚会见她。

瓦伦坦　　从她的窗口进去又有何妨？

| | |
|---|---|
| 公爵 | 她的寝室很高，离地面颇有距离，建筑得十分陡峭，爬上去不能不冒生命的危险。 |
| 瓦伦坦 | 那么，一副绳制的便梯，装上一对锚，抛了上去，就可以帮助爬上另一位希罗的闺阁，只消能像利安得那样勇敢地去冒险[1]。 |
| 公爵 | 你是出身高贵的人，老实告诉我，在什么地方我可以得到这样的一个梯子？ |
| 瓦伦坦 | 您什么时候用？请您告诉我。 |
| 公爵 | 就在今夜，因为爱情像是个孩子，想要的东西恨不得立刻到手。 |
| 瓦伦坦 | 到七点钟的时候我给您弄这样的一个梯子来。 |
| 公爵 | 但是你听我说，我要单独去见她，我最好怎样把梯子带过去呢？ |
| 瓦伦坦 | 那是很轻的，大人，您可以把它放在长袍底下带着。 |
| 公爵 | 像你那样长的袍子就可以了吧？ |
| 瓦伦坦 | 是的，大人。 |
| 公爵 | 那么让我来看看你的袍子，我要做一件像这一般长的袍子。 |
| 瓦伦坦 | 噫，任何袍子都可以，大人。 |
| 公爵 | 我怎样穿一件长袍呢？让我穿一穿你的袍子试试看。〔扯开瓦伦坦的长袍〕这是一封什么信？这里写的什么？"致西尔维亚！"这里还有我所需要的家伙！我这回可要放肆打开这封信看看。我的心思夜夜和我的西尔维亚住在一起； |

它们是我的奴仆，我教它们飞翔。

啊！愿它们的主人也一样轻便地来来去去，

住在它们毫无知觉地躺着的地方[2]！

我的心思住进了你的纯洁的胸怀；

我是它们的君王，我派它们去到那里，

却要诅咒它们所受到的款待，

因为我自己没有我的奴仆之幸运的遭遇。

我诅咒我自己，因为它们是我所派遣，

它们竟占据了它们主人想要占的地盘。

这又是什么？

西尔维亚，今夜我要来解救你。

原来如此，这里还有备好的梯子。哼，费哀赞[3]——因为你不过是密洛普斯的那个傻儿子——你想驾着天车横冲直撞地烧毁世界吗？星光照着你，你就想去摘星？滚，下贱的冒失鬼！狂妄的奴才！把你那一副诏笑送给你同等身份的人吧，你现在安然走开，那是由于我的宽容，并非是你分所应得。我给你的恩宠太多了，只这一项最值得你感谢。但是如果你再在我的领土内逗留，不赶快摒挡离开我的王宫，老天作证！我的震怒将远超过我以往对我女儿和对你自己的爱。走开吧！我不要听你无益的辩词，你若爱惜你的性命，赶快离开这里。〔下〕

瓦伦坦　活着受罪，何不一死了之？死就是离开我自己，西尔维亚就是我自己，离开她就是自己离开自己，好可怕的放逐啊！如果看不见西尔维亚，什么光明是光明？如果西尔维亚不在我身边，什么快乐是快乐？除非是假想她在身边，以那至善至美的幻影来聊以自娱。除非夜间我在西尔维亚身边，夜莺便没有乐声；除非我白昼望着西尔维亚，我便没有白昼可看。她是我的生命的精华，我若没有她来育煦我，照耀我，鼓舞我，维持我活下去，我只有死。逃避这死刑判决，我仍然逃不了死。在这里逗留，我只是等死，但是，如果我逃开这里，我等于是逃开了性命。

普洛蒂阿斯与朗斯上。

| | |
|---|---|
| 普洛蒂阿斯 | 跑，孩子，跑，跑，把他找出来。 |
| 朗斯 | 啊嗬！啊嗬[4]！ |
| 普洛蒂阿斯 | 你看见什么了？ |
| 朗斯 | 我们去找的那个人，每根头发都可以证明那是一个瓦伦坦[5]。 |
| 普洛蒂阿斯 | 瓦伦坦？ |
| 瓦伦坦 | 不是。 |
| 普洛蒂阿斯 | 那么是谁？他的鬼魂？ |
| 瓦伦坦 | 也不是。 |
| 普洛蒂阿斯 | 那么是什么？ |
| 瓦伦坦 | 什么东西也不是。 |
| 朗斯 | 不是东西也能说话吗？少爷，我可以打他吧？ |
| 普洛蒂阿斯 | 你要打谁？ |
| 朗斯 | 打那个什么东西也不是。 |
| 普洛蒂阿斯 | 坏东西，不可以。 |

| | |
|---|---|
| 朗斯 | 噫，少爷，我没要打什么东西，我请您—— |
| 普洛蒂阿斯 | 孩子，我说，不可以。——朋友瓦伦坦，说句话。 |
| 瓦伦坦 | 我的耳朵塞起来了，不能听好消息，太多的坏消息已经把我的耳朵给占据了。 |
| 普洛蒂阿斯 | 那么我的话也不必说，埋在沉默里吧，因为我的消息是坏的、刺耳的。 |
| 瓦伦坦 | 是西尔维亚死了吗? |
| 普洛蒂阿斯 | 没有，瓦伦坦。 |
| 瓦伦坦 | 真的吗? 神圣的西尔维亚不要瓦伦坦! 她放弃我了吗? |
| 普洛蒂阿斯 | 没有，瓦伦坦。 |
| 瓦伦坦 | 如果西尔维亚放弃了我，当然也就没有瓦伦坦了! 你到底有什么消息? |
| 朗斯 | 先生，有一张告示说您是被铲除了。 |
| 普洛蒂阿斯 | 你是被放逐了，啊，就是这么一个消息，你需要离开此地，离开西尔维亚，离开你的朋友我。 |
| 瓦伦坦 | 啊，这苦恼我已经吃够了，再加上一点我吃不消。西尔维亚可知道我是被放逐了吗? |
| 普洛蒂阿斯 | 是的，是的，她对于这一判决——这判决如不撤销就必须严格执行——洒下了无数的柔情的珍珠，有人称为眼泪，她把这些珍珠奉献在她父亲的粗暴的脚下，同时她自己跪在他的面前，搓着她的手，两手煞白，好像是刚刚为了这苦恼的消息而变得苍白，但是屈下的双膝，举起的白手，悲哀的叹气，沉痛的呻吟以及洒下的银泪，都不能打动她的毫不动 |

情的父亲。瓦伦坦一经被捕立刻处死。并且她的求情把他激怒了，在她为你讨饶的时候，他下令把她监禁起来，并且说了许多威吓的话要把她长久关在那里。

瓦伦坦 别说了，除非你下句要说的话能置我于死，如能这样，我就求你说给我听，作为我的无穷尽的愁苦之最后的哀歌。

普洛蒂阿斯 你无法挽救的事也就不必哀伤，要为哀伤的事寻求挽救的方法。时间会产生一切好的后果。你如果留在此地，你见不到你的爱人，何况，你的逗留会送掉你的一条命。希望是情人的拐杖，你就扶着它去吧，用它来抵抗绝望的念头。你虽离开此地，仍旧可以写信来，写给我，我会转送到你的爱人的乳白的胸怀里去。现在时间不容许我们从容商讨。来，我送你走出城门，在和你分手之前我要和你细谈一下你的恋爱的事情。纵不为你自己打算，你既爱西尔维亚，也要顾虑到你的危险，来和我走吧！

瓦伦坦 我请你，朗斯，如果你看到我的仆童，教他赶快到北门去会见我。

普洛蒂阿斯 去，孩子，找他去。来，瓦伦坦。

瓦伦坦 啊，我的亲爱的西尔维亚！可怜的瓦伦坦！〔瓦伦坦与普洛蒂阿斯下〕

朗斯 你们看，我只是一个傻瓜，但是我还有足够的聪明认出我的主人是一种坏人，如果他只是有一点点坏[6]，那就没有关系。现在没有人知道我在恋爱中，可是我是在恋爱中。一队马也不能把我拖出来，也不能探出我爱的是谁，可是那确是一个女人，但是什么样的一个女人，我不愿告诉我自己，不过那是一个挤牛奶的姑娘，不过也不是姑娘，因为她已经生过孩子请过几个教母；不过也是一个姑娘，因为她是她主人家的婢女，挣工钱做佣工。她比一条水猎狗还有更多的本领，对于一个普普通通的基督徒而言这就是很了不起了。〔抽出一张纸〕这就是她的特点的一览表。"第一，她能取携东西。"噫，一匹马也不过如是，不，一匹马不能取，只能携，所以，她比一匹马要好一些。"再者，她能挤牛奶。"你们要注意，对于一位双手干净的姑娘而言，这是一项了不起的本领。

斯皮德上。

| | |
|---|---|
| 斯皮德 | 怎样，朗斯先生？您老哥有什么消息[7]？ |
| 朗斯 | 你问的是我的主人的船？噫，在海上呢。 |
| 斯皮德 | 唉，你又犯老毛病啦，你又把字弄错了。你那张纸上可有什么消息？ |
| 朗斯 | 你从没有听到过的最黑暗的消息。 |
| 斯皮德 | 噫，到底有多么黑？ |
| 朗斯 | 像墨水一般黑。 |
| 斯皮德 | 让我读一下。 |
| 朗斯 | 呸，你这个笨蛋！你不识字。 |
| 斯皮德 | 你胡说！我识字。 |

| 朗斯 | 我试试你。告诉我这个，谁生的你？ |
|---|---|
| 斯皮德 | 哎，我祖父的儿子。 |
| 朗斯 | 啊，不识字的懒散货！应该是你祖母的儿子。这证明你不识字。 |
| 斯皮德 | 好啦，傻子，好啦，拿你纸上的字试试我。 |
| 朗斯 | 拿去吧，愿圣尼古拉斯帮助你 [8] ！ |
| 斯皮德 | 第一，她能挤牛奶。 |
| 朗斯 | 是的，她能。 |
| 斯皮德 | 再者，她善酿麦酒。 |
| 朗斯 | 所以有这么一句俗话，"祝福你，你酿得好麦酒" [9] 。 |
| 斯皮德 | 再者，她能缝纫。 |
| 朗斯 | 这就等于是说，她能做甚？ |
| 斯皮德 | 再者，她能编织。 |
| 朗斯 | 一个男人娶个女人，管她父母是什么样的人，只消她能给他织袜子，不就行了吗？ [10] |
| 斯皮德 | 再者，她能洗能涮。 |
| 朗斯 | 一项特别的优点，因为我就无需把她按翻了揍一顿 [11] 。 |
| 斯皮德 | 再者，她能纺线。 |
| 朗斯 | 她能纺线维持生活，我就可以任何事不管逍遥自在了。 |
| 斯皮德 | 再者，她有许多无名的优点。 |
| 朗斯 | 那就等于是说，私生的优点，不知道父亲是谁，所以无名。 |
| 斯皮德 | 下面是她的缺点。 |

| 朗斯 | 紧跟着她的优点而来。 |
| 斯皮德 | 再者,她在空肚的时候不可以吻,因为她吐气有味道。 |
| 朗斯 | 啊,这毛病用一顿早饭就可以补救。读下去。 |
| 斯皮德 | 再者,她有一张甜嘴[12]。 |
| 朗斯 | 这正好补救她的酸臭气。 |
| 斯皮德 | 再者,她睡的时候说话。 |
| 朗斯 | 这没有关系,只要说话时不睡就行。 |
| 斯皮德 | 再者,她说话慢。 |
| 朗斯 | 啊,你这家伙。你把这个也列为她的缺点!说话慢是女人唯一的优点。请你把这一项删除,改列为她的主要的优点。 |
| 斯皮德 | 再者,她很狂。 |
| 朗斯 | 这一条也删除,这是亚娃的遗传,无法根绝。 |
| 斯皮德 | 再者,她没有牙齿。 |
| 朗斯 | 这我也不介意,因为我爱吃面包硬皮。 |
| 斯皮德 | 再者,她很凶悍。 |
| 朗斯 | 好,最好的是,她没有牙齿不能咬人。 |
| 斯皮德 | 再者,她对于酒是赞不绝口的。 |
| 朗斯 | 如果她的酒是好酒,她应该赞美,如果她不赞美,我也要赞美,因为好东西应该受赞美。 |
| 斯皮德 | 再者,她太放纵。 |
| 朗斯 | 她不可能说话太放纵,因为那里明明写着她说话慢。她也不会用钱太放纵,因为我会把她的钱包关得紧紧的。至于另外一件事她可能放纵,那我也没有办 |

法。好，读下去。

斯皮德　再者，她的头发比脑筋多，短处比头发多，财产比短处多。

朗斯　停着，我是想要她，可是听了那最后的一项，我三番两次地打不定主意究竟娶她还是不娶她。再把那一项读一遍。

斯皮德　再者，她的头发比脑筋多。

朗斯　可能头发比脑筋多，我可以证明，盐罐子的盖子盖住了盐[13]，所以盖子比盐多。头发遮盖住了脑筋，故此比脑筋多，较大的遮盖住较小的。下面还有什么？

斯皮德　短处比头发多。

朗斯　这可吓煞人！啊，但愿把这一句删除！

斯皮德　财产比短处多。

朗斯　噫，这一句使得那些短处也变成可以接受的了。好，我要娶她，天下无事不可能，如果这门婚事能成——

斯皮德　怎么样呢？

朗斯　哼，我要告诉你，你的主人在北门等着你呢。

斯皮德　等着我？

朗斯　等着你！是的，你算是何等人？比你身份高的人他也曾等过哩。

斯皮德　我必须去见他吗？

朗斯　你必须跑着去见他，因为你耽搁得太久了，走了过去怕不济事。

| | |
|---|---|
| 斯皮德 | 你为什么不早一点告诉我？你那些情书可真该死！〔下〕 |
| 朗斯 | 为了看我的信，他现在可要挨揍了。好没礼貌的奴才，想窥探别人的秘密。我追了去，<br>看这孩子受罚倒也怪好玩的。〔下〕 |

## 第二景：同上。公爵宫中一室

公爵与图利欧上。

| | |
|---|---|
| 公爵 | 图利欧爵士，不必担心她不爱你，现在瓦伦坦已被放逐，她看不见他了。 |
| 图利欧 | 自从他被放逐，她愈发看不起我，不肯见我，骂我，我没有希望得到她了。 |
| 公爵 | 这种肤浅的爱情，有如刻在冰上的圆形，稍加热力，便融化成水，形象尽消。小小一段时间就会消融她的冰冻的心情，无聊的瓦伦坦就会被忘记了。 |

普洛蒂阿斯上。

| | |
|---|---|
| | 怎么样，普洛蒂阿斯爵士！你的那位老乡按照我的宣告走了吗？ |
| 普洛蒂阿斯 | 走了，大人。 |

公爵　　　　我的女儿为了他的离去而很伤心。

普洛蒂阿斯　一点时间就会消除那种苦痛。

公爵　　　　我也这样相信，但是图利欧不这样想。普洛蒂阿斯，我对你颇有好感，因为你曾有良好的表现，所以我愿和你商量一下。

普洛蒂阿斯　我有生之年都愿一直向您效忠。

公爵　　　　你知道我是多么愿意促成图利欧爵士和我的女儿这一件婚姻。

普洛蒂阿斯　我知道，大人。

公爵　　　　还有，我想，你不知道她是如何反抗我的意旨。

普洛蒂阿斯　大人，瓦伦坦在这里的时候，她是这样的。

公爵　　　　是的，现在她仍然这样执拗。我们怎样才能使这女孩子忘记瓦伦坦的爱而去爱图利欧爵士呢？

普洛蒂阿斯　最好的方法是用欺骗、怯懦和出身贫贱来诬蔑瓦伦坦，这三件事是女人最厌恶的。

公爵　　　　对，但是她会以为这是出于嫉恨的话。

普洛蒂阿斯　是的，如果这话是出于他的敌人之口，所以一定要由她认为是他的朋友的一个人来详详细细地说。

公爵　　　　那么你必须去说诬蔑他的话。

普洛蒂阿斯　大人，这是我很不愿做的事，一个君子不肯做这样的事，尤其是对付他的朋友。

公爵　　　　你的好话不能帮助他，你的坏话也就不能损害他，所以这件工作无所谓好坏，是你的朋友请你做的。

普洛蒂阿斯　我遵命便是，大人。如果我能去说，随便说些贬抑他的话，她就不会长久地继续爱他。不过这纵然能

|  | 拔除了她对瓦伦坦的爱，不见得她就会爱图利欧爵士。 |
|---|---|
| 图利欧 | 所以，你在把她对他的万缕柔情解除下来的时候，那情丝可能缠作一团，对任何人没有好处，你必须设法把情丝绕在我身上。在贬抑瓦伦坦爵士的时候绝口称赞我就行了。 |
| 公爵 | 普洛蒂阿斯，我信任你做这件事，因为根据瓦伦坦的报告我知道你已经是情有所钟，不会很快地变心。有这样的担保，你可以自由出入和西尔维亚任意长谈，因为她很沉闷、忧愁、悒郁，为了你的那位朋友的缘故，她会欢喜你，你便可以靠你的说服力诱导她厌恶年轻的瓦伦坦而爱我的这位朋友。 |
| 普洛蒂阿斯 | 我要尽力而为。不过你，图利欧爵士，也太不够热烈了，你必须写一些忧伤的情诗，其中诗句需要充满了向她效忠的誓言，这样才能套取她的情爱。 |
| 公爵 | 对，天籁的诗篇有很大的力量。 |
| 普洛蒂阿斯 | 譬如说，在她的美貌的神龛上面你奉献你的眼泪，你的叹息，你的心。写到你的墨水干枯，然后蘸着你的眼泪写，造出一些动人的句子来表示你的忠诚，因为奥菲阿斯的琴是用诗人的神经做弦，一加拨动就能感动铁石，驯服老虎，巨鲸会离开大海而到沙滩上跳舞[14]。你呈献那些回肠荡气的哀歌之后，带着乐队在夜晚到你的小姐的闺房窗口，配着他们的乐器唱一支哀伤的曲子，夜晚的沉寂是颇适于这种低诉衷情。只有这样才能获得她，别无他法。 |

| | |
|---|---|
| 公爵 | 这一套指点足以证明你是情场老手。 |
| 图利欧 | 你的劝告我今晚就去实行。所以，好普洛蒂阿斯，我的指导人，我们立刻进城去选几位擅长音乐的人。我这里有一首诗正好用来开始实行你的高明主意。 |
| 公爵 | 你们就去吧！ |
| 普洛蒂阿斯 | 我们要伺候大人用过晚饭，然后再决定我们进行的步骤。 |
| 公爵 | 现在就去！不必照管我了。〔同下〕 |

## 注释

[1] 希罗（Hero）是 Sestos 地方的一位美貌的 Aphrodite（女祭司），居住在 Hellespont 的欧洲的一边，为对岸 Abydos 少年利安得（Leander）所热恋。利安得夜间游渡以就希罗，希罗执火炬为之指路。风雨之夜，利安得溺死海中，希罗亦蹈海以殉。

[2] 指西尔维亚的心胸。Malone 指陈，从前妇女上衣胸前有袋，可置情书、信物、钱及活计等物。

[3] 费哀赞（Phaethon）自命是太阳神 Helios 的儿子，因为太阳神与衣索欧皮亚国王密洛普斯之妻 Clymene 交而生费哀赞。费哀赞向其父悬求使用其天车，于一日之间绕地球一匝，因不谙驾驶之术，几撞毁地球，Jupiter 怒而将他推于车外，坠入 Po 河云。事见奥维得《变形记》。

[4]Soho soho！猎人发现兔之呼声。故下文所说"头发"可能有双关义，hair 与 hare 同音。

[5] 瓦伦坦，双关语:（一）人名;（二）二月十四日圣瓦伦坦节，据说群鸟于是日择偶，青年男女交换信物，"瓦伦坦"亦作"情人"解。

[6] 原文"if he be but one knave" 费解。（一）约翰孙博士认为 one knave 为"只做过一次坏事的坏人"，与"累做坏事的 double knave"有别。耶鲁本释为"if he be but slightly a knave"，亦属于此派。（二）Capell 释为:"My master is a kind of knave;but that were no great matter if he were but one knave;but he is two - a knave to his friend and a knave to his mistress."（三）新剑桥本又有新的解释:"Launce is referring to the proverb,quoted by Heywood（Proverbs）,'Two false knaves need no broker.' Proteus being but one knave needs his broker,i. e. Launce."

[7] 原文 mastership 为双关语:（一）低级人之互相称呼语，如"您老哥"之类;（二）分为两个字，则是"主人的船"。

[8] 圣尼古拉斯（St. Nicholas）据说是学术的护佑神。

[9]Stevens 引述 Jonson 的 *Masque of Augurs*, Stanza 3 中之歌谣:

Our ale' s o' the best,

And each good guest,

Prays for their souls that brew it.

[10] 原文 stock 为双关语:（一）=parentage 父母系;（二）=stocking 袜子。

[11] 原文 for then she need not be washed and scoured 费解。新剑桥本注 : washed and scoured, i. e. knocked down and beaten. "Wash" is a Shakespearean form of "swash"（cp. Rom. 1.1.96 and to "scour"）= to beat（cp. Hen.V.2.1.60）

[12] 原文"She hath a sweet mouth " 可有两方面解释:（一）= a sweet tooth 好吃甜食的嘴;（二）如新剑桥本所注: She is wanton, lecherous. Launce takes it literally. 参看 Deighton 注: Used with a quibble, the words

meaning in one sense what we now call a "swete tooth", i. e. a liking for sweetmeats, dainties, while Launce interprets the words as a mouth sweet in expression and kissable.

[13] 原文 salt 是 salt- cellar（盐罐子）之意。从前餐桌上只放一只盐罐，是一盖碗形之大容器，为保持清洁，碗上加盖。

[14] 奥菲阿斯（Orpheus），古传说中之诗人，擅音乐，能感化木石动物。

# 第 四 幕

## 第一景：米兰与维洛那之间的一森林

一群亡命徒上。

徒甲　　伙计们，不要动，我看见了一个过路客。

徒乙　　纵然有十个，不要退缩，打倒他们。

瓦伦坦与斯皮德上。

徒丙　　站住，先生，身上带着什么拿出来掷给我们，否则，
　　　　我们要强迫你们站住，剥你们的衣服。

斯皮德　少爷，我们完了，这些就是过路客人所最怕的人。

瓦伦坦　朋友们——

徒甲　　不是朋友们，先生，我们是你的敌人。

徒乙　　住声！我们听他说。

| | |
|---|---|
| 徒丙 | 对，凭这把胡子为誓，我们得听他说，因为他是个很漂亮的人。 |
| 瓦伦坦 | 那么听我说，我没有多少财物可以奉献。我是一个遭遇不幸的人，我的财产就是这一套破衣服，如果你们剥了去，就是夺去了我的全部财产。 |
| 徒乙 | 你是到哪里去？ |
| 瓦伦坦 | 到维洛那。 |
| 徒甲 | 你从哪里来？ |
| 瓦伦坦 | 从米兰。 |
| 徒丙 | 你在那里居留很久了吗？ |
| 瓦伦坦 | 约十六个月，如果不是遭逢噩运，还可再住久些。 |
| 徒乙 | 怎么！你是从那里被放逐的吗？ |
| 瓦伦坦 | 是的。 |
| 徒乙 | 犯了什么罪？ |
| 瓦伦坦 | 为了一件现在讲起来就痛心的事。我杀了一个人，我很后悔将他杀死，不过我是堂堂正正地在争斗中把他杀死的，并不是乘其不备把他谋害的。 |
| 徒甲 | 嗳，如果是这样杀的，不必后悔。但是你是为了这样小小的过失而被放逐的吗？ |
| 瓦伦坦 | 是的，而且受这样的惩处我是很高兴的。 |
| 徒乙 | 你会说各地方言吗？ |
| 瓦伦坦 | 我年轻时候各处旅行，各地方的话都会说，否则就要时常苦恼了。 |
| 徒丙 | 我以罗宾汉的胖和尚的秃头为誓[1]，这家伙可以做我们流亡集团的头儿哩！ |

| | |
|---|---|
| 徒甲 | 我们要他入伙，诸位，我要说句话。 |
| 斯皮德 | 主人，就入伙吧，这是一种光明正大的强盗生活。 |
| 瓦伦坦 | 少说话，奴才！ |
| 徒乙 | 告诉我们这一点，你现在有赖以谋生的方法吗？ |
| 瓦伦坦 | 没有，除了命运之外。 |
| 徒丙 | 你要知道，我们有几个也是绅士，只因年轻放荡不羁，被排挤到奉公守法的人群之外，我自己就是从维洛那被放逐出来的，皆因我阴谋劫取一位小姐，她是富家后嗣，也是公爵近亲。 |
| 徒乙 | 我是从曼邱阿被放逐出来的，皆因我一时性起，一刀戳进了一位绅士的心脏。 |
| 徒甲 | 我也是为了犯下类似的小小的罪行。不过言归正题，我们叙说我们的错误，是为要解释我们现在何以要过这种不法的生活，同时也是看你一表人才，你又自称擅长语言，这样多才多艺的人正是我们这一行所缺乏的—— |
| 徒乙 | 老实说吧，因为你是被放逐的人，所以，我们单单要和你谈谈。你愿不愿做我们的头领？实逼处此，像我们这样的生活在这荒野里？ |
| 徒丙 | 你以为怎样？你肯和我们入伙吗？说一声"是"，做我们大家的统领，我们会向你效忠，听你管理，把你当作我们的统帅与国王一般爱戴。 |
| 徒甲 | 如果你拒绝我们的一番好意，你就得死。 |
| 徒乙 | 不能让你活着夸说我们如何地要奉你为首。 |
| 瓦伦坦 | 我接受你们的提议，我和你们一起过活，但附有条 |

件，你们不可侵犯无辜的妇女或穷苦的过客。

徒丙　　　不，我们不肯做这样下贱的事。来，和我们走，我们带你去见我们的弟兄们，并且看看我们得到的一切财宝，这一切连同我们自己全都由你支配。〔同下〕

## 第二景：米兰。公爵宫中庭院

普洛蒂阿斯上。

普洛蒂阿斯　我已经对瓦伦坦不忠，现在又对图利欧不义。借口对他赞扬，我得到为自己进行恋爱的机会，但是西尔维亚太纯洁、太诚实、太神圣了，我的那些没价值的礼物不能买动她。我向她表示忠诚的时候，她就斥责我对友不忠；我发誓赞扬她的美貌，她就要我想想如何对不起我所爱的朱丽亚。虽然她这样地冷嘲热骂，其中最轻微的一句即足以使情人心灰意冷，但是我像一只狗一般，她越拒绝我的爱，我越爱得厉害，不住地向她摇尾乞怜。图利欧来了，现在我们要到她的窗前去，给她奏一些夜曲。

图利欧与乐师上。

图利欧　　　怎么，普洛蒂阿斯先生！你爬到我们前面来了？

普洛蒂阿斯　　是的，好图利欧，你知道情人献殷态，不敢公然走
　　　　　　　了过去，就会偷偷爬了过去的。

图利欧　　　　是的，不过我希望，先生，你不是在这里搞恋爱。

普洛蒂阿斯　　当然是喽，先生，否则我早就走开了。

图利欧　　　　谁？西尔维亚？

普洛蒂阿斯　　是，西尔维亚，为了你。

图利欧　　　　我为了你而谢谢你。现在诸位请奏起乐来，大家且
　　　　　　　用点力气。

　　　　　　　店主与朱丽亚自后上。朱丽亚着男装。

店主　　　　　喂，我的年轻客人，我看你是有点忧郁，请问，为
　　　　　　　了什么？

朱丽亚　　　　真是的，我的店主，因为我快乐不起来。

店主　　　　　来，我们要你快乐。我带你去一个地方，你可以听
　　　　　　　到音乐并且可以看到你所打听的人。

朱丽亚　　　　但是我能听见他说话吗？

店主　　　　　是的，你能听见。

朱丽亚　　　　那就会像是音乐一般地好听了。〔乐声起〕

店主　　　　　听！听！

朱丽亚　　　　他在这一群人里吗？

店主　　　　　是的，别作声！听他们。

**歌**

西尔维亚是谁？她是什么人？
我们的情郎们这样赞美她？

她是贞洁、美丽，而又聪明；

上天把这些优点送给她，

好让她受人崇敬。


她的好心能和她的美貌相比？

因为美貌和善心常是并存，

爱神跑到她的眼边去，

去医疗她的一双瞎眼睛，

医好之后就居住在那里。


我们来对西尔维亚歌唱，

西尔维亚是并世无伦；

她不和任何人一样，

压倒一切尘世的人；

我们去拿些花环给她戴上。

| | |
|---|---|
| 店主 | 怎么样！你比以前更沉默了？你怎么了，你这人？你不喜欢这音乐？ |
| 朱丽亚 | 你误会了，我不喜欢这一群乐师。 |
| 店主 | 为什么呢，我的美少年？ |
| 朱丽亚 | 他错了，老爹。 |
| 店主 | 怎么？弦上走了调子？ |
| 朱丽亚 | 不是，但是他错误得太厉害了，使得我的心弦苦痛。 |
| 店主 | 你的耳朵很灵。 |
| 朱丽亚 | 是的，我但愿我是聋子，它使得我心情沉重。 |
| 店主 | 我看你在音乐里得不到乐趣。 |

| | |
|---|---|
| 朱丽亚 | 一点也得不到,如果是这样地刺耳。 |
| 店主 | 听!这乐声变得多妙! |
| 朱丽亚 | 是的,就是变得可恨。 |
| 店主 | 你愿他永远奏一个曲子? |
| 朱丽亚 | 我永愿一个人只奏一个曲子。不过,店主,我们谈到的那位普洛蒂阿斯爵士常到这小姐家来吗? |
| 店主 | 我可以把他的仆人朗斯告诉我的话告诉你,他爱她简直爱得没有边儿。 |
| 朱丽亚 | 朗斯在哪里? |
| 店主 | 找他的狗去了。他奉他的主人之命,明天要把狗送给他的小姐。 |
| 朱丽亚 | 住声!躲在一旁,这群人散了。 |
| 普洛蒂阿斯 | 图利欧先生,你不必担心,我会好好地去解说,你一定会要说我的策略巧妙无比。 |
| 图利欧 | 我们在哪里再见? |
| 普洛蒂阿斯 | 在圣格莱高利井那里。 |
| 图利欧 | 再会了。〔图利欧与乐师等下〕 |

西尔维亚在她窗口上出现。

| | |
|---|---|
| 普洛蒂阿斯 | 小姐,您晚安。 |
| 西尔维亚 | 我谢谢你们的音乐,诸位先生。说话的一位是谁? |
| 普洛蒂阿斯 | 这个人,小姐,如果您知道他的真心诚意,您会很快地一听声音就知道他是谁。 |
| 西尔维亚 | 普洛蒂阿斯爵士,我想是。 |
| 普洛蒂阿斯 | 是普洛蒂阿斯爵士,小姐,您的仆人。 |

西尔维亚　　你要什么？

普洛蒂阿斯　我要得到的是您的愿意。

西尔维亚　　你可以如愿以偿，我的愿意就是这个：你立刻回家去
　　　　　　睡觉。你这个狡诈、背誓、欺骗、不忠的人！你用
　　　　　　你的誓言骗了不少的人，你以为我也是那样地浅薄，
　　　　　　那样地没有见识，会被你的花言巧语所诱惑吗？回
　　　　　　去，回去，向你的爱人赎罪。至于我，我指着这苍
　　　　　　白的夜月发誓，我绝不答应你的请求，而且为了你
　　　　　　的这种非分的追求而看不起你，以后我会怪我自己，
　　　　　　不该浪费时间和你这次谈话。

普洛蒂阿斯　我承认，亲爱的人儿，我曾爱过一位小姐，但是她
　　　　　　已经死了。

朱丽亚　　　〔旁白〕这话若是由我来说，就会是假话了，因为我
　　　　　　确知她还没有被埋葬。

西尔维亚　　就说她是死了，但是你的朋友瓦伦坦还活着。我和
　　　　　　他，你是见证，早已订下婚约，你现在苦苦追求，
　　　　　　对不起他，你不觉得惭愧吗？

普洛蒂阿斯　我听说瓦伦坦也死了。

西尔维亚　　就假想我也已经死了吧！你可以死心塌地，我的爱
　　　　　　情已经埋在他的坟里了。

普洛蒂阿斯　亲爱的小姐，让我把它从土里挖出来吧。

西尔维亚　　到你的爱人的坟上去，把它的爱情唤出来，至少可
　　　　　　以把你的爱情和她的埋葬在一起。

朱丽亚　　　〔旁白〕这话他听不入耳。

普洛蒂阿斯　小姐，如果你的心竟这样硬，为了我的爱请把你的

画像赏给我，就是挂在你的寝室那幅画像，对着那幅画像我将诉说、叹息、哭泣。芳心既然别有所属，我不过是个影子，只好对着你的影子奉献真情。

朱丽亚　〔旁白〕如果那是一个真人，你也一定会欺骗它，把它弄成为一个影子，像我一般。

西尔维亚　我很不愿意做你的偶像，先生，不过，你既然是虚伪成性，适宜于崇拜影子，信奉虚形，那么明早你就派人来取，我给你便是。就这么办，回去安歇吧。

普洛蒂阿斯　只能像漫漫长夜等候天明的待决之囚那样地安歇。

〔普洛蒂阿斯下，西尔维亚自上面退〕

朱丽亚　店主，你走不？

店主　我的天，我睡着了。

朱丽亚　请问，普洛蒂阿斯住在哪里？

店主　噫，就住在我店里。我觉得就要天亮了。

朱丽亚　还不到，不过这是我所度的最长的最沉重的一夜。

〔同下〕


# 第三景：同上


哀格勒慕上。

哀格勒慕　这就是西尔维亚小姐求我来找她听取她的吩咐的时候，

她一定是要我为她做一件很重要的事。小姐，小姐！

西尔维亚自窗口出现。

西尔维亚　谁在叫？

哀格勒慕　你的仆人，你的朋友，来听小姐吩咐的人。

西尔维亚　哀格勒慕爵士，我向你道一千声早安。

哀格勒慕　好小姐，我也向你道这样多声早安。我遵照小姐的命令，这样早就来听候差遣。

西尔维亚　啊，哀格勒慕，你是一位君子——不要以为我是奉承，我敢赌咒我不是奉承——勇敢、聪明、慈悲、多才多艺。你不是不知道我对那被放逐的瓦伦坦有多么亲切的好感，你也不是不知道我的父亲如何逼我嫁给那个虚妄的图利欧，那个人我是从心里厌恶的。你自己恋爱过，我曾听你说过，你生平最大的悲痛无过于你的爱人之死，你在她墓前发誓终身不娶。哀格勒慕爵士，我要去找瓦伦坦，到曼邱阿去，我听说他住在那里，因为路上艰险难行，我想请你陪伴，你的忠诚我是信得过的。不用顾虑我父亲的愤怒，哀格勒慕，但是要想想我的苦痛，一个小姐的苦痛，同时想想我的逃走之正当合理，为的是避免一段极不正常的婚姻，天地不容永降灾祸的婚姻。我的心充满了愁苦，就像大海充满了沙粒一般，我衷心地希望你能和我做伴同去，否则，请你不要把我对你说的话外泄，好让我只身前去。

哀格勒慕　小姐，我很怜悯你的苦恼，我知道你问心无愧，我

　　　　　　　答应和你同去便是。我不顾本身有何遭遇，我只希
　　　　　　　望你能得到一切幸运。你什么时候走？

西尔维亚　　　就在今晚。

哀格勒慕　　　我在哪里和你相会？

西尔维亚　　　在帕屈克修士的房里，我打算到那里去做忏悔。

哀格勒慕　　　我必不失约。早安，好小姐。

西尔维亚　　　早安，慈祥的哀格勒慕爵士。〔分别下〕


# 第四景：同上


　　　　　　　朗斯带狗上。


朗斯　　　　　一个人的忠仆若是忽然变成了恶狗，这毛病可令人
　　　　　　　吃不消。这一只狗是我把它从小带大的，它的三四
　　　　　　　个瞎了眼的弟兄姐妹一起被淹死的时候，我把它从
　　　　　　　水里救起来的。我教导它，恰似一个人所说，"我要
　　　　　　　这样地教一条狗"。我的主人派我把它当作礼物送给
　　　　　　　西尔维亚小姐，我刚一进餐厅，它就扑了过去，从
　　　　　　　木盘[2]上偷去一个阉鸡腿。啊！一条狗在大庭广众
　　　　　　　之前不能控制自己，那是很糟糕的事。我愿有一条
　　　　　　　能努力维持狗的体面的狗，无论做什么事都能像一
　　　　　　　条狗。当时倘不是我比它更机智些，硬把它犯下的

过错承当下来，我想它就早已被绞杀了。我敢确说，它必要吃尽苦头，你们可以猜想得到。公爵桌下有三四只绅士模样的狗，它一下子钻到里面去，它钻进去，我的天，还不到撒完一泡尿的工夫，全屋里的人都闻到它的味道了。"把这狗赶出去！"一个人说。"这是什么恶狗？"另一个人说。"用鞭子把它抽出去。"第三个人说。"把它吊起来。"公爵说。我呢，这味道以前闻惯了，就知道一定是山查子干的好事，于是走向那个用鞭子打狗的人，"朋友，"我说，"你想要打这条狗吗？""是的，不错，我要打它。"他说。"你是格外地冤枉它了。"我说，"你所知道的那桩事，是我干的。"他不再和我废话，一顿鞭子把我赶出屋外。有多少主人肯为了他的狗这样做？哼，我可以发誓，为了它偷吃肠子[3]我曾戴过足枷，否则它早就被处死刑了；为了它咬死了鹅我曾站过枷板，否则它要吃苦头。你现在想不起这件事了。不，我可还记得我向西尔维亚告别的时候你干的好事，我不是关照过你永远注意看我，我怎么做你就怎么做吗？你几曾看见过我抬起一条腿对准了一位贵妇人的裙子就撒尿？你可曾看见过我做这样的事？

普洛蒂阿斯、朱丽亚着男装上。

普洛蒂阿斯　你的名字是西巴斯善？我很喜欢你，我立刻派你做一点事。

| | |
|---|---|
| 朱丽亚 | 随便派我做什么事，我必尽力去做。 |
| 普洛蒂阿斯 | 希望你能这样。〔对朗斯〕怎么，你这混账东西！你这两天到哪里浪荡去了？ |
| 朗斯 | 真是的，少爷，我按照您的吩咐给西尔维亚小姐送狗去了。 |
| 普洛蒂阿斯 | 她对于我这小宝贝说了些什么？ |
| 朗斯 | 真是的，她说，您的狗是一条恶狗，并且告诉您说，对于这样的礼物也只好以咆哮的声音来答谢。 |
| 普洛蒂阿斯 | 但是她收下我的狗了？ |
| 朗斯 | 不，实在讲，她没有，我又把它带回来了。 |
| 普洛蒂阿斯 | 什么！你把这一条狗给我送给她了吗？ |
| 朗斯 | 是的，少爷，那一条小松鼠被市场上的小流氓们给偷去了，于是我把我自己的这一条给她送去，这条比您的那一条大十倍，作为礼物也就贵重得多。 |
| 普洛蒂阿斯 | 去，滚开，把我的狗找回来，否则永远不要回来见我。去呀，我和你说！你还站在这里招我生气？这个奴才总是给我丢脸。〔朗斯下〕西巴斯善，我雇用你，一部分是因为我需要像你这样的一个青年，给我做事的时候能有点分寸，那一个笨东西一点也不可靠，但是主要的还是为了你的相貌和举止，如果我判断不错，均可证明你有良好的教养，优裕的环境，诚实的性格，所以，你要知道，我是因此而雇用你的。立刻就去，你拿这一枚戒指去，送交给西尔维亚小姐，是一个很爱我的人把这个送给我的。 |
| 朱丽亚 | 您似乎是不爱她，把她的信物转送给别人。她大概 |

是死了吧?

普洛蒂阿斯　没死,我想她还活着。

朱丽亚　　　哎呀!

普洛蒂阿斯　你为什么喊一声"哎呀"?

朱丽亚　　　我不能不怜悯她。

普洛蒂阿斯　你为什么要怜悯她?

朱丽亚　　　因为我想她爱你正不下于你之爱你的西尔维亚。她在梦中想他,而他已忘了她的爱,你对她一往情深,而她并不理会你的爱。爱情竟这样地刺谬,真是可怜,想到这一点所以我就叫出一声"哎呀"!

普洛蒂阿斯　好了,好了,把这戒指给她,附带着还有一封信。那就是她的寝房,告诉我的爱人,我要领取她答应给我的那幅神圣的画像。你办完了事,赶快到我的房间来,你会发现我是如何地孤寂沉闷。〔下〕

朱丽亚　　　有多少女人愿意做这份差事?哎呀,可怜的普洛蒂阿斯!你雇了一头狐狸来牧你的羊群。哎呀,可怜的傻瓜!他从心里看不起我,我为什么怜悯他呢?因为他爱她,所以他看不起我,因为我爱他,所以我必须怜悯他。这戒指是他离开我的时候我送给他的,为的是拘束他不要忘记我的一番好心,而我现在——不幸的使者——却要去求我所不想得到的东西,去送我所希望被拒收的东西,去称赞我所不愿称赞的他那一片忠诚。我是我主人的真心不渝的爱人,但是不能成为我主人的忠仆,除非我对我自己不忠。但是我还是要去为他求爱,不过,天晓得,我只能冷冷淡淡地去做，我不愿他成功。

西尔维亚带侍从上。

小姐，您好！请费心带我去和西尔维亚小姐说句话。

西尔维亚　你找她有什么事，如果我就是她？

朱丽亚　　如果您就是她，我奉命有话上陈，敬请赐听。

西尔维亚　奉谁的命？

朱丽亚　　奉我的主人普洛蒂阿斯爵士之命，小姐。

西尔维亚　啊！他派你来取画像？

朱丽亚　　是的，小姐。

西尔维亚　尔苏拉，把我那幅画像拿来。〔取画像至〕去，把这个给你的主人，告诉他我说的，他因变心而忘记了的一位朱丽亚，比这张画像更适宜于点缀他的寝室。

朱丽亚　　小姐，请您看这封信。请原谅，小姐，我拿错了一封不该给您看的信，这才是给您的信。

西尔维亚　请你让我看看那一封。

朱丽亚　　那不可以，好小姐，原谅我。

西尔维亚　好，拿了去。我不要看你主人的信，我知道，信里面全是些效忠的话，充满了一些新造的誓词，其实他会背叛誓约就像我撕掉这封信一般地容易。

朱丽亚　　小姐，他还送给您他的这个戒指。

西尔维亚　他格外地可鄙，竟把这个送给我，因为我听他说过一千遍，他的朱丽亚在他离别时把这个送给他，虽然他的无情的手指已经亵渎了这一个戒指，我的手指可不能对朱丽亚做出这样对不起她的事。

| | |
|---|---|
| 朱丽亚 | 她感谢您。 |
| 西尔维亚 | 你说什么? |
| 朱丽亚 | 我感谢您,小姐,您同情她。可怜的女人!我的主人太对不起她了。 |
| 西尔维亚 | 你认识她吗? |
| 朱丽亚 | 几乎像认识我自己一样,想起了她的苦处,我可以说我曾哭了好几百次。 |
| 西尔维亚 | 也许,她在想,普洛蒂阿斯已经遗弃她了。 |
| 朱丽亚 | 我想她是这样想,那就是她苦痛的缘故。 |
| 西尔维亚 | 她是不是非常漂亮? |
| 朱丽亚 | 从前要比现在漂亮些。当初她认为我的主人很爱她,据我看,她是和您一样地美,但是后来她无心对镜,把遮阳的面具也抛弃了,于是空气吹干了她腮上的玫瑰,玷污了她脸上的百合花般的肤色,如今她变得和我一样黑了。 |
| 西尔维亚 | 她有多么高? |
| 朱丽亚 | 大约我这么高,因为,在圣灵降临节 [4] 的时候,我们表演各种欢乐的戏剧节目,我们一般年轻人要我扮演女人的角色,我就穿着朱丽亚小姐的衣裳装扮起来,尺寸正合适,大家都说好像是给我定制的服装,所以我知道她和我差不多高。在那个时候我使得她大哭了一场,因为我演的是一个悲惨的角色。小姐,我演的是阿利阿德尼为了提西阿斯的背誓和无情的遗弃而伤恸 [5],我演得逼真,泪流满面,我的可怜的女主人被感动得痛哭,现在我想起来如果 |

不为她的痛苦而难过，我宁愿死！

西尔维亚　　她应该感激你，年轻人。哎呀，可怜的女子，凄凉而孤单！想到你的话，我自己也哭起来了。这个，年轻人，这是我的钱包，为了你的可爱的女主人的缘故，我给你这个，因为你是敬爱她的。再会。

朱丽亚　　她将因此而感谢您，如果有一天您能遇见她。〔西尔维亚与侍从下〕她是一位贤淑的小姐，又温柔又美丽。她既然如此重视我的女主人的爱，我希望我的男主人的求婚将是无效的。哎呀，爱情真会和它自己开玩笑！这是她的画像，我来看看。我想，如果我有这样的头饰，我的脸会和她的一样妩媚，不过画师确是把她的美貌夸张了一点，也许我把我自己夸张得太多了。她的头发是赭色的，我的是金黄色[6]。如果在情人眼里这就是全部的分别，我可以弄一头染色的假头发戴上。她的眼睛像玻璃似的蓝，我的也是一样。是的，但是她的额角低，我的却是很高[7]。如果痴心的爱情不是一个瞎眼的神，他在她身上可发现了什么我所没有的优点了呢？来，影子，来，举起这一幅影子看看，因为它是你的情敌。啊，你这没有知觉的人形！你一定会要被崇拜，被吻，被爱，被仰慕，如果他的偶像崇拜还有一点意义，我的实体应该代替你为他做塑像。你的主人待我这样好，为了你的主人的缘故我也要好好待你，否则，我以周甫为誓，我早就撕掉你那双瞎瞪眼，让我的主人不再爱你。〔下〕

## 注释

[1] 指 Friar Tuck，罗宾汉的告解神父，头顶剃光，故云。

[2] 木盘（trencher），从前贵族家中餐桌上亦使用木盘。

[3] 原文 pudding 指动物的肠子，有时中间塞肉类，在肉铺里挂着出售。

[4] 圣灵降临节（Pentecost，亦即 Whitsuntide），原来是犹太教节日，此字原义是"第五十日"，即 Passover 之后第五十日。从前每逢此节日，像圣诞节、复活节、万圣节、五月节、仲夏节、秋收节，一般演戏作乐以资庆祝。

[5] 阿利阿德尼（Ariadne）是希腊神话中 Crete 国王 Minos 之女，王之俘虏携提西阿斯被困迷宫，将为人身牛面兽（minotaur）所噬，阿利阿德尼授以线索，援之出险。提西阿斯感而娶之，后至 Naxos 加以遗弃，女愤而自到。

[6] 伊利沙白女王的头发是黄色的，故为时髦的颜色。

[7] 从前女人额角高是受人赞美的。

# 第 五 幕

## 第一景：米兰。一修道院

哀格勒慕上。

哀格勒慕　太阳开始给西天镀金，现在差不多时间已到，西尔维亚该到帕屈克修士房里来会我了。她不会不来，因为情人们不会不守时的，除非是他们过于焦急而来得太早一点。看，她来了。

西尔维亚上。

小姐，晚安！

西尔维亚　阿门，阿门！往前走，好哀格勒慕，从院墙的后门出去。我疑心有密探在跟着我。

哀格勒慕　不要怕，森林离这里不过九英里（1英里约为 1.61

千米）路，我们如果能到达那里，我们就安全了。

〔同下〕

## 第二景：同上。公爵宫中一室

图利欧、普洛蒂阿斯与朱丽亚上。

图利欧　　　普洛蒂阿斯爵士，西尔维亚对于我的求婚有何
　　　　　　反应？

普洛蒂阿斯　啊，先生，我觉得她比从前缓和多了，不过她对于
　　　　　　你的仪表不大满意。

图利欧　　　什么！我的腿太长了？

普洛蒂阿斯　不，太细了。

图利欧　　　我可以穿上靴子，显着壮实些。

朱丽亚　　　〔旁白〕但是爱情不能被踢到它所憎恶的地方去。

图利欧　　　她对我的脸有什么批评？

普洛蒂阿斯　她说那是一张苍白的脸。

图利欧　　　这丫头简直是胡说，我的脸是黑的。

普洛蒂阿斯　但是珍珠是白的，有句老话儿说得好，"在美人眼里
　　　　　　黑汉子是珍珠"。

朱丽亚　　　〔旁白〕话是不错，这种珍珠就是能使女人盲目的白
　　　　　　内障[1]，我宁可闭上眼睛，我也不愿看他们。

图利欧　　　她喜欢我的谈吐不?

普洛蒂阿斯　你一谈起战争,她就不喜欢。

图利欧　　　但是我谈起爱情与和平,她就喜欢了?

朱丽亚　　　〔旁白〕老实说,你闭口无言,她就更喜欢。

图利欧　　　她对于我的勇敢有什么意见?

普洛蒂阿斯　啊,先生,这个她不怀疑。

朱丽亚　　　〔旁白〕她无需怀疑,她早知道你是个懦夫。

图利欧　　　她对于我的门第有何话说?

普洛蒂阿斯　她说你出身高贵。

朱丽亚　　　〔旁白〕真不错,从士绅堕落到白痴。

图利欧　　　她考虑到我的产业了吗?

普洛蒂阿斯　啊,是的,而且很为你的产业惋惜。

图利欧　　　为什么?

朱丽亚　　　〔旁白〕因为这产业竟为这样一头蠢驴所拥有。

普洛蒂阿斯　因为产业都被租出去了[2]。

朱丽亚　　　公爵来了。

公爵上。

公爵　　　　怎么,普洛蒂阿斯爵士!怎么,图利欧!你们最近
　　　　　　谁看见了哀格勒慕?

图利欧　　　我没有。

普洛蒂阿斯　我没有。

公爵　　　　你看见我的女儿了吗?

普洛蒂阿斯　也没有。

公爵　　　　那么,她是逃奔那个贱人瓦伦坦去了,哀格勒慕陪

她去了。一定是，因为修士劳伦斯在林中漫步做苦行赎罪的时候遇见了他们 [3]，他本来认识他，也猜得出那女子必是她，不过因为戴着面具的关系，他不敢确认，并且，她今晚本想到帕屈克房里去做忏悔，而她不在那里。这些情况证实她已逃去。所以，我请你们，不要站在这里说空话，请立刻跨上马，在通往曼邱阿的山脚下的高岗上和我相会，他们是逃往曼邱阿了。赶快，二位随我来。〔下〕

图利欧　　一个执拗的女孩子就是这个样子，富贵逼她而来，她偏弃之而逃。我要追去，主要的是为报复哀格勒慕，不是为爱那个胆大的西尔维亚。〔下〕

普洛蒂阿斯　我也要追去，主要的是为了对西尔维亚的爱，不是为了对和她同逃的哀格勒慕的恨。〔下〕

朱丽亚　　我也要追去，主要的是为了阻挠这一场爱，不是对那为了爱而逃亡的西尔维亚有什么恨。〔下〕

## 第三景：曼邱阿边境。森林

亡命徒等与西尔维亚上。

徒甲　　　来，来，耐心些，我们必须带你去见我们的统领。

西尔维亚　这种不幸我遇到过有一千次，早已教训过如何忍受这一遭。

徒乙　　　来，带她走。

徒甲　　　和她在一起的那位绅士哪里去了？

徒丙　　　他腿快，跑到我们前面去了，不过有莫哀赛兹和瓦利伊阿斯跟着他呢。你带她到森林的西头去，我们的统领在那里，我们去追那逃跑的人，这森林到处有我们的人，他逃不掉的。〔除徒甲与西尔维亚外，同下〕

徒甲　　　来，我必须带你到我们统领的山洞里去。不用怕，他心地光明，对一个女人不会无礼。

西尔维亚　啊，瓦伦坦！我为了你受这个苦。〔同下〕


# 第四景：森林另一部分


瓦伦坦上。


瓦伦坦　　一个人常做一种事多么容易养成习惯呀！这阴森的荒野，人迹罕至的森林，我觉得比人烟稠密的繁盛的城市要好得多。我可以在这里独坐，没人看见我，我可以和着夜莺的哀曲唱出我的忧伤，讴出我的愁苦。你是在我心里居住的人儿啊，你不要这样长久地离开这一座大厦，否则日久荒废，这建筑会坍塌，令人无从想见它的当年的盛况！你来给我整新吧，西尔维亚！你这温柔的仙女，安慰你的孤零的情郎吧！〔内喧哗声〕今天为什么这样吵闹？是我的伙伴们，都是些任性的家伙，正在追逐一个不幸的过客。他们很喜欢我，但是使他们不要胡作非为，我也颇费一些事。你躲起来，瓦伦坦，谁到这里来了？〔躲在一旁〕

普洛蒂阿斯、西尔维亚与朱丽亚上。

普洛蒂阿斯　小姐，我总算是给您效了这么一点微劳——虽然您的仆人所做的事您全看不上眼——我冒了性命危险把您从他手中救了出来，他可能冒犯您的贞操和爱情。请您温柔地看我一眼，作为我的报酬吧！我无法要求比这更小的恩惠，我想您也无法施舍比这更小的恩惠。

瓦伦坦　〔旁白〕我所看到的和听到的多么像是梦！爱神，给我耐心再等一下。

西尔维亚　啊，我好苦，好不幸！

普洛蒂阿斯　小姐，在我来之前，您是不幸，但是我来了之后我使得您很高兴了。

西尔维亚　因为你来，你使得我最不高兴。

朱丽亚　〔旁白〕他来到你跟前，也使得我最不高兴。

西尔维亚　如果我被一头饿狮捉到，我宁愿成为这畜牲的一顿早餐，也不愿无情无义的普洛蒂阿斯来救我。啊！上天见证，我是如何地爱瓦伦坦，我爱他就如同爱

　　　　　　我的灵魂，而且我以同样的极度深刻的情感——再

　　　　　　深刻是不可能的——痛恨那个虚伪背誓的普洛蒂阿

　　　　　　斯。所以你走吧，不要再追求我。

普洛蒂阿斯　什么样的危险行为，纵然是濒临死亡，是我所不愿

　　　　　　做的，只为了求您温柔地看我一眼！

　　　　　　啊！这是情场的悲剧，古今皆同，

　　　　　　男人苦苦求爱，女人偏偏不肯用情！

西尔维亚　　有人向他求爱，而普洛蒂阿斯偏偏不肯用情。再仔

　　　　　　细地看一遍朱丽亚的心，她是你最初的最要好的爱

　　　　　　人，为了她你曾发出千遍的誓约来表示你的忠诚，

　　　　　　而那些誓约都变成了诳言，你翻过来爱我。你现在

　　　　　　没有真情，除非你有两份真情，那比没有真情还要

　　　　　　坏得多：

　　　　　　一个人宁可是无情薄幸，

　　　　　　也不可多方面地故作多情。

　　　　　　你这个出卖好友的骗子！

普洛蒂阿斯　在爱情中谁还顾得了朋友？

西尔维亚　　除了普洛蒂阿斯之外谁都要顾到朋友？

普洛蒂阿斯　不，如果婉转的好言相劝不能使你变得温和一点，

　　　　　　我要像军人一样拔出我的剑来向你求爱，我要一反

　　　　　　爱的本性来爱你——我要强迫你。

西尔维亚　　啊，天哪！

普洛蒂阿斯　我要强迫你满足我的欲望。

瓦伦坦　　　〔走出〕坏蛋，松开那只强暴无礼的手，你这不够朋

　　　　　　友的东西！

普洛蒂阿斯　瓦伦坦！

瓦伦坦　你这个下贱的朋友，没有忠诚没有爱，在如今这就叫作朋友，阴险的人！你辜负了我的信任，若非我亲眼看见我简直不能相信。现在我不敢说我在世上还有一个朋友，你会要证明我错误。一个人的右手都会全然叛变，现在还有谁可以信任？普洛蒂阿斯，我很抱憾我再也不能信任你了，为了你的缘故我要把所有的人都当作路人看待。

内心的创伤最沉痛。好令人痛心！

一个朋友竟成了最可恶的敌人！

普洛蒂阿斯　我的惭愧和罪过使我无地自容。饶恕我，瓦伦坦。如果真心的悔恨可以成为充分的赎罪的代价，我奉上我的赎金，过去我是真正地犯了罪，现在是真正地内心苦痛。

瓦伦坦　那么我接受你的赎金，我再度承认你是一个清白的人。

一个人若能忏悔，天地都会高兴；

若还不表满意，便是有悖天理人情。

一个人若肯做赎罪的苦行，

上天的震怒都会变得平静。

为了表示我的友谊之坦白深厚，

我对西尔维亚的权利完全让你享有。

朱丽亚　啊，我好不幸！〔晕厥〕

普洛蒂阿斯　照护那个孩子。

瓦伦坦　喂，孩子！噫，伙计！怎么啦！到底怎么回事？抬起头来，说话。

| | |
|---|---|
| 朱丽亚 | 啊，先生，我的主人命令我送一枚戒指给西尔维亚小姐，我由于疏忽忘记送了。 |
| 普洛蒂阿斯 | 戒指在哪里，孩子？ |
| 朱丽亚 | 在这里，这个就是。〔交戒指〕 |
| 普洛蒂阿斯 | 怎么！让我看看。这是我给朱丽亚的那个戒指呀。 |
| 朱丽亚 | 啊，对不起，先生，我拿错了，这个戒指是你送给西尔维亚的。〔拿出另一戒指〕 |
| 普洛蒂阿斯 | 你怎么得到这只戒指的？这是我临别时送给朱丽亚的。 |
| 朱丽亚 | 是朱丽亚亲自送给我的，而且是朱丽亚亲自送到这里来的。 |
| 普洛蒂阿斯 | 怎么！朱丽亚！ |
| 朱丽亚 | 你看看她，你的海誓山盟都是对她发的，她把它们深深地藏在心里，你却几次三番地用欺骗来刺伤她的心的深处！啊，普洛蒂阿斯！我的这身服装该使你脸红。你该惭愧，我竟不得不穿上这样不体面的衣服，如果为爱情而化装是一件可耻的事。 |
| | 不过就羞耻而论，女人改变衣服 |
| | 比男人变心该是较小的一种错误。 |
| 普洛蒂阿斯 | 比男人变心！是真的。啊，天！男人只消专一不变，他便是十全十美。有了这一桩错误他就要到处犯错误； |
| | 会使他犯各种各样的罪行： |
| | 不专一的人在开始时即已不忠 [4]。 |

西尔维亚脸上有什么比朱丽亚更艳，

如果我的眼光专一不变？

瓦伦坦　　来，来，双方都伸出手来。

让我来促成这快乐的婚姻：

这样的两个朋友不可长做仇人。

普洛蒂阿斯　上天作证，我永久永久地满意了。

朱丽亚　　我也满意了。

　　　　　众亡命徒偕公爵与图利欧上。

亡命徒　　战俘！战俘！战俘！

瓦伦坦　　不可，不可，这是公爵大人。一个获罪的人，被放

　　　　　逐的瓦伦坦，欢迎殿下。

公爵　　　瓦伦坦爵士！

图利欧　　那边是西尔维亚，西尔维亚是我的人。

瓦伦坦　　图利欧，退回去，否则你就要死，不要惹我动火，

　　　　　不可再说西尔维亚是你的人。如果再说一遍，维洛

　　　　　那便不再是你住的地方了。她现在站在这里，伸

　　　　　手就可以占有她，你敢对我的爱人吹一口气我就杀

　　　　　死你。

图利欧　　瓦伦坦爵士，我不想要她。为一个不爱他的女人而

　　　　　冒性命危险，我认为他是傻瓜，我不要她，所以她

　　　　　是你的了。

公爵　　　你是格外地卑鄙下贱，你过去对她苦苦追求，现在

　　　　　又这样轻易放弃。现在我指着我的祖先的名誉为誓，

　　　　　我赞美你的勇敢，瓦伦坦，你值得受一位皇后的宠

爱。我现在宣告，我忘记以前的一切的苦恼，取消一切怨恨，把你召回本国，为了你的无比的优越表现我承认你该有一个这样新的身份，瓦伦坦爵士，你是一位绅士，出身高贵。把你的西尔维亚娶了去吧，因为你已证明有资格娶她为妻。

瓦伦坦　我谢谢大人，这份礼物使得我快乐。我现在求您，为了您的女儿的缘故，再答应我一个要求。

公爵　为了你自己的缘故，我答应你，随便你要求什么。

瓦伦坦　和我在一起的这些被放逐的人，都是些很有才能的人，请饶恕他们在这里所做下的事，并且从流亡中把他们召还吧。他们已经改过自新、温文有礼、行为良好，并且能胜大任。

公爵　我听从你了，我饶恕他们和你，你按照他们的资格安置他们吧。来，我们走吧，我们要在欢欣作乐和盛大祝庆之中结束一切的争执。

瓦伦坦　我们一面走着，在我们谈话当中我要大胆地招您一笑。您看这个小童怎么样，大人？

公爵　我觉得这男孩倒是很文雅的，他脸红了。

瓦伦坦　我敢说，大人，比男孩子要文雅多了。

公爵　你这么说是什么意思？

瓦伦坦　我们一面走过去，我会告诉您，您对这经过的事会大为惊讶。普洛蒂阿斯，讲你的恋爱被揭露的故事给我们听，这就算是你的赎罪苦行，讲完之后，我们结婚的日子也就是你们结婚的日子。一起宴会，一起住家，一起共同享受幸福。〔同下〕

## 注 释

[1] 原文 pearl 为双关语:(一)珍珠;(二)一种眼疾,名"pearl in the eye",即 cataract(白内障)。

[2] 原文 possessions 一般认为是双关语:(一)产业,尤指田地产;(二)心智,所谓 mental endowments,"心智出租"即"心智丧失"之谓;(三)鬼魔附体。但亦可能无双关之义。

[3] 天主教会规定,为赎罪起见,须做若干苦行,劳伦斯被指定所做之苦行即在林中度过若干小时之寂寞。

[4] 原文 Inconstancy falls off ere it begins 费解。Yale 本注云:Probably this means. An inconstant man begins to be faithless even before he has declared his love;可能是也。

# 空 爱 一 场

Love's Labour's Lost

# 序

## 一　版本

在一六二三年的第一对折本之前,《空爱一场》已有一个四开本行世, 其标题页如下:

A/Pleasant / Conceited Comedie / called, / Loues labors lost. / As it was presented before her Highness / this last Christmas. / Newly corrected and augmented / by W.Shakespeare. / lmprinted at London by W.W. / for Cutbert Burby. / 1598

因为在这标题页上有"新经改订增补"的字样, 而且这个四开本未在同业公会登记, 在此以前可能至少还有一个四开本存在, 不过这较早的四开本已经佚失了。一五九八年的这个四开本是否根据莎士比亚的手稿排印的, 我们亦不得而知。

第一对折本是根据四开本印的, 改正了若干错误, 但也增添了若干错误, 并且有了分幕。

## 二 著作年代

依四开本标题页，我们知道此剧作于一五九八年前数年。但是究竟在哪一年，各家学说不一，由一五八八至一五九六年，有不同的揣测。依标题所说，此剧曾在去年圣诞节在宫廷演出，那便是一五九七年的事。看此剧所使用的文字，其写作年代当更往前推。单就诗体而论，押韵的诗句有一千零二十八行，无韵诗仅五百九十七行，几成一与二之比。如果押韵句与无韵诗的比例可以算是莎士比亚写作艺术的发展之绝对可靠的标准，此剧作为莎士比亚最早的喜剧亦非无理。

莎士比亚的《十四行诗》大概是作于一五九二至一五九八年之间。《空爱一场》所含有的十四行诗，其数量较任何其他剧本为多。密尔斯提到莎士比亚的《十四行诗》时也提到了《空爱一场》。如果我们相信威尔孙教授的推测，《空爱一场》最早上演是在骚赞普顿的府邸，我们更会联想到《十四行诗》正是奉献给骚赞普顿的。《十四行诗》与《空爱一场》的主题都是宣扬爱的福音，可能都是对骚赞普顿而发。

英国派遣军队到法国协助拿瓦尔的亨利（Henry of Navarre）争取王位是在一五九一年七月，到翌年夏秋之际英国民众的热狂达到高潮。伯龙（Marshal de Biron）与朗葛维（Duc de Longueville）是拿瓦部下大将，杜曼（Duc de Mayne）是他的最强项的对手。这四个名字都被莎士比亚在剧中借用了，而且在剧中也提到了这一场战事。故此剧之写作不可能离此次战事过久，也许就在一五九二或一五九三年。

剧中第四幕第三景提到的 school of night 也可提供一点有关

此剧写作年代的消息。在一五九〇年以后最初一两年间伦敦有一批知识分子，以 Sir Walter Ralegh 为首，包括科学家 Henry Percy, Earl of Northumberland, 数学家 Thomas Harriott, 文人 Matthew Roydon, 著名诗人 Christopher Marlowe 与 George Chapman 等人。这一批人当时被目为无神论者，因为据说这一集团尝教人讥嘲《圣经》，怀疑灵魂不朽及死后生活的信仰，甚至教人把 God 一字倒转来拼写。Ralegh 因略诱宫女，失宠坐狱，那是一五九二年事。

一五八二年俄国沙皇伊凡遣使来英，向女王伊利沙白的一位亲属求婚，一时轰动成为新闻。第五幕的有关俄人的穿插当系指此。

威尔孙教授编新剑桥本，肯定地认为此剧作于一五九三年。我想事实上也许是如此的。

## 三　故事来源

此剧故事不知取自何处，可能是有来源的，而其书已佚，因为莎士比亚其他各剧都是有来源可考的。因此也有人猜想此剧故事可能是莎士比亚所独创。

但是莎士比亚也利用了历史的事实。拿瓦尔国王确曾接待过法国国王的使节，一次是一五七八年法国公主玛格莱特（Marguerite de Valois）来访，一次是一五八六年法国王后喀瑟琳（Catherine）自己来访。四开本有好几处应称"公主"处而称"王后"，大概就是在参考史实时发生的混乱。两次王家使节于外交活动之中均有风流韵事流传，客方率领的大批宫女长于肆应，主人方面的盛大款待也显着分外殷勤，整个的气氛都很像是剧中的情节。

拿瓦尔国王之组成学院潜心自修也是有历史根据的。文艺复兴的精神由意大利传到法国，拿瓦尔便是深受影响的一个君王，他在宫廷中供养一批学者、诗人、艺术家、音乐家。所以他的宫廷中举行大规模的游艺活动，也不乏人才的供应。对于法国学术空气之浓厚，莎士比亚不会不知道的，因为法国人 Pierre de la Primaudoye 所写之 L'Academie françoise 一书于一五八六年即有英文译本畅行于世。

英国喜剧作家黎来（John Lyly）对于莎士比亚此剧之影响是不可否认的。在莎氏所有的戏剧里，此剧的宫廷气氛最浓厚，所使用的文字是宫廷文字，与黎来的所谓"优非体"（Euphuism）正相类似，不过莎士比亚的态度是带着讽刺的。至于剧中的若干配角，如学究、乡下收师、狂妄夸口的军人，以及傻子仆人之类，则是仿自意大利的所谓 Commedia dell'Arte，这是通行于十六七世纪的一种戏，亦称 Commedia all'improvviso，其特色为对话临时拼凑，人物有固定类型。特别是一五七〇至一五八〇年之间，意大利此种剧团屡次来英献演，莎士比亚的戏剧受它的影响不止一次。

## 四  舞台历史

照四开本标题页所述，此剧于一五九七年十二月至一五九八年一月所谓圣诞季节中演出，是在女王伊利沙白御前演的。同年密尔斯（Meres）在他的《智慧的宝藏》（Palladis Tamia）中也说看到过此剧，列为六部喜剧之第三部。同年 Robert Tofte 的一首诗 Alba 也称赞上演此剧的演员。

　　在伊利沙白逝世一年多之后，此剧又在宫中上演，以娱哲姆斯一世之王后 Anne of Denmark，这是一六〇四年一月初的事。可见此剧一开始即是宫廷戏。

　　一六三一年《空爱一场》又一四开本印行，是为第二四开本，这是比较罕见的事，因为第一对折本与第二对折本印行之间通常是没有另印单行本的需要的。标题页上写着：As it was acted by his Majesty's Servants at the Blackfriars and the Globe。这可以说明此剧于一六〇八年以后又在上演，因为莎士比亚剧团是于一六〇八年才开始使用黑僧剧院。

　　厥后有一百年以上此剧默默无闻。批评家对于此剧的剧本几乎一致地贬抑，不但没有舞台演出，改编本亦未出现。在整个十八世纪的舞台上，只有此剧末尾之《布谷歌》被移在别的剧本里出现过。

　　第一个改编本刊于一七六二年，其标题为：

　　The Students. A Comedy Altered from Shakespeare's Love's Labours Lost, and Adapted to the Stage.

　　但是似乎从来不曾上演过。莎士比亚的原文只保存了八百行左右，情节改动得很厉害，剧中人物亦有削减。改编人的姓名不详。

　　另一改编本，亦不详编者姓名，刊于一八〇〇年。

　　莎士比亚原著《空爱一场》之重上舞台是在一八三九年九月三十日，地点是 Covent Garden。Samuel Phelps 于一八五七年上演此剧于 Sadler's Wells Theatre。一八八五年及一九〇七年莎氏诞辰纪念时在斯特拉福纪念剧院亦曾演出。此后此剧在舞台上即不断出现，最近 Old Vic 于一九一八年及一九二三年均包括此剧于经常上演的剧目之内。


## 五　几点批评

　　《空爱一场》是莎士比亚早年不成熟的作品，受过很多不利的批评。例如约翰孙博士就说："此剧为所有编者所谴责，有些且认为不配为莎翁之手笔而加以剔除，其中实在是有些段落非常卑鄙幼稚庸俗；有些字句根本不该写了出来在一位处女的女王面前宣诵，而据说是曾在女王御前上演的。"不过约翰孙补上了这样的一句："但是在全剧中散见许多天才的火花。"德来顿（Dryden）评论说："有些戏剧'不是向壁虚造，便是写法恶劣，其中喜剧部分不能令你欢娱，严肃部分亦不能令你关切'。而此剧则是属于后者。"浪漫派的批评家哈兹立（Hazlitt）坦白地说："如果我们要把作者的喜剧舍弃任何一出，那么就是这一出了。"

　　此剧的缺点是很明显的，"文字游戏"的分量过多，人物的描写不足。蒲普（Pope）编到此剧时，常整页地删节，改列在页下端作为附录。但是近年来一般批评家对此剧已渐有好感，以为此剧在情节上虽然荒诞不近人情，在文字上虽然勉强造作，但在结构上不失为匀称完整之作，在气氛上有音乐的超然之美。在舞台上演出，有歌剧的风味。

## 剧 中 人 物

斐迭南（Ferdinand），拿瓦尔国王。

伯龙（Berowne）

朗葛维（Longaville）　侍奉国王的贵族。

杜曼（Dumaine）

鲍叶特（Boyet）

马卡德（Marcade）　侍奉法国公主的贵族。

唐·阿德里爱诺·德·阿马都（Don Adriano de Armado），一个怪诞的
西班牙人。

拿簪纽尔师父（Sir Nathaniel），助理牧师。

郝娄弗尼斯（Holofernes），教师。

德尔（Dull），警吏。

考斯达（Costard），乡下人。

毛兹（Moth），阿马都的侍童。

森林管理人。

法国公主。

罗萨兰（Rosaline）

玛利亚（Maria）　侍奉公主的宫女。

喀撒琳（Katharine）

杰克奈塔（Jaquenetta），乡下姑娘。

众官员等，国王及公主的侍从等。

## 地 点

拿瓦尔（Navarre）

# 第 一 幕

## 第一景：拿瓦尔国王的花园

国王、伯龙、朗葛维与杜曼上。

国王　　把人人毕生追求的名誉长久记录在我们的坟墓的铜碑上面吧，然后在死亡的打击之中便可给我们以光荣，趁我们一息尚存的时候，不顾那狼吞虎咽的"时间"，赶快博取光荣的美名，那美名足以锉钝"时间"的镰刀的利刃，使我们永垂于不朽。所以，勇敢的战士们，因为你们的确是，你们要对你们自己的情感和众多的世俗的欲望作战，我最近的命令必须严格执行，拿瓦尔必须成为全世界所景仰的地方，我们的宫廷需要成为一所小小的学院，静静地研讨人生哲学。你们三位，伯龙、杜曼，与朗葛维，

> 已经宣誓过和我同住三年，做我的同学伴侣，遵守记载在这张纸上的那些戒条。你们已经宣过誓，现在签上你们的名字，谁要是违反了其中最小的细节，谁就是亲手撕毁他的荣誉。
>
> 如果你们决心照你们的誓言去做，
>
> 就签上你们的名字，实行你们的承诺。

朗葛维　我已下了决心，不过是三年的斋戒罢了。肉体虽然憔悴，精神一定享受珍馐。

　　　　肚子肥大，脑袋就要瘦小，

　　　　美食增长肥膘，但是破坏头脑。

杜曼　　我的亲爱的主上，杜曼决定禁欲，尘世间的一切欢乐，他全都丢给凡夫俗子去享受：

　　　　财、色、荣华，我一概戒绝，

　　　　我要和这几位[1]专心研讨哲学。

伯龙　　我只能重复他们所说的话，亲爱的主上，我已经发过誓了，在这里居住读书三年。可是还有其他的严厉的戒约，例如，在这期间不得接见任何女人，这一条真是我希望不包括在内的。一星期内有一天不得进食，此外每日也只得一餐，这一条我也不希望包括在内。还有，夜晚只准睡眠三小时，白昼整天不准闭一下眼，我一向是整夜酣眠[2]，半个白昼当作黑甜乡，这也是我很希望不包括在内的。

　　　　啊！这些无谓的难题，很难做到，

　　　　不看女人，读书，斋戒，又不睡觉。

国王　　你发过誓要把这些戒绝。

| | |
|---|---|
| 伯龙 | 对不起，陛下，我没有这样的誓约。 |
| | 我只发誓说和陛下一同读书， |
| | 在您宫里住上三年的工夫。 |
| 朗葛维 | 伯龙，对这个和其他的戒条你都发过誓言。 |
| 伯龙 | 我当时唯唯否否，只是拿发誓当作好玩。 |
| | 读书的目的是什么？说给我听。 |
| 国王 | 噫，去明白不读书便不明白的事情。 |
| 伯龙 | 您是说常人所窥察不到的大道理？ |
| 国王 | 对，那便是读书的最大的利益。 |
| 伯龙 | 那么开始吧，我要发誓苦读， |
| | 去了解我所不能了解的事物， |
| | 例如：在不准公然宴会之际， |
| | 研究一下有什么吃饭的地方。 |
| | 大家都看不到一个女人的时期， |
| | 研究一下哪里可以找到姑娘。 |
| | 如果所发的誓言太难实行， |
| | 研究一下如何毁誓而不丧失信用。 |
| | 若是读书有这样的好处，而此言非虚。 |
| | 那么读书确可知道前所不知的东西。 |
| | 让我这样发誓吧，我永远没有异议。 |
| 国王 | 这乃是妨害读书的障碍物，诱使我们在虚幻的欢乐 |
| | 场中去追逐。 |
| 伯龙 | 噫，一切欢乐皆是虚幻，最虚幻的 |
| | 便是，辛苦追求，到头来一场没趣， |
| | 例如：抱着书本苦苦地钻研， |

追求真理，而真理毫不留情，

狠狠地弄瞎了他的两只眼。

追求光明反被光明骗走了光明，

于是，在黑暗中尚未发现光明以前，

你先瞎了眼睛，光明变成一片黑暗。

真不如让眼睛快乐一阵，

盯着看一只更美丽的眼睛，

那眼睛照得它睁不开，却是它的保护人，

使它变瞎，却给它以光明。

学问有如太阳在天空照耀，

不准人大胆地仔细观看。

不断研读的大儒亦所得甚少，

只能撷拾一些前人的断片。

给星辰命名的尘世间的教父，

为每一个恒星起了一个名字，

他们从星光之夜所得的好处

并不多于不知星辰为何物的俗子。

对学问过分热心不过是博取虚声，

每一个教父都能给孩子命名。

| | |
|---|---|
| 国王 | 他是何等地博学，竟反对读书！ |
| 杜曼 | 他俨然学者，竟阻碍学问的进步！ |
| 朗葛维 | 他芟割了粮食，留着莠草不除。 |
| 伯龙 | 春天近了，小鹅就要孵出[3]。 |
| 杜曼 | 这话怎讲？ |
| 伯龙 | 对他讲颇为时地相宜。 |

| | |
|---|---|
| 杜曼 | 简直语无伦次。 |
| 伯龙 | 至少这是韵语 [4]。 |
| 国王 | 伯龙好像是一阵严霜，<br>咬死了春天初生的花苞。 |
| 伯龙 | 就算我是，夏天如何能张狂，<br>鸟儿还没有开始歌叫？<br>我为什么要对早产而表示欢欣？<br>在圣诞节我不想要一朵玫瑰，<br>五月艳阳天，我也不想大雪纷纷，<br>每件东西要按照季节生长出来。<br>所以你们是太晚了，现在才去读书，<br>有如为了开启小门而去翻越房屋。 |
| 国王 | 好，你退出吧，回家去，伯龙，再见！ |
| 伯龙 | 不，陛下，我已发誓要和您做伴，<br>虽然我鼓吹愚昧振振有词，<br>比你们拥护学问更为激昂慷慨，<br>你们放心吧，我会遵守盟誓，<br>把三年苦修一天天地忍受下来。<br>把文件给我，让我再读一遍，<br>在这些严戒之下我要把我的名字签。 |
| 国王 | 这样做可多么好，挽回了你的颜面！ |
| 伯龙 | 第一条，"任何女子不得进入我的宫廷一里以内"。<br>这一条公布过了没有？ |
| 朗葛维 | 四天前即已公布。 |
| 伯龙 | 我们来看看如何处罚，"违者割去她的舌头"，谁制 |

订的这种处分？

朗葛维　是我订的。

伯龙　　请问为了什么理由？

朗葛维　用这样可怕的处罚，可以吓得她们不敢来。

伯龙　　好一条不合文明习惯的法律！再一条，"任何人如在
三年期内被发现与一女人谈话，他将按照同人所能
制订的方式接受公开的惩处"。

　　　　这一条陛下您自己就要打破，

　　　　您知道有一位美丽端庄的姑娘，

　　　　就要前来和您办理一宗交涉，

　　　　她全权代表她的父亲法国国王，

　　　　请求您放弃亚魁丹一省，

　　　　给她的衰老的卧病在床的父亲，

　　　　所以这一条的制订全然无用，

　　　　否则这美丽的公主是徒然惠临。

国王　　二位意下如何？我把这事完全忘记。

伯龙　　读书人总是这样地顾此失彼。

　　　　他专心研讨他所喜欢的事情，

　　　　把该做的就忘了个一干二净。

　　　　肆力追求的东西一旦真有所获，

　　　　也如用火攻夺的城市一样，不值一顾。

国王　　这一条法令必须作罢，

　　　　事实需要她须在此下榻。

伯龙　　如果我们顾到事实需要，

　　　　三年内我们将背誓三千次，

因为每人生来都有他的爱好，

除非上天的意旨，外力不能控制。

如果我背誓，我就有话可说了，

我背誓乃是"根据事实的需要"。

在这所有的戒条之下我签上姓名，〔签字〕

谁若是极轻微地把戒条违反，

他将永久地蒙上耻辱的名声。

诱惑对别人和对我原是一般，

不过我相信，虽然我好像不大热心，

我是守誓到底的最后的 一个人。

但是是否一点积极的娱乐都不准？

国王　　　有的，你们知道宫里来了一位客人，

是来自西班牙的一位高雅的游客，

此人集全世界的时髦服装于一身，

古怪的词藻装满了他的一脑壳。

他爱听他自己的放言高论，

就好像是沉醉于迷人的音乐。

他是一个多才多艺的人，

是是非非都会凭他一言而决。

这位才子，名字叫阿马都，

在我们读书休息的时期，

他将以夸张的词句来讲述，

炎方西班牙武士们的战迹。

你们爱听与否，我不晓得，

我倒是喜欢听他胡扯，

　　　　　　　　我要请他讲故事来伺候我。

伯龙　　　　　阿马都是最杰出的才子，

　　　　　　　　谈吐清新，护卫时髦的勇士。

朗葛维　　　　那乡下人考斯达也是我们的笑料，

　　　　　　　　这样去读书，三年也就很短了。

　　　　　　　　德尔持信与考斯达上。

德尔　　　　　哪一位是国王本人？

伯龙　　　　　这一位，你有什么事？

德尔　　　　　其实我自己就可代表[5]他本人，因为我是国王陛下
　　　　　　　　的巡警，不过我要见他本人一面。

伯龙　　　　　这就是他。

德尔　　　　　阿姆——阿姆先生向陛下请安。刚刚发生了一个案
　　　　　　　　子，这一封信有更详尽的报告。

考斯达　　　　这信的内容[6]是和我有关的。

国王　　　　　是伟大的阿马都写来的信。

伯龙　　　　　不管内容多么冗长，我希望读到夸张的字句。

朗葛维　　　　你这希望倒是不大，上帝给我们耐心吧！

伯龙　　　　　耐心听，还是忍着不笑出来？

朗葛维　　　　乖乖地听，适度地笑，或是二者都不要。

伯龙　　　　　好吧，先生，我们的笑声应该有多么高，就由那文
　　　　　　　　字的风格来决定吧。

考斯达　　　　内容是对我而发，先生，也牵涉到杰克奈塔。情形
　　　　　　　　是，我当场被捕了。

伯龙　　　　　怎个情形？

| | |
|---|---|
| 考斯达 | 情形与状况是如下所述，先生：一起是三个人，我和她被发现在庄子里，我和她坐在一条长凳上，我又被发现跟着她走进了花园，总而言之，情形是有如下述。讲到情形，就是一个男人和一个女人谈天的那种情形；讲到状况，也就是某一种状况。 |
| 伯龙 | 以后呢？ |
| 考斯达 | 以后我就只得听由处罚了，上帝保佑好人！ |
| 国王 | 你们愿细心听这封信吗？ |
| 伯龙 | 愿像听神谕一般。 |
| 考斯达 | 人就是这样愚蠢，爱听胡说八道。 |
| 国王 | "伟大的上苍的代表，拿瓦尔的唯一的统治者，我的灵魂之人间的上帝，我的肉体之鞠育的保护人。" |
| 考斯达 | 还没有提到考斯达一个字。 |
| 国王 | "情形是如此。" |
| 考斯达 | 可能是如此，不过如果他说是如此，老实讲，他这个人也不过如此—— |
| 国王 | 不要作声！ |
| 考斯达 | 对于我和每一个不敢打架的人最好是不要作声。 |
| 国王 | 不要说话！ |
| 考斯达 | 关于别人的秘密最好是不要说话，我请求你。 |
| 国王 | "情形是如此，我因为被黑色的忧郁所围困，想乞灵于您的恢复健康的空气，来治疗我的积郁难舒的心情。我乃是有身份的人士，故此外出散步。是何时间？约在六时左右，亦即牲畜多在吃草，鸟儿多在啄粒，人们多在坐着摄取营养所谓晚餐的那个时候， |

这说的是时间。现在讲到地方，我的意思是指我散步的地方，那地方的名字就是您的花园。然后再说哪一个地点，我的意思是说，我遭遇那最淫秽最荒唐的事件的地点，那事件引得我用雪白的翎毛笔蘸着乌黑的墨水写这封信给您欣赏、浏览、查阅，或是观看。但是说到那个地点，那便是在您的迷宫一般的花园的西角之指向北北东而又偏东的那里，就在那个地点我看到了那个下贱的村夫，专为供您取笑的那个下贱货——"

考斯达　　就是我。

国王　　"那个没受过教育的愚昧无知的家伙——"

考斯达　　就是我。

国王　　"那个浅薄的东西——"

考斯达　　还是我。

国王　　"我记得，他名叫考斯达——"

考斯达　　啊，是我了。

国王　　"他违反了您公布的旨意与禁令，居然陪伴着一个——一个——啊，说起来我好痛心，他竟陪伴着一个——"

考斯达　　一个女人。

国王　　"一个我们的老祖母夏娃的孩子，一位女性。为您易于了解起见，也可以说是一位妇人。我，为我所最重视的忠心所驱使，把他交给了陛下的警吏安东尼德尔，他是一位在声誉、态度、行为和人品方面都很好的人，由他押解到您跟前，接受其应得之惩罚。"

德尔　　　请您注意，那就是我，我就是安东尼德尔。

国王　　　"至于杰克奈塔——这就是我和前述村夫同时捕获的那个婆娘的名字——我已加看管，听候您依法严惩，只消您一声通知，我就把她送来应审。我是您的臣仆，怀着无限虔诚热烈的忠心的，唐·阿德里爱诺·德·阿马都。"

伯龙　　　这不如我所期望的那样好，可是已经是我所听到过的最好的一封信了。

国王　　　是的，最恶劣的当中之最杰出者。但是，小了，你对这个有何话说？

考斯达　　我承认是带了一个女人。

国王　　　你听到法令的宣告了吗？

考斯达　　我承认听到了，但没有怎么注意。

国王　　　被发现携带女人，依法处以一年监禁。

考斯达　　我没有携带女人，陛下，我是携带一位姑娘。

国王　　　噢，法令上说的即是"姑娘"。

考斯达　　她也不是姑娘，陛下，她是一位"处女"。

国王　　　也可以做这样的解释，禁令说的就是"处女"。

考斯达　　果真如此，我就否认她是处女，我携带的是一位少女。

国王　　　这少女不见得对你有用。

考斯达　　这少女正合我的用。

国王　　　我要对你宣布判决了：罚你斋戒一星期，只准吃些糠皮和水。

考斯达　　我宁愿祈祷一个月，喝羊肉汤[7]。

国王　　　着唐·阿马都做你的监守人。伯龙大人，你负责把
　　　　　他押解了去。

　　　　　我们走吧，我们就去实行

　　　　　我们互相坚决发誓的主张。〔国王、朗葛维与杜
　　　　　曼下〕

伯龙　　　愿拿我的头和任谁的帽子打赌，

　　　　　这些誓约禁令必成儿戏一场。

　　　　　小子，走吧。

考斯达　　我是为真理而吃苦，先生，因为那是一点也不假，
　　　　　我和杰克奈塔在一起而被捕，而杰克奈塔是一个忠
　　　　　实的女子，所以欢迎这幸福的苦杯吧！灾难也许有
　　　　　一天对我绽出了笑容，在那一天到来之前，您请坐
　　　　　吧，悲哀[8]！〔同下〕


# 第二景：同上


阿马都与毛兹上。

阿马都　　孩子，一个胸襟伟大的人变得忧郁起来，那是什么
　　　　　朕兆？

毛兹　　　那是一个伟大的朕兆，先生，他会要露出悲哀的

様子。

| 阿马都 | 唉，悲哀还是同样的一个东西，乖孩子。 |
| --- | --- |
| 毛兹 | 不，不，绝对地不是。 |
| 阿马都 | 你如何分别悲哀与忧郁呢，我的娇嫩的青年? |
| 毛兹 | 看那明显的发作的情况就会知道，我的硬朗的老者。 |
| 阿马都 | 为什么是硬朗的老者? 为什么是硬朗的老者? |
| 毛兹 | 为什么是娇嫩的青年? 为什么是娇嫩的青年? |
| 阿马都 | 我说娇嫩的青年，因为那是对于你的稚龄之一个适当的名称，我们可以称之为娇嫩。 |
| 毛兹 | 我说硬朗的长者，因为那是对于你的老年之一个适当的尊号，我们可以名之为硬朗。 |
| 阿马都 | 美，而且敏捷。 |
| 毛兹 | 您是什么意思，先生? 我美，我的说话敏捷? 还是我敏捷，我的说话美? |
| 阿马都 | 你美，因为你小。 |
| 毛兹 | 小的就美，因为他小。为什么敏捷呢? |
| 阿马都 | 所以说敏捷，就因为他快。 |
| 毛兹 | 您这样说是称赞我吗，主人? |
| 阿马都 | 是你分所应得的称赞。 |
| 毛兹 | 我要以同样的称赞来称赞一条鳝鱼。 |
| 阿马都 | 什么! 鳝鱼是言词敏捷的吗? |
| 毛兹 | 鳝鱼溜得快[9]。 |
| 阿马都 | 我是说你会顶嘴，你招我生气。 |
| 毛兹 | 我满足了，先生。 |
| 阿马都 | 我不喜欢受人顶撞。 |

| | |
|---|---|
| 毛兹 | 〔旁白〕他说的话与事实正相反，是金钱不喜欢他 [10]。 |
| 阿马都 | 我已经答应和国王一起读书三年。 |
| 毛兹 | 您用一小时就够了，先生。 |
| 阿马都 | 不可能。 |
| 毛兹 | 一的三倍是多少？ |
| 阿马都 | 我不善算账，这是一个酒保最擅长的事。 |
| 毛兹 | 您是一位绅士，也是一位赌客，先生。 |
| 阿马都 | 二者我都承认，这都是一个多才多艺的男子所不可缺的才具。 |
| 毛兹 | 那么，我准知道两点加上一点总数是多少，你一定知道了。 |
| 阿马都 | 比两点多一点。 |
| 毛兹 | 一般人称之为三。 |
| 阿马都 | 对。 |
| 毛兹 | 噫，先生，这也算得是研究学问吗？现在，您还没有眨三次眼，三已经研究过了。把"年"放在"三"字的后面，那是轻而易举的，用两个字就是研究三年了，那一匹跳舞的马都可以告诉您 [11]。 |
| 阿马都 | 真会说话！ |
| 毛兹 | 证明您是一无所知。 |
| 阿马都 | 我现在要承认我是在恋爱中，一个军人闹恋爱是下流的，所以我所恋爱的也正是一个下流女人。对于这种闹恋爱的荒唐心情我如果拔剑相斗，便可把我从这种堕落的想法里解救出来，那么我就会生 |

摛"欲望",任谁用新兴的法国式的鞠躬为礼就可以把它赎出来。我不屑于唉声叹气,我想我应该弃绝邱彼得。安慰我吧,孩子,可有大人物而闹恋爱的吗?

毛兹　赫鸠利斯[12],主人。

阿马都　伟大的赫鸠利斯!好孩子,再举几个例子,乖孩子,要是大大有名而且行为良好的人。

毛兹　参孙[13],主人,他行为良好,而且孔武有力,因为他曾像一个脚夫似的把城门扛在肩上。他曾经闹过恋爱。

阿马都　啊,魁梧的参孙!强壮的参孙!扛城门我不如你,可是我的剑法比你强。我也在闹恋爱。参孙的爱人是谁,亲爱的毛兹?

毛兹　是个女人,主人。

阿马都　她是怎样的性格[14]?

毛兹　四种都有,也许四种当中有三种、两种或一种。

阿马都　告诉我到底是哪一种。

毛兹　海绿色,先生。

阿马都　这是四种性格之一吗?

毛兹　按照我从书本上所读过的,的确是,先生,而且是其中最好的一种。

阿马都　绿色确是情人脸上的颜色[15],不过我觉得参孙没有理由爱上那种颜色。他爱她必是爱她的才气。

毛兹　确是如此,先生,因为她有一股饶有生趣的才气。

阿马都　我的爱人脸上是一尘不染,纯粹地白里透红。

| 毛兹 | 顶脏的念头，主人，是隐藏在这种颜色之下的。 |
| --- | --- |
| 阿马都 | 解释一下，解释一下，博学的婴儿。 |
| 毛兹 | 我爸爸的智慧，我母亲的舌头，来帮助我吧！ |
| 阿马都 | 一个孩子的天真的祈祷，极美妙，也极动人！ |
| 毛兹 | 如果她脸上白里透红，<br><br>她的过错将永不被人发现，<br><br>因为绯红的颊是过错所产生，<br><br>恐惧时才露出苍白的脸。<br><br>她若是有所恐惧，有了过错，<br><br>你将永远无法知悉，<br><br>因为她脸上的这种颜色<br><br>是她生来就有的。<br><br>这是反对红白脸色的一首很厉害的歌，主人。 |
| 阿马都 | 孩子，不是有一首歌谣《国王与乞丐》吗？ |
| 毛兹 | 约三代以前，世上曾经大大不该地流行过这样一个歌谣，我想现在已经失传了，纵然还存在，那歌词和腔调都不适合您的情绪。 |
| 阿马都 | 我要把这歌谣重新写过，作为我误入歧途的一个有力的前例。孩子，我在花园里所捉到的和聪明的村夫考斯达在一起的那个乡下姑娘，我真是爱她，她应该有一个好的情郎。 |
| 毛兹 | 〔旁白〕应该挨一顿鞭子抽，然后再有一个比我主人好的情郎。 |
| 阿马都 | 唱个歌儿，孩子，我在恋爱中心绪沉重起来了。 |
| 毛兹 | 这可真是大大的怪事，您爱的原是个轻佻的女人。 |

| | |
|---|---|
| 阿马都 | 我说，你唱吧。 |
| 毛兹 | 等这群人走过去再唱。 |

德尔、考斯达与杰克奈塔上。

| | |
|---|---|
| 德尔 | 先生，国王的旨意是，要你把考斯达严加看管，不可让他取乐，也不可让他悔过，但是他必须每星期斋戒三天[16]。至于这位姑娘，我要留她在花园里，她奉准做一个挤牛奶的姑娘。再会了。 |
| 阿马都 | 我因为有心事而忍不住脸红了。小姐！ |
| 杰克奈塔 | 男子汉！ |
| 阿马都 | 我要到小屋去拜访你。 |
| 杰克奈塔 | 那就在附近。 |
| 阿马都 | 我知道那地点。 |
| 杰克奈塔 | 主啊，你好聪明！ |
| 阿马都 | 我将告诉你一些令你大吃一惊的事。 |
| 杰克奈塔 | 我看你是瞎扯[17]！ |
| 阿马都 | 我爱你。 |
| 杰克奈塔 | 我听你这样说过了。 |
| 阿马都 | 再会了。 |
| 杰克奈塔 | 愿你遇到好天气！ |
| 德尔 | 好了，杰克奈塔，走吧！〔德尔与杰克奈塔下〕 |
| 阿马都 | 坏东西，你在被赦之前先要为你的罪过而斋戒。 |
| 考斯达 | 好的，先生，我希望先填满了肚子再斋戒。 |
| 阿马都 | 你要受重重的处分。 |
| 考斯达 | 我比你的仆人们要更感激你，因为他们只能获得轻 |

微的报酬。

| | |
|---|---|
| 阿马都 | 把这坏蛋带走，把他关起来。 |
| 毛兹 | 来，你这犯法的奴才，走吧！ |
| 考斯达 | 不要把我关起来，先生。放我自由，我愿斋戒。 |
| 毛兹 | 不行，先生，这是骗局，你必须进监狱。 |
| 考斯达 | 好吧，如果有一天我能重见天日[18]，有人一定会看到—— |
| 毛兹 | 有人一定会看到什么？ |
| 考斯达 | 没有什么，毛兹先生，只是看到他们所看的东西罢了。坐监牢的人越少说话越好，所以我什么也不说了。我感谢上帝我和别人一样地缺少耐心，所以我可以一声不响。 |

〔毛兹与考斯达下〕

| | |
|---|---|
| 阿马都 | 土地是卑贱的，她的鞋是更卑贱的，她的脚是最卑贱的，可是她穿着鞋所踏过的那块土地我真是爱。如果我是在恋爱，我便是受骗了——这便是骗术的一大证据。被骗诱的爱，如何能是真正的爱呢？爱情是一个随身小鬼，爱情是一个恶魔，除了爱情之外便无所谓邪恶的天使。参孙是这样受骗诱的，他有极大的力气；所罗门也是这样被勾引的，他有很好的头脑。邱彼得打靶的箭是很硬的，非赫鸠利斯的大棒槌所能抵抗，所以西班牙人的软剑是不能占上风的。决斗法中的第一款第二款对我没有用[19]，迈步冲刺他不怕，决斗的规矩他不管，他的耻辱是被人称为小孩子，可是他的光荣却是征服大男人。再 |

见，勇敢！生锈吧，宝剑！静止吧，战鼓！因为使用武器的人是在恋爱中。是的，他在闹恋爱。哪一位出口成章的诗神来帮助我吧，因为我势必要变成为一个写情诗的人。动起来，脑筋，写起来，笔，因为我要一大本一大本地作诗了。〔下〕

## 注 释

[1] all these，新亚顿本编者 Richard David 注云："his companions." Craig 注云："i.e., the pleasure afforded by these I find in philosophy." 耶鲁本亦注为："i.e., love, wealth, and pomp." 第一说似较胜。

[2] think no harm all night 即"整夜酣眠"之意。谚云："He that sleeps well thinks no harm." 可为佐证。

[3] green geese，据 David 注："伯龙可能是暗指他的诚心求学的几位伴侣乃不懂事的傻瓜，不自知将有何等的遭遇。" 雏鹅约于圣灵降临节 Whitsuntide 左右上市。

[4] 英文成语 Neither reason nor rime（= Neither order nor sense.），莎士比亚常喜将此成语拆开戏用。

[5] reprehend 为 represent 之误用。警吏无知，滥用字词。

[6] contempts 为 contents 之误用。

[7] mutton and porridge=mutton-broth. 按 mutton 一字亦有"娼妓"之意。

[8] sit thee down, sorrow！似是谚语，不知作何解。第四幕第三景第四行再度使用此语。

[9] that an eel is quick 一语显然是含有关于阿马都的一个典故，但不知究何所指。David 转述 John Crow 的解释："此语与一谚语'搂住女人的腰或抓住鳝鱼的尾''to get a woman by the waist or a quick eel by the tail'有关，暗示阿马都喜追逐女性。"诚如 David 所言，失之穿凿。

[10] cross，常用的双关语:（一）出言顶撞;（二）钱币，因为反面铸有十字架图形之故。阿马都常患穷，故云。

[11] 据记载，在一五九一年有名 Banks 者豢一白马，取名为 Morocoo，能以后腿竖立，做跳舞状，一足有骰子一颗，一点朝上，一足有骰子一颗，二点向前，主人说一数目，马即以其蹄触地表示之。

[12] Hercules 是古希腊神话中的英雄。

[13] Samson 即《圣经》中的力士参孙，见《士师记》第十六章第一至三节。

[14] complexion 显然是指 humour（sanguine, choleric, phlegmatic, and melancholy），但毛兹似是指"颜色"。

[15] 绿色可能是指 green sickness，少女怀春时患贫血者，往往脸上发绿。

[16] 一五八〇年伊利沙白女王重申以前之禁令，除复活节与圣诞节那两个星期之外，每星期三及星期六两天均与星期五一样，定为"食鱼日"，不得食肉。

[17] With that face? 俗语，=You don't mean it.

[18] see the merry days of desolation 中之 desolation 可能是 consolation 之误用字。也许是 dissipation 的误用。

[19] the first and second cause 是指"决斗法"中所列的两项决斗的理由。如果一个人指控另一人犯有该当处死之罪行，即可进行决斗。如事关名誉，亦可进行决斗，因名誉重于生命。[ 见 *The Booke of Honor and Armes*（1590）。] 牛津本 cause 作 clause，似误。

# 第 二 幕

## 第一景：拿瓦尔国王的花园。远处有一大
## 帐篷及若干小帐篷

法兰西公主、罗萨兰、玛利亚、喀撒琳、鲍叶特、众贵
族及其他侍从等上。

鲍叶特　　现在，公主，请运用您的最佳的智慧，想一想您的
　　　　　父王派遣的是何等人，他派人来见的是何等人，他
　　　　　要接洽的是何等事。您自己乃是全世界所敬爱的人，
　　　　　您亲自前来，和唯一的拥有一个男人所能具备的一
　　　　　切美德的举世无双的拿瓦尔国王进行交涉，而所提
　　　　　出的要求乃是索还亚魁丹一省，其分量之重足够做
　　　　　一位王后嫁妆。上天造物是吝啬的，不把美貌赋给
　　　　　一般的世人，唯独对于您是慷慨的，把所有的美都

集于您的一身，您现在也应该同样慷慨地利用您的美貌。

公主　　好鲍叶特大人，我的美虽然卑不足道，却不需要你来揄扬渲染，美的欣赏要凭买主的眼力，不靠贩子的吆喝。我听了你对我的夸奖，我倒并不怎样得意，你用尽心机地赞美我，却是有意希冀别人夸说你的聪明。现在我反过来要你做一件事，好鲍叶特，你不会不知道，外面传说甚盛，拿瓦尔国王已经立誓，在苦读三年期满之前不准任何女人走近他的肃穆的宫廷，所以我们在进入他的禁门之前似乎需要先行探听他的意思。我相信你的才能可以胜任，特选你作为我们的能言善辩的使者。告诉他，法国国王的女儿为了要事急需解决，请求当面商谈。赶快去，对他这样说。我们像是一群卑颜足恭的求情者，敬候他的圣旨。

鲍叶特　我以奉命为荣，我将欣然前往。

公主　　荣誉都是自愿的，你的便是这样。〔鲍叶特下〕
　　　　诸位大人，和这位贤德的国王一同发誓守戒的信徒都是些什么人？

贵甲　　朗葛维是其中一个。

公主　　你认识此人？

玛利亚　我认识他，公主，柏立高勋爵和杰克斯·孚康布利芝的美丽的继承人在诺曼地举行婚礼的时候，我在喜筵上见过这位朗葛维。他是大家公认的杰出的人才，真是文武双全，凡是他存心良善的事没有一桩

做出来是使他失体面的。美德的华丽外表若是能有
一点玷污的话，他的唯一的污点便是言词刻薄，外
加上性情鲁莽——言词锋利、出口伤人、性情鲁莽，
有机会决不饶人。

公主　　　是一位风流倜傥的贵族，是不是呢？

玛利亚　　知道他的脾气的人都说他是的。

公主　　　这种短命的机灵鬼不久就会死去。

　　　　　还有什么别人？

喀撒琳　　年轻的杜曼，一位多才多艺的青年，爱美德的人都
　　　　　敬爱他的德行。他有极大的力量造成极大的祸害，
　　　　　但是他没有一点点害人的心，因为他有充分的聪明
　　　　　可以使丑恶的外形变成美好，即使没有那一份聪明，
　　　　　他的仪表也足以博得人们的喜爱。我有一回在阿朗
　　　　　松公爵府里遇见过他，我对他的赞美只能这样说，
　　　　　可惜我当时观察他的好处的机会实在嫌太少了[1]。

罗萨兰　　如果我所闻非虚，当时还有一位同学和他在一起，
　　　　　他们唤他为伯龙。在我所交谈过一小时的人们当中，
　　　　　还没有一个更会说笑话而又不逾矩的人。他的眼睛
　　　　　会给他的机智寻找说笑话的机会，眼睛刚抓到了一
　　　　　个目标，他的机智便把它变成了惹人哄堂的笑话，
　　　　　他有善于抒情状物的口才，用恰当优美的词句把笑
　　　　　话讲述出来，使得老年人跑过来听他讲话，年轻人
　　　　　听得十分神往，他的言词是如此地流畅动人。

公主　　　上帝祝福我的小姐们！她们全都在恋爱中吗，怎
　　　　　么每一位都把她的意中人用这样美丽的言词加以

奖饰?

贵甲　　　鲍叶特来了。

　　　　　鲍叶特又上。

公主　　　喂,你受到了怎样的招待?

鲍叶特　　拿瓦尔国王早已知道您的来临,在我未来之前,他
　　　　　和与他一起立誓的同伴们就全都准备迎接您的大驾
　　　　　了。真是的,我听到了这样的消息:他打算把您安
　　　　　顿在郊野,好像您是前来围困他的宫廷的一个人,
　　　　　不愿撤销他的誓约让您进入他的无人伺候的房屋[2]。
　　　　　拿瓦尔国王来了。〔诸女士戴上面罩〕

　　　　　国王、朗葛维、杜曼、伯龙与侍从等上。

国王　　　美丽的公主,欢迎你到拿瓦尔的宫廷来。

公主　　　"美丽"二字我璧还给您,"欢迎"则我尚未拜领,
　　　　　这苍穹太高了,不是属于您的,荒郊旷野里的欢迎
　　　　　又太怠慢了,不是我所应受的。

国王　　　公主,我一定要欢迎你到我宫里来的。

公主　　　到那时我才能算是受到欢迎,引我前去吧。

国王　　　听我说,亲爱的公主,我是已经发过誓的。

公主　　　圣母保佑您吧!他要背誓。

国王　　　决不肯甘心情愿地背誓,美丽的小姐。

公主　　　噫,一定会决心背誓,只是决心而已。

国王　　　你还不晓得我发的是什么誓。

公主　　　您若是不知道,您的无知正是您的聪明处,现在如

果您知道了，那势必证明您糊涂。我听说陛下发誓
弃绝慈善事业，守这样的誓是极大的罪恶，背誓也
是罪恶。但是原谅我，我太鲁莽了，我不该教训一
个教师。请读一下我的来意，早些给我答复。

〔交一信件〕

国王　　小姐，我如能早些答复，我必定尽早。

公主　　您是愿意我离开此地越早越好，

　　　　因为您留我在此，您要把誓约破坏了。

伯龙　　我不是和您在伯拉邦跳舞过一次吗？

罗萨兰　我不是和您在伯拉邦跳舞过一次吗？

伯龙　　我记得您和我跳过。

罗萨兰　那么何必再问！

伯龙　　您不可这样尖刻。

罗萨兰　是因为你用这种问话刺激我的。

伯龙　　您的嘴太厉害，跑得太快，会感疲劳。

罗萨兰　不把骑者丢到泥泞里，不会停止跑。

伯龙　　现在什么时候了？

罗萨兰　是傻子们该发问的时光。

伯龙　　愿幸运降在您的面罩上！

罗萨兰　降给面罩遮盖下的那个人！

伯龙　　并且把许多的情郎送给您！

罗萨兰　阿门，只消你不是其中之一。

伯龙　　那么我只好走开去。

国王　　公主，你的父亲在这里告诉我们他付过十万克朗，

　　　　那只是我的父亲借给他的战费总额的一半。我的父

亲和我都没有收到那笔款项，即使收到了，也还另有十万未付。为了担保这笔债务，亚魁丹的一部分是押给我了，虽然其价值抵不过这一笔款。如果你的父王清偿那尚未偿付的半数，我也愿放弃我在亚魁丹的权利，与他维持友谊。但是他好像没有此种意图，在这信里只是主张业已付过十万克朗，并没有要求说于再付十万克朗之后收回他在亚魁丹的主权，像亚魁丹这样贫瘠的一块地方，我是宁愿舍弃的，只要能收回我父亲借出的款项。亲爱的公主，倘若不是他的要求太不合理，你本身之惠然肯来即足以使我心里做不合理的让步，你会满意而去的。

公主　　您这样的好像是否认曾经收到那一笔忠实付过的款项，这不但冤枉我的父王太甚，这也有伤您的名誉。

国王　　我要声明我实在没有听说有过这样的事，如果你能证实其事，我将退还此款或是放弃亚魁丹。

公主　　我现在抓住您的这句话了。鲍叶特，你可以把他父亲查尔斯 [3] 的专员为这一笔款所开的收据缴献出来。

国王　　给我看看。

鲍叶特　　启禀陛下，装载那收据及其他文件的包裹尚未运到，明天您可以翻阅。

国王　　那就使我无话可说了，等我看到了之后，一切合理之事我王无不从命。目前先请接受合于你的身份而又无损于我的荣誉的欢迎。美丽的公主，你无需进入我的宫门，你就在这外面接受我的招待，你虽然不得享受我的宫室的华美，但是你会觉得你是置身

于我的心窝。希望你能给我善意的谅解，再会了，
我明天再来奉访。

公主　　　愿陛下政躬康泰诸事顺利！

国王　　　我也同样地愿你处处如意！〔国王及侍从等下〕

伯龙　　　小姐，我要把您放在我的心上。

罗萨兰　　请你为我介绍一下，我很想见一见你的心。

伯龙　　　我愿你听到它的呻吟。

罗萨兰　　这可怜的家伙病了？

伯龙　　　害的是心病。

罗萨兰　　哎呀！给它放一点血吧。

伯龙　　　那可有什么好处对它？

罗萨兰　　我的医师说，"有的"。

伯龙　　　可否用你的眼睛刺入我的心里？

罗萨兰　　不够尖[4]，可用我的刀来刺。

伯龙　　　愿上帝保佑您永远不死！

罗萨兰　　愿上帝保佑你不得长命！

伯龙　　　我没有工夫再用好话回敬[5]。〔退后〕

杜曼　　　先生，请问那位小姐是什么人？

鲍叶特　　阿朗松的继承人，名叫喀撒琳。

杜曼　　　一位漂亮小姐。先生，再见。〔下〕

朗葛维　　那穿白衣服的她是谁，我请问您？

鲍叶特　　如果你白昼看见她，她有时候是女人。

朗葛维　　看清楚了也许嫌轻佻。我想知道她的芳名。

鲍叶特　　她只有一个留着自己用，你想要，怎么行？

朗葛维　　请问，先生，她是谁的女儿？

空爱一场

| | |
|---|---|
| 鲍叶特 | 她母亲的女儿，我听人说起。 |
| 朗葛维 | 上帝祝福你这一把胡须！ |
| 鲍叶特 | 好先生，您别发怒。她是孚康布利芝的继承人。 |
| 朗葛维 | 不，我的怒气已经消除。她是一位极可爱的姑娘。 |
| 鲍叶特 | 很可能是，先生，也许是这样。〔朗葛维下〕 |
| 伯龙 | 那戴帽子的，她叫什么名字？ |
| 鲍叶特 | 罗萨兰，她的名字赶巧是。 |
| 伯龙 | 她是否已经嫁过了人？ |
| 鲍叶特 | 她只知道逢场作戏，从不认真。 |
| 伯龙 | 你大可以娶她。再会，先生。 |
| 鲍叶特 | 你对我说再会的时候你最受欢迎。〔伯龙下。诸女士取下面罩〕 |
| 玛利亚 | 最后一位是伯龙，最爱嬉笑怒骂， |
| | 他没有一句不是笑话。 |
| 鲍叶特 | 那也只是一句空话。 |
| 公主 | 你对他反唇相讥[6]，那倒是很得当。 |
| 鲍叶特 | 他爱登船进攻，我也就爱打交手仗。 |
| 玛利亚 | 像两只疯羊！ |
| 鲍叶特 | 说是两只船岂不更好？ |
| | 不是羊，乖乖，除非我们在你嘴唇上吃草。 |
| 玛利亚 | 你们是羊，我是牧场，笑话到此为止行不行？ |
| 鲍叶特 | 只消你准我吃点草。〔欲吻她〕 |
| 玛利亚 | 不可这样，乖畜牲。 |
| | 我的嘴唇是私有牧场，不是公开场地[7]。 |
| 鲍叶特 | 属于谁的？ |

| | |
|---|---|
| 玛利亚 | 属于我的命运和我自己。 |
| 公主 | 聪明人总是要吵嘴，请大家客客气气。 |
| | 我们在这里自己斗嘴，是浪费精神， |
| | 不如拿来对付拿瓦尔国王和他的学者们。 |
| 鲍叶特 | 我的观察一向很少是错误的， |
| | 用眼睛可以听到人心中无声的盲语， |
| | 如果观察无误，拿瓦尔国王是生了病。 |
| 公主 | 什么病？ |
| 鲍叶特 | 就是我们的情人们所谓的相思症。 |
| 公主 | 什么理由？ |
| 鲍叶特 | 噫，他的力量都集中在他的双眼， |
| | 以无限的热情向着你窥探。 |
| | 他的心像是一块刻着你的肖像的玛瑙， |
| | 他因那倩影而得意，眼里露出了骄傲。 |
| | 他的舌头能说不能看，急得不耐烦， |
| | 跌跌撞撞地匆匆地往他的眼睛里钻， |
| | 一切感官都要往那一个感官里跑， |
| | 只想把那举世无双的秀色看个饱， |
| | 他的感官好像是都锁在他的眼里， |
| | 像一些钻石似的等着哪位帝王来购取， |
| | 它们在玻璃柜里卖弄着它们的身份， |
| | 看你走了过来便想请你购买它们。 |
| | 他自己脸上表露了神不守舍的神气， |
| | 大家可以看出他是因艳遇而意惹情迷。 |
| | 我可以把亚魁丹以及它一切所有都送给您， |

如果您为了我而给他一个亲热的香吻。

公主　　　　到我帐篷里来，鲍叶特是在寻开心。

鲍叶特　　　我不过是用语言表达他的眼神。

我只是把他的眼睛变成了口，

再加上一条绝不说谎的舌头。

罗萨兰　　　你是爱情贩子中的老手，很会说话。

玛利亚　　　他是邱彼得的外祖父，消息都是从他那里得来的。

玛利亚　　　那么维诺斯一定是长得像母亲，因为她的父亲其貌
　　　　　　不扬。

鲍叶特　　　听到了吗，我的疯丫头们？

玛利亚　　　没有。

鲍叶特　　　那么看见没有呢？

罗萨兰　　　看见了，看见我们该走的路。

鲍叶特　　　没办法，你们太淘气。〔众下〕


## 注释

[1]"And much too little of that good I saw/Is my report to his great worthiness." 耶鲁本注:"My testimony to his worthiness is summed up in saying that I had much too little opportunity to observe it." 是也。

[2] unpeeled，这是牛津本根据四开本的拼法，对折本作 unpeopled，意为 without servants，似较佳，故照对折本译。

[3] Henry of Navarre 的父亲是 Antony，Duke of Vendôme，他的祖父才

是 Charies，此处似有小误。

[4] no point 是双关语:（一）没有尖，不够尖锐;（二）=not at all。

[5]"I cannot stay thanksgiving."费解。Richard David 注云:"Berowne's rejoinder to Rosaline's unkind wishes is that he cannot spare the time to return proper thanks for them."可能是对的。Hart 及 Hardian Craig 均注云:"an allusion to the long grace before meals."恐非。

[6] to take him at his word 不是现代英语所谓"to take his words literally or seriously"之意，而是如 David 所说"to talk to him in his own strain"之意。

[7] common=common pasture 公 共 牧 场。several=an enclosed field of a private proprietor，私人所有的圈起来的地。though 在此处作 since 解。

# 第 三 幕

·••------·••

## 第一景：拿瓦尔国王的花园

阿马都与毛兹上。

| | |
|---|---|
| 阿马都 | 哼一个调子给我听，孩子，让我听起来有忧伤之感。 |
| 毛兹 | 〔唱〕Concolinel[1]—— |
| 阿马都 | 这是愉快的歌声！去，稚龄的孩子，拿着这把钥匙，把那村夫放出，赶快带他到这里来，我要他送信给我的爱人。 |
| 毛兹 | 主人，你愿用一场法国跳舞[2]来赢得你的爱吗？ |
| 阿马都 | 你这是什么意思？用法国语吵闹一场？ |
| 毛兹 | 不是，我的全能的主人，只是从舌端进出一支歌调，用你的两脚随声信步起舞，不时地翻白眼，一声唱夹着一声叹息，有时候声音从喉咙里出来，好像是 |

你乘着歌咏爱情的时候要把爱情吞咽下去一般；有时候声音从鼻孔出来，好像是你在寻嗅爱情要把爱情吸进去一般。把你的帽檐往下一拉，斜搭凉棚一般遮住你的眼睛，两臂交叉在你的紧身内衣之上，像是一只穿在烤叉之上的兔子，再不就把两手插在袋里，像古画里的一个人一般。别唱一个歌儿太久，唱几句就换一个。这就是功夫，这就是派头，这就可以诱惑娇羞的少女，其实没有这一套她们也是会被诱惑的，而且可以使他们成为风头人物——你们注意了没有——如果他们最喜欢这一套。

阿马都　你这经验是怎样得到的？

毛兹　　靠了我那一点点的观察。

阿马都　但是啊——但是啊——

毛兹　　"木马被人忘记了。"[3]

阿马都　你把我的爱人唤作"木马"吗？

毛兹　　不，主人，木马不过是一匹小驹，你的爱人也许是一匹供大众骑用的母马哩。但是你忘了你的爱人了吗？

阿马都　我几乎忘了。

毛兹　　不用功的学生！把她记在心上。

阿马都　记在心上，并且放在心里，孩子。

毛兹　　并且排出心外，主人，这三点我都可以证明。

阿马都　你证明什么？

毛兹　　我证明我可以长大成人，如果我活下去，并且对于这心上、心里、心外，立刻可以加以证明。你用你の心来爱她，因为你的心不能得到她;你从心里爱她，因为你的心是在爱着她;你从心外面爱她，因为在心外面你就无法享有她了。

| | |
|---|---|
| 阿马都 | 这三种情形我都有。 |
| 毛兹 | 还要再加上三倍，其实是一无所有。 |
| 阿马都 | 把那村夫找来，要他给我送一封信。 |
| 毛兹 | 这信由他来送倒是很合适，一匹马给一头"驴"做使者。 |
| 阿马都 | 哈，哈! 你说什么? |
| 毛兹 | 真是的，先生，您该教这"驴子"骑了马去，因为他走得太慢。但是我去啦。 |
| 阿马都 | 路是很近的，去吧! |
| 毛兹 | 像铅一般地快，先生。 |
| 阿马都 | 你是什么意思，小机灵鬼? |
| | 铅岂不是沉重、呆滞，而又迟缓? |
| 毛兹 | 绝非如此，先生，也可说不是这般。 |
| 阿马都 | 我说铅是慢的。 |
| 毛兹 | 您这样说未免是太武断。 |
| | 炮口放出去的铅丸还能算慢吗? |
| 阿马都 | 真是巧言善辩! |
| | 他比我为大炮，弹丸是他自己， |
| | 我把你射向村夫。 |
| 毛兹 | 砰的一声我飞了出去。〔下〕 |
| 阿马都 | 极聪颖的孩子，又会说又机灵! |
| | 对不起，天啊，我要对着你叹气一声， |

最粗横的忧郁症，勇气也不敢和你碰。

我的小使回来了。

毛兹偕考斯达又上。

毛兹　怪事，主人！有一颗人头伤了腿[4]。

阿马都　这是隐语，谜语，请你说明原委。

考斯达　不要隐语，不要谜语，不要原委，不要口袋里的膏
药[5]，先生。啊！先生，我只要车前草，简单的车前
草[6]。不要原委，不要原委，不要膏药，先生，只
要车前草。

阿马都　老实说，你真令人发笑，你的荒谬的想法，要笑破
我的脾脏，我的肺一鼓一鼓的，使我不能不露出滑稽
的笑容。啊！饶恕我，我的命星。这个糊涂人是不是
把"膏药"当作了"原委"，把"原委"当作了"膏
药"[7]？

毛兹　聪明人会做另外的想法吗？原委不就是膏药吗？

阿马都　不，孩子，那是尾声或是说明，解释前面没有说清
楚的事情。

我可举个例：

狐狸、猴子和大黄蜂[8]，

只是三个，永远吵个不停。

这是诗中寓意。现在且听尾声。

毛兹　我来加上尾声。把寓意再说一遍。

阿马都　狐狸、猴子和大黄蜂，

只是三个，永远吵个不停。

| 毛兹 | 直等到鹅从门口出现， |
| | 凑成四个，才止住争端。 |
| | 现在我说你的寓意，你跟着说我的尾声。 |
| | 狐狸、猴子和大黄蜂， |
| | 只是三个，永远吵个不停。 |
| 阿马都 | 直等到鹅从门口出现， |
| | 凑成四个，才止住争端。 |
| 毛兹 | 很好的尾声，以鹅来结束。你还想要更多的话吗？ |
| 考斯达 | 这孩子显然是把他当作一只大笨鹅。 |
| | 先生，只要鹅肥，您这场交易很值得。 |
| | 我来看，无聊的尾声，唉，是个大笨蛋。 |
| 阿马都 | 过来，过来。这些废话是怎样开始的？ |
| 毛兹 | 是我说有一颗人头伤了腿。然后你就教我说明原委。 |
| 考斯达 | 一点也不错，我就要起车前草，于是你就废话连篇， |
| | 随后这孩子说了句无聊的尾声，把你比作大笨鹅， |
| | 他便结束了这一场交易。 |
| 阿马都 | 但是告诉我，一颗人头如何能伤了腿？ |
| 毛兹 | 我要很亲切地告诉你。 |
| 考斯达 | 你没有一点同情，毛兹，我来说明原委吧： |
| | 我，考斯达，好好地在狱里，向外一跑， |
| | 在门槛处跌了一跤，就把我的腿摔坏了。 |
| 阿马都 | 我们不要再谈这件事了。 |
| 考斯达 | 等到腿出了问题再谈。 |
| 阿马都 | 考斯达，我要释放你。 |
| 考斯达 | 啊！还给我娶一个老婆，我觉得你的话中有诈。 |

| 阿马都 | 说真话，我是有意释放你，让你重享自由，你过去是被监禁、受拘束、被束缚、做囚犯。 |
|---|---|
| 考斯达 | 是的，是的，现在你来解救我，放我自由。 |
| 阿马都 | 我要给你自由，从禁监中把你解放出来，交换条件只有这么一桩——〔给他一信〕送这封信给那乡下姑娘杰克奈塔。〔给他钱〕这是报酬你的，因为我的名誉之最大的保障便是酬谢我的用人。毛兹，跟我来。〔下〕 |
| 毛兹 | 我就像是续篇，永远跟在后面。考斯达先生，再见。 |
| 考斯达 | 我的心肝肉！我的好孩子[9]！现在我要看一看他的报酬。报酬！啊！那就是拉丁文所谓三文钱[10]，三文钱，报酬。"这条带子是什么价钱？""一便士。""不，我给你一笔报酬好了。"噫，居然发生效力了。报酬！这名词比法国克朗还要好一些。我以后做买卖，除了这个以外再也不用别的名词了。 |

伯龙上。

| 伯龙 | 啊！我的好小子考斯达，又遇到你，实在好极了。 |
|---|---|
| 考斯达 | 请问，先生，一个人用一笔报酬可以买多少肉色缎带？ |
| 伯龙 | 什么叫作一笔报酬？ |
| 考斯达 | 唉，先生，就是值半便士的一文钱。 |
| 伯龙 | 那么就可以买到值三文钱的缎子。 |
| 考斯达 | 多谢大人。上帝保佑您！ |
| 伯龙 | 且慢，奴才，我要用你，如果你想得到我的欢心， |

　　　　　　　有一件事你必须答应给我做。

考斯达　　　你要我在什么时候去做，先生？

伯龙　　　　啊，今天下午。

考斯达　　　好，我就去做，先生！再会了。

伯龙　　　　啊，你还不知道要做的是什么事呢。

考斯达　　　我做完了之后，先生，我就会知道的。

伯龙　　　　噫，奴才，你必须先要知道。

考斯达　　　我明天早晨来见您。

伯龙　　　　这事情今天下午就要办。听着，奴才，是这样一回
　　　　　　事，公主要到这林园里来行猎，她的随从当中有一
　　　　　　位女郎，凡是说话想讨人喜欢的时候，他们就提起
　　　　　　她的名字，他们叫她罗萨兰，去打听她，然后把这
　　　　　　密封的私函交到她的皙白的小手里。〔给他一先令〕
　　　　　　这是你的酬劳，去吧。

考斯达　　　酬劳！啊，可爱的酬劳！比报酬要好一些，要多出
　　　　　　十一便士零一文。最可爱的酬劳！我要去给你做，
　　　　　　先生，小心地去做。酬劳！报酬！〔下〕

伯龙　　　　而且我，老实说，在恋爱！我，一向是抽打爱情的
　　　　　　一把鞭子，简直是惩处多情长叹的一名刑吏，一个
　　　　　　严厉的批评者，哼，一名守夜的警吏，一位高压儿
　　　　　　童的塾师，人世间没有一个比我更伟大的了！这一
　　　　　　个蒙面的，哭哭啼啼的，瞎了眼的，淘气的孩子；这
　　　　　　一个老成的小伙子，巨大的矮子，邱彼得先生。情
　　　　　　诗的主管，叉臂发呆的头子，叹息呻吟的帝王真主，
　　　　　　一切逡巡幽怨者的主人，主管裙钗的大统领，管辖

凸裆裤的国王，职司捉奸的宗教法庭员警的大元帅，啊，我的弱小的心呀！竟要我来给他做副官，身上佩着他的标带，像是一个杂技演员的那个圆圈子[11]，怎么我！我恋爱！我追求！我要娶妻！一个像德国钟似的女人，永远在修，永远在出毛病，虽然是一座钟，却永远走得不对，老是要人注意照料以便让它长久地走得对！不，最糟的是我背了誓约，而且三条誓约之中，恋爱是最严重的一条，一位乌黑眉毛苍白脸的姑娘，一对漆黑的圆球嵌在脸上作为眼睛，是的，而且，天哪，纵然百眼巨人阿格斯看守着她，她也会干出那桩事来。我为她长吁短叹！为她夜不成眠！为她而做祈祷！算了吧，这是邱彼得给我的惩罚，因为我轻蔑了他的全能的可怕的小小的力量。

好，我要恋爱、作诗、叹息、祈祷、追求、呻吟，

有些人喜爱小姐，有些人喜爱小姐左右的人[12]。〔下〕

## 注释

[1] 此字不可解。一说是爱尔兰语 "Can cailin gheal"（pronounced con colleen yal）之讹，义为 "sing, maiden fair"。可能是一首歌的标题，或是开首的两个字，或是合唱的词。Richard David 注云："此字可能没有什么意义，犹如 tirra-lirra 之类，毛兹只是试作歌声。warble 一字系专

门术语，就是哼吟歌腔之意。"最后一说似可信。

[2] brawl 为双关语：（一）吵闹；（二）一种法国舞，十六世纪后半叶在英国盛行，由二人翩翩起舞，其余的人随之而舞。

[3]《木马》（Hobby-Horse）是英国五月节歌舞（morris dance）中不可少之一部，演者以木制马头马尾系腰间，并以拖地之马饰遮盖演员之双足，然后做骑马驰骤状。清教徒反对此种歌舞，故骑木马之戏渐绝迹。或谓此木马戏并未绝迹，迄今于 Cornwall 尚有举行者，故此语可能仅系引自某歌谣之一行诗句。再 hobby-horse 一字，有"娼妓"之一义。

[4] costard 一字原意为一种巨型苹果，后转为"人头"之谑称。

[5] 考斯达误以 enigma，riddle，I'envoy 为疗伤的药物之名。

[6] 车前草（plantaine），一种宽叶的野草，据 Hart 说，今爱尔兰北部仍有使用之者，涂于伤处有凉适之感。

[7] salve 为双关语：（一）膏药；（二）敬礼 a salute。I'envoy 是一首诗结尾处之短短的一节，常为向读者直接声述作诗之原委。

[8] "狐狸、猴子和大黄蜂……"和两行尾声，字面上无意义可言，其中必有典故，可能影射时事，但不可确考。威尔孙的新剑桥本（p.xix-xx）指出可能与著名的 Martin Marprelate Controversy（一五八八年开始）有关。Richard David 的新亚顿本（p. xliii）更清楚地说："莎士比亚的几行韵语是指着这个说的：清教徒一派，Marprelate 和主教等，争论不休，他们鼎足而三，如何能不争吵？争论中第四个分子的出现，于是'止住争端'。……那个鹅便是 Gabriel Harvey……他主张折中，企图调解争议。"他进一步指陈毛兹代表 Thomas Nashe，阿马都代表 Harvey 云云。

[9] Jew，据 Wilson 指出，可能是 Juvenal 之缩称，不为无理。

[10] 一个 farthing 是一便士的四分之一。当时"三文钱"的小币是银质的。(参看《莎士比亚的英格兰》卷上页三四二。)

[11] wear his colours like a tumbler's hoop, Wilson 注："Tumbler's hoop, a hoop garnished with ribbons, with which the tumbler did his tricks and which he wore across his body like a corporal's scarf." 似此，所谓 colours 似不应如 Schmidt 所谓 = ensigns, standards 而应作 ribbons 解。David 的解释可供参考："A hoop decorated with ribbons, twisted around it, or coloured silks. With this the tumbler performed feats with his juggling sticks, and other buffoonery." 又说 "It was not a hoop for jumping through—which seems to be a later accomplishment. Tumbling was very popular and courtly at this time." 圆圈子指以手杖挥动玩耍的饰以彩条的圆圈。

[12] Joan 是普通乡下姑娘的名字，也是普通婢女的名字。谚云: Joan's as good as my lady. (婢女的身份不比小姐低。)

# 第 四 幕

## 第一景：拿瓦尔国王的花园

公主、罗萨兰、玛利亚、喀撒琳、鲍叶特、贵族等、随从等及森林管理人上。

公主　　　向着山上陡坡跃马急驰的，那不是国王吗？

鲍叶特　　我看不出，不过我想那不是他。

公主　　　不管他是谁，他表现出了意气飞扬的样子。好了，诸位，今天我们会得到答复了，星期六我们将返回法国。那么，我的朋友森林管理人，我们该躲进去等着射杀猎物的那个小丛林是在哪里呢[1]？

森林管理人　就在附近，那边那个树林的边沿上，那是你可以射击得最为漂亮的地方。

公主　　　我要多谢我的美貌，我射击起来都会漂亮，所以你

|  | 说起最漂亮的射击。 |
| --- | --- |
| 森林管理人 | 请原谅，公主，我的意思不是这样。 |
| 公主 | 怎么，怎么？先赞美我，又说不漂亮？ |
|  | 短暂的高兴！不美？使我好心伤！ |
| 森林管理人 | 公主，您美。 |
| 公主 | 不，不必再把我来形容， |
|  | 既然不美，你称赞也是没有用。 |
|  | 给你，我的镜子〔给钱〕——因为你不说诳， |
|  | 说了坏话还要拿钱，这是分外的犒赏。 |
| 森林管理人 | 凡是您所有的没有一件是不好。 |
| 公主 | 看，看！行了善事就可保全我的美貌。 |
|  | 诽谤美貌的邪说，这时代正该有！ |
|  | 肯花钱就会受赞美，纵然生得丑。 |
|  | 拿弓来，现在慈悲心肠前去打猎， |
|  | 射得好便要算是射得恶劣。 |
|  | 这样我可保全名誉，无论怎样射， |
|  | 没有杀伤，是怜悯心不准我那样做； |
|  | 有所杀伤，那只是表现我的本领， |
|  | 为要争取彩声，不是有意屠害生灵。 |
|  | 毫无疑义，这样的情形是时常有的， |
|  | 光荣染上了丑陋的罪恶的气息， |
|  | 为了名声，为了赞美，表面的虚荣， |
|  | 我们不惜违反良心向它屈膝折躬。 |
|  | 我现在要把那可怜的小鹿来射， |
|  | 也只是为了美名，不是有心作恶。 |

| | |
|---|---|
| 鲍叶特 | 凶悍的妻子极力想要控制她们的丈夫, |
| | 不也只是为了博取别人赞扬的缘故? |
| 公主 | 只是为了赞扬,我们也应该赞扬 |
| | 任何一个能够制伏丈夫的婆娘。 |

考斯达上。

| | |
|---|---|
| 鲍叶特 | 有一个老百姓来了。 |
| 考斯达 | 上帝给你们晚安!请问哪一位是带头的小姐? |
| 公主 | 你看看其余的都没有头,你就会认出她来了。 |
| 考斯达 | 哪一位是最伟大的小姐,最高贵的? |
| 公主 | 最粗的,最高的。[2] |
| 考斯达 | 最粗的,最高的!正是这样,真理终归是真理。 |
| | 如果您的腰身和我的心智一样地细, |
| | 这些姑娘的腰带您一定可以套得上去。 |
| | 您不是领班的小姐吗?您是这里最粗的一个。 |
| 公主 | 你有什么事,先生?你有什么事? |
| 考斯达 | 我有一封伯龙先生给一位罗萨兰小姐的信。 |
| 公主 | 啊!你的信,你的信,他是我的好友人。 |
| | 站到一旁,送信人。鲍叶特,你会切肉, |
| | 剖开这只阉鸡。 |
| 鲍叶特 | 当然由我来伺候。 |
| | 这信送错了,与这里的人无关; |
| | 是写给杰克奈塔的。 |
| 公主 | 我们要观看一番。 |
| | 切断封蜡的颈子,每人都听听看。 |

鲍叶特　　　我对天发誓，你美，那是绝对没有错的，的的确确；你艳，你可爱，那是绝对的真理。你是比美还要美，比艳还要艳，比真理还要真，请对你的英勇的奴才表示一点怜悯吧！那宽宏大量的名闻遐迩的国王珂菲邱阿看中了恶劣的地地道道的乞丐女齐奈洛芬[3]，他大可以说 veni，vidi，ci[4]。若用普通话来解释——啊，下流粗俗的普通话——便是，他来了，他看了，他征服了。他来了，这是一；看了，这是二；征服了，这是三。谁来了？国王。他为什么来？为了看。为什么要看？为了要征服。他来见谁？乞丐女。他看到了谁？乞丐女。他征服了谁？乞丐女。其结果是胜利。在哪一方面？国王方面。被俘的享受了荣华富贵；在哪一方面？乞丐女方面。结局是一场婚礼；在哪一方面？国王方面，不，是二者合而为一，或是一者分而为二。我便是那国王，因为在比喻上是这样的。你是那乞丐女，因为你的低微身份证明是如此的。我可以命令你爱我吗？我可以。我会逼迫你爱我吗？我能。我将求你爱我吗？我愿。你将用褴褛衣服换到什么？袍褂。星星点点的东西换到什么？尊衔。用你自己换到什么？我。我用嘴唇吻着你的脚，用我的眼睛望着你的肖像，用我的心贴着你身上每一部分，我是这样诚恳地期待着你的回音。你的最殷勤的唐·阿德里爱诺·德·阿马都。

　　　　　　"雄狮这样地向你怒吼了，

　　　　　　羔羊啊，你成了他的猎物，

<table>
<tr><td></td><td>在他的利爪之下乖乖地卧倒，</td></tr>
<tr><td></td><td>他会改变他的杀害的意图。</td></tr>
<tr><td></td><td>但是如果你反抗，结果怎么样？</td></tr>
<tr><td></td><td>你将成为他的消怒解饿的食粮。"</td></tr>
<tr><td>公主</td><td>写这一封信的是哪一类的鸟[5]？</td></tr>
<tr><td></td><td>什么样的风信鸡？谁能写得更好？</td></tr>
<tr><td>鲍叶特</td><td>我若记不得这个笔调，那才是怪。</td></tr>
<tr><td>公主</td><td>否则就是你以前见过，而你记性太坏。</td></tr>
<tr><td>鲍叶特</td><td>这阿马都是住在宫里的一个西班牙人。</td></tr>
<tr><td></td><td>一个怪诞的妄人[6]，专为逗国王和同学们</td></tr>
<tr><td></td><td>哈哈一笑。</td></tr>
<tr><td>公主</td><td>你，过来，我和你说句话。</td></tr>
<tr><td></td><td>谁把这信交给你的？</td></tr>
<tr><td>考斯达</td><td>我已说过，我的主人呀。</td></tr>
<tr><td>公主</td><td>要你送交给谁？</td></tr>
<tr><td>考斯达</td><td>主人要我送交小姐。</td></tr>
<tr><td>公主</td><td>哪一个主人，送给哪一个小姐？</td></tr>
<tr><td>考斯达</td><td>是伯龙大人，他是我的一位好主人，</td></tr>
<tr><td></td><td>送交他唤作罗萨兰的一位法国贵妇人。</td></tr>
<tr><td>公主</td><td>你把信送错了。来，诸位，我们且去。</td></tr>
<tr><td></td><td>你把这信收起来。有一天会轮到你[7]。</td></tr>
<tr><td></td><td>〔公主及侍从等下〕</td></tr>
<tr><td>鲍叶特</td><td>求婚的是谁？求婚的是谁[8]？</td></tr>
<tr><td>罗萨兰</td><td>要我告诉你吗？</td></tr>
<tr><td>鲍叶特</td><td>是的，我的大美人。</td></tr>
</table>

| | |
|---|---|
| 罗萨兰 | 就是拿着弓的她。 |
| | 推脱得好啊! |
| 鲍叶特 | 您是前去杀鹿,如果您去结婚, |
| | 这一年鹿角丰收必定惊人 [9]。 |
| | 挖苦得妙啊! |
| 罗萨兰 | 不错,我是射手。 |
| 鲍叶特 | 您的鹿是哪个人? |
| 罗萨兰 | 若是凭角挑选,就是你,别走近。 |
| | 真是挖苦得妙啊! |
| 玛利亚 | 你总是和她斗嘴,鲍叶特,她射你的角根 [10]。 |
| 鲍叶特 | 但她在较低处也被射中了,我没射中她的心? |
| 罗萨兰 | 我可否用一句和舞曲 [11] 有关的老话向你进攻,这句老话在法国的丕平王 [12] 还是小孩子的时候即已长大成人? |
| 鲍叶特 | 我可否用一句和舞曲有关的同样老的老话来回敬,这句老话在英国昆奈佛王后 [13] 还是小姑娘的时候即已是成年的妇人? |
| 罗萨兰 | 你射不中,射不中,射不中, |
| | 你射不中,我的好人。 |
| 鲍叶特 | 如果我不能,我不能,我不能, |
| | 如果我不能,总有人能。 |
| | 〔罗萨兰与喀撒琳下〕 |
| 考斯达 | 真是的!极有趣,两人说得多彻底! |
| 玛利亚 | 靶子打得真准,两人都是一语中的 [14]! |
| 鲍叶特 | 靶子!啊!注意这句话,小姐说是打靶! |

靶子上要有个心，好瞄准，如果准许的话。

玛利亚　太偏左了，老实讲，你没有瞄得准。

考斯达　他该站近一点射，否则射不中靶心。

鲍叶特　如果我没瞄准，也许你能射个正着。

考斯达　她会受到最佳的一箭，靶心被我戳破。

玛利亚　好了好了，你们说话太野，你满嘴脏话。

考斯达　打靶您比不过她，先生，约她把木球来打。

鲍叶特　我怕碰撞得太厉害[15]。再见，我的好傻瓜。

〔鲍叶特与玛利亚下〕

考斯达　我敢说，是乡下人！顶蠢的笨蛋！

小姐们和我轻易地使得他哑口无言！

真是极有趣的笑话，真是雅俗共赏！

这样地顺口流出，这样地猥亵，而又恰当。

阿马都，在一边，啊！好漂亮的汉子。

看他走在小姐前面，给她拿着扇子！

看他怎样吻手！怎样殷勤地发誓！

他的小童，在另一边，那个小机灵鬼！

啊，天哪，那真是一个惹人爱的小可怜。

〔内喊声〕骚拉，骚拉[16]！〔跑着下〕

## 第二景：同上


郝娄弗尼斯、拿簪纽尔与德尔上。

| | |
|---|---|
| 拿簪纽尔 | 实在是，很庄严的游戏，而且也做得合乎人情。 |
| 郝娄弗尼斯 | 您是知道的，鹿是正在血气方刚的状态[17]，烂熟得像一只大苹果，刚才还像是宝石一般悬挂在上空、苍穹、昊天的耳边，忽然像是一颗山楂似的落在土地、土壤、陆地、地球的面上。 |
| 拿簪纽尔 | 真是的，郝娄弗尼斯先生，您的词藻的变化真是巧妙，至少这一点就像是学者，不过，先生，我要告诉您，那确是五岁的牡鹿[18]。 |
| 郝娄弗尼斯 | 拿簪纽尔师父，吾不信[19]。 |
| 德尔 | 那不是"吾不信"，那是一头两岁的牡鹿[20]。 |
| 郝娄弗尼斯 | 最愚昧的胡乱插嘴！但也是一种暗示，好像是有意要加以阐释，又好像是要加以解答，或是要炫示，要显露，他的意向，以他那种未加装饰的，未经润色的，没有教养的，没受过修剪的，没经过训练的，或是说，没受过教的，或是干脆说，没开化的方式，想要把我所说"吾不信"解释成为一头鹿。 |
| 德尔 | 我已经说过那鹿不是一头"吾不信"，是一头两岁的牡鹿。 |
| 郝娄弗尼斯 | 加倍的愚蠢，回锅的混蛋[21]！<br>啊！愚昧的妖怪，你长得多么丑陋！ |
| 拿簪纽尔 | 先生，他没吃过书卷里面的珍馐； |

可以说，他没有吃过纸，他没有喝过墨水，他的知
识还没有开。他只是一个畜牲，只是在简陋的方面
有一点感觉。

面对着这样冥顽的木石，我们有灵性的人

该感激上天之赋给我们以较多的才能。

我若是狂妄放肆任意胡为，那是大不应该，

同样地，让蠢材入学读书，那也是胡来。

但一切自有安排[22]，我和古人看法是一样的，

许多不喜欢风的人还是能忍耐坏天气[23]。

德尔　　　　你们二位是书生，能否告诉我呢，

什么在该隐时已满月，现在还不过五星期？

郝娄弗尼斯　逖克丁娜[24]，德尔君，逖克丁娜，德尔君。

德尔　　　　逖克丁娜是什么？

拿簪纽尔　　那就是对菲碧，对露娜，对月亮的称呼。

郝娄弗尼斯　亚当周月的时候，月亮是一个月大，

他活到一百岁，月亮还是到不了五星期呀。

名字变一下[25]，谜语还是没有变。

德尔　　　　的确是，隐语还是没有变。

郝娄弗尼斯　上帝安慰你的无知罪！我说，谜语还是没有变。

德尔　　　　我说讹语还是没有变，因为月亮总是一个月大，而
且我还说公主杀死的是一头两岁的小鹿。

郝娄弗尼斯　拿簪纽尔师父，你要不要听我临时口占一首哀悼死
鹿的墓铭？为了安抚蠢人起见，我姑且把公主杀死
的鹿称为两岁的小鹿。

拿簪纽尔　　说吧，郝娄弗尼斯先生，请避免脏话。

郝娄弗尼斯　　我要利用"头韵"，表示我的才华。

狩猎的公主射杀一头受人喜爱的两岁鹿，

有人说是四岁鹿。现在射杀了未免太惨。

群狗大吠，惊起了五十只鹿，三岁鹿跳出丛林深处，

也许是两岁三岁或四岁鹿，大家齐声呐喊。

如果射中了，伤五十只等于射中三岁鹿一头，

我可以把伤处变成一百，只消加上一个 L 就够[26]。

拿簦纽尔　　　罕见的高才！

德尔　　　　　〔旁白〕如果天才就是利爪，看看他是如何地使用他
的利爪搔着他的痒处[27]。

郝娄弗尼斯　　这是我的一点天分，没什么，没什么。一种无聊的
狂妄的精神作用，其中充满了形形色色的人体、物
体、思想、忧虑、冲动、颠倒妄想，这些乃是滋生
自记忆之府，养育在脑膜之中，俟时机成熟而诞生
问世。一个人而有这种高度的天分，那是很好的事，
我不能不因此而感激上天。

拿簦纽尔　　　先生，我真要为您而赞美上帝，我的教友们也要为
您而赞美上帝，因为他们的儿子们得以受到您的良
好的教诲，他们的女儿们也由您而获益匪浅，您是
社会中的优秀分子。

郝娄弗尼斯　　我可以对天发誓[28]！如果他们的儿子们是聪明的，
他们不会得不到我的指点。如果他们的女儿们是
可教的，我会开导她们。但是，vir sapit qui pauca
loquitur，智者不多言[29]。一个女人在向我们打
招呼。

杰克奈塔与考斯达上。

杰克奈塔　　早安，牧师先生。

郝娄弗尼斯　牧师先生，好像是读成了"木刺"[30]。好像是有人要被刺，到底是谁要被刺？

考斯达　　　真是的，教师先生，长得最像大酒桶的那个人该被刺。

郝娄弗尼斯　刺穿大酒桶[31]！这真是一块烂泥巴放射出来的光芒或智慧，一块顽石难得敲出来的火花，尽可拿来喂猪的一颗珍珠，说得好，美极了。

杰克奈塔　　好牧师先生〔给拿簪纽尔一封信〕，请费心为我读这一封信，是考斯达交给我的，阿马都先生写给我的，请您读一下。

郝娄弗尼斯　"Fauste, precor gelida quando pecus omne sub umbra Ruminat."[32] 云云。啊！这是引自曼邱阿诺斯那位老作家。我提起你来就像旅行家提起威尼斯一般。

威尼斯，威尼斯，

没见过你的人，不知道赞美你[33]。

老曼邱阿诺斯！老曼邱阿诺斯！看不懂你的作品的人，不知道喜爱你。多、来、骚、拉、米、发[34]。对不起，先生，这信里写的是些什么？也可以说，像何瑞斯所说的[35]——怎么，天哪，是一首诗？

拿簪纽尔　　是的，先生，而且写得很文雅。

郝娄弗尼斯　让我听听其中的一段、一节、一行，lege,domine。（请读，先生。）

拿箨纽尔　　爱情使我背誓，我将如何对爱人发誓？

啊！若非对美人发的誓，当然不能长久不变，

所以我虽自己背誓，对你必将忠诚自矢，

这些誓言对你像弯垂的柳条，对我是橡树的硬干。

学者抛弃了正业，把你的眼睛当书来读，

其中含有一切学问所能包括的乐趣，

如果目的在认识真理，认识你就应该满足，

能好好地赞美你一番便是很高的造诣。

见了你而不欢喜赞叹，其人必冥顽不灵，

我仰慕你的才华，我因此该受嘉奖。

你的眼睛有如电闪，你的声音有如雷鸣，

但不是赫然震怒，而是天乐的音响。

你是天人，啊，饶恕爱情的这番过错，

竟以尘世的语言赞颂天上的绝色！

郝娄弗尼斯　　你忽略了母音上的两个点[36]，所以节奏失调。让我来看看这首诗。诗的音节倒还妥帖，但是讲到优美、流畅，以及诗的格调，那就说不上了。奥维德·奈骚[37]才是真正的诗人。为什么以奈骚为姓氏呢，还不是因为他能嗅出想象之芬芳的花朵，创作过程中的神来之笔？模仿他人则无足观，那便等于是猎犬之于其主人，猴子之于其饲养者，装了鞍辔的马之于其骑者。但是，处女小姐，这封信是写给你的吗？

杰克奈塔　　是的，先生，是一位伯龙先生写的，他是那位外国女王左右大臣之一[38]。

郝娄弗尼斯　　我要看看上面题的字。"敬呈于最美丽的女郎罗萨兰

的玉手之中"。我再看看下款，写这封信的人是如何
署名的："愿在各方面受小姐驱遣的伯龙。"拿簪纽尔
先生，这一位伯龙乃是和国王一同发愿修行的一个，
他在这里写了一封信给外国女王的一位女侍，这封
信偶然地或是在辗转交付之中被误投了。快走吧，
我的好人，把这封信送到国王手里，这可能是很重
要的。无需多礼，你不必致敬了，再会。

杰克奈塔　　好考斯达，和我一道去。先生，上帝保佑您！

考斯达　　　走吧，我的姑娘。〔考斯达与杰克奈塔下〕

拿簪纽尔　　先生，您这样做乃是由于敬畏上帝，非常虔诚，诚
　　　　　　如某一位神父所说——

郝娄弗尼斯　先生，不要对我说什么神父，我最怕虚伪的借口。
　　　　　　再来谈那首诗，你喜欢那首诗吗，拿簪纽尔师父？

拿簪纽尔　　字写得很好。

郝娄弗尼斯　我今天要到我的一个学生的父亲家里去吃饭，如果
　　　　　　您肯在那里用饭之前做一餐前祈祷，我凭了我对那
　　　　　　学生家长的关系可以负责使您受到欢迎，我在席间
　　　　　　将要说明这首诗是很肤浅的，既无诗意，亦无警语，
　　　　　　更无独到之处。我求您和我做个伴。

拿簪纽尔　　谢谢您了，因为和人做伴——《圣经》上说过——
　　　　　　乃是人生的幸福。

郝娄弗尼斯　诚然，《圣经》上这句话说得一点也不错。〔向德尔〕
　　　　　　先生，我也请你去，你不可推辞，pauca verba。（不
　　　　　　必多言）走吧！贵绅们在打猎，我们也去享受我们
　　　　　　的。〔众下〕

## 第三景：同上

伯龙持一纸上。

伯龙　　　国王他在猎鹿，我在追赶我自己，他们布置陷阱，
　　　　　我却陷身于一团漆黑之中 [39]，污脏的黑漆，污脏！
　　　　　好恶劣的字眼！好，你坐下来，悲哀！据说傻子这
　　　　　样说过，我现在这样说，我就是傻子，证明得好，
　　　　　聪明人！主啊，这一段恋爱是像哀杰克斯一般地疯
　　　　　狂 [40]，是在杀死一群羊，杀死了我，我就是一只羊，
　　　　　把我自己再度证明得好！我不恋爱了，如果我恋爱，
　　　　　吊死我。老实说，我不要恋爱了。啊！但是她的眼
　　　　　睛，我指着太阳发誓，如果不是为了她的眼睛，我不
　　　　　会爱她的，是的，是为了她的一双眼睛。好，我生在
　　　　　世上只是说谎，而且是最卑鄙的谎。天哪，我是在恋
　　　　　爱，因爱而学会了作诗，而变成愁闷不乐，这就是我
　　　　　的诗的一部分，这就是我的愁闷。好，她已经收到
　　　　　我的一首十四行诗了，是一个乡下人送去的，一个
　　　　　傻子发出去的，最后由小姐收到的。可爱的乡下人，
　　　　　更可爱的傻子，最可爱的小姐！我对全世界发誓，
　　　　　那三个人若是也在闹恋爱，我是绝不介意。有一个
　　　　　拿着一张纸来了，上帝让他呻吟吧！〔攀登树上〕

　　　　　国王持一纸上。

国王　　　哎呀！

伯龙　　　〔旁白〕中箭了，天哪！继续进行吧，可爱的邱彼得，你已经用你的鸟箭射中了他左乳的下方。老实说，你有秘密！

国王　　　太阳没有这样亲热地吻过

玫瑰花上的晶莹的朝露，

像你的眼睛那样光芒四射，

射到我颊上整夜流的泪珠。

月亮也没有一半那样亮的光

照穿那透明的海面，

像你的脸之照耀我的泪水汪汪。

你在我的每滴泪里映现，

每滴泪像一辆车，载着你游行，

你在我的悲哀之中昂然而去。

你只消看看我的泪如泉涌，

我的苦恼正可表示你的胜利，

但勿顾影自怜，你会要把我的泪珠

当作镜子，让我永不停止地去哭。

啊，后中之后！你超越别人好多，

无法揣想，亦非凡人所能言说。

她怎能知道我的愁苦呢？我把这张纸丢在这里，亲爱的叶子，遮掩我这一片痴心。谁到这里来了？〔退向一旁〕什么，朗葛维！他在读着什么！听吧，耳朵。

朗葛维持一纸上。

伯龙　　　现在，和你一样，又一傻瓜出现！

| 朗葛维 | 哎呀！我背誓了。 |
|---|---|
| 伯龙 | 唉，他真像是一个发伪誓的人，还带着一纸罪<br>状哩[41]。 |
| 国王 | 也在恋爱，我希望，惭愧中的好伙伴！ |
| 伯龙 | 一个醉汉总是喜欢另外一个醉汉。 |
| 朗葛维 | 我可是第一个违反誓约的吗？ |
| 伯龙 | 我可使你放心，在你以前还有两个。<br>你凑成鼎足而三，像一顶三角帽[42]，<br>也像爱情的绞架，痴情人在那里上吊[43]。 |
| 朗葛维 | 这拙劣的诗句怕没有动人的力量。<br>啊，亲爱的玛利亚，我敬爱的女皇！<br>我撕掉这首诗，改写散文。 |
| 伯龙 | 啊！韵语是邱彼得袜上的装饰品，<br>不要毁掉他这条裤子。 |
| 朗葛维 | 那么就用这一首诗吧。 |

你那能说善道的眼睛，

全世界的人都驳不倒它，

还不是它劝我背誓变心？

为你不背誓不该受到惩罚。

我发誓不近女色，但我要明言，

你是天仙，我没说对你不加一顾。

我的誓限于尘间，你是天女下凡，

得你垂青即可抵消我的耻辱。

誓是一句话，话不过是一口气，

你是太阳，照耀着我这块泥土，

你蒸发了我的誓，吸入了你的身体。

如果破誓，那不是我的错误。

纵然是我破誓，哪个傻瓜会蠢到那样

不肯放弃一句誓言去换取一个天堂？


伯龙　　　这是恋爱的热狂，把凡人当神仙看待，

把小鹅当作天仙，纯粹是偶像崇拜。

上帝拯救我们！我们走到了斜路上。

朗葛维　　谁给我送这首诗？有人来，躲在一旁。〔走向一边〕

伯龙　　　全藏好，全藏好，简直是玩捉迷藏。

我像神似的在天空高高坐起，

仔细窥察愚蠢的人间的秘密。

又有资料送上门来！天哪！我称了心愿。


杜曼持一纸上。


杜曼也着了魔，四只呆鸟装上了一盘！

杜曼　　　啊，最神圣的喀特！

伯龙　　　啊，最亵渎神明的傻瓜！

杜曼　　　指天为誓，的确是凡人眼中的奇迹！

伯龙　　　指地为誓，你胡说，她是血肉之躯。

杜曼　　　她的玛瑙色的头发使玛瑙黯然失色。

伯龙　　　一只玛瑙色的乌鸦倒是有人注视过。

杜曼　　　像杉柏一般挺立。

伯龙　　　我说有一点弯曲，

她的肩像是怀了孕。

| | |
|---|---|
| 杜曼 | 像白昼一般美丽。 |
| 伯龙 | 是的，像某些天，但是没有太阳。 |
| 杜曼 | 盼能如愿以偿。 |
| 朗葛维 | 我也盼能如愿以偿！ |
| 国王 | 我也盼能如愿以偿，仁慈的上帝！ |
| 伯龙 | 阿门，我也盼能如愿。这不是好意？ |
| 杜曼 | 我愿忘掉她，但是她像热病一样<br>在我血里沸腾，不让我把她遗忘。 |
| 伯龙 | 在你的血里沸腾！那么用刀割一下<br>就可使她流到盆子里，真会乱说话！ |
| 杜曼 | 我要把我写的歌词再读一遍。 |
| 伯龙 | 我要看看爱情如何把人改变。 |
| 杜曼 | 有一天，哎呀，有一天，<br>爱情，总是在五月间，<br>看到一朵非常美的花<br>在明媚春光之中玩耍，<br>风在茸茸的绿叶里<br>无影无踪地穿来穿去，<br>憔悴欲死的情人<br>愿能化成天风一阵。<br>他说，风能吹拂你的脸，<br>风啊，我也愿这样得意一番！<br>但是哎呀！我已发誓说过，<br>永不把你从枝上攀折。 |

誓，唉，年轻人不该轻发，

年轻人无不喜爱摘花。

我如今为你而背了誓言，

请不要认为是我的罪愆，

周甫见到了你之后 [44]

也会认鸠诺为丑陋，

也会放弃天神的尊严，

变为凡人来和你相恋。我送这个去，再加些更明显的声明，

以表示我真心相恋的苦痛。

啊！愿国王、伯龙和朗葛维，

也成为情人。做错事，若有人陪，

就会从我头上抹去背誓的罪恶，

因为大家同样地恋爱，谁也不算错。

朗葛维　　〔向前行〕杜曼，你用情实在不薄，

在苦恋之中还希望有人做伴，

你可以脸色发白，我若被人偷听了去，

被人抓到把柄，我知道我会脸红的。

国王　　　〔走向前〕你脸红吧，你和他同样的情形。

你责骂他，你的罪过比他加倍地重。

你根本不爱玛利亚，

从没写过情诗送给她，

从未交叉双臂覆着胸襟，

按捺着那颗恋爱的心。

我一直深深躲在这个树林里面，

看着你们两个，为你们两个羞惭。

听到你们的造孽的诗，观察你们的态度，

看到你们叹气，注意到你们的情愫，

一个喊哎呀，一个叫啊我的天！

一个说她发似黄金，一个说她眼睛水晶一般。

〔向朗葛维〕你为了天堂甘愿违反誓愿，

〔向杜曼〕为了你的爱人，周甫都会破坏誓言。

若是听到这样重誓都会打破，

伯龙将要有什么话说？

他将如何轻蔑！他将如何冷讥热嘲！

他将如何得意扬扬，如何又跳又笑！

把我所见到过的财富都给了我，

我也不愿他知道关于我的一切经过。

伯龙　　我现在要出来打击伪善。〔自树上下来〕

　　　　啊！我的好主上，我请求你鉴原，

　　　　好人！您自己深陷于恋爱之中，

　　　　如何能责备这些恋爱中的可怜虫？

　　　　你的眼睛造不出车来，你的眼泪中间

　　　　也反映不出什么公主的容颜。

　　　　你不可背誓，那是很丑陋的事，

　　　　呸！只有卖唱的才喜欢吟十四行诗。

　　　　你不惭愧吗？不，你们三个

　　　　不惭愧吗，犯了这样大的错？

　　　　你发现他眼里的微尘，国王发现了你的，

　　　　但我发现一根巨木在你们三个每人眼里[45]。

啊！我所见的一场活剧是何等荒唐，

充满了叹息、呻吟、愁苦和哀伤。

哎呀！我守在那里是何等地耐性，

看着一位国王变成了一只蚊虫，

伟大的赫鸠利斯在抽陀螺，

博学的所罗门哼一支舞歌，

年迈的奈斯脱和儿童一起游戏[46]，

恨世的泰蒙笑对着无聊的东西[47]！

你的痛苦在哪里？好杜曼，对我讲，

好朗葛维，你的苦痛是在什么地方？

还有陛下您？全在胸口一带，

来碗热粥，喂！

国王　　　你挖苦得太厉害。

我们的秘密是不是都被你发现？

伯龙　　　不是被我发现，是我受了你们的骗，

我太老实，我以为誓既发过，

破誓便要算是一宗罪恶。

我受骗了，因为我结交的人

貌似忠厚，而且没有恒心。

你们什么时候会看见我撰写诗篇？

为女人而呻吟？或费一分钟的时间

修饰我自己？或是听到我赞叹

一只手、一只脚、一张脸、一只眼，

姿态、风度、眉毛、胸部、腰身，

一条腿、一只胳膊？

| | |
|---|---|
| 国王 | 且慢！你忙做甚！ |
| | 这样奔跑的是好人还是小偷？ |
| 伯龙 | 我是逃避爱情，好情人，让我走。 |
| | 杰克奈塔与考斯达上。 |
| 杰克奈塔 | 上帝福佑国王！ |
| 国王 | 你带来什么东西？ |
| 考斯达 | 某种阴谋叛逆。 |
| 国王 | 叛逆到这里来做什么呢？ |
| 考斯达 | 它不做什么。 |
| 国王 | 如果无益亦无害， |
| | 你和叛逆都乖乖地给我走开。 |
| 杰克奈塔 | 我请求陛下，把这信读过。 |
| | 牧师很疑心，是叛逆，他说。 |
| 国王 | 伯龙，读一下——〔交信给他〕你从哪里得到这封信的？ |
| 杰克奈塔 | 从考斯达手里。 |
| 国王 | 你又是从哪里得来的？ |
| 考斯达 | 来自阿德拉马地欧先生，阿德拉马地欧先生。〔伯龙撕信〕 |
| 国王 | 你怎么了？你为什么撕掉它？ |
| 伯龙 | 无关紧要，陛下，您不必怕。 |
| 朗葛维 | 他看了很激动，让我们听听吧。 |
| 杜曼 | 〔拾起撕碎的信〕 |
| | 是伯龙的笔迹，还有他的签名。 |
| 伯龙 | 〔向考斯达〕 |

　　　　　你这混账东西，使得我无地自容。

　　　　　陛下，我承认我的罪过，我承认我的罪过。

国王　　　怎么？

伯龙　　　你们三个傻瓜，加上我正好一桌。

　　　　　他、他、你、陛下您，和我自己，

　　　　　都是情场上的小偷，都该处死的。

　　　　　啊！把闲人打发走，我还有话对您说。

杜曼　　　现在是双数。

　　　　　对，对，我们是四个。

　　　　　这双情人还不走开？

国王　　　走吧，你们，去！

考斯达　　好人走开，留下叛徒们在这里。〔考斯达与杰克奈塔下〕

伯龙　　　诸位情郎，啊，让我们来拥抱。

　　　　　血肉之躯能有多么忠诚，我们便有多么忠诚。

　　　　　海潮永远有涨有落，青天永远会照耀，

　　　　　青年人不能对古老的戒条表示服从，

　　　　　我们不能逆抗上天生人的本旨，

　　　　　所以我们不得不到处背誓。

国王　　　怎么！这几句歪诗表现了你的爱恋？

伯龙　　　你不信吗？谁见了天仙般的罗萨兰，

　　　　　能不俯首称臣，目为之眩，

　　　　　匍匐着把胸口贴在土地之上，

　　　　　像是印度的野人一般

　　　　　看到了毓丽的朝阳？

什么样坚决的鹰隼的眼睛

胆敢望着她的光艳四射的脸，

而不被她的威严震慑得失明？

国王　　　什么热狂现在给了你灵感？

我的爱人，她的女主人，犹如皓月当空，

她不过是颗小星，偶有微光明灭。

伯龙　　　那么我的眼睛不是眼睛，我不是伯龙。

啊！若没有我的爱人，白昼会变成夜。

我但愿能舌粲莲花——

呸，浮夸的词藻！她不需要，

卖货的人才把他的货来夸，

她超过了夸奖，夸奖不足反为不妙。

百岁的枯槁的隐士，看看她的眼睛，

就可以年轻五十年。

美貌能脱胎换骨，能使人重生，

拄拐杖的人可以回到襁褓中间。

啊！一切发光的东西乃是由于太阳照耀。

国王　　　对天发誓，你的爱人黑得像块黑檀木。

伯龙　　　黑檀木像她吗？啊，上品的木料！

能娶这种木料的妻子可真有福。

啊！有谁能监誓？哪里有《圣经》？

我要发誓说美人还缺一点什么，

如果她没学会她的眉目传情，

脸没有黑得像她那样，算不得绝色。

国王　　　啊，谬论！黑乃是地狱的征象，

                       囚牢的颜色,深夜的阴沉[48],

                       美貌应是与天空一般清爽。

伯龙       恶魔会变为光明天使来引诱人。

                       啊!如果我的爱人有两道黑眉毛,

                       那是哀悼脂粉与假发

                       竟以虚伪的外表把痴情的人骗倒,

                       所以她要使黑色成为优雅。

                       她的脸色转移了时髦,

                       本来面目如今反被认为是化妆,

                       面色红润的为了避免受人讥嘲,

                       涂成为黑色,把她的风采来模仿。

杜曼       扫烟囱的人为模仿她而一身黑。

朗葛维    自她以后,煤炭夫也有美男之称。

国王       非洲人也夸耀他们的可爱的肤色。

杜曼       黑暗中无需点灯,因为黑暗即是光明。

伯龙       你们的爱人们不敢去淋雨,

                       怕雨水淋掉她们的脂粉。

国王       你的爱人最好去淋淋雨,我老实告诉你,

                       我今天将遇到一位没淋过雨而更美的人。

伯龙       我要证明她美,否则说到世界末日也不住嘴。

国王       到那时恶魔也不比她更能吓你一跳。

杜曼       我想不到一个人把贱货看得这样宝贵。

朗葛维    看,这是你的爱人,〔举鞋相示〕看看她的脸再看看

                       我的脚。

伯龙       啊!若是用你的眼睛铺道路,

　　　　　她的脚是太纤巧，不屑踩上去。

杜曼　　　啊呸！那么当她姗姗漫步，

　　　　　道路会抬头望到虚伪的东西。

国王　　　何必说这个？我们不都是在恋爱之中？

伯龙　　　那是千真万确，我们全都背誓了。

国王　　　那么就少说废话，好伯龙，你设法证明

　　　　　我们的爱是合法的，我们的信用没有毁掉。

杜曼　　　对，开始吧，赞美这一项罪恶。

朗葛维　　啊！引经据典地进行辩护，

　　　　　说些诡词巧辩，骗倒恶魔。

杜曼　　　为背誓而弥缝。

伯龙　　　啊！这确是急务。

　　　　　那么，听我道来，爱情的卫士们，想一想你们起初发的是什么誓，要斋戒、要读书、要戒绝女色，全然违反了青春绚烂的性格。请问，你们能斋戒吗？你们的胃太娇嫩，禁食会引出病症。你们发誓读书，诸位，可是你们每一位都弃绝了他的那一本真正的书，他如何能不断地窥寻以求，苦苦地研读？因为你，陛下，或是你，或是你，若没有女人的红颜美貌，你们几曾发现过用功读书的基础？从女人的眼睛里我得到了这样的一个信仰：女人的眼睛乃是基础、书籍、学院，真正的神火是从那里引发出来的。唉，全副精神地苦读会把人的血管里的活泼生机完全扼杀，就像长途跋涉会累坏了旅人的筋骨。现在，为了不看女人的脸，你们荒废了眼睛的正当用途，

也辜负了你们发愤读书的动机，因为世界上哪里有任何作家能像一个女人眼睛那样地教人以美？学问只是我们的附属品，我们走到哪里学问也就在哪里，那么我们在女人眼里看到我们自己的时候，我们不是也同样地看到我们的学问在那里吗？啊！我们已经发誓苦读，诸位，而在发这誓时又弃绝了我们的书。请问陛下，或是你，或是你，在沉闷的冥想之中，你们可曾找到像美人的秋波一转所能触发你们的那种热情如火的诗歌？其他的缓慢的艺术是完全居住在头脑里，所以，遇到一些蠢材，辛苦的劳作亦难有所收获，但是爱情，先从一个女人眼里学得，不是孤独地幽禁在脑海之中，而是随同一切原质的运行，像思想一般迅速地通过每一官能，使每一官能有双倍的力量，超越其本身的任务与功效。它给眼睛增加一种罕有的视力，情人的眼睛能把鹰隼照射得睁不开眼；情人的耳朵能在做贼心虚的人都充耳不闻的时候听辨出最低微的声响；情人的感觉比蜗牛的犄角还要柔软而敏感；情人的舌头能使最善辨味的巴克斯[49]显得舌根迟钝。讲到勇武，爱情不是一位赫鸠利斯吗，永远地在攀登西方乐园的苹果树[50]？像人面狮身的怪物那样神秘；像阿波罗用他头发做弦的那张琴一样和声悦耳。爱情说话的时候，俨如众神齐声发音，使上天沉醉于谐和的乐响之中。诗人在他的墨水尚未用爱情的叹息加以调配之前，是不敢动笔写诗的。啊！一旦写起来，他的诗句可以迷醉野蛮人的耳朵，在暴君心中播下谦恭温和的种子。从女人的眼睛里我得到了这样的认识：女人的眼睛永远是照耀着真正的神火，那即是涵濡世界的书、艺术和学校，否则一切的东西一无足取。你们舍弃了这几个女人，你们简直是傻瓜，也可以说，你们谨守誓约，你们将变成傻瓜。为了智慧，这是大家喜爱的名词；或是为了爱情，这是使大家获得生活意义的名词[51]；或是为了男人们，他们是这些女人的创造者；或是为了女人们，靠了她们男人才得成为男人，我们且背弃一下我们的誓约，露出我们的本来面目，否则只知道遵守誓约，我们反倒失去我们的本来面目了。这样的背誓并不亵渎神明，因为慈悲的本身即是神圣法则的实践，谁能把爱情和慈悲分开？

国王　　那么，我们去崇拜圣邱彼得！兵士们，上阵去！

伯龙　　举起你们的旗帜，向她们进攻吧，诸位！不顾一切，打倒她们！但是首先要注意，在冲突里你们务必要占据有利的形势。

朗葛维　现在说正经事，把这些不相干的话撇在一边吧。我们是否决心去追求这几位法国女郎？

国王　　还要赢得她们呢，所以我们要设法在她们的帐篷里安排一些娱乐节目。

伯龙　　首先我们要护送她们到那里去，然后每人牵着他的美丽的爱人的手儿回来。下午我们要以一些在短期间内可以准备好的新颖的消遣招待她们。

因为饮宴、跳舞、歌舞剧，种种欢乐。

乃是爱情的前驱，给她路上撒些花朵。

国王　　走吧，走吧！只要我们可以利用，

一分一秒的时间也不可放松。

伯龙　　来吧！来吧！播下莠草不能有好收成，

公理永远是不偏不倚，

轻佻女子也许是背信汉子的克星，

果真如此，我们的臭铜钱买不到好东西。〔众下〕

## 注　释

[1] 英女王伊利沙白狩猎时，是率领一群贵妇立于特建的高台之上，另由人驱赶鹿群经过台前不远之处，然后由台上的猎者用弓箭射杀之。此处所述，似是驱使猎犬追逐之。

[2] 莎氏时剧中女角是由男演员扮演的，扮演公主的演员可能是一个腰身最粗的人。故云。

[3] "King Cophetua and the Beggar Maid"，古歌谣，见 *Percy's Reliques*，莎士比亚引述凡五次之多。

[4] 据普鲁塔克，此语乃朱利阿斯西撒于纪元前四十七年在 Zela 战胜 Mithridates 之子 Pharnaces 以后对友人 Amintius 所宣称的一句话。

[5] plume of feathers, 耶鲁本注："featherhead." Harrison 注："i. e., fantastical gallant." Hardian Craig 注："what kind of bird." 最后直译较佳。次行中之 vane 与 weathercock 二字义同，均表示"华而不实""装模作

样"的意思。

[6] 原文"Monarcho",一疯人自称之名号,确有其人,在一五八〇年以前某一年自意大利来至英国宫廷,自命为全世界大皇帝。以后成为任何妄人之通称。

[7] be thine another day＝your turn will come one day.（David）

[8] suitor 与 shooter 二字音相近,故答语是"拿着弓的"。

[9] 俗谓妻不贞则丈夫头上生角,故云。if horns that year miscarry＝if the crop of horns is not good.（Yale）

[10] brow＝brow-antler（the lowest part of the stag's horn),鹿角的最下部。

[11] hit it 是一面舞一面唱的歌曲。可能有双关义。

[12] King Pepin of France 是法国 Carlovingian 王朝的创立者,卒于七六八年,作为古人的代表。比他还早,即是极为古老之意。

[13] Queen Guinever 是英国 King Arthur 的王后。

[14] 一连串的射箭术语:

mark＝target

prick＝center of the target

mete at＝aim at

wide of the bow hand＝too far to the left

clout＝The target was fixed by a pin or clout（Fr. Clou）,the head of which was painted white and marked the centre.（David）

upshot＝the best shot up to any point in the contest

cleaving the pin＝splitting the pin in the centre of the target

[15]rubbing 原系滚木球术语,指场地上的不平处之使球路歪斜。含有猥亵意。

[16]Sola 是行猎时的呼喊声（a hunting cry）。

[17]in blood=in a state of perfect health and vigour.（Schmidt）言其正在肥壮之季，系行猎术语。

[18] buck of the first head，牡鹿到第五年，角始全部长成，故即成年的鹿之谓。

[19] haud credo 拉丁文 =I don't believe it.

[20] 鹿按年龄计算，有不同的名称。"牡鹿第一年称 Fawne，第二年称 Pricket，第三年称 Sorell，第四年称 Sore，第五年称 Bucke of the first head，第六年称 Bucke。"（Turbervile：Noble Art of Venerie，1576）

[21] bis coctus 拉丁文 =twice cooked；insipid.

[22] omne bene 拉丁文 =all's well。牛津本 say I 之后的 semicolon 应改 comma。

[23] 耶鲁本注："显然是一谚语，近似 'There is no accounting for tastes.' 或 'It takes many sorts of men to make a world.'。"

[24] Dictynna，比较罕见的对于月神 Diana 之另一名称，见于 Golding's Ovid 及 Tottel's Miscellany。

[25] 该隐改变为亚当，故云。

[26] L 是罗马数字的"五十"。几行歪诗不断地使用双关语 sore，及 sorel（sore+el）一字之歪曲的使用，似无意义之可言，仅显示学究之酸腐而已。

[27] talent 双关语:（一）天才;（二）与 talon 音相近，义为爪。claw 亦双关语:（一）搔抓;（二）阿谀谄媚。

[28] Mehercle！ =By Hercules！较温和的咒语。

[29] "It's a wise man who speaks few words."语 见 Lyly's Latin Grammar。

[30] quasi pers-on=as if pronounced "perse One"，讥诮读音不正确，把"牧师"读成了"木刺"。

[31] piercing a hogshead！据 Oliver 注云："'hogshead' was not uncommonly applied to a thick-witted person." "大酒桶"即是笨蛋之意，似无需更作考证。

[32] 引自 Battista Spagnuoli of Mantua（d. 1516），其姓氏为 Mantuanus，语见 first eclogue，所引为该诗之开首一句的一部分，义为："I pray thee, Faustus, while all our cattle ruminate in the cool shade"（"我请求你，浮士德，乘我们的牲群正在荫凉处反刍的时候……"）。这一篇诗是风行全欧洲的拉丁文教科书之一。

[33] 意大利谚语：Venetia, Venetia,

Chi non ti vede, non ti pretia.

Ma chi ti vede, ben gli costa.

见 Florio's Second Fruits（1591），Furness 译为 "Venise who seeth thee not, praiseth thee not, but who seeth thee, it costeth hym hell."（"威尼斯，没见过你的人，不知道赞美你，见过你的人，他要付很大的代价。"）

[34] 哼六声音阶（hexachord）错误，应为 ut,re,mi,fa,sol,la，按 ut 即今之 do。当时教师需教儿童唱歌。

[35] 何瑞斯（Horace），罗马诗人。他说的是什么，因未说出，无从查考。

[36] 原文 You find not the apostrophas，按 apostrophas=apostrophes, poetic omission of a vowel，事实上此字乃误用，应用 diaeresis 方为合理，因诗中末一行音节嫌短，少一音步，四开本 sings 作 singës，如读 singes 为 sings，则是忽略了字上之两点，那两点即名为 diaeresis，若是用 apostrophas，则意义正相反，义为"略母音而不读"。

[37] Ovidius Naso 即 Ovid，其全名为 Publius Ovidius Naso。Naso 一字源出 nasus（拉丁文），义为"鼻"，故云。

[38] 杰克奈塔原以为信是阿马都所写，何以此刻说是伯龙所写？何以称伯龙为法国公主部下？不可解。威尔孙认为伯龙乃鲍叶特之误，可能情书误投亦为鲍叶特所作弄。不失为一种假设。

[39] pitch 指罗萨兰的一双黑眼珠 "two pinchballs"。

[40] Ajax 是希腊传说中围攻脱爱城的英雄之一，于阿奇利斯死后未能获得其盾，失望疯狂，屠杀群羊作为敌人以泄愤。

[41] 作伪证者罚坐枷，上有一纸布告写明其罪状。

[42] corner-cap 为四角或三角帽，十六七世纪间牧师或大学人员所戴者。威尔孙特别指出，当时法官亦戴之（现今判死刑时犹戴此帽）。此帽为权威之象征。

[43] 原文 Tyburn 为伦敦执行死刑之地，其地常建有绞架，为三角形。

[44] 周甫（Jove）即朱匹特（Jupiter），罗马神话中之最高神祇，其后为鸠诺（Juno）。周甫常化身下世与凡人相恋。

[45] 耶教《圣经·新约》（Luke）6:41-43："尔何察察于兄弟目中之纤芥，而独昧然于己目中之巨木乎？不见己目中之巨木，又安得谓尔兄弟曰：'容吾去尔目中之纤芥'乎？嗟尔伪为善者！盍先除尔目中之横木，俾得明见，然后再思去兄弟目中之纤芥乎？"

[46] 奈斯脱（Nestor）是古希腊将领中之最年迈而有睿识者。push-pin 据牛津大字典注："'a child's game in which each player pushes or fillips his pin with the object of crossing that of another player.'" 不知其详，故阙而未译。

[47] 泰蒙（Timon），纪元前五世纪时之雅典公民，为著名之恨世者，莎士比亚著有《雅典的泰蒙》一剧记其事。toys=trifles 可能是指情诗。

[48] 牛津本 scowl of night，四开本及对折本作 school of night，据近人考证，当时确有 "Schoole of Night"，亦即 "Schoole of Atheism" 之谓，

有若干诗人学者属之，以 Sir Walter Ralegh 为主要的保护人。姑照牛津本译。

[49] 巴克斯（Bacchus）是罗马神话中的酒神。

[50] 希腊神话，赫鸠利斯（Hercules）的十二伟绩之一是摘取西方乐园（Hesperides）的金苹果。

[51] a word that loves all men 中之 love 一字有特殊意义。威尔孙注云："Berowne means that through love alone men have value."（love = set a value upon）

# 第 五 幕

••• ———❦——— •••

## 第一景：拿瓦尔国王的花园

郝娄弗尼斯、拿簪纽尔牧师与德尔上。

郝娄弗尼斯　　凡事以满足为度。（Satis quod sufficit.）[1]

拿簪纽尔　　　我要为你而赞美上帝，先生，您在宴席上一番议论
　　　　　　　真是深刻而简练，有趣而不粗俗，机智而不勉强，
　　　　　　　大胆而不放肆，渊博而不顽固，新奇而不狂妄。我
　　　　　　　前天和国王左右一位人士谈过话，他的大名，称呼，
　　　　　　　叫作唐·阿德里爱诺·德·阿马都。

郝娄弗尼斯　　我和他就像我和你一样地熟识（Novi hominem tanq-
　　　　　　　uam te）[2]，他的性格高傲，说话武断，言语虚伪，
　　　　　　　目空一切，举步横冲直撞，一般的行为可谓荒诞浮
　　　　　　　夸。他太矜持，太做作，太矫饰，太古怪，也可以

说是洋习太重。

拿簪纽尔　这评语实在确切极了。〔取出笔记簿〕

郝娄弗尼斯　此人知识浅薄，而说起废话偏偏层出不绝。我真怕
见这样荒谬的妄人，这样令人难忍的瞎讲究的人，
这样把字胡乱拼读的人，例如，他该说 doubt 的时
候，他偏说成 dout[3]；他该说 debt 的时候，他偏说
成 det。是 d-e-b-t，不是 d-e-t，他还把 calf 说成 cauf，
把 half 说成 hauf，把 neighbour 读成 nebour，neigh
缩成 ne。这简直是太可怕了，abhominable，让他一
说就是 abominable 了，这简直是要逼我发狂，您可
明白吧，先生？（anne intelligis,domine?）使我发狂，
发疯。

拿簪纽尔　美哉上帝，我完全明白。( Laus Deo,bone intelligo. )

郝娄弗尼斯　Bone？ bone 应是 bene 之误，你的拉丁文稍微有些
不大正确[4]，尚可达意。

阿马都、毛兹与考斯达上。

拿簪纽尔　你看是谁来了？（Videsne quis venit?）

郝娄弗尼斯　我看到了，我很高兴。( Video, et gaudeo. )

阿马都　〔向毛兹〕小仔！（Chirrah!）

郝娄弗尼斯　为什么说"小仔 Chirrah"而不说"小子 sirrah"？

阿马都　二位文人，幸得相会。

郝娄弗尼斯　最英勇的武士，这厢有礼了。

毛兹　〔向考斯达旁白〕他们刚参加了一席文字的盛筵，并
且偷得了一点残羹剩肴。

| | |
|---|---|
| 考斯达 | 啊！他们很久就是靠了文字的剩菜筐来维持生活。我觉得奇怪你的主人还没有把你当作一个字吞了下去？因为你从头量起还没有 honorificabilitudinitatibus[5] 这一个字长，把你吞下去比把那白兰地酒中燃烧着的葡萄干吞下去还容易些 [6]。 |
| 毛兹 | 住口！像是一串钟声响了。 |
| 阿马都 | 〔向郝娄弗尼斯〕先生，您不是读过书的吗？ |
| 毛兹 | 是的，是的，他教孩子们读角书 [7]。a,b, 颠倒过来拼读，在他头上再加上一只角，那是什么东西？ |
| 郝娄弗尼斯 | Ba！孩子，再加上一只角。 |
| 毛兹 | 咩！好蠢的带着一只角的羊。你们听到他的学问了吧。 |
| 郝娄弗尼斯 | 谁，谁，你这个不能独立发音的子音？ |
| 毛兹 | 如果由你来说，便是母音中的第三个，如果由我来说，便是母音中的第五个。 |
| 郝娄弗尼斯 | 我来说一遍——a,e,i—— |
| 毛兹 | 就是那只羊，还有两个母音——o,u。 |
| 阿马都 | 我凭地中海的波涛来发誓，这在词锋上真是巧妙而迅速的一击！干净利落，一语中的！这使我精神爽快，真是高才！ |
| 毛兹 | 这是一个孩子奉献给一个老年人的一点小意思，不过是一顶绿头巾 [8]。 |
| 郝娄弗尼斯 | 说的是什么俏皮话？说的是什么俏皮话？ |
| 毛兹 | 说你额上生角。 |
| 郝娄弗尼斯 | 你说话像是婴儿，去，抽你的陀螺去吧。 |

| | |
|---|---|
| 毛兹 | 把你的角借给我当作陀螺用，我就会把你的耻辱的标记抽得团团转。王八的角做的一只陀螺。 |
| 考斯达 | 如果我只剩下一便士，我也要送给你买姜饼吃。拿去吧，这是你的主人给我的酬劳，你这机智的小钱囊，聪明的小鸽蛋。啊！若是上天高兴让你做我的私生子，你将使我成为一个多么快乐的父亲。好啦，你真是聪明绝顶，ad dunghill，所谓聪明随时流露。 |
| 郝娄弗尼斯 | 啊！我发现拉丁文有误，dunghill 应该是 unguem[9]。 |
| 阿马都 | 学者，请走过来，我们不要和鄙野的人混在一起。您不在山顶的学校里教育青年的吗？ |
| 郝娄弗尼斯 | 也可说是小丘（mons）。 |
| 阿马都 | 那也就是山的意思了。 |
| 郝娄弗尼斯 | 我是在那里教书，没有问题。 |
| 阿马都 | 先生，国王陛下圣旨意欲在今天的后部，亦即一般俗人所谓下午，前往公主的帐幕那里拜访。 |
| 郝娄弗尼斯 | 今天的后部，我的好先生，用以代替下午，实在是很合适、允洽、相宜，这名词选得好，精当、美妙、确切，我的确这样想，先生，我的确这样想。 |
| 阿马都 | 先生，国王是高贵的君子，和我很熟，我可以告诉你说，是我的好朋友。至于我们二人之间的秘密，那就不用说了，我请你，不要忘了脱帽致敬[10]，我请你，戴上帽子吧。至于其他重要的严肃的事情，而且关系重大，那也就不用多说了，因为我必须告诉你，国王时常喜欢靠在我的卑鄙的肩膀上，用他的御指拨弄我的毛发，我的胡须，但是，我的好朋 |

友，这也不必提了。我敢对众发誓，我可不是虚构故事，确是他老人家愿以格外的眷宠赐给阿马都，一个军人，一个到处遨游见过世面的人，但是这也不必提了。总而言之是这样一回事，我的好朋友，我可要请你保守秘密，国王要我给那公主，那可爱的小娇娘，表演一些好玩的节目，无论是戏剧，或是化装游行，或是滑稽歌舞，或是焰火炮竹。现在，我知道牧师先生和您二位最擅长这种逗笑取乐的玩意儿，所以我告诉你们二位，意思是请你们帮忙。

郝娄弗尼斯　先生，你可以在她面前表演"九大伟人"[11]。拿纽尔先生，我们秉承国王之命，受这位最英勇显赫而又博学的先生之托，要在公主面前于今天的后部表演一些应时的娱乐节目，我说没有比"九大伟人"更为合适的了。

拿簪纽尔　你在哪里去找适当的人去扮演他们呢？

郝娄弗尼斯　约书亚，你自己，我自己，或是这位英勇的先生，犹大·马卡毕阿斯。这家伙，大胳膊大腿的，可以充庞沛大将、待童、赫鸠利斯——

阿马都　对不起，先生，您错了。他的身材不够那大人物的一根大拇指，他还没有他的棒子头那么粗呢。

郝娄弗尼斯　听我说好不好？他扮演幼时的赫鸠利斯，他的上场下场就是掐死一条蛇，为了这件事我要说一段解释的话。

毛兹　这主意好极了！这样一来，如果观众有人发嘘声，你就可以大叫，"干得好，赫鸠利斯！现在你把蛇给

掐死了！"，这便是弥缝纰漏的办法，虽然很少的人
能做得好。

阿马都 其余的几个伟人呢？

郝娄弗尼斯 我来扮演三个。

毛兹 三倍伟大的人物！

阿马都 要不要我告诉你们一件事？

郝娄弗尼斯 我们愿意听。

阿马都 如果这个演不成功，我们可以来一场滑稽舞。请你
们，随我来。

郝娄弗尼斯 走啊，德尔老哥！你一直还没说过一句话呢。

德尔 也没听懂你们的话，先生。

郝娄弗尼斯 来！我们有事要你做。

德尔 有跳舞什么的，我来一个，否则我来给那些伟人打
小鼓，让他们团团地跳。

郝娄弗尼斯 好蠢好诚实的德尔，准备我们的玩意儿去，走吧！

〔众下〕


## 第二景：同上。公主帐前


公主、喀撒琳、罗萨兰与玛利亚上。


公主 诸位亲爱的人，如果礼物这样地大量涌来，我们在

离去之前都将致富了。一个钻石围绕着的女人像 [12]！你们看亲爱的国王送给我的是什么东西。

罗萨兰　　公主，没有别的东西一起送来吗？

公主　　　除此以外没有别的！当然有啦，一张纸上写满了情诗，两面写的，空边都没有留，所以他只好在封蜡上印了个邱彼得的名字。

罗萨兰　　这样一来这位小神仙倒可以老成起来了 [13]，他五千年来一直是个小孩子。

喀撒琳　　是的，并且也是个该死的短命鬼。

罗萨兰　　你永远不能和他要好，他害死了你的姐姐。

喀撒琳　　他使得她抑郁、悲哀、忧闷，于是她就死了。如果她像你一样轻佻，有你这样欢乐活泼的精神，她可能等到做过祖母再死。你也许会的，因为没心没肺的人都会长寿 [14]。

罗萨兰　　小耗子，你说这轻薄话，可是暗藏什么用意？

喀撒琳　　黑美人最会卖俏。

罗萨兰　　我们需要更多的资料来寻出你的用意。

喀撒琳　　你剪灯芯，会要弄灭了蜡烛，所以，我要糊里糊涂地结束这场争论。

罗萨兰　　看，你无论做什么事，总是偷偷摸摸。

喀撒琳　　你倒是不偷偷摸摸，因为你是个轻狂的女人。

罗萨兰　　我的确没有你重，所以我轻。

喀撒琳　　你不重视我。啊！你是不喜欢我。

罗萨兰　　理由很充足，因为"无可救药的就不必再管它"。

公主　　　两个人都会斗嘴，一场机锋相对，真是斗得好。但是

　　　　　　　罗萨兰，你也收到了一份礼物，谁送的？是什么？

罗萨兰　　　我愿意您知道，如果我的脸也像您的一样白净，我的
　　　　　　礼物也会是一样地贵重，看看这个。哼，我也有一首
　　　　　　诗，我谢谢伯龙，音节倒是没有错误。如果估量也不
　　　　　　错误，我是人间最美的仙子，他把我和两万个美人相
　　　　　　比拟。啊！他在信里给我描了一幅肖像。

公　主　　　描写得像不像呢？

罗萨兰　　　黑的字母倒是很像，赞美的话一点也不像。

公　主　　　美得像墨水一般，很好的结论。

喀撒琳　　　白净得像抄写簿中描花大写的 B 字一般 [15]。

罗萨兰　　　当心我的化妆小毛笔！怎么？我不能在死前欠你一
　　　　　　笔债，我的日历上的赤字 [16]，我的红色的字母，我
　　　　　　愿你脸上没有那么多的麻子就好了！

喀撒琳　　　这玩笑太可恶了！一切的悍妇都太可恨了！

公　主　　　杜曼送给你的是什么东西？

喀撒琳　　　公主，这一只手套。

公　主　　　他没有送你两只吗？

喀撒琳　　　是两只，公主，此外还有上千行的忠实情人的诗。
　　　　　　假意殷勤的大段翻译，堆砌得拙劣不堪，愚蠢之至。

玛利亚　　　这个，还有这些明珠，是朗葛维送给我的，这信太
　　　　　　长了，长出了半英里。

公　主　　　我想是不在半英里以下。你是不是希望这链子再长
　　　　　　一些，信再短一些？

玛利亚　　　是的，否则我宁愿这两只手永远分不开 [17]。

公　主　　　我们都是聪明的女孩子，这样讥嘲我们的情人。

| | |
|---|---|
| 罗萨兰 | 他们都是蠢材，这样买到一场讥嘲。 |
| | 他们是更笨的蠢材，买我们的讥讪。 |
| | 那伯龙，我在走前要折磨他一番。 |
| | 我愿知道他确已成了爱情的俘虏[18]！ |
| | 我要令他殷勤献媚，苦苦追求哀诉， |
| | 要他等待机缘，遵守时间， |
| | 要他绞尽脑汁写无聊的诗篇， |
| | 要他甘心效劳完全听从我的命令， |
| | 要他用心打扮，讨我一时的高兴！ |
| | 要像一副四头的牌[19]，完全把他制服， |
| | 要他做我的奴隶，听从我的摆布。 |
| 公主 | 聪明人若是犯了糊涂， |
| | 上了圈套便无法逃出， |
| | 这种荒唐人以才学自夸， |
| | 会自行掩饰一个博学的傻瓜。 |
| 罗萨兰 | 青春的热情燃烧起来 |
| | 没有成年人荒唐得厉害。 |
| 玛利亚 | 糊涂人就是发了痴情 |
| | 也没有聪明人恋爱闹得凶， |
| | 因为他有全套的聪明才力 |
| | 证明他的愚蠢是有价值的。 |
| | 鲍叶特上。 |
| 公主 | 鲍叶特来了，一脸的喜气。 |
| 鲍叶特 | 可笑煞我了。公主在哪里？ |

公主　　　什么消息，鲍叶特？

鲍叶特　　准备，公主，准备——

　　　　　武装，姑娘们，武装，进攻就要到来，

　　　　　情人化装来了，以言词为武器，

　　　　　要对你们展开一场突击，

　　　　　纠合你们的智慧，坚决反抗，

　　　　　否则像懦夫一般地缩头逃亡。

公主　　　圣丹尼斯来抵抗圣邱彼得[20]，

　　　　　要向我们进攻的是谁？探子，你说。

鲍叶特　　在一棵枫树的荫凉下面，

　　　　　我正想闭眼做半小时的睡眠，

　　　　　忽然间，我的休息受了惊扰，

　　　　　我看见正对着树荫走过来了

　　　　　国王和他的伴侣，小心翼翼地，

　　　　　我溜进了附近一座小树林里，

　　　　　他们说的话全都被我所听见，

　　　　　不久他们就要化装来到这边。

　　　　　他们的前驱是一个机灵的小童，

　　　　　他已经背熟了他的使命，

　　　　　姿势腔调都经过他们的指点，

　　　　　"话要这样地说，体态要如此这般"。

　　　　　他们又有一点担心害怕，

　　　　　怕他在贵人面前说不出话，

　　　　　"因为，"国王说，"你要会见一位天使，

　　　　　你不用怕，你尽管慷慨陈词。"

小童回答说:"天使不会害人,

如果她是魔鬼,我会怕她几分。"

大家都笑了,便拍拍他的肩,

把这调皮鬼夸得格外地大胆。

一个得意扬扬,笑着对他说,

这样俏皮的话从来没有人说过,

另一个以拇指中指发出一个响声,

大叫"走!我们去做,无论发生什么事情",

第三个大跳大叫,"一切都很好",

第四个站在脚尖上一转,倒下去了。

于是大家都在地上翻滚乱蹦,

笑得那样热狂,那样放纵,

为了控制他们的狂妄行为,

狂乐之中淌出了严肃的眼泪。

公主　　　可是,可是,他们到这里来拜访?

鲍叶特　　是的,是的,而且穿着的衣裳

像是俄罗斯人的样子[21]。

他们的目的是谈话求爱跳舞,

凭他们赠送的礼物他们可以找出

他们心上的人,每人把思慕的衷肠

披沥给他所钟爱的姑娘。

公主　　　他们果有此意?我们要试探他们一场。

姑娘们,我们要把面具戴上,

无论他们怎样求情,

不让他们看到我们的面孔。

　　　　　　　罗萨兰，你把这个礼物佩戴起来，

　　　　　　　国王就会把你当作他的情人看待。

　　　　　　　拿这个去，把你的给我戴在身边，

　　　　　　　伯龙就会把我当作了罗萨兰，

　　　　　　　你们也把礼物交换，礼物换了地方，

　　　　　　　你们的情人会认错求爱的对象。

罗萨兰　　　那么，来吧，把礼物戴在最惹眼的地方。

喀撒琳　　　可是这样交换，您的用意安在呢？

公主　　　　我的用意即是，要他们的用意不得逞。

　　　　　　　他们不过是以开玩笑来取闹，

　　　　　　　我也只是以玩笑来对抗玩笑。

　　　　　　　他们将各自把情话绵绵

　　　　　　　低诉于认错了的爱人之前，

　　　　　　　等到下一次我们有机会遇到，

　　　　　　　露出本来面目，把他们加以讥笑。

罗萨兰　　　他们若要跳舞，我们陪不陪他们舞？

公主　　　　不，我们就是死也不可迈一步，

　　　　　　　我们也不要听他们写好了的语言，

　　　　　　　他们尽管说话，我们要扭转脸。

鲍叶特　　　唉，这种轻蔑会使他心伤，

　　　　　　　他会把他的台词忘得精光。

公主　　　　所以我要这样做，我敢说一定，

　　　　　　　他讨了没趣，别个就不敢侥幸。

　　　　　　　最有趣的事莫过于以玩笑克服玩笑，

　　　　　　　使他们的耻辱成为我们欢笑的资料。

　　　　　　　我们将在此讥笑这一场儿戏，

　　　　　　　他们将饱受奚落，含羞而去。

　　　　　　　〔内喇叭鸣〕

鲍叶特　　　喇叭响了，戴上面具，跳面具舞的来了。

　　　　　　　〔诸女戴上面具〕

　　　　众黑人于音乐声中上。毛兹、国王、伯龙、朗葛维及杜
　　　　曼穿俄罗斯人服装，并戴面具。

毛兹　　　　"向诸位敬礼，人间最富丽的诸位美人！"

鲍叶特　　　不见得比那丝缎的面具更富丽。

毛兹　　　　"神圣的一群最漂亮的女郎，〔诸女以背相向〕居然
　　　　　　把她们的——脊背——给凡人观赏！"

伯龙　　　　"她们的容貌，"混蛋，"她们的容貌。"

毛兹　　　　"居然把她们的容貌给凡人观赏！完"——

鲍叶特　　　一点也不错，"完全忘了台词"。

毛兹　　　　"完全由于你们的恩宠，请不要观看"——

伯龙　　　　"请观看一下。"混蛋。

毛兹　　　　"请用你们的太阳光芒四射的眼睛观看一下，用你们
　　　　　　的太阳光芒四射的眼睛"——

鲍叶特　　　她们的眼睛和那形容词不相符合，你最好称之为
　　　　　　"女儿光芒四射的眼睛"[22]。

毛兹　　　　她们不听我说话，使得我说不下去了。

伯龙　　　　你不是背得烂熟了吗？走吧，你这混蛋！〔毛兹下〕

罗萨兰　　　这些外国人来此做甚？去问问他们，鲍叶特，如果
　　　　　　他们能说我们的语言，叫他们推出一位老实人说明

莎士比亚全集

来意，问他们来此做甚。

鲍叶特　你们来见公主有什么事？

伯龙　只是善意拜会。

罗萨兰　他们说要做什么？

鲍叶特　只是善意拜会。

罗萨兰　哦，他们已经拜会过了，教他们走吧。

鲍叶特　她说，你们已经拜会过了，你们可以走了。

国王　请你对她说，我们跋涉了不少英里路，想要和她在这草地上跳一回舞。

鲍叶特　他们说，他们跋涉了不少英里路，想要和您在草地上跳一回舞。

罗萨兰　没有这样的事。问他们一英里有多少英寸，如果他们真跋涉了许多英里，那么一英里有多长是很容易计算出来的。

鲍叶特　如果你们来到此地曾经跋涉许多英里路，公主要你们说一英里之内有多少英寸。

伯龙　告诉她，我们这一程路是用疲乏的脚步来量的。

鲍叶特　她自己听到了。

罗萨兰　在你们的漫漫长途之中，走一英里路用了多少疲乏的脚步？

伯龙　我们为您付出去的辛劳是从不加以计算的，我们的忠诚是如此地丰富，如此地无限，所以无需计较。请您露出脸上的阳光，让我们像野蛮人一般向您膜拜。

罗萨兰　我的脸只是月亮，而且有乌云遮覆。

国王　　　　那云是有福了，若能执行这样的任务？

　　　　　　皎洁的明月，还有这些环拱的众星，

　　　　　　请拨开云雾，照射我们水汪汪的眼睛。

罗萨兰　　　虚妄的乞求者！要有较为重大的愿望，

　　　　　　你现在要求的只是水里的月光。

国王　　　　那么在这舞会里只陪我跳上一场。

　　　　　　是您要我请求的，这请求不算荒唐。

罗萨兰　　　那么奏乐吧，你要赶快跳。〔奏乐〕

　　　　　　不，不跳了！我像月亮一般改变了。

国王　　　　您不愿跳？您为什么突然冷淡？

罗萨兰　　　你看到的是满月，现在它已改变。

国王　　　　但它仍然是月亮，我仍然是人。

　　　　　　音乐在奏，给它一点动作吧。

罗萨兰　　　我们的耳朵在听。

国王　　　　您的腿也要动一下。

罗萨兰　　　你们是外国人，偶然来到此处，

　　　　　　我们不愿太矜持，握手，可是不跳舞。

国王　　　　那又何必握手？

罗萨兰　　　只为了分别不伤和气。

　　　　　　行礼，姑娘们，舞会到此就算完毕。

国王　　　　还有一个项目呢[23]，不要吝啬。

罗萨兰　　　按这个价钱我们不能再多给什么。

国王　　　　你们订有价格？什么能买得你来陪伴？

罗萨兰　　　只有你走开就行。

国王　　　　这个可不能照办。

| | |
|---|---|
| 罗萨兰 | 那么就买不到我们，好了，再会， |
| | 对你的面具说两回再会，对你只有半回！ |
| 国王 | 你若拒绝跳舞，我们就来闲谈。 |
| 罗萨兰 | 那么找个僻静地方。 |
| 国王 | 这样我最喜欢。〔二人一旁谈话〕 |
| 伯龙 | 玉手的爱人，我要和你说句甜蜜的话。 |
| 公主 | 蜂蜜，牛奶，白糖，这就是三句啦。 |
| 伯龙 | 你既如此俏皮，两个三点岂不更好， |
| | 香草水，麦芽汁，甜烈酒，骰子，转得妙！ |
| | 这是六样甜的了。 |
| 公主 | 第七样甜，再见。 |
| | 你会行骗，我以后不再和你玩。 |
| 伯龙 | 私下再说句话。 |
| 公主 | 不可再说什么甜的。 |
| 伯龙 | 你伤了我的胆。 |
| 公主 | 胆？好苦。 |
| 伯龙 | 所以最适宜。〔二人一旁谈话〕 |
| 杜曼 | 可准我和你交换说句话吗？ |
| 玛利亚 | 说吧。 |
| 杜曼 | 美丽的小姐—— |
| 玛利亚 | 你这样说？ |
| | 我就称你英俊的先生。 |
| 杜曼 | 我请你 |
| | 私下说句话，随后我就离去。〔二人一旁谈话〕 |
| 喀撒琳 | 怎么！你的面具没有装上舌头[24]？ |

| | |
|---|---|
| 朗葛维 | 我知道你为什么要这样问我。 |
| 喀撒琳 | 快快说出那个理由,我想知道。 |
| 朗葛维 | 你的面具里有舌头两个, |
| | 分一半给我不会说话的面具。 |
| 喀撒琳 | 荷兰人所说的"veal[25]",不就是"笨牛"之意? |
| 朗葛维 | 笨牛,小姐! |
| 喀撒琳 | 不,笨牛先生。 |
| 朗葛维 | 我们平分这个字。 |
| 喀撒琳 | 不,我不做你那半个人[26]。 |
| | 你整个拿去,断奶之后会变大笨牛。 |
| 朗葛维 | 看,你自己在尖酸刻薄地乱撞头。 |
| | 让我头上生角,贞节的女郎?不可以。 |
| 喀撒琳 | 那么趁你头上尚未生角,赶快死去。 |
| 朗葛维 | 再和你私下说句话,在我未死之前。 |
| 喀撒琳 | 轻轻地吼吧,屠户会听到你的叫唤。〔二人一旁谈话〕 |
| 鲍叶特 | 伶牙俐齿的姑娘们, |
| | 像无形的剃刀一般锋利, |
| | 能劈开最纤细的毛发一根, |
| | 非目力所能看得见的, |
| | 她们谈吐敏捷,想象生了翅膀, |
| | 比箭、弹、风、思想能更快地飞翔。 |
| 罗萨兰 | 别再多说,姑娘们,暂停,暂停。 |
| 伯龙 | 天啊,全被她们笑骂得鼻青脸肿! |
| 国王 | 再见,疯女人,你们的头脑单纯。 |

| | |
|---|---|
| 公主 | 二十回再见，我的冰冻的莫斯科人。〔国王、贵族、<br>乐师、侍从等下〕<br>这就是举世钦仰的一群才子吗？ |
| 鲍叶特 | 他们是蜡烛，被你给吹灭了。 |
| 罗萨兰 | 他们聪明是有的，就是太肥，太拙。 |
| 公主 | 啊，智力贫乏，不高明的讥嘲！<br>你说他们今晚会不会上吊自尽？<br>或是从此不戴面具不敢再露脸？<br>这鲁莽的伯龙今天已经很丢人。 |
| 罗萨兰 | 啊！他们的情形全都很惨。<br>国王想不出温柔话，急得几乎哭出声。 |
| 公主 | 伯龙发了许多不相干的誓言。 |
| 玛利亚 | 杜曼和他的剑都要为我效忠。<br>"不必"[27]，我说，我的仆人立即像哑巴一般。 |
| 喀撒琳 | 朗葛维说我伤了他的心啦，<br>你知道他唤我作什么？ |
| 公主 | 大概是心痛。 |
| 喀撒琳 | 的确是。 |
| 公主 | 那么你这块病，你去吧！ |
| 罗萨兰 | 哼，戴绒帽的说笑话都比你高明[28]。<br>听我说，国王发誓做我的情人。 |
| 公主 | 活泼的伯龙发誓为我永远效劳。 |
| 喀撒琳 | 朗葛维说要为我服务终身。 |
| 玛利亚 | 杜曼是我的，像树上的皮一般牢靠。 |
| 鲍叶特 | 公主，诸位美丽姑娘，且听我讲， |

　　　　　　　他们立将以本来面目再来这个地方，

　　　　　　　因为他们受了这番耻辱，

　　　　　　　绝不可能就此甘败服输。

公主　　　　他们要回来？

鲍叶特　　　要回来，要回来，上帝知道，

　　　　　　　纵然打跛了腿，也要高兴得乱跳。

　　　　　　　所以换回礼物，等到他们一来，

　　　　　　　你们要像娇艳的玫瑰在夏日盛开。

公主　　　　怎样开？怎样开？说明白些好不好？

鲍叶特　　　美丽的姑娘戴上面具，像是玫瑰花苞，

　　　　　　　摘下面具，露出娇艳的颜色，

　　　　　　　像拨开云雾的天使，盛开的玫瑰花朵。

公主　　　　少说废话！我们将如何对待，

　　　　　　　如果他们以本来面目再来求爱？

罗萨兰　　　好公主，依我看，还是要讥嘲他们，

　　　　　　　不管他们是化装而来，还是现出真身。

　　　　　　　告诉他们，方才来了一群蠢汉，

　　　　　　　化装为莫斯科人，好古怪的打扮，

　　　　　　　不知他们究竟是做什么的，

　　　　　　　表演浅薄，致词又那样卑鄙，

　　　　　　　粗俗的举止又是那样地可笑，

　　　　　　　到我们帐前献丑不知有何目标。

鲍叶特　　　诸位，进去吧，情郎们已经到了近处。

公主　　　　快进帐里去，像一群窜过平原的小鹿。〔公主、罗萨
　　　　　　　兰、喀撒琳与玛利亚下〕

国王、伯龙、朗葛维与杜曼各着原有服装上。

| | |
|---|---|
| 国王 | 好先生，上帝保佑你！公主在哪里？ |
| 鲍叶特 | 到她帐篷里去了。请问陛下可有什么谕旨要我转达吗？ |
| 国王 | 请她准我见面，我要和她说句话。 |
| 鲍叶特 | 我去，她也一定会愿意的，陛下。〔下〕 |
| 伯龙 | 此人撷拾隽语，像鸽子啄豆， |

此人撷拾隽语，像鸽子啄豆，

等机会一来便要拿出来卖弄，

他是隽语小贩，遇有市集宴饮，

他就零卖他的物品，

我们经营批发的，上帝知道，

倒不好意思那样地炫耀。

此人在女人队里雅擅风流，

如果他是亚当，他会把夏娃引诱，

他会作媚态，嗲声嗲气地说话，

随时吻手表示礼貌的也就是他，

是一只有礼貌的猴子，道学先生，

赌起来吆喝骰子也不出恶声。

他唱中高音还真是唱得不错，

讲到护送女宾谁也比他不过，

女人们都喊他为"亲爱的"。

他踏上楼梯，楼梯也吻他的脚底。

他是见人就满脸堆笑的一朵花，

露出鲸鱼骨那样白的一嘴牙，

有良心的人，有话不能不说，

都承认他是舌甜如蜜的鲍叶特。

国王　　　他使得阿马都的侍童把台词忘得一干二净，

我真愿他的甜如蜜的舌端长一个疔！

公主又由鲍叶特陪护上，罗萨兰、玛利亚、喀撒琳及侍

从等随上。

伯龙　　　看他来了！礼貌，在未经他表演的时光，

你是什么情形？现在又是什么模样？

国王　　　亲爱的公主，愿您今天包享快乐[29]！

公主　　　我想遇到"雹"也就快乐不起。

国王　　　我请您千万不要误会我。

公主　　　那么就说些好听的，我准许你。

国王　　　我们来拜访您，现在打算

领您到宫里去，请您允许我们。

公主　　　我要留在这旷野，好保持你的誓言，

上帝和我都不喜欢背誓的人。

国王　　　不要为了您闯的祸而怪罪我。

您的眼睛的魅力逼得我破坏誓言。

公主　　　你误用了"美德"[30]一词，你应该说是罪恶，

因为美德从来不会使人失信。

凭我纯洁如百合花似的贞操，

我要郑重对你明说，

纵然要我忍受一切酷刑煎熬，

我也不肯到你家中做客，

　　　　　　　你对天发誓立约要永久信守，

　　　　　　　我最恨成为人家背誓的根由。

国王　　　　啊！您住在这个荒凉的地方，

　　　　　　　僻静、冷落，我们很是抱憾。

公主　　　　不，陛下，事实并不是这样，

　　　　　　　我们这里有的是娱乐消遣。

　　　　　　　四个俄罗斯人刚刚离开我们。

国王　　　　什么！俄罗斯人？

公主　　　　的确是，陛下。

　　　　　　　很有礼貌很有风度的漂亮男人。

罗萨兰　　　公主，说真话，不是的，陛下，

　　　　　　　我们公主是追随现下的时尚，

　　　　　　　为了礼貌而过分地赞扬。

　　　　　　　我们确是遇到四个人，俄国人打扮，

　　　　　　　他们在这里逗留了一小时的时间，

　　　　　　　叽里咕噜地说话，在这期间，陛下，

　　　　　　　他们没有对我们说一句适当的话。

　　　　　　　我不敢说他们是傻子，不过可以这样说，

　　　　　　　他们口渴的时候，傻子一定想要水喝。

伯龙　　　　这笑话我觉得干燥无味，亲爱的人，

　　　　　　　你的才气使得聪明的东西也显着愚蠢，

　　　　　　　我们举目观看那天上的太阳，

　　　　　　　目力再好也受不住那刺目的光芒，

　　　　　　　你的才气就是那样地广大无边，

　　　　　　　所以聪明的显得愚蠢，富有的显得寒酸。

| | |
|---|---|
| 罗萨兰 | 这证明你是聪明富有，因为在我眼里—— |
| 伯龙 | 我是一个傻子，一贫如洗。 |
| 罗萨兰 | 除非你甘愿承认你是一个傻瓜， |
| | 你不该从我舌端抢去我要说的话。 |
| 伯龙 | 啊！我是你的，我的一切都是你的。 |
| 罗萨兰 | 整个的傻瓜都是我的? |
| 伯龙 | 我一点也不能少给你。 |
| 罗萨兰 | 你原来戴的是哪一个面具? |
| 伯龙 | 在哪里? 什么时候? 什么面具? 你为什么问这个? |
| 罗萨兰 | 那地方，那时候，那个面具，那面罩 |
| | 还比较好看些，把较丑恶的脸遮盖了。 |
| 国王 | 我们被揭穿了，她们现在要对我们无情地讥笑了。 |
| 杜曼 | 我们自行招供了吧，只当作一场笑话。 |
| 公主 | 慌了吗，陛下? 你为什么有不高兴的样子? |
| 罗萨兰 | 快来救人! 捏他的额角! 他要晕厥。你为什么脸色 |
| | 苍白? 许是从莫斯科来晕船了吧。 |
| 伯龙 | 这就是因为背誓而天降灾祸。 |
| | 谁有厚脸皮能再硬撑下去? |
| | 我站在这里，拿出手段对付我， |
| | 用嘲骂伤害我，用讽刺作致命打击， |
| | 用刻薄话戳破我的糊涂， |
| | 用锋利的话把我砍得粉碎， |
| | 我再也不敢对排好的演说加以信任， |
| | 或是一个学童的呆笨的口舌， |
| | 或是戴着面具去会见我的爱人， |

或是献诗求爱，像盲人唱的琴歌，

油滑的字句，典丽的作风，

堆砌的浮夸，过分的装腔作势，

书呆子的辞藻，这些夏令苍蝇

给我下满了蛆虫似的装饰。

我舍弃这一切，我现在正式宣布，

凭这白的手套——手有多白，上帝知道——

从此我要老老实实地表示爱慕，

是即是，非即非，不说废话了。

开始，姑娘，上帝帮助我吧！

我对你的爱是完整的，免疵免瑕。

罗萨兰　　请你免了那个"免"吧。

伯龙　　　这是我的老毛病，

请原谅我，我的病根太重，

要慢慢解除。且慢！让我想想，

把"上帝饶我们吧"写在这三个人身上 [31]，

他们都染上了病，病在他们的心里。

他们患了瘟疫，是你的眼睛传给他们的，

这几位都传染上了，你也没有能免，

因为我看见你身上已经出现了疫斑 [32]。

公主　　　不，他们送礼物给我们，不是爱我们。

伯龙　　　我们是无望了，不必想解救我们。

罗萨兰　　不是这样的。因为这成什么话说，

你们是来求爱，如何反倒要受祸 [33]？

伯龙　　　住声！因为我不想和你打什么交涉。

| 罗萨兰 | 你也没的交涉，我若是照我本意去干。 |
|---|---|
| 伯龙 | 你们为自己辩护吧，我已无法再辩。 |
| 国王 | 告诉我们，公主，为了我们的鲁莽的举动 |
|  | 应该怎样寻求饶恕。 |
| 公主 | 最好的办法是自行招供。 |
|  | 你方才是不是化装来到了此地？ |
| 国王 | 我是，公主。 |
| 公主 | 你当时是否头脑清楚的？ |
| 国王 | 我是，公主。 |
| 公主 | 那么你在这里的一般时间， |
|  | 在你爱人耳边说些什么蜜语甜言？ |
| 国王 | 我说我爱她，有甚于整个的世界。 |
| 公主 | 等她要你履行诺言，你会把她拒绝。 |
| 国王 | 我以名誉为誓，绝不。 |
| 公主 | 不，不，不要发誓， |
|  | 誓言一经破坏，以后背誓即非难事。 |
| 国王 | 你可以瞧不起我，我若破坏我的誓言。 |
| 公主 | 我会的，所以你要坚守誓言。罗萨兰， |
|  | 这俄国人低声说些什么在你耳旁？ |
| 罗萨兰 | 他发誓说他宝爱我像眼珠子一样， |
|  | 把我看得比整个世界还要贵重， |
|  | 并且他说他要和我结婚， |
|  | 否则终身一世做我的情人。 |
| 公主 | 上帝准你享有这样一个好丈夫！ |
|  | 这高贵的国王说话是一定算数。 |

| | |
|---|---|
| 国王 | 你是什么意思，公主？凭我的性命忠实，<br>我从不曾对这位姑娘发过这样的誓。 |
| 罗萨兰 | 你确是发了，而且为了作一证明，<br>你把这个送给了我，收回去吧，先生。 |
| 国王 | 我的忠心和这个，我都送给了公主，<br>我看她袖上佩的宝石，所以我能把她认出。 |
| 公主 | 对不起，陛下，这宝石是她佩戴在身上。<br>多谢伯龙大人，他做了我的情郎。<br>怎么，你要我呢，还是把珍珠拿回去？ |
| 伯龙 | 都不要，我两个一齐放弃。<br>我看出你们的诡计，<br>你们串通一气，<br>预先知道我们要玩的把戏，<br>决计把它像圣诞喜剧似的予以破坏。<br>一定有多嘴的、献媚的、挨骂的奴才，<br>搬弄是非的、做食客的、无聊的家伙，<br>笑起来满脸皱褶，他晓得如何<br>使小姐们高兴的时候破颜一笑，<br>把我们的计划可就给泄露了，<br>于是小姐们把礼物交换戴起，<br>我们认错了人，追的只是爱人的标记。<br>现在我们于背誓之外又加上了耻辱，<br>我们再度背誓，是有心的也是无意的错误。<br>是这样一回事，〔向鲍叶特〕会不会就是你<br>抵制了我们的把戏，使我们不守信义？ |

　　　　　你是不是摸清楚了公主的心情，

　　　　　可以和她随便地说说笑笑？

　　　　　站在她的背后炉火的前面，先生，

　　　　　端着盘子，信口胡言地取闹？

　　　　　你使得我们的小童说不出话，你有捣乱的特权。

　　　　　随便你什么时候死，你的尸衣将是女人的长衫。

　　　　　你斜眼看我吗？你那一只眼睛

　　　　　像是铅刀伤不了人。

鲍叶特　　真是令人高兴，

　　　　　好一场追奔逐北，好一番沙场驰骤。

伯龙　　　看！他挺枪过来了。且住，我不和你斗。

　　　　考斯达上。

　　　　　欢迎，真正的才子！你排解开了一场恶战。

考斯达　　主啊，先生，他们愿意知道

　　　　　那三个伟人要进来还是不要。

伯龙　　　什么，只有三个？

考斯达　　不，应有尽有，

　　　　　因为每人扮演三个。

伯龙　　　三乘三得九。

考斯达　　不是的，先生，对不起，您有错误。

　　　　　您不能把我们当傻子，我们心里有数，

　　　　　我希望，先生，三乘三，先生——

伯龙　　　不是九。

考斯达　　对不起，先生，我们知总数是多少。

| | |
|---|---|
| 伯龙 | 噫，我一直以为三乘三是九。 |
| 考斯达 | 主啊，先生，您若是靠了计算数目为生，那可惨了。 |
| 伯龙 | 到底是多少？ |
| 考斯达 | 主啊，先生！演员们会表示出总数共有几个，至于<br>我自己，正如他们所说，我只是一个可怜的人，只<br>好表演一个人，庞沛大将，先生。 |
| 伯龙 | 你也是伟人之一吗？ |
| 考斯达 | 他们认为我可以扮演庞沛大将，至于我自己，我不<br>知道伟人是什么爵位，不过我要扮演他。 |
| 伯龙 | 去，教他们准备吧。 |
| 考斯达 | 我们会表演得好的，先生，我们要加小心。〔下〕 |
| 国王 | 伯龙，他们会使我们丢脸，教他们不要来了。 |
| 伯龙 | 我们无脸可丢，陛下，这不失为一计，<br>演一场比国王及其左右演得更坏的戏。 |
| 国王 | 我说不要他们来。 |
| 公主 | 不，陛下，现在你要听我的。<br>越不知怎样讨好的戏越讨人欢喜，<br>演员一团热心，拼命地想要讨好，<br>戏的主题却在那热心当中毁掉了，<br>若是伟大计划一开始就垮台，<br>那乌烟瘴气的表演倒最令人开怀。 |
| 伯龙 | 这把我们的戏形容得确切极了，陛下。 |

阿马都上。

| | |
|---|---|
| 阿马都 | 涂油的真命天子，我求您呼出一些您的芬芳的气息， |

　　　　　　说一两句言语。〔阿马都与国王谈话，并呈上一纸〕
公主　　　这个人是信奉上帝的吗?
伯龙　　　你为何发问?
公主　　　听他讲话不像是上帝造的人。
阿马都　　那对我倒没有关系，我的贤明的、亲爱的、甜蜜的
　　　　　君王，因为，我要声明，那位教师是十分地古怪，
　　　　　太狂了，太狂了! 不过这件事我们愿意交给战争来
　　　　　解决，所谓死生由命。我祝您心情宁静，最尊严的
　　　　　一对! 〔下〕
国王　　　大概就要有一场九大伟人的好戏上演了。他扮脱爱
　　　　　的海克特，那乡下人，庞沛大将; 那教区牧师，亚力
　　　　　山大;阿马都的侍童，赫鸠利斯;那学究，犹大斯·马
　　　　　卡毕阿斯。
　　　　　如果这四个伟人第一场表演成绩不恶，
　　　　　他们就要换上服装表演那另外的五个。
伯龙　　　有五个人在第一场。
国王　　　你搞错了，不是那样。
伯龙　　　学究、夸口军人、乡巴牧师、一个傻瓜、一个
　　　　　孩子——
　　　　　除非掷骰子掷出五点 [34]，若以各人本领而论，
　　　　　全世界也不能再找出这样的五个人。
国王　　　船已扬帆，向我们这里驶近。

考斯达着铠甲扮作庞沛上。

考斯达　　"我是庞沛。"——

| | |
|---|---|
| 鲍叶特 | 你不是他，你说谎。 |
| 考斯达 | "我是庞沛。"—— |
| 鲍叶特 | 有豹子头在膝盖上 [35]。 |
| 伯龙 | 挖苦得好，我们俩的立场一样。 |
| 考斯达 | "我是庞沛，绰号庞大的庞沛。"—— |
| 杜曼 | "伟大的。" |
| 考斯达 | 是"伟大"，先生，"庞沛绰号伟大，<br>常在战场手持盾牌使我的敌人汗如雨下。<br>我沿海岸旅行，偶然来到了此地，<br>在这位法国亲爱的姑娘腿前放下我的武器。"<br>如果您说一声"谢谢，庞沛"，我就算演完了。 |
| 公主 | 多谢，伟大的庞沛。 |
| 考斯达 | 演得不怎么好，不过我希望我没有出一点毛病。我<br>在说"伟大的"一语时有一点小错误。 |
| 伯龙 | 我敢拿我的帽子和人赌半便士，庞沛是最好的伟人。 |

拿簪纽尔着铠甲扮亚力山大上。

| | |
|---|---|
| 拿簪纽尔 | "我生在世上的时候，我在世上称霸，<br>东、西、南、北，远播我的威名，<br>我的勋纹可以表明我是亚力山大。"—— |
| 鲍叶特 | 你的鼻子说你不是，它生得太正 [36]。 |
| 伯龙 | 您的鼻子嗅出了"不"，嗅觉灵的先生 [37]。 |
| 公主 | 这位征服者着恼了。说下去，好亚力山大。 |
| 拿簪纽尔 | "我生在世上的时候，我在世上称霸。"—— |
| 鲍叶特 | 一点也不错，的确是，你诚然是，亚力山大。 |

伯龙　　　　庞沛大将——

考斯达　　　您的仆人，考斯达在此。

伯龙　　　　拉走这位征服者，拉走亚力山大。

考斯达　　　〔向拿簪纽尔〕啊！先生，你已经把征服者亚力山大
　　　　　　给毁了！为了这场表演你将被人从墙帷上刮下去[38]，
　　　　　　你那个手持板斧坐在马桶箱上的狮子将要给了爱杰
　　　　　　克斯[39]，他将成为第九位伟人。一位征服者，怕
　　　　　　得说不出话来！你丢尽了人，跑走吧，亚力山大！
　　　　　　〔拿簪纽尔退〕好，诸位要见谅，一位蠢笨而良善的
　　　　　　人，是个老实人，很容易泄气！他是很能和人相处
　　　　　　的一个人，而且是个公正的好人，但是，扮演亚力
　　　　　　山大——唉，你们都看见了——是有一点不能胜任。
　　　　　　不过还有另外几位伟人要来，以不同的态度表达他
　　　　　　们的心情。

公主　　　　站开，好庞沛。

　　　　　　郝娄弗尼斯着铠甲扮犹大斯上；毛兹着铠甲扮赫鸠利
　　　　　　斯上。

郝娄弗尼斯　"这个小鬼扮的是伟大的赫鸠利斯，
　　　　　　　他一棒打死塞伯勒斯，那条三头狗。
　　　　　　　他还在婴儿孩童小东西之时，
　　　　　　　即曾这样扼死几条蛇，用他一双手。
　　　　　　　既然他小时有这种情形，
　　　　　　　所以我来加以说明。"
　　　　　　下场时做出一些威武的样子，去吧。〔毛兹下〕

"我是犹大斯。"——

| | |
|---|---|
| 杜曼 | 一个犹大! |
| 郝娄弗尼斯 | 不是伊斯卡略[40],先生。 |

"我是犹大斯,姓是马卡毕阿斯。"

| | |
|---|---|
| 杜曼 | 犹大斯·马卡毕阿斯简称便是犹大了。 |
| 伯龙 | 一个当面拥吻的叛徒[41]。这不证明你就是犹大了吗? |
| 郝娄弗尼斯 | "我是犹大斯。"—— |
| 杜曼 | 你还有可耻的事哩,犹大。 |
| 郝娄弗尼斯 | 你是什么意思,先生? |
| 鲍叶特 | 让犹大自己上吊。 |
| 郝娄弗尼斯 | 您开始上吊吧,先生,您比我年长,您比我懂得多[42]。 |
| 伯龙 | 这句话接得好,犹大确是上吊在一株接骨木上。 |
| 郝娄弗尼斯 | 我不能受人奚落得失掉面子。 |
| 伯龙 | 因为你根本没有脸面。 |
| 郝娄弗尼斯 | 这是什么? |
| 鲍叶特 | 吉他的头[43]。 |
| 杜曼 | 簪子的头[44]。 |
| 伯龙 | 指环上的骷髅[45]。 |
| 朗葛维 | 古罗马钱币上几乎令人看不出来的一张脸。 |
| 鲍叶特 | 西撒的弯刀柄上的圆头。 |
| 杜曼 | 粉盒上的雕骨人面。 |
| 伯龙 | 别针上的圣乔治的侧影。 |
| 杜曼 | 是的,而且还是铅质的别针。 |
| 伯龙 | 是的,而且还是戴在一个拔牙人的帽子上[46]。现在 |

|  | 说下去吧，因为我们给你脸了。 |
| 郝娄弗尼斯 | 你们使我丢脸啦。 |
| 伯龙 | 瞎讲，我们给了你不少的脸。 |
| 郝娄弗尼斯 | 但是你们把那些脸都吓跑了。 |
| 伯龙 | 如果你是一头狮子，我们会这样做的。 |
| 鲍叶特 | 所以，他既然只是一头驴，放他过去。再会了，亲爱的犹！噎，你怎么还不走？ |
| 杜曼 | 等着你说他的名字的后半截呢[47]。 |
| 伯龙 | 等着犹大后面加上一头驴吗？给了他，——犹——大斯，去吧！ |
| 郝娄弗尼斯 | 这太不和气，太不客气，太不礼貌。 |
| 鲍叶特 | 给犹大先生点个火！天黑了，他会跌跤。 |
| 公主 | 哎呀！可怜的马卡毕阿斯，他可被我们玩弄了。 |

阿马都着铠甲扮海克脱上。

| 伯龙 | 藏起你的头，阿奇利斯，海克脱披着铠甲来了。 |
| 杜曼 | 纵然我的讥嘲落回到我自己的头上，我现在还是要开玩笑。 |
| 国王 | 海克脱和这个比起来，不过是个匹夫[48]。 |
| 鲍叶特 | 但是这个是海克脱吗？ |
| 国王 | 我想海克脱的体格没有这么强健。 |
| 朗葛维 | 海克脱的腿肚子没有这么粗。 |
| 杜曼 | 太蠢笨了一些，毫无疑问。 |
| 鲍叶特 | 的确没有这么粗，他的腿腕是很好看的。 |
| 伯龙 | 这个不可能是海克脱。 |

| 杜曼 | 他不是天神便是画家，他脸上做出那么多的怪相。 |
| 阿马都 | "指挥干戈的马尔斯战神， |
| | 赋给海克脱一个礼物。"—— |
| 杜曼 | 一颗带金光的豆蔻[49]。 |
| 伯龙 | 一只柠檬。 |
| 朗葛维 | 插满了丁香[50]。 |
| 杜曼 | 不，裂开了的。 |
| 阿马都 | 住声！ |
| | "指挥干戈的马尔斯战神 |
| | 赋给海克脱一个礼物，这脱爱的储君。 |
| | 一个人有了这样的精神， |
| | 当然可以走出帐外和你从清晨战到黄昏。 |
| | 我即是那个武士之花。"—— |
| 杜曼 | 薄荷花。 |
| 朗葛维 | 楼斗菜。 |
| 阿马都 | 亲爱的朗葛维大人，拉紧您的舌头。 |
| 朗葛维 | 我必须把它放松，因为它正在向海克脱冲去。 |
| 杜曼 | 是的，海克脱狡如猎狗。 |
| 阿马都 | 那可爱的武士现在已经死去，腐烂了。亲爱的好人，不要敲打死人的尸骨，他活着的时候，他是一条好汉。不过我要继续做我的表演。〔向公主〕亲爱的公主，请您赏下您的耳音。 |
| 公主 | 说吧，英勇的海克脱，我们很高兴听。 |
| 阿马都 | 我真爱您的这一双便鞋。 |
| 鲍叶特 | 〔向杜曼旁白〕从脚上爱起。 |

| | |
|---|---|
| 杜曼 | 〔向鲍叶特旁白〕他不可以按码去爱。 |
| 阿马都 | "这海克脱远在汉尼拔之上。"—— |
| 考斯达 | 那个女人怀孕了，海克脱，她怀孕了，她已经怀孕两个月了。 |
| 阿马都 | 你是什么意思？ |
| 考斯达 | 老实说，除非你肯做一个忠实的好人，这可怜的丫头算是被糟蹋了，她怀孕了，孩子已经在她肚子里叫了，那是你的。 |
| 阿马都 | 你胆敢在这些贵人面前公然侮辱我？你非死不可。 |
| 考斯达 | 那么为了害得杰克奈塔怀孕，海克脱就该受一顿鞭打，为了杀死庞沛，他就该受绞刑。 |
| 杜曼 | 了不起的庞沛！ |
| 鲍叶特 | 有名的庞沛！ |
| 伯龙 | 比伟大的、伟大的、伟大的、伟大的庞沛还更伟大！庞大的庞沛！ |
| 杜曼 | 海克脱发抖了。 |
| 伯龙 | 庞沛动火了。再多一些愤怒，再多一些愤怒！激动他们打起来！激动他们打起来！ |
| 杜曼 | 海克脱会向他挑战。 |
| 伯龙 | 会的，如果他肚里还有足够喂饱一只跳蚤的那么一点点男子汉的血。 |
| 阿马都 | 我凭着北极发誓，我向你挑战。 |
| 考斯达 | 我不能像北方的乡巴佬一样拿着大棍子打斗，我要真杀实砍，我要用剑。我请你容我再去借那身铠甲。 |
| 杜曼 | 为这两位动了火的伟人让开！ |

| | |
|---|---|
| 考斯达 | 我就穿这衬衫和你打。 |
| 杜曼 | 好坚决的庞沛！ |
| 毛兹 | 主人，让我来说句扫兴的话。您没有看见庞沛正在脱衣服准备和您厮杀吗？您是打算怎样？这种打法要使您丧失名誉的。 |
| 阿马都 | 诸位先生武士，请原谅，我不能穿着衬衫和人决斗。 |
| 杜曼 | 你不可以拒绝，庞沛已经挑战了。 |
| 阿马都 | 诸位英雄好汉，我可以拒绝，而且我要拒绝。 |
| 伯龙 | 你有什么理由？ |
| 阿马都 | 老老实实地说穿了吧，我没有衬衫。我为了忏悔，贴身穿的就是羊毛衣。 |
| 鲍叶特 | 的确，因为缺乏麻纱布，罗马是这样命令他的，从此以后，我可以发誓说，他什么都不穿，只穿杰克奈塔的一块抹碗布，而且贴在他的胸口上，当作情人的馈赠哩。 |

使者马卡德先生上。

| | |
|---|---|
| 马卡德 | 上帝保佑您，公主！ |
| 公主 | 欢迎，马卡德，但是你打扰了我们的娱乐。 |
| 马卡德 | 我很抱歉，公主，因为我带来的消息是我迟迟不愿说出口的。您的父王—— |
| 公主 | 死了，一定是！ |
| 马卡德 | 正是，我的话说完了。 |
| 伯龙 | 诸位伟人，走开吧！这场面开始要变得阴惨了。 |
| 阿马都 | 讲到我自己，我可以自由地吐一口气了。我略施小 |

技避免了一场大大的侮辱，我要像军人似的予以报复。〔诸伟人下〕

| | |
|---|---|
| 国王 | 公主，你怎样了？ |
| 公主 | 鲍叶特，准备，我今晚就走。 |
| 国王 | 公主，不可以，我请您不要走。 |
| 公主 | 准备，我说。我多谢你们，诸位贵人，多谢你们的殷勤招待。我心情上新遭变故，如果言谈有什么莽撞之处，请大量包涵我的放肆失检，是您的礼遇使得我如此大胆。再会，贤明的陛下！一颗沉重的心不会有伶俐的舌头，请原谅我吧，我的重大的要求这样轻易地就获得您的允诺，而我未能充分地表达谢意。 |
| 国王 | 凡事逼到最后关头，即能一切顺利完成，往往长期考虑不能决定的事到最后即能一举解决，虽然丁忧的一副愁容不准情人堆下笑脸提出他所渴望赢得的请求，但是，爱情的事情既然发动在先，不要让悲哀的云翳来排挤它，使它失去原来的主张，因为哀悼故去的亲人，远不如为结识新交而欢欣来得健全有益。 |
| 公主 | 我不懂您的话，我的悲哀是非常地沉重。 |
| 伯龙 | 老实明白的言词最能令悲哀的人听得入耳，国王的意思是这样的。为了你们的缘故我们虚掷光阴，背弃了我们的誓约。你们的美貌，小姐们，使得我们神魂颠倒，使我们的行为与我们的初衷背道而驰，所以我们的举止显得有些荒谬，因为人在爱情当中总是懵懵懂懂的，像孩童一般地荒唐恣肆，爱情是从眼睛里产生出来的，所以，爱情是像眼睛一样， |

眼珠一翻就能瞥见形形色色的物体，爱情亦能幻生
出种种性质的形态不同的现象，如果由你们的天仙
般的眼睛看来，我们的轻狂的举止是不合于我们的
誓约与尊严，那么你们要知道，正是挑剔我们错误
的你们的那些天仙般的眼睛诱使我们陷入那些错误。
所以，小姐们，我们的爱情既是属于你们的，爱情
所造成的错误也同样是属于你们的，我们对于我们
自己确是犯了不忠的罪过，我们是想犯一次不忠而
以后永远对你们几位美丽的小姐效忠，你们确是一
方面教我们不忠一方面又教我们效忠，我们的不忠
其本身固然是罪过，经过这样的洗刷可以成为美
德了。

公主　　我们接到了你们的充满爱情的书信，还有你们的礼
　　　　物，爱情的信使，而且从我们闺女的眼光看来，这
　　　　不过是调情的手段，讨好的伎俩，礼貌的表示，用
　　　　作填充时间空当的资料而已。我们没有更严重地加
　　　　以考虑，所以我们以你们自己的方式来对付你们的
　　　　爱情，只当作一场玩笑。

杜曼　　小姐，我们的信件所表示的不只是玩笑。

朗葛维　我们脸上的表情也不像是玩笑。

罗萨兰　我们没有当作玩笑。

国王　　好了，现在在这最后一分钟，把你们的爱给了我
　　　　们吧。

公主　　我想在这短短的一段时间，无法完成一宗百年好合的
　　　　交易。不，不，陛下，您背誓太厉害了，实在罪孽

深重，所以应该这个样子，如果为了爱我——根本
是不会的事——您什么事都肯做，那么请您为我做
这一件事，您的誓言我是再也不敢相信。赶快到一
个荒凉简陋的隐居的地方去，远离一切人世的享受，
停留在那里，直等到黄道带上的十二宫完成了它们
一年一度的数算。如果这严肃冷僻的生涯不能改变
你在热血沸腾时所作的主张，如果寒霜和斋戒，简
陋的居室和单薄的衣裳，不能摧残你的爱情之灿烂
的花朵，经得起考验，爱情始终不渝，那么，在一
年终了之际，就凭这些成就前来向我提出婚娶的要
求，现在我以纯洁的手掌和你紧握为誓，到那时我
会委身于你的，在未到那个时刻之前，我将把我自
己幽闭在凄凉的丧居之内，洒泪悼念我的亡父。

如果你拒绝，我们就不必握手，

更没有权利提出心心相印的要求。

国王 　如果为了我自己一身的安逸，

拒绝你的这个或更严厉的主张，

愿死神把我的眼睛封起！

那么我的心就可永远住进你的胸膛。

伯龙 　你对我有何话说，我的爱？对我有何话说？

罗萨兰 　你也需要洗心革面，你的罪恶非轻，你染有过失，
而且背誓，所以，你要是想得到我的爱，你要不停
不休地花一年的光阴去耐心地伺候病人。

杜曼 　但是对我有何话说，我的爱？对我有何话说？

喀撒琳 　把我当作一个妻子！愿你长满脸的胡子，有良好的

> 健康和忠实的爱情，我愿以三重的爱祝你有这三样
> 东西。

杜曼　　　啊！我可不可以说，我谢谢你，我的爱妻？

喀撒琳　　不，大人。在这十二个月零一天当中，
　　　　　任何春风满面的求婚者的话我都不听，
　　　　　等国王来见公主的时候请你也来，
　　　　　那时我若有很多的爱，我会给你一些爱。

杜曼　　　我要真心真意地对你，直等到那一天。

喀撒琳　　不要发誓，否则你又会违背你的誓言。

朗葛维　　玛利亚有何话说？

玛利亚　　等到一年终了。
　　　　　我要为一个忠实情人脱下我的黑袍。

朗葛维　　我要耐心等待，但这时间太长。

玛利亚　　你也是一样，很少人更高而又这样年轻漂亮。

伯龙　　　小姐在想什么心事？爱人，请看看我。看我的心灵
　　　　　之窗，我的眼睛，多么谦逊地等候着你的答复，请
　　　　　让我为了你的爱而做点什么事吧。

罗萨兰　　伯龙大人，我未见到你之前常听人提到你，一般的
　　　　　舆论都认为你是一个尖酸刻薄的人，喜怒笑骂，出
　　　　　口伤人，各色人等都逃不掉你的嘲弄揶揄，为了要
　　　　　把这刻薄的毒草从你那茂盛的头脑里面拔除，然后
　　　　　再来向我求爱——否则你是无法获得我的爱的——
　　　　　你这一年当中需要天天访问沉默不语的病人，永远
　　　　　地和那些呻吟的苦人打交道，你的工作便是，运用
　　　　　你的所有的聪明才力，逼使那些受苦难折磨的人破

颜一笑。

伯龙　　　让垂死的人放声大笑？这可办不到，这是不可能的，
　　　　　欢笑无法打动苦难中的心灵。

罗萨兰　　唉，这乃是使那爱嘲弄的人闭口无言的好办法，他
　　　　　之所以能信口雌黄正因为浅薄爱笑的听众对于小丑
　　　　　滥加赏识。一句笑话是否成功，要由听者决定，不
　　　　　由说者决定，所以，如果被自己的呻吟震耳欲聋的
　　　　　病者肯听你那无聊的笑话，那么你就说下去吧，我
　　　　　会接受你，并且连同你那短处一起接受，如果他们
　　　　　不肯听，那么就戒绝那个恶习，我看到你改过自新，
　　　　　我会十分欣慰的。

伯龙　　　一年！好，管它结果如何，
　　　　　我到医院里讲一年笑话再说。

公主　　　〔向国王〕好，亲爱的陛下，我向您告辞了。

国王　　　不，公主，我们要送你一段路。

伯龙　　　我们的求婚未能像旧戏那样结束，
　　　　　才子没有配上佳人，姑娘们若是客气，
　　　　　大可以使我们的节目成为一出喜剧。

国王　　　算了，先生，再等一年的时光，
　　　　　即可完结。

伯龙　　　作为一出戏未免太长。

　　　　　阿马都上。

阿马都　　亲爱的陛下，请准许我——

公主　　　这不是海克脱吗？

| 杜曼 | 正是脱爱的伟大的武士。 |
|---|---|
| 阿马都 | 我愿吻您的手指，然后告辞。我是个发过誓愿的人，我已向杰克奈塔发过誓，为了爱她而给她做三年农夫。但是，最可敬的陛下，您要不要听两位学者所编的赞美鸥鹚和杜鹃的一段对唱歌词？本是应该在我们表演终了之后来唱的。 |
| 国王 | 喊他们快一点来，我们要听。 |
| 阿马都 | 喂！来呀。 |

郝娄弗尼斯、拿簪纽尔、毛兹、考斯达及其他又上。

这一边是 Hiems，冬天；这一边是 Ver，春天。一方面由鸥鹚来发言，另一方面由杜鹃来发言。春天，开始吧。


## 春天


一

杂色的雏菊，蓝色的紫罗兰，

酢浆草纯然的银白，

野樱草娇黄的一片，

把草原涂染得令人愉快。

于是杜鹃鸟，在每一株树上，
讥嘲结过婚的男人，它们歌唱，
苦苦，
苦苦，苦苦，啊，好令人心惊，
结过婚的男人都觉得不中听！

二

牧童捧着燕麦管在吹，
云雀唤农夫们起床，
斑鸠乌鸦忙着在交尾，
少女漂洗她们的夏季衣裳，
于是杜鹃鸟，在每一株树上，
讥嘲结过婚的男人，它们在唱，
苦苦，
苦苦，苦苦，啊，好令人心惊，
结过婚的男人都觉得不中听！

# 冬天

三

冰柱在墙头上面吊悬，

牧童狄克闲着呵他的指甲，

汤姆搬木头到大厅里面，

牛奶在桶里冻着送回到家，

血僵凝了，路又难走，

于是瞪大眼的鸱鸮在夜里狂吼，

突胡，

突灰，突胡——很好听的一声歌调，

肥胖的琼姑娘正把锅来搅。


四

北风正在怒号，

牧师的老生常谈陷入一阵嗽声，

鸟儿在雪中缩头缩脑，

玛利安的鼻尖冻得通红，

烤山楂放在酒杯里哑哑地响，

于是瞪大眼的鸱鸮在夜里唱，

突胡，

突灰，突胡——很好听的一声歌调，

肥胖的琼姑娘正把锅来搅。


阿马都　　在阿波罗歌唱之后，梅鸠利的话声就显得刺耳了。

你们，从那边走，我们，从这边走。〔众下〕

## 注 释

[1] 这句拉丁成语应该是 Satis est quod sufficit.（=What satisfies is enough.）相当于现代谚语: Enough is as good as a feast。

[2] Novi hominem tanquam te（=I know the man as well as I know you.）Lyly 文法书中语。

[3] 原文"to speak dout,fine, when he should say,doubt"，其中 fine 一字不可解。Hertzberg 以 fine 为"sine b"之误，不无见地。b 应该读出音。

[4] 原文"Priscian a little scratched."Priscian 约在纪元后五二五年著有拉丁文法书传于后世。俗谓说不正确之拉丁文者为"打破 Priscian 之头"，故云。

[5] 中古拉丁文中最长的一个字，但丁及其他作家都使用过，后人传为笑谈，其意为"the state of being capable of honors."（可以获得荣誉之状态）。

[6] flap-dragon，圣诞节游戏"snap-dragon"中，白兰地酒中浮一燃烧的葡萄干或李子干，以一口吞下为乐。

[7] 角书（hornbook），儿童初学识字之书，乃一页厚羊皮纸裱在木板上，印有字母及数目字等，上覆一层薄的透明的角质。

[8] wit-old 有双关义，一方面指 wittol（= a complacent cuckold），一方面指老年人之神志不清（mentally feeble）。

[9] ad unguem（= to the nail; to a nicety; perfectly）是称赞学生功课预备得好的时候的常用语。dunghill 义为"粪堆"，是学生故意窜改语。

[10] 阿马都谈话中提到国王，郝应立即闻声脱帽致敬，而竟未脱，故阿马都提醒他"不要忘了脱帽致敬"。迫他脱帽之后，又告诉他可以再戴上了。

[11] "九大伟人"（Nine Worthies），各家说法不尽相同，通常是指三个不信宗教者 Hactor，Alexander，Caesar；三个犹太人 Joshua, David, Judas Maccabaeus；三个基督徒 King Arthur, Charlemagne, Godfrey of Bouillon，但是莎士比亚列入了 Hercules 与 Pompey。

[12] 金质的女人像，用钻石珍珠镶嵌其上，是伊利沙白时代妇女喜欢佩戴的装饰品。Hart 谓系公主自况，恐非。

[13] 原文 wax 为双关语：（一）作动词解，意为"长大"；（二）作名词解，意为"蜡"。

[14] 自第十八行之 light heart 起，连同以下第十九、二十、二十一、二十二、二十五、二十六各行共用七个 light，意义各不相同，大概是这样的：cheery or merry, casual or unimportant , frivolous or watnon , information, a candle, irresponsible, light in weight。

[15] a text B in a copy-book，所谓 copy-book 是练习书写的簿子，上面有各体的字供初学者临摹之用，所谓 text 是一种字体，通常用于文件开端之第一个字母，笔画粗而且描以花式。B 字代表 black，因罗萨兰面黑，而且 B 字描写起来特别粗黑。所谓"白净"系自嘲之反语。

[16] 日历上星期日照例印为红色。此处系指喀撒琳之金色头发。在莎士比亚时代，金色与红色不分。

[17] 此句费解。威尔孙引 Capell 注云："玛利亚此语系由于把她的'链子'放在她的两手中间，也许由于女人的淘气把链子绕在两手上面。"

[18] in by the week 是俗语，意为 caught;trapped。来源不详。

[19] 牛津本 perttaunt-like 是遵从第一四开本，此字意义不明，一向无令人满意之解释。新亚顿本 David 引述 Dr.Percy Simpson 一九四五年所发表之意见颇为有理，此语乃旧日牌戏 Post and Pair 中使用之术语，两张同样的牌（例如两张 Kings，两张 Aces，两张 ten，等）谓之 a Pair,

三张同样的牌谓之 a Pair Royall, 四张同样的牌谓之 a Pair Taunt，是为牌中最大的一副牌，今译为"四头"。

[20] 圣丹尼斯（Saint Denis）是法兰西的保护神。

[21] 原文这一行下面脱落一行，故不押韵。

[22] sun-beamed 之 sun 与 son 同音，故改云 daughter-beamed。

[23] 跳舞之前应有三个项目，即握手、行礼、亲吻（taking hands, curtsying, and kissing），国王是在要求亲吻。

[24] 伊利沙白时代的面具是皮革做的，上覆一层黑绒，面具有一根舌头或向内凸伸物，由戴面具者用牙齿咬住。

[25] veal 即是荷兰人口中所说的 well，亦即"Excellent！"之意。但是 veal 亦可能是 veil（= mask），亦可能是截取 Longaville 这个名字之后一半。

[26] your half 即 your better half，你的妻。

[27] no point 为双关语:（一）没有锋刃，it's blunt；（二）法文 ne… point=not at all.

[28] 一五八二年伦敦的商店学徒规定戴绒帽，上面不得有任何丝缎装饰，违者初犯由师傅惩处，再犯则在同业公会前当众鞭笞。此处所谓之 plain statute-caps 当即指此而言。

[29] hail 为双关语:（一）冰雹;（二）欢呼致敬。

[30] virtue 为双关语:（一）力量;（二）美德。

[31] "Lord have mercy on us"原为"肠闭塞症"（iliac passion）之别名，后泛指瘟疫（the plague）。昔时瘟疫流行，凡属染疫之家即需实行禁闭，门前必须竖立标帜，写上"上帝饶我们吧！"字样。

[32] Lord's token 即 plague spots（疫斑）。但 token 一字是双关语，在下一行当作 love token（情人的馈赠）解。同时 free 一字亦双关:（一）

免除，亦即 not infected 之意;（二）fancyfree，未陷入情网。

[33] sue 为双关语:（一）to beg 求爱;（二）to bring a suit at law。"提出控告者即是原告，如何反倒要受刑罚？"

[34] 一种掷骰子戏，名为 novem quinque（意为"九与五"），最大之点为九与五，所谓"掷出五点"盖言其难能可贵也。

[35] With libbard's head on knee 尚无满意解释。libbard = leaopard，庞沛的勋纹是"一爪执剑的狮头"。所谓 on knee 可能是指铠甲的膝部绘有此项勋纹。一说前一行的 lie 是双关语，谓考斯达出台时跌了一跤，卧倒在地，爬起来时持盾护膝，而盾上有此勋纹。

[36] 据普鲁塔克，亚力山大的头是向左边歪斜的。

[37] 据说亚力山大的皮肤生异香。

[38] 墙帷（tapestry）上常织"九大伟人"画像。

[39] "狮子持板斧"是亚力山大的勋纹。爱杰克斯（Ajax）与 a jakes（一只马桶箱）音相近，故有此谑语。

[40] Judas Iscariot 指背叛基督耶稣的那个使徒。

[41] clipt 为双关语:（一）= abbreviated 简称;（二）embraced 拥抱。犹大出卖耶稣时以拥吻为密号，使众趋执耶稣，事见《马太福音》二十六章四十九节，所谓 Judas kiss 遂成为一常用之语。

[42] 原文 You are my elder＝you seem to know more about it than I（Harrison），但 elder 一字尚另有一义，为"接骨木"。相传犹大出卖耶稣后，不胜羞惭，自行上吊于一株接骨木之上。故下行遂引用此一双关义。

[43] cittern-head，所谓 cittern 系类似吉他（guitar）的一种乐器，其颈部上端有一木刻之形状古怪的头。

[44] bodkin，女人头发上用的长簪，其顶端有各种形式，常是金质的或宝石镶嵌成的花状。一说为"小刀"（a small dagger）之意。

[45] 昔日指环上常刻有骷髅，附以箴言 memento mori（=remember that you must die.）教人不要忘了死。

[46] 拔牙齿的人常戴高帽子，左边插一别针。

[47] 戏称犹大斯为 Jude+ass。

[48] a Troyan=merely an ordinary kind of good fellow.（Harrison）boon companion；dissolute fellow.（Wilson）

[49] a gilt nutmeg 是从前常用为情人馈赠之物，豆蔻上涂以蛋黄及番红花染料之类，使闪闪发金光，投入麦酒或葡萄酒中可增加香味，豆蔻可使用很久，其强烈香气稍加播撒即可，所镀一层金光是为防止受潮湿，落尘埃，或作装饰之用。

[50] 柠檬（或橘柑）上面插满了丁香，也是为了给麦酒加上香气用的。

[51] foot 为双关语:（一）脚;（二）吹。

[52] yard 为双关语:（一）码;（二）生殖器。

[53] The party is gone, 指杰克奈塔。前一行 surmount 一字使考斯达联想起 mount 一字（《辛伯林》二幕五景十七行亦使用过这一个字，有猥亵意），故云。

[54] I have seen the day of wrong through the little hole of discretion, and I will right myself like a soldier. Wilson 注云："i.e., I have seen the danger of Costard and have avoided it with a little discretion, which is the better part of valour, as a soldier would say."

[55] double 耶鲁本作 excessive 解，似可通。

[56] bombast 是做衣服衬里用的粗毛绒布料。Schmidt 注 time 一字: as bombast and as lining to the time = "to fill up the emptiness of the present moment". bombast 一字似有双关义:（一）衬料;（二）空语。

[57] 牛津本 "Hence ever then my heart is in thy heart"。系采用第一对折

本的原文，四开本 ever 作 herrite，Prof. A. W. Pollad 改为 hermit，这样一改上下文意义似较连贯，但其实不改亦可，言其人死则心无所附丽，正好长久住在爱人胸膛中也。

[58] 四开本及一二三对折本均作 Kath. A wife?A beard……Clark and Aldis Wright 的剑桥本将 A wife? 移至上一行之末：A wife?/ Kath. A beard…… 威尔孙的新剑桥本亦从之。今照牛津本译，引申为"把我当作一个妻子"。

[59] 十二个月零一天，在欧陆和英国都是法定的一个整年。

[60] 搅锅 keel the pot 是为防锅中之物沸溢出来。

[61] "The words of Mercury are harsh after the songs of Apollo." 在四开本中一句是用较大字体排印的，可能在剧本原稿上这一句乃是另一人的手笔。根据这一假设，威尔孙认为此句或许是读者对全剧的一句评语。但此句实不可解。对折本于此句之后又加上一句，可能是舞台经理所加，意在使演员下台不至紊乱。